신 혼 이 야 기

청실
홍실

청실홍실 –신혼 이야기 **2**

초판 1쇄 찍은 날 § 2005년 12월  21일
초판 1쇄 펴낸 날 § 2005년 12월  31일

지은이 § 현지원
펴낸이 § 서경석

편집장 § 문혜영
편집책임 § 이종민
편집 § 한지윤

펴낸곳 § 도서출판 청어람
등록번호 § 제1081-1-89호
등록일자 § 1999. 5. 31
어람번호 § 제5-0074호

주소 § 경기도 부천시 원미구 심곡1동 350-1 남성B/D 3F (우) 420-011
전화 § 032-656-4452  팩스 § 032-656-4453
http://www.chungeoram.com
E-mail § eoram99@chollian.net

ISBN 89-5831-907-0 03810
ISBN 89-5831-905-4 (SET)

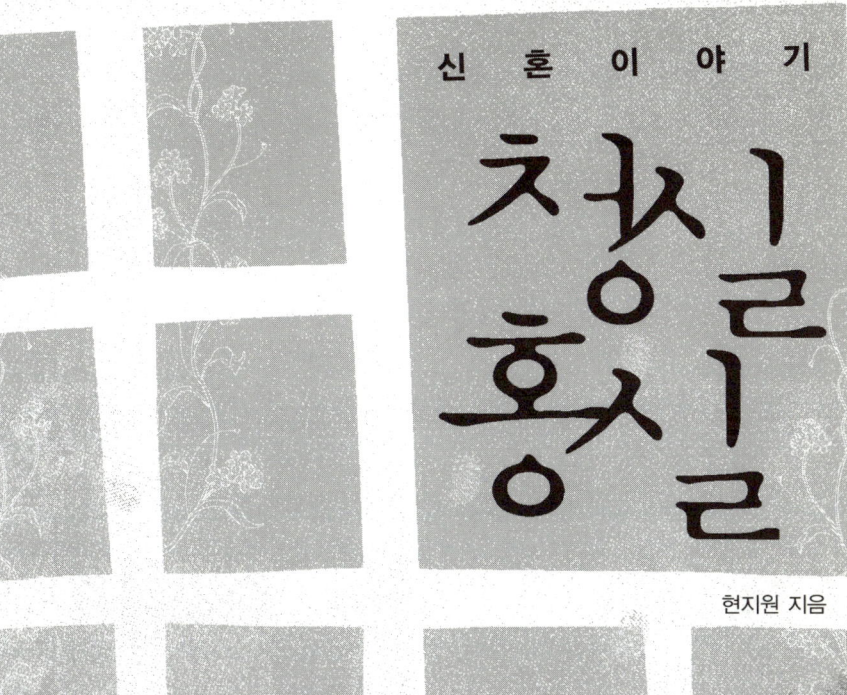

신혼이야기

청실
홍실

현지원 지음

2

도서출판
청어람

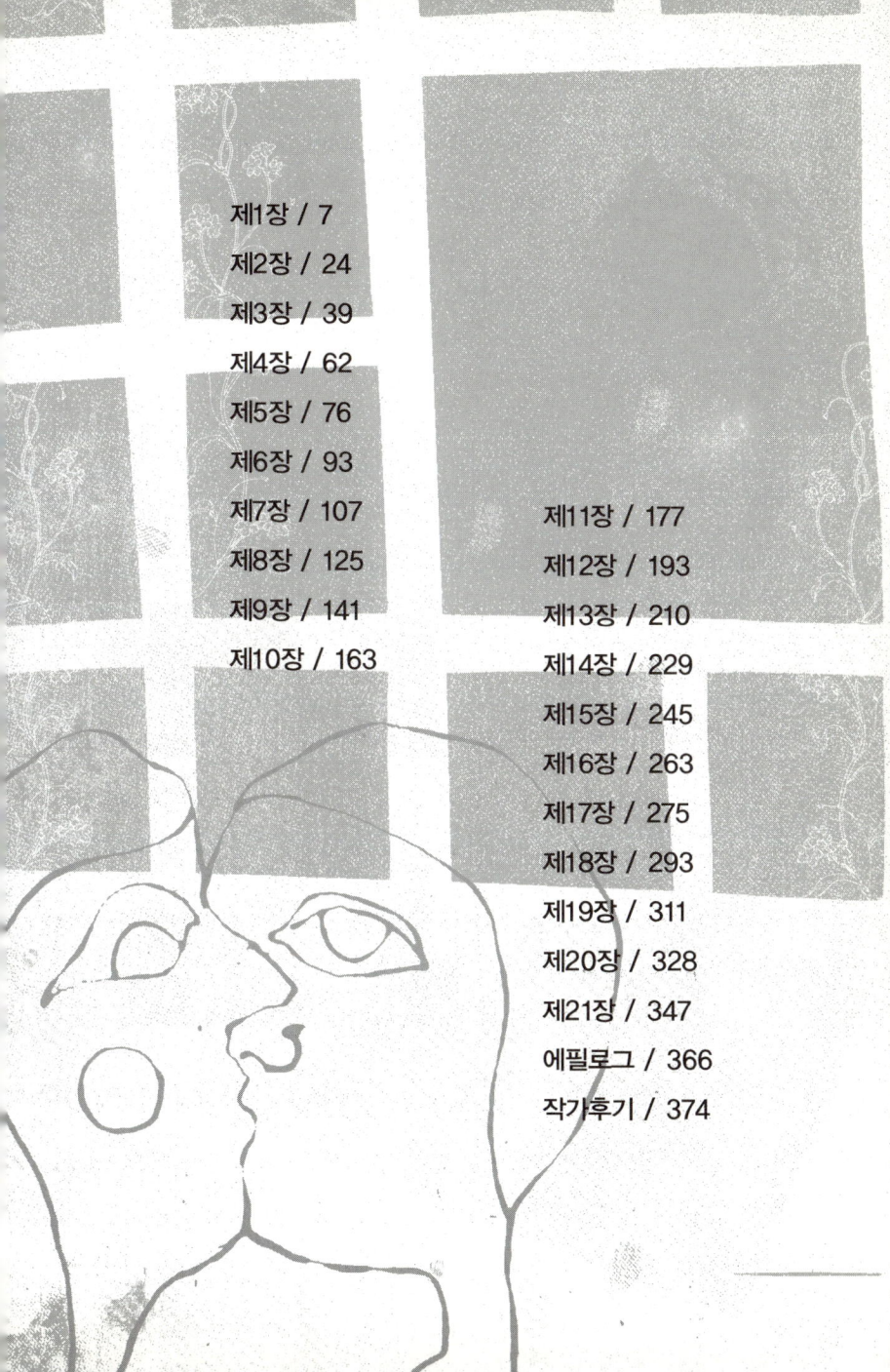

**"뭐?** 임신! 이 바보 같은 게 일칠 줄 알았다. 하여간 맹추같이 생겨서 하는 짓도 꼭 저 같다니까. 민심청, 네가 양심이 있어 한번 생각해 본다면, 널 닮은 애를 세상에 내놓는다는 게 국가 이미지에 얼마나 큰 손상을 입히는 것인지 알게 될 거다. 포기해라!"

"포기? 유신아, 그게 무슨 말이야? 그러니까 넌 이 아이를 낳지 말라는 거니?"

"머리 좋다고 매번 자랑하더니, 이럴 때 보면 말짱 거짓말이라니까. 당연하지! 보나마나 애새끼가 태어나면 널 꼭 닮았을 텐데 아무리 네가 엄마라고 해도 정신적 충격을 이겨낼 수 있겠냐? 괜히 멀쩡한 나의 정신세계까지 피폐하게 만들지 말고 당장 지우러 가자."

"안 돼! 유신아, 낙태는 나쁜 거야. 생명은 소중한 거잖아. 넌 어쩜 그렇게 쉽게 아이를 지우라고 할 수 있니?"

"지랄! 네가 무슨 하나님의 어린양이라도 되고 부처님의 제자라도 되냐? 아조 지랄을 해요, 지랄을 해. 그런 건 도덕 교과서에나 나오는 말이고 난 도덕을 아주 싫어하기 때문에 상관없어. 누구 인생 망칠 일 있냐! 뭐 해, 당장 가자니까!"

"유신아, 제발…… 제발. 내가 두 손 모아 이렇게 빌게. 우리 한 번만 더 생각해 보자, 응? 제발……."

제발, 제발, 제발! 이렇게 울며불며 사정할 거라고 생각하겠지?

조금 전까지만 해도 세상 다 산 표정이던 심청은 유신의 반응을 상상하자 흥 하고 콧방귀를 뀌고는 팩 하니 돌아누웠다. 유신의 반응은 둘째 치고라도 자신부터 어떤 대책이 필요할 것 같았다. 아직 학교도 이 년 넘게 더 다녀야 하는데 임신이 웬 말이냐는 것이다. 거기다 지금 상황에서 임신은 가당치도 않다.

그러나 문제는 현재 임신을 했다는 것이다. 아무리 아니라고 부인해도 임신이 맞는 것 같다. 맞는 것 같다가 아니라 틀림없다. 지금까지 단 한 차례도 생리를 걸러본 적이 없으니 그거야말로 가장 완벽한 증거가 아니고 무엇이랴. 더군다나 한여름에 뜨겁고, 맵고, 평소 즐겨 먹지 않은 음식들이 마구 당기는 것만 봐도 임신의 증세와 흡사하다.

그러고 보니 얼마 전부터 배도 묵직한 것 같다. 물론 그전에도 알맞게—실은 약간 과하게—나온 뱃살이 있기는 했지만 최근 들어 부쩍 나온 것이 임신의 또 다른 증세임을 명백하게 증명해 주지 않는가.

하여간 내 인생에 도움이 안 되는 인간. 심청이 유신을 향해 눈을 흘겼다.

스물한 살에 애 엄마가 말이나 되냐? 강유신 저 인간은 필시 날 닮아서 이상한 애 태어날 거라고 악담하겠지만 천만의 말씀! 인물이야 저만한 인물 없으니 다행이겠지만 핏줄은 못 속인다고 저 성질머리가 어디 가겠냐고. 필시 가지고 논 딸랑이며 하다못해 천장에 단 모빌까지 날마다 소독해 달라고 빽빽거리며 울걸?

상상만 해도 끔찍하다. 생각해 봐라, 갓 태어난 어린것이 발버둥 치면서 이것저것 해달라고 땡깡 피우면 그 스트레스는 온전히 누구의 몫이냐는 말이다. 거기다 아비라는 인간은 지가 왕인 줄 아는데 애 한번 안아주기는커녕 운다고 구박하고 못 생겼다고 구박할 것이 틀림없다.

아무래도 아이는 안 낳는 것이 좋겠지? 민심청, 너 꿈도 야무지다. 안 낳는 것이 아니라 못 낳을걸. 강유신, 저 인간이 잘도 낳게 하겠다. 저놈 손에 끌려서 병원에 가느니 그냥 네 선에서 해결하는 게 좋을 거야.

어차피 처음부터 결론은 나 있었다. 고민하고 자시고 할 것도 없이. 그런데 고민거리가 해결되고 나면 머리가 개운하고 마음이 가벼워야 하는 거 아닌가. 하지만 이상하게도 묵직한 돌 하나가 가슴을 짓누르는 것처럼 답답하다.

바보, 강유신이 지금 네 가슴에 손을 얹고 있잖아.

심청은 팔베개를 해준 채 자신을 꼭 끌어안고 잠든 유신의 숨결을 느끼며 한숨을 삼켰다. 그리고는 살며시 자신의 배를 만져보았다. 묵직하다.

에효. 저도 모르게 침대 끝으로 움직이며 심청은 몸을 뒤척였다. 그와 동시에 유신의 팔이 쑥 뻗어와 단단하게 몸을 가두었다. 잠결에도 품 안에서 벗어나면 꼭 이렇게 뒤따라와 떼놓지 않는 걸 보면 유신의 마음을 알다가도 모르겠다. 아침마다 팔이 저려 죽는다며 투덜거리면서도 밤마다 꼬박꼬박 팔베개를 해준다.

강유신, 난 네 마음 정말 잘 모르겠어. 아니, 아예 모르겠어. 어느 날은 네가 날 좋아하는 것 같다는 착각이 들다가도 어느 날은 내가 그렇게 밉냐고 소리칠 만큼 구박하는 걸 보면 내 착각인 것 같고. 나는 있지, 네가 날 미워하지만 않았으면 좋겠어. 내가 미움받을 행동을 하는지 모르지만 좋아해 주진 않아도 미워하진 말았으면 해. 그렇지 않으면 널 좋아하는 내 마음이 너무 비참할 것 같아. 혹시 너도 나처럼 미워하는 척하는 거니? 흣. 아닐 거야. 그런 일은 절대 없을 거야. 그치? 난 예전부터 내가 좋아하는 사람들로부터 사랑을 받은 기억이 없거든. 새엄마도, 너도.

이 아기 역시 내가 절 예뻐해 준다 해도 날 미워할 거야. 아빠한테 미움받는 이런 바보 같은 엄마가 어디 있냐고. 너도 날 더 미워할 거고. 그치? 네가 마음고생 하지 않도록 나 혼자 알아서 처리할게.

심청은 마주 보고 있는 벽을 향해 작은 한숨을 내쉬었다. 어차피 반복되어 고민해 봐야 그 끝은 자기 비하로 끝나 버리니 그만 하자고, 그렇게 억지로 잠을 청해보았다.

벌써, 여섯 번째. 유신은 심청과 마찬가지로 꿍 하고 숨소리를 삼켰다. 설핏 잠이 들었던 유신은 아까부터 전전긍긍하는 심청으로 인해 잠에서 깨어 있었다. 자신의 품에서 돌아누우며 한숨을 삼키는 심청을 말없이 지켜보는 중이었다. 한숨 소리가 들리지는 않았지만 심청의 가슴께가 들썩이는 것으로 충분히 감지할 수 있었다.

무슨 걱정이라도 있는 건가? 내가 뭐 크게 실수한 거라도 있나?

유신이 살짝 눈을 치켜뜨곤 골몰히 기억을 더듬어보았다. 유나 문제는 심청이 깔끔하다 못해 공포감까지 조성해 가며 해결했던 그날 이후 일단락되었다. 심청도 완전히는 아니어도 어느 정도 풀린 듯해 보였다. 그 외에는 한숨을 죽여가며 잠을 못 이룰 일은 없었다. 적어도 유신이 아는 한.

물론 여전히 심청에게 버럭버럭 고함을 지르고 염장질을 해대지만 예전만큼은 아니었다. 수위 조절이 적당히 필요하기에 유신도 나름대로 조심하고 있었다.

아직까지 내가 절 잠자리 상대 정도로 여긴다고 생각하는 건가? 그렇다면 민심청 이 인간은 진짜 둔탱이가 맞다. 지가 눈앞에 보이지 않으면 불안해하고 혹시라도 연락이 없이 늦으면 애 타하는 걸 전혀 느끼지 못하는 걸까? 불감증인가? 아닌데, 응응 할 때 보면 그렇지도 않은데.

사랑이라는 걸 꼭 말로 해야만 아나. 사내 녀석이 입에 콩고 물처럼 여자한테 붙어서 달달하게 사랑한다는 둥, 넌 내 생명이라는 둥 해야만 알아차리느냔 말이다. 괜히 불화증이 치밀어 오르려고 한다. 강유신 체면이 있지, 이제 와서 저한테 널 계속 지켜봐 왔었다고, 네가 내 색시로 자라는 걸 기다려 왔다고 어떻게 말하느냔 말이다. 에잇, 눈치없는 마누라랑 사는 것도 피곤하다. 피곤해도 사랑하니 견뎌내지만.

사랑. 훗! 자신들이 사랑을 하고 나누기에 충분한 나이라고는 확신하지만 그것을 표현하고 받아들일 수 있을 만큼의 성숙함은 부족하다는 것을 안다. 유신은 기다리는 중이었다. 자신과 심청이 마음으로 사랑을 이해하고 나눌 수 있으며 또 상대방을 믿고 배려하는 사랑을 할 수 있을 때가 오기를. 그때까진 그저 사랑을 향해 가고 있는 것이니 많이 싸우고 서로에 대해 알아가자고.

유신은 멋쩍은 듯 웃고는 심청을 꼭 껴안았다. 심청이 흠칫 놀라는 것이 느껴지자 유신도 깜짝 놀랐다. 유신은 심청이 잠이 든 줄 알았고, 심청은 유신이 자고 있는 줄 알았다. 유신은 심청의 머리를 받치고 있는 손에 힘을 주며 슬쩍 가슴께로 손을 움직였다.

자던 대로 고마 자라. 이 누나, 오늘 기분이 말이 아니거든. 벌써 한 번 했으면 됐지, 또? 그만 해라. 그러다 수정란이 잘못

돼서 네쌍둥이라도 태어나면 어떻게 할래?

심청은 끝까지 잠든 척하며 유신의 손을 살짝 걷어냈다. 유신은 잠시 기분이 불쾌하기는 했지만 픽 웃고는 심청의 등을 더욱 세게 끌어안았다. 사실 심청이 자신의 품 쪽으로 누워 얼굴을 묻고 가슴을 간질이는 것이 좋은데. 등을 안고 누워 있으려니 허전하다. 강제로라도 위치를 바꾸게 하려고 해볼까 싶지만 참았다. 한참 예민하게 굴 때는 건들지 않는 게 비책이다. 그래도 자신을 등지고 눕는 건 용서 못한다.

유신은 심청의 귓불을 살짝 깨물었다. 그리고는 혀끝으로 살짝 핥았다. 심청의 몸이 금방 반응을 보이며 부르르 떨리자 유신은 웃음을 참느라 죽을 지경이다.

'나 정말 전생에 옹녀였나 봐. 어떻게 된 애가 강유신 저 인간이 손만 뻗으면 바로 반응을 보이냐고. 자존심도 없고, 배알도 없는 넌 여자 망신이야. 알아?'

심청은 금방이라도 유신을 향해 돌아누울 것 같아 스스로에게 비난을 퍼부었다. 안 돼, 안 돼. 안 돼…… 돼…….

심청은 어느새 불쑥 솟아오른 유신의 분신이 엉덩이를 콕콕 찔러대자 결국 먼저 백기를 들고 말았다. 그것뿐이 아니다. 유신을 향해 돌아눕기 무섭게 먼저 손을 뻗어 유신의 목을 끌어안고는 탄탄한 가슴팍에 입술을 갖다 대었다.

수술을 하고 나면 당분간 '응응'은 하지 못할 테니 아예 한 번에 해치우자라는 변명을 붙이기는 했지만 실상은 두렵고 무서움 때문이었다. 부드럽게 허리 선을 쓸어 내리는 유신의 손길에 심청은 괜히 눈물이 났다.

'넌 내가 임신했다고 하면 당장 날 침대 밖으로 집어 던질 거야.'

유신의 입술을 거부하지 않으며 심청은 절절하게 매달렸다. 너무나 적극적인 심청의 반응에 정작 놀란 것은 유신이었다. 함께 즐기기는 하지만 처음엔 앙탈을 부리는 것이 심청의 특기인데 마치 내일이면 영영 이별할 사람처럼 착 달라붙어 떨어지지 않았다.

'뭐냐, 민심청. 너 분명 무슨 일 있는 거지? 그렇지?'

유신은 날이 새기 무섭게 강원도에 계시는 장인에게 연락을 취해보리라 생각했다. 강원도에서도 아주 두메산골에 자리 잡은 학규는 무소식이 희소식이라며 좀체 연락이나 왕래를 하지 않았다. 계절이 바뀔 무렵이면 편지로 안부를 전하는 것이 전부였고 찾아가겠다고 해도 반색을 하며 만류했다. 오는 너희들도 번거롭겠지만 손님 치러야 하는 자신들도 귀찮고 구차하다고. 무슨 일이 생기면 연락이 갈 것이니 절대 염려하지 말라고 성화였다.

친정 피붙이 없는 것이 가장 서럽다던 진숙의 말을 떠올리며 유신은 아주 길고 달콤한 키스를 해주었다.

바보야, 내 어머니가 네 어머니라 생각하면 되잖아. 우리 할아버지, 아버지, 그리고 내가 있는데 뭐가 걱정이야. 혹시 나 때문에 그런 거라면 절대 걱정하지 마. 널 골리고 괴롭히는 게 내 사랑의 방식이지만 널 배신하거나 아프게 하진 않을 거야. 그러니까 내 품 안에서 넌 행복하기만 하면 돼.

유신은 영원히 끝날 것 같지 않은 긴 키스를 하며 심청을 으스러질듯 안았다. 심청의 뺨에서 흘러내리는 눈물을 모른 체해주며 부드럽게 벌어지는 하얀 허벅지 사이로 따뜻하게 분신을 밀어 넣었다. 격렬함이나 다급함이 아닌 지금까지 나눈 그 어떤 사랑보다도 잔잔하게 넘나드는 유신의 분신을 심청은 그 어느 때보다 더 깊게 받아들였다. 그것이 마치 유신의 배려처럼 느껴져 품고 놓고 싶지 않을 만큼 심청에게는 큰 위로가 되어주었다.

여자들이 호르몬 불균형으로 인해 가끔씩 겪는 우울증 같은 것이라고 자신을 안심시키면서도 유신은 불안한 눈으로 심청을 지켜보았다. 어둠 속이라 정확히 알 수 없지만 심청의 눈에 어린 것이 슬픔 덩어리라는 것은 느낌으로 알 수 있었다. 이번 방학 때는 못 갔던 신혼여행을 빙자해 둘이 여행이라도 다녀와야겠다.

유신은 심청의 이마에 입술을 붙이고는 들릴 듯 말 듯하게 속삭였다.

"나만 믿어……."

꿈결인 듯 들려오는 작은 속삭임을 자신이 착각한 것으로 여기며 심청은 잦아드는 신음 소리를 유신의 가슴에 묻고는 겨우 잠이 들었다. 유신은 그런 심청을 오래도록 지켜봐 주었다. 심청의 손가락에 자잘한 키스를 퍼부으며.

아까부터 대형 할인마트 안을 거니는 심청의 바구니는 비어 있었다. 시험으로 인해 며칠째 장을 보지 않은 탓에 이것저것 사야 할 것이 많았다. 평소라면 재래시장을 찾았겠지만 여러 가지 복합적인 상황으로 인해 컨디션이 난조였다. 한 푼이라도 아끼려면 깎는 맛이 팍팍 나는 재래시장이 최고지만 결국 아파트에서 가장 가까운 할인점을 찾아 장을 보는 중이었다.

장을 본다고는 하지만 마치 넋 나간 사람처럼 사야 할 물건들을 그대로 스쳐 지나가기를 벌써 몇 번째다. 심청의 눈은 사야 할 물건은 안중에도 없고 아까부터 쇼핑 카트를 타고 신나게 웃고 있는 아이들을 쫓고 있었다. 아이들이야 어떤 장소에 가도 눈만 돌리면 보이니 새삼스러울 것도 없건만 지금은 눈에 보이는 모든 아이들이 새삼스럽기만 하다.

처음 새엄마가 온다고 했을 때 심청은 당연히 동생이 생기는 것으로 알았다. 동화책에서 보면 못된 새엄마와 심술맞은 동생은 거의 옵션처럼 함께 등장하지 않던가. 하여 심청은 새엄마 홀로 왔을 때 무척 실망했었다.

먼 친척 되는 고모할머니께서는 새엄마가 동생을 낳으면 천덕꾸러기 신세가 되니 애를 낳지 않는 게 심청에게는 도움이 될 거라며 다른 어른들과 쑥덕거리셨다.

하지만 심청의 생각은 달랐다. 심술궂게 굴면 때려서라도 고치면 되고, 갱생의 기회를 주어 제대로 된 사람을 만드는 보람도 있을 테니 혹여 새엄마가 자신과 동생을 구박하면 어쩌나 하는 생각 같은 건 민심청 사전에는 없었다. 외로움을 겪으며 자랐던 심청에게는 어찌 보면 당연한 바람인지도 모른다.

결혼하면 딸 하나, 아들 셋을 낳는 게 소원이었던 심청은 타의든 자의든 간에 유신과 결혼한 이후로는 막연하게 아이 문제는 부러 생각지 않았다. 유신이 자신을 그렇게 미워하니 아이를 낳자고 할 리도 없을뿐더러 아마 임신했다는 걸 알면 그 성질머리에 가만히 있을 리 만무했다.

그래서? 그래서 어쩌자는 건데. 혼자서 이렇게 삽질 한다고 답이 나오니? 네가 원하는 게 뭐야. 그것만 솔직하게 말해 봐. 너 당장 지운다며? 유신의 손에 이끌려 병원 가는 것보다 네 스스로 깔끔하게 해결한다며? 그럼 됐지, 바보처럼 하루종일 왜 이러는 건데?

더 이상 아이 문제로 연연해하지 말라며 뼈 아프게 다그치면서도 심청은 엉뚱한 곳으로 발걸음을 옮겼다. 사야 할 품목을 적은 메모에는 없던, 평소 마시지도 않던 우유를 골라 바구니에 담았다. 그것도 세일 품목이 아닌 가장 비싸고 영양가가 담뿍 함유된 것으로.

아무리 생각해도 자신의 결론은 답이 될 수 없다. 손바닥도 마주쳐야 소리가 나는 법! 자기가 동정녀 마리아도 아니고 엄연히 함께 아이를 만든 남편이 있는데 왜 혼자 죄인처럼 전전긍긍해야 하냐는 말이다. 더군다나 낙태라니. 생명의 존귀함을 떠나 여자에게 낙태가 얼마나 위해를 가하는 것인데 자기 몸 버려가면서까지 살인마가 되어야 하냐는 것이다.

심청이 커다란 두 눈 가득 힘을 주었다. 야무지게 입술을 깨물며 고개를 끄덕였다. 저도 양심이 있다면 느끼는 게 있겠지. 유산하라고 사정해도 난 못해. 지가 그동안 날 괴롭힌 게 얼마인데 이 기회를 내가 놓칠 것 같아? 흥, 어디 한번 미운 마누라에 미운 애새끼로 고생해 보라지. 이번엔 강유신 그놈이 자진해서 이혼하자고 난리겠지? 만약 이혼해 달라고 하면 절대 안 해줄 거야. 미쳤어, 내가 스물한 살에 애 딸린 이혼녀가 되게? 강씨 집안 전 재산 다 준다고 하면 그때는 고려해 보겠지만 그전엔 절대 안 해. 아니, 못해! 이왕이면 한 세쌍둥이였음 좋겠다. 강유신이 아주 기절해 버리게.

심청은 배 위에 손을 얹고는 회심의 미소를 지었다. 영악한 발상과 달리 생긋거리며 웃는 얼굴에는 행복함이 가득해 보였다. 처음으로 갖는 자신의 아이이자 분신. 심청은 갑자기 조심조심 걸으며 계산대로 향했다.

"여기 물건 배달해 주죠?"

이젠 뭐든 조심해야지. 무거운 것도 들지 말고, 나쁜 이야기도 듣지 않고, 오로지 내 몸만 생각하는 거야.

심청이 바구니를 올려놓으며 당당하게 물었다. 친절하게 고개를 끄덕이던 직원의 눈이 갑자기 커졌다. 그리고는 이상한 눈으로 심청을 바라보았다. 1000ml들이 우유 두 개가 심청이 계산대 위에 올린 전부였다.

종강 파티를 하자며 술집으로 몰려간 친구들을 뿌리치고 집으로 득달같이 달려온 유신은 텅 빈 집 안을 둘러보며 실망스러운 표정을 감추지 못했다.

"도대체 집에도 없고 어딜 간 거야?"

아무 죄도 없는 소파 다리를 툭 차며 유신이 투덜거렸다. 공교롭게도 심청과 같은 날 시험이 끝나기에 마치고 함께 돌아가자는 문자를 남겼었다. 시간 차이가 조금 나기는 했지만 그 정도야 얼마든지 기다려 주리라고 생각했다.

그러나 땡볕에 주차되어 있는 찜통 같은 차 안에서 한 시간을 넘게 기다렸음에도 불구하고 심청은 오지 않았다. 어슬렁어슬렁 심청의 강의가 있는 사회대 건물로 가보니 이미 대부분의 강의실이 텅텅 비어 있었다. 전화도 받지 않고, 문자를 넣어도 깜깜무소식이었다.

혼자서 생쇼를 한 것이 떠오르자 유신은 새삼 부아가 치밀어 올랐다. 요즘 기운없는 저를 위해 몸보신이라도 시켜야겠다 싶어 모처럼 과 동기들과의 술자리도 작파했건만.

하여간 민심청, 걔는 틈을 주지 말아야 한다니까. 잠시 풀어주니까 그새 또.

띠릭—

현관의 번호 키 눌러지는 소리가 들렸다. 유신은 험악하게 인상을 쓰곤 거실 중앙에 우두커니 서서 심청의 모습이 보이길 기다렸다.

부스럭거리는 소리와 함께 심청이 들어서는 것이 보였다. 더운 날씨에 상기된 뺨 탓인지 몰라도 왠지 생기가 넘쳐 보였다.

"야! 너 내 문자, 전화 왜 씹는 거야? 내가 주차장에서 기다린다고 했잖아!"

"왜 소리를 지르고 그래? 애 떨어지게."

심청이 전에 없이 발끈 반항을 하고는 부엌으로 향했다. 유신이 어이없어하는 것을 곁눈으로 확인하며 심청은 언제 폭탄을 투하시킬까 고민했다. 시험이 끝남과 함께 종강을 했으니 당연히 술자리를 옮겨가며 노느라 늦을 줄 알았는데 이렇게 일찍 와 있는 걸 보니 또 얼마나 생트집을 잡으려고.

흥! 생트집 잡기 전에 기절부터 할걸. 심청은 식탁 위에 장 봐 온 것을 꺼냈다.

"너 이제 내 말이 말 같지도 않냐! 전화 왜 안 받았냐고 묻잖아!"

부엌으로 따라 들어온 유신은 속으로는 심청이 일찍 온 것에 안도하면서도 괜히 엉뚱한 트집을 잡았다. 며칠 내내 우울한 얼굴을 하고 있는 심청으로 인해 유신도 적잖이 마음고생 중이었다.

"넌 시험 칠 때도 휴대전화 켜놓니? 시험 방해될까 봐 휴대전화 안 가지고 갔단 말이야."

그제야 유신의 낯빛이 조금 누그러졌다. 일부러 전화를 받지 않은 건 아니었다 이거군.

"그럼 뭐 하다 이제 온 거냐? 시험은 두 시간 전에 마쳤잖아."

"보면 모르니? 장 보고 왔잖아."

"장?"

유신은 심청이 장바구니에서 꺼내놓은 우유 두 팩을 대충 쳐다보고는 물었다.

"장 볼 게 많았으면 이야기를 하지. 배달시킬 정도였으면 꽤 많았을 텐데 그거 어떻게 들고 다녔어?"

유신은 심청이 우유만 들고 오고 나머진 배달을 시킨 것이라 여겼다. 하여간 민심청 똑 소리 나는 건 알아줘야 한다. 시험 끝났다고 서방님을 위해 이 무더운 날, 장까지 봐오고. 그것도 모르고 애를 몰아세운 것이 미안해 유신은 한껏 목소리를 누그러뜨렸다. 하여간 예뻐 죽겠다.

"그러니까. 무거워서 우유 두 개만 샀어."

"뭐? 딸랑 우유 두 개 사 왔다고?"

유신이 눈을 부릅뜨며 묻자 심청이 시큰둥한 표정으로 고개를 끄덕였다. 우유 두 개 사 온 것도 어딘데. 임신했을 땐 초기가 가장 중요하다구.

"너 더위 먹었냐? 너 내가 그동안 많이 봐준 거 알지? 한동안 시험 기간이라 같은 반찬 올라와도 참았거든. 근데 뭐 어쨌다고? 너 냉장고 한번 열어봐라, 먹을 거 있나. 이게 완전 목숨 내놓기로 작정했나 보네!"

유신이 버럭 고함을 질렀다. 방금 전까지만 해도 생기있어 보여 예전의 모습을 찾았구나 싶었더니 더 넋 나간 짓을 하는 심청으로 인해 갑자기 울화가 치밀어 올랐다. 얘가 갈수록 왜 이러는지 모르겠다. 차라리 대놓고 불만을 토로하든지 할 것이지 정신 나간 여자처럼 저게 뭐 하는 짓인지. 유신이 이를 악물었다.

"강유신, 너한테 진지하게 부탁하는데 나한테 소리 지르지 마. 그리고 죽을래, 살래 이런 끔찍한 소리도 하지 말고. 나 그런 말 들으면 안 돼."

"내가 너한테 하도 막말해서 귀가 썩기라도 했냐! 이야, 갈수록 가관이네. 왜, 이제부턴 집안일도 못한다고 파업 선언이라도 해보시지."

유신의 말에 심청이 새삼 감탄하는 표정을 지어 보였다. 그리고는 이내 고개까지 끄덕이며 말했다.

"내가 예전부터 느꼈던 건데 유신아, 너 박수무당 해봐. 어쩜 그렇게 족집게처럼 사람 마음을 잘 알아맞히니? 나 그렇잖아도 이제부터 집안일 못한다고 말할 참이었거든."

"뭐야? 이게 진짜 돌았나!"

유신이 방방 뛰며 흥분하는 것을 지켜보면서도 심청은 눈 하나 깜짝하지 않았다. 이제 곧 놈이 기절할 정도로 놀랄 일이 남았는데 저 정도야 뭐.

"유신아, 축하해."

"얘가 진짜 미쳤나 보네. 축하는 뭘 축하한다는 거야! 당장 맛난 저녁 차려서 대령이나 해. 아침과 같은 반찬 올라오면 진짜 관 하나 짜둘 생각해야 할 거다."

지가 좋아하는 삼겹살 구이집까지 검색해서 찾아놓았건만 어디 가서 멍한 짓 하다 와서 한다는 소리가 기껏 횡설수설. 유신은 할 수만 있다면 심청의 머리 속을 한번 들어갔다 나오고 싶었다. 도대체 쟤가 왜 저러는 거야!

"글쎄, 하나로는 모자랄걸. 두 개는 있어야 할 거야. 큰 거 하나, 작은 거 하나."

"야, 민둔탱. 네가 날 너무 좋아하는 건 이해하지만 뒈지려면 혼자 뒈져라. 무슨 잉꼬부부라고 내가 저랑 같이……."

"나랑 아기가 같이 들어갈 수 있으면 한 개도 좋겠지. 아가야, 미안. 너희 아빠가 저렇게 무식하고 무지막지하단다. 평소 언어습관이 저러니까 너도 미리 익숙해지는 게 좋을 거야. 그렇다고 닮지는 말고."

심청이 배 위에 손을 얹고는 아주 평화로운 목소리로 속삭였다. 심청의 말에 길길이 날뛰던 유신이 갑자기 침묵을 지켰다. 고요하다 못해 적막한, 적막하다 못해 소름까지 끼치는 분위기가 잠시 이어졌다.

마침내 진위를 파악한 듯 유신이 벌어진 입을 다물지 못한 채 충격으로 온몸을 부들부들 떨기 시작했다. 저렇게 떨다간 풍이라도 걸리는 게 아닐까 심청은 은근히 염려되었다.

“민⋯⋯ 민심청⋯⋯ 너, 너 지금 뭐라고 했냐?”

“내가 너한테 뭐라고 했니? 아, 우리 아기한테 하는 이야기 들었나 보구나. 엄마로서 조언 좀 해줬어.”

“아기?”

유신의 눈이 당장이라도 튀어나올 것처럼 돌출되었다. 두 눈을 한참 동안 껌뻑거리더니 서서히 심청의 배로 시선을 옮겼다. 심청이 자신의 배 위에 손을 얹고 살살 만지작거리는 것을 보더니 호흡을 삼키는 소리가 들렸다. 두 눈은 심청의 배에서 떼지 못한 채.

그래, 그렇게 질린 얼굴 할 줄 알았어. 곧 내 멱살을 잡고 병원으로 끌고 가겠지만 천만에. 이번엔 나도 안 져줄 거야. 절대 못 져줘.

만일의 사태를 대비해 심청은 살짝 몸을 돌렸다.

"그래, 아기. 강유신, 너 곧 아빠 된다."

"아…… 빠?"

유신의 얼굴이 이번엔 아예 기절할 것처럼 하얘졌다. 이미 예상한 일임에도 불구하고 심청은 서운한 마음에 양껏 유신을 노려보며 고개를 끄덕였다. 이미 며칠 전 홀로 충격받고 고민하고 걱정했던 것이 억울해서 더욱 세차게 눈을 흘겼다.

"미리 말해 두는데 이 아이 나 혼자 만든 아이 아니야. 내가 동정녀 마리아도 아니고, 물론 내 인격은 그만큼 충분하지만 난 너랑 결혼했으니까 동정녀는 될 수 없지. 솔직히 이 아이를 낳아야 하나 말아야 하나 아직도 고민 중이긴 해. 사이 나쁜 부모에게서 태어난 아기가 얼마나 행복하겠니? 거기다 자기를 뭐 하러 낳았냐고 따지기라도 해봐. 네 성격에 걔 가만 놔두겠니? 어차피 최종 선택은 내가 하겠지만 애 낳고, 몸매 망가지고, 살림하랴, 학교 마치랴 이것저것 생각하면 낳지 않는 것도 현명할 것 같아. 너도 그걸 바랄 거고. 그렇지만 만들긴 분명 우리 둘이 만들었는데 나 혼자만 아파가며 수술하는 것도 억울할 것 같아서 아직 결정을 못 내리고 있어. 네가 아이를 지우길 바란다면……."

"야! 민심, 청……."

심청의 말을 가로막으며 유신이 아파트가 들썩일 만큼 고함을 지르다 말고 소리를 죽였다. 갑자기 소리를 높인 탓인지 유신이 숨을 거칠게 내뱉었다.

심청은 유신이 너무 흥분해 사레들린 것이라 생각하고는 완전히 등을 지고 돌아섰다. 이제 놈의 성질머리가 나타나려나 보다.

심청은 일단 주위에 위험 소지가 될 수 있는 것들이 있나 둘러보았다. 하필이면 왜 주방에서 이야길 꺼냈는지 모르겠다. 마음만 먹으면 주방용품 대부분이 무기가 될 소지가 충분할 텐데. 겉으로는 아무렇지 않은 척해도 속으로는 두려움에 떠느라 심청은 유신이 등 바로 뒤에 와 있다는 것도 몰랐다.

"민심청, 네가 임신했다고?"

유신의 잔뜩 가라앉은 목소리에 심청이 대답 대신 고개를 끄덕였다. 심청은 유신의 젖어든 목소리를 듣는 순간 자신도 울컥했다. 임신했단 사실이 얼마나 싫었으면 천하의 강유신이 울기 일보 직전일까. 어찌 되었든 조심성없었던 자신들의 불찰로 인해 전혀 예상치도 못했던 일이 일어났으니 죽고 싶겠지. 애 아빠가 된다고는 전혀 상상도 안 하고 살았을 테니 말이다.

"고맙다…… 정말…… 고맙다…….."

그래, 고마울 거야. 고맙…… 뭐? 심청이 획 하고 몸을 돌렸다. 야가 시방 뭐라는 겨? 심청은 자신이 말을 잘못 알아들었는가 싶어 두 눈을 멀뚱거렸다. 하지만 이내 고개까지 바닥으로 떨군 채 서 있는 유신의 처진 어깨를 보자 잘못 들은 것이 분명

하다는 결론을 내렸다.

네가 그렇게 불쌍한 모습을 보여도 네 뜻대로는 안 될 거야. 네가 그럼 그럴수록 더 내가…….

"엄마야!"

속으로 이를 갈던 심청은 느닷없이 유신의 품 안으로 강하게 빨려 들어갔다. 유신이 얼마나 세게 끌어안고 있는지 숨이 막혀 연신 컥컥거렸다. 괴로워 호흡을 들썩거려도 놈은 더욱 바스라지게 끌어안아 당길 뿐이다. 이놈이 날 숨 막혀 죽이려는 거 아니야? 가뜩이나 두 사람 몫을 하려니 더워 죽겠는데 이놈이 도대체 왜 이러는 거야!

혹여 유신이 불손한 마음으로 자신을 안고 있는가 싶어 심청이 젖 먹던 힘까지 다해 밀쳐 내었다. 그러나 아무리 용을 써도 유신은 꿈쩍도 하지 않았다. 대신 심청의 어깨에 얼굴을 얹고 천천히 입을 열었다.

"내가…… 너한테 고맙다는 말 하고 싶었던 적이 많긴 했는데 이번처럼 절실하지는 않은 것 같다. 정말…… 고맙다."

울먹거리기까지 하는 목소리다. 심청은 느닷없는 유신의 반응이 그저 어리둥절하기만 했다. 분명 꿈은 아닌데, 그렇다고 현실적이라고도 믿어지지 않는다. 예전부터 걷잡을 수 없는 성격이라는 건 알지만 지금은 더욱 애매모호했다.

이러면 얘기가 달라지는데. 당장 내 목덜미를 잡아채서 병원으로 끌고 가는 게 아니라 고맙다고? 왜? 뭐가 고마운데? 얘 혹시 너무 충격을 받아서 미친 거 아니야?

심청이 유신의 어깨를 겨우 떼어내고는 손가락 두 개로 브이 자를 만들어 보였다.

"강유신, 너 이게 뭐로 보여?"

"손가락."

그럼 그렇지. 이놈이 충격으로 미친 게 확실하다. 충격 먹고 기절이나 하랬지, 누가 미치라고 했나.

심청은 우울한 얼굴로 한숨을 내쉬며 망연자실한 눈빛으로 유신을 올려다보았다. 그러자 유신이 슬쩍 눈살을 찌푸리고는 이내 굳은 표정을 지었다. 그뿐만이 아니라 걱정스러운 눈길로 심청을 이리저리 살폈다.

네가 지금 내가 몇 개월이나 되었는가 가늠해 보는 모양인데 배 부르려면 아직 멀었거든. 설마 하니 네 자식이 아니라고 우길 작정은 아니겠지? 그랬다간 너 여자가 한을 품으면 어떻게 되는지 알게 될 거다.

심청이 무엇 때문에 서글퍼 하는지 자세한 내막을 알 리 없는 유신은 조금 떨어진 몸을 다시 강하게 밀착시켰다. 그저 안아주는 것만이 최선의 방법인 것처럼 자신의 심장 박동을 심청이 들을 수 있게 세게 안았다. 작은 두상 위에 턱을 올린 채 유신이 작게 속삭였다.

"왜 그런 표정 짓고 그래? 네 입으로 그랬잖아, 앞으로 험한 말 안 듣겠다고. 나도 나쁜 말 안 할 테니까 너도 그렇게 인상

쓰지 마."

너야말로 정말 왜 그러니? 얘가 미쳐도 단단히 미쳤나 보다. 미치면 사람이 이렇게 바뀌는구나. 심청은 마치 성인군자가 된 것처럼, 너무나 이상하게 변한 유신으로 인해 모처럼 낸 기운이 소진됨을 느꼈다. 뱃속의 아기는 무조건 낳을 생각이었는데. 자기 때문에 아빠가 정신이상자가 된 걸 알면 태어나는 아기도 불행하겠지? 그리고 무엇보다 유신이 이렇게까지 아이 문제로 충격을 받는 게 싫었다.

유신에게 아비 노릇 똑바로 하라며 네가 좋아하든 말든 난 무조건 아이를 낳을 거라고 협박할 생각에 오 분 전만 해도 짜릿했더랬다. 아이고, 내 팔자야. 그렇게 내 복에 무슨 복수를 한답시고. 수백억에 달하는 강씨 집안 후계자의 엄마랍시고 거들먹거리려 했던 나름대로 귀여운 발상은 저 멀리, 저 강 건너로 넘어간 듯하다.

"강유신, 걱정하지 마. 내일은 주말이니까 주말까지만 쉬고 월요일 날…… 병원 가서 수술할게."

두 눈을 감고 감격에 젖어 있던 유신이 어리둥절한 표정으로 심청의 어깨를 살짝 떼어냈다.

"수술? 무슨 수술? 임신하면 받아야 할 수술이 있냐? 애기한테 해롭지 않아?"

너무나 능청스럽게 구는 유신으로 인해 심청은 화가 머리끝까지 치받쳐 올랐다. 이게 가만히 보아하니 아주 고단수로 나오고 있네. 뭐? 임신하면 받아야 할 수술이 있냐고?

이런 우라질 놈! 차라리 처음부터 바보라면 그러려니 하겠다. 멀쩡, 아니, 멀쩡 이상으로 생겨서 여자들 홀리고 다니는, 명색이 최고 대학 다니는 놈이 임신했단 한마디에 시침 뚝 떼고 바보 노릇 하는 건 고단수의 두뇌플레이가 아니고 무엇이랴! 그만큼 이 아이는 자신 혼자 만든 아이가 아니라고 했건만. 이 오노하고 친구할 놈!

"야! 강유신! 치사하다, 치사해. 치사해서 내가 양보한다. 더러워서라도 유산할게. 뭐? 임산부도 수술할 게 있냐고? 애한테 해롭지 않은 게 아니라 아예 없애는데 해로울 거나 있니? 내 몸이 그만큼 축날 뿐이지. 바보 흉내 내려면 티 안 나게 똑바로 해. 막말로 이 아이 내가 생기게 했니? 네가 매일, 아니지, 매일이 뭐야, 무슨 변강쇠도 아니고 밤새 응응 하니까 애가 안 생기면 그게 이상한 거지. 즐기는 건 좋고 책임은 지기 싫다? 네 인물이랑 덩치가 아깝다. 그래, 네 입장도 이해가 안 가는 건 아니야. 빚쟁이 마누라 데리고 사는 것도 죽을 노릇인데 애까지 생겼다고 하니 당장 뛰어내리고 싶을 거야. 불쌍한 중생 구제 차원에서 내가 좀 아프고 말게. 넌 평생 그렇게 살다 죽을 놈이야!"

심청은 흥분한 것치곤 의외로 담담하게 이야기를 마무리했다. 아마 이렇게 이야기가 진행될 것이라고 미리 각오한 탓에 충격도 덜한 편인가 보다. 유신이 미친 척까지 할 거라고는 예상치 못했지만.

심청이 식탁 위에 올려놓은 우유를 흘낏 바라보고는 자신의 어깨에 올려져 있는 유신의 손을 담담하게, 그러나 매정하게 뿌리쳤다. 이번에는 아주 손쉽게 제거되었다. 의외로 쉽게 떨어져 나가는 손길에 쓴웃음이 올라왔다.

좋은가 보네. 자기 입으로 유산하라는 말 하지 않고도 원하는 결과를 얻었으니까. 심청이 어금니를 꽉 깨물고는 억지로 미소를 지으며 돌아섰다. 울며불며 매달리지 않고 나름대로 깔끔하게 정리했다는 자부심을 갖자며 애써 기운을 냈다.

그렇지만…… 그렇지만 아기한테는 너무 미안하다. 다른 사람들은 어떻게 해서라도 아이를 지키고 싶어할 텐데 자신은 자기의 편리에 의해 아이를 낳고 지우고를 결정하려 하니 당연히 이런 벌을 받지. 부모가 되는 것은 쉬워도 부모 노릇 하기는 힘들다고 하더니 그 말이 맞는 모양이었다. 아직은 한참 자격 미달이라서 이 아기를 안 주시려는 모양이다. 그러면 처음부터 주지나 마시지.

쿵!

무언가 넘어지는 소리가 들렸다. 저렇게 큰 소리를 내며 쓰러질 물건이 부엌에 있었던가? 무심코 뒤를 돌아본 심청의 눈이 휘둥그레졌다. 쓰러질 물건이 있었다. 아니, 쓰러진 물건이 있었다.

"유신아!"

이번에는 심청이 하얗게 질린 채 거실로 옮기던 발걸음을 멈추고 한달음에 주방으로 달려갔다. 이놈의 아파트는 쓸데없이 크기만 해서 청소할 때도 그렇거니와 무슨 일이 생겨도 늘 달려야 한다. 하다 하다 집 크기에까지 불만을 터뜨리며 심청은 주방 바닥에 벌렁 자빠져 있는 유신의 곁에 주저앉았다.

"걱정하지 말라니까. 나도 이 아이 끝까지 낳을 생각은 아니었으니까 넌 그냥 몰랐던 걸로 해. 너한테 얘기하지 않는 건데 그랬어."

유신을 안심시키기 위해 한 이야기건만 도리어 긴 몸을 부들부들 떨며 유신이 아주 힘겹게 말을 꺼냈다.

"말도 안 돼…… 말도 안 돼……."

겨우 같은 말을 반복하던 유신이 그대로 기절해 버렸다. 겁에 질린 심청은 와들와들 떨며 그제야 미처 몰랐던 한 가지 사실을 깨달았다. 미친 사람의 그 다음 증세는 기절이라는 것을.

"이 나쁜 놈아, 기절은 내가 하고 싶은데 왜 네가 하는 거야. 나도 무서워 죽겠는데 왜 네가 먼저 기절을 하냐고!"

심청이 아앙 울음을 터뜨리고는 유신의 늘어진 몸을 때리고 꼬집기 시작했다. 그 와중에도 유신에게 혹여 생채기라도 생길까 봐 조심조심이었다.


탄탄한 허벅지 위에 걸쳐진 삼각 수영복 차림을 한 유신에게 여자들의 시선이 한꺼번에 쏟아졌다. 유신은 그런 시선이 이제 그만 귀찮다는 듯 수경을 쓰고는 긴 팔다리를 흔들며 느긋하게 준비 운동을 마쳤다.

폼나게 입수하면 다들 자지러지겠군. 거만하게 눈을 빛낸 유신은 매끄럽고 완벽한 동작으로 물속으로 몸을 날렸다.

"으아악!"

자지러지는 비명 소리가 지축을 울렸다. 방금 전까지 넋을 잃고 바라보는 추앙꾼들이 아닌 유신이 낸 소리였다. 방금까지 푸르게 물결치던 수영장 안의 물은 오간 데 없이 유신이 맨땅에 헤딩을 하고 있었다.

"으으으!"

신음 소리를 내며 유신이 머리를 감쌌다.


잘생긴 얼굴 가득 인상을 쓰며 유신이 겨우 눈을 떴다. 짧은 시간 기절을 한 것도 황당한데 꿈까지 꾼 탓인지 유신의 표정이 몽롱했다.

"유신아, 이제 정신 들어? 막 119 구조대 부를 참이었는데. 너내가 누군 줄 알겠니? 내 이름 한번 말해 봐. 너 몇 살이야? 너희 부모님 성함은 기억나?"

심청의 호들갑스러운 질문에 이맛살을 찌푸린 유신이 억지로 몸을 일으키고는 이마를 짚었다. 골이 지끈거리는지 잠시 긴 손가락으로 머리를 이리저리 누르고는 고개를 몇 번 돌리더니 동작을 멈추었다. 만약의 사태를 대비해 유신에게서 시선을 떼지 못하던 심청이 눈을 커다랗게 떴다.

"왜? 골에 금 간 것 같니? 아무것도 기억나지 않아?"

차라리 기억상실증이면 나을 것 같았다. 어차피 이렇게 될 거 아무것도 기억하지 못하고 오늘 오전 정도까지만 기억한다면 저도 상처받지 않고 나도 조용히 혼자 해결하고. 심청의 염려스러운 눈길을 노려보며 유신이 갑자기 주먹을 꽉 쥐었다.

"으⋯⋯."

분노를 담은 신음 소리가 들리는가 싶더니 유신이 갑자기 심청의 긴 머리채를 낚아채고는 허공으로 확 틀었다. 그리고는 이를 갈며 아드득거렸다.

"너! 너 또 한 번 막말하면 그땐 절대 용서 안 해! 다신 그런 말 안 한다고 맹세해! 어서!"

"아파. 무슨 맹세를 하라는 거야? 네 바람대로 아이 지우⋯⋯ 어맛!"

심청의 종알거리는 입술을 유신의 입술이 강하게 틀어막았다. 심청의 두 뺨을 양 손바닥으로 강하게 밀어붙인 통에 영락없는 오리 형상을 만들고는 숨도 내쉬지 못하게 한 뒤 오로지 자신의 숨결을 불어넣었다.

"으읍, 으읍!"

헛구역질 소리가 아니다. 심청이 숨이 막혀 헐떡거리는 소리였다. 이놈이 아주 완벽하게 압사시키기로 작정을 했나 보다. 이게 일명 죽음의 키스라는 건가. 그래, 가슴이 막혀 죽느니 차라리 기도가 막혀 죽는 게 더 빠르고 고통도 덜하겠지.

그런데 참으로 이상하다. 절망스러운 신음이 나와야 하는데 점점 에로틱한 쇳소리가 나오니 이게 어찌 된 영문인지 모르겠다. 말캉말캉한 두 혀가 절대 떨어지지 않을 것처럼 꼬여서는 도무지 풀릴 기미가 보이지 않는다. 그러니 더 환장하겠다. 이젠 애태워서 죽일 작정인가?

입천장을 간질거리던 유신의 혀가 아이스크림을 빨아 먹듯 심청의 혀를 할짝거렸다. 그와 동시에 심청의 숨도 할딱거리기 시작했다.

그렇게 얼마나 시간이 흘렀을까. 등 뒤로 편안함이 느껴지고 나서야 심청은 자신이 침대 위에 뉘어진 것을 알았다.

아무 말 없이 황홀한 키스로 혼을 빼놓은 유신이 자신의 눈동자를 하염없이 바라보자 심청은 가슴이 두근거렸다. 냉정하게 판단하면 미친 건 유신이 아니라 자신일지도 모른다. 어떻게 된 인간이 유신만 보면 이성을 놓아버리는지 모르겠다. 아무래도 자신은 요조숙녀였던 할머니들의 피가 아닌 변형된 유전자를 타고난 것이 틀림없다. 안 그러고서야……

"쉬고 있어. 금방 돌아올게. 일단 넌 쉬어야 해. 아무 생각 하지 말고 편안하게 쉬고 있어. 응?"

심청의 손을 만지작거리던 유신이 마치 자신의 기라도 불어넣어 주듯 꽉 쥐었다 놓았다. 도무지 속내를 모르겠다는 심청의 반짝이는 두 눈을 보며 싱긋 웃어주기까지 하더니 이마에 키스를 해주고는 이불을 꼼꼼하게 덮어주었다.

 침대에서 일어나 문을 향해 걸어가던 유신이 걸음을 멈추더니 잠시 숨을 내쉬는 것이 느껴졌다. 달칵거리는 문소리와 함께 유신의 모습이 보이지 않자 심청이 발딱 일어나 앉았다.

 아직도 유신의 손길이 남아 있는 자신의 손을 들어 키스로 부풀어 오른 입술을 만지작거리며 중얼거렸다.

 "금방 돌아온다고? 어딜 가는데 쉬라는 거야?"

 심청의 눈길이 닫힌 문에서 떨어지질 않았다. 고개를 갸웃거리던 심청이 갑자기 흠칫 놀랐다. 얘, 혹시 서재에 간 거 아니야? 유신이 보여주는 화려한 기술들을 전수해 주는 곳이자 아주 가끔 공부를 하는 곳. 심청이 정신없이 눈동자를 굴렸다.

 놈이 숨겨놓은 애지중지 폴더에 보면 '마지막 숨통을 너에게'라는 영화가 있다. 그걸 어떻게 아냐고? 그거야 당연히……심청이 헛기침을 했다. 유신이 자신의 물건을 뒤진다거나 훔쳐보지 않아도 심청은 틈만 나면 보이는 한도 내에서 물건 검열을 하곤 했다. 조상의 빛난 얼을 생각한다면 절대 해서는 안 되는 행동이지만 아내로서 당연한 권리이자 의무이다.

 유신의 성질머리가 지랄 같아도 어찌 되었든 나 민심청의 남편이다. 잘생긴 남편을 둔 이상 만일의 사태에 대처하는 건 아내의 기본자세다. 그렇기 때문에 이메일까지는 해킹을 하지 못하더라도 놈의 휴대전화 메시지나 컴퓨터 폴더를 틈만 나면 열어보았다.

지피지기면 백전백승이라는 정신에 입각해서 유신이 무얼 하는지 알아야 했기에 조사하는 것이지 동영상이 목적은 아니었다. 최근 문서를 열어보니 저 제목이 보였을 뿐이다.

자신은 완벽하다고 철석같이 믿고 있는 민심청. 알고 보면 유신이 열어본 파일들을 모두 삭제하고 저를 골리기 위해 일부러 야한 영상을 클릭해 두는지는 전혀 알지 못했다. 심청을 놀리는 것이 재미있어 유신은 어린 여배우의 사진을 바탕 화면의 배경으로 깔아두었다.

그 사실을 전혀 모르는 심청은 유신이 보물같이 아끼는 국민 여동생 문군영—결단코 심청은 갸를 여동생 삼은 적이 없다—의 사진을 보며 이를 갈 뿐이었다.

각설하고 최근에 유신이 본 영상이 어떤 내용인가 궁금해 클릭을 해보았더니 여자가 남편한테 바락바락 대들다 '응응' 고문을 당한다는 참으로 여주인공의 아픔이 공감되는 그런 영화? 영상이었다. 무슨 놈의 영화가 침대 외에는 장면 전환도 전혀 없어 결국 몇 분 보다가 닫기는 했지만 제목으로 보아 남자 주인공이 여자 주인공의 목숨을 끊어버리는 것이 틀림없다.

강유신 저 인간도 설마 내 숨통을 노리기 위해 복습에 들어간 거 아니야? 왜 진작 그 영화의 마지막 장면을 봐두지 않았던고. 심청은 갑자기 소름이 끼쳤다.

내일 아침 조간신문에 일제히 '도곡동 푸를래요 아파트 21세 유부녀 변사체로 발견' 이런 제목으로 얼굴과 주요 부위만 가린 채 나체 사진으로 기사에 실린 자신의 모습이 그려졌다.

뒤를 이어 삽시간에 각종 언론 매체의 선정적인 보도 문구들이 지나갔다. 21세의 젊은 부부가 '응응' 을 하는 도중 부인이 돌연사했다. 국과수의 수사 결과 사인은 '응응' 중 복상사였다. 충격을 받은 어린 남편 강모 씨는 슬픈 표정은커녕 창피함 때문인지 서둘러 아내의 장례식을 치렀다. 잘생기고 돈 많은, 상처한 젊은 남편 강모 씨를 위로하기 위해 전국에서 여자들이 벌떼처럼 몰려들었다…….

심청이 바르르 발작했다. 놈은 그런 시나리오를 만들고도 남았다. 지난봄 만우절 사건만 봐도 충분히 그럴 소지가 있었다. 심청이 꼬르륵거리며 그대로 뒤로 넘어갔다.

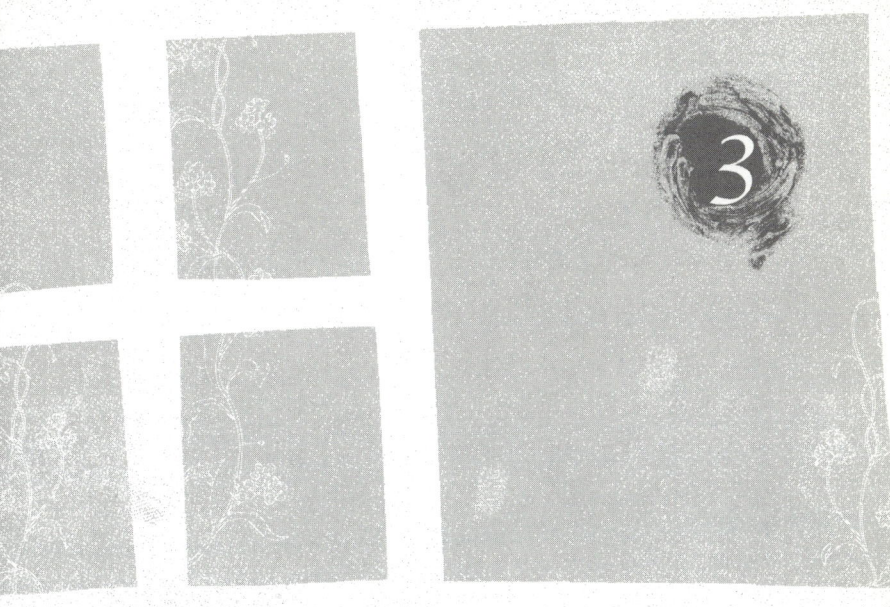

ㄱ날은, 날씨가 우라지게—당시를 떠올리면 미적인 표현이
절대 나오지 않는다—좋았었다. 오빠 일찍 갈 테니 저녁 맛나게
해놓으라는 문자를 남긴 놈은 자정이 넘어서야 비틀거리며 귀
가했다.

"민심청! 너 나한테 고백할 거 없냐?"

희미한 알코올 냄새를 풍기며 놈이 다짜고짜 물었다. 보나마
나 새벽녘이 되어서야 놈이 올 거라고 생각한 심청은 몰래 꿍쳐
놓은 비자금 통장을 보며 흐뭇해하던 중이었다. 기척도 없이 열
린 방문으로 인해 혼비백산한 심청은 재빨리 가계부 밑으로 통
장을 숨겼다.

"뭐…… 뭐얼?"

심청은 가슴이 뜨끔거려 저도 모르게 말을 더듬었다. 놈이 혹시 비자금 통장을 본 건가? 워낙 잽싸게 숨겨 그건 보지 못했을 것 같기는 한데 도둑이 제 발 저린다고 놈과 눈을 마주치려니 힘겨웠다. 하지만 못 보았다는 데 한 표를 던졌다.

심청이 유신에게 한 가지 감탄하는 것이 있다면 놈은 절대 가계부나 개인적인 소지품을 뒤져 보지 않는다는 것이다. 심청이 먼저 보여준다고 해도 그건 네 소관이니 알아서 하라며 관심도 두지 않았다. 뭐, 돈에 대한 개념이 없으니 그런 것이겠지. 그것만 봐도 돈 때문은 아닌 것 같기는 한데 뭘 고백하라는 거야? 지난번에 건강식이라며 놈이 마시는 우유에 겨자와 식초, 후추와 간장을 적당히 가미해서 내놓았다가 초상 치를 뻔한 일 이후 딱히 잘못을 저지른 건 없었다.

"오오, 말까지 더듬는 걸로 봐서는 분명히 숨기는 게 있어. 너, 이 오빠가 셋 셀 동안의 기회를 준다. 불어라."

내가 나팔이냐, 통소냐고? 불기는 뭘 불어! 거기다 뻔뻔스럽게 오빠는 무슨 오푸아!

이놈아, 어째서 851227로 시작하는 번호가 851020으로 시작하는 번호보다 오빠냐? 그건 어느 나라 계산법이냔 말이다. 엄밀히 따지면 내가 두 달 누나인데. 하는 짓이 같잖고 귀여워서 너그럽게 봐주는 건지도 모르고. 심청은 가볍게 콧방귀를 뀌었다.

처음부터 자꾸 오빠라고 우겨서 심청은 놈이 정말 자신보다 몇 달이라도 생일이 빠른 줄 알았었다. 한데 웬걸! 독립하고 의료보험 카드를 발급 받아본 순간 심청은 자신이 속았다는 걸 알았다.

그런데도 놈은 아주 뻔뻔스럽게 호적이 잘못된 것이라고 우겨 댔다. 이미 심청이 시어머니에게 사실을 확인했는데도 말이다.

"불기는 뭘 자꾸 불으라는 거니. 나 초등학교 음악 시간 때 리코더 불어본 게 마지막인데. 집에 리코더도 없잖아."

심청은 부러 동문서답을 하고는 놈의 눈치를 살폈다. 자꾸 불라고 우기면 본가에서 가져다 놓은 장식장의 독사주(酒)로 병나발을 불 작정이었다.

"호, 요것 봐라. 민심창이 요게 아주 머리 쓰네. 사람이 자고로 솔직해야지. 너랑 나랑 명색이 부부인데 자꾸 거짓말하고 그러면 콩가루 집안 되는 거 순식간이다. 가정 경제가 파탄나는 첫 번째 이유가 배우자를 속이는 데 있다 이 말이야!"

어유, 됐거든! 뭐 묻은 놈이 지금 누굴 가르치려 드는 거야. 콩가루 집안 된 지 옛날 옛적인 거 너만 빼고 다 알아! 심청이 돌아서서 입술을 삐죽거렸다.

"민심청, 너 나 좋아하냐?"

"뭐?"

심청의 눈이 당장이라도 가출할 것처럼 동그래졌다. 이놈이 어디 가서 순 사이비 박수무당이라도 만나고 왔나, 첫새벽부터 웬 헛소리여? 술 취했으면 고마 가서 자라. 이 누나 네놈 기다리느라 지쳐서 피곤하니까. 주인이 오기 전에 노예가 먼저 잠드는 법은 강유신 월드─놈은 집을 월드라고 칭했다─에서는 통하지 않는다며 놈은 무조건 기다리게 했다.

"놀라는 거 보니 맞네. 너 나 좋아하지? 아니, 사랑하지?"

쯧쯧. 술을 퍼마셔도 곱게 퍼마실 것이지. 서유나랑 어디 가서 또 삼류 비디오 한 편 감상하고 온 모양이네. 내가 몰라서 참는 게 아니라 결정적인 증거를 잡기 위해서 풀어주는 거거든. 알아서 기는 게 망신살당하지 않고 이 세상 살아가는 방법일 거다. 그리고 뭐? 사랑? 사랑은 개뿔! 네놈 같은 성격 파탄자를 좋아하면 내가 네 말처럼 민심청이 아니고 만신창이다! 그렇지만 일단은…….

"당연하지. 사랑하고말고. 난 인류애가 넘쳐서 모든 사람은 사랑받고 또 사랑해 줘야 한다고 생각하거든. 사람을 사랑한다는 건 참 좋은 일이잖아."

자신의 대답이 만족스러운 듯 심청이 흐뭇한 미소를 달고 유신을 향해 미소를 지었다. 네놈이 이곳 월드에서는 날 노예처럼 부리고 무뇌아 취급해도 밖에 나가면 일등 한 번 빼앗겨 보지 않은 게 나란 사람이거든. 내 스스로 빚 청산할 때까지는 그저 죽어지낼 거라니까.

심청이 거의 바보 수준으로 싱긋거리자 유신의 코 평수가 평균치에서 한참을 벗어나 넓어지더니 히죽 웃기 시작했다.

갑자기 심청은 은근히 불안해졌다. 놈이 저렇게 웃을 때면 무언가 있다는 증거였다.

"사실대로 말하면 재고해 볼까 했는데 네 말이 진실이 아닌 가식처럼 느껴지는 건 왜 그럴까 모르겠다. 아무래도 터뜨리는 게 낫겠군."

밑도 끝도 없는 말을 남기고 유신이 방문을 닫았다. 놈이 휘휘거리는 휘파람 소리가 귓가를 사정없이 어지럽힌다. 저건 분명 무언가 있다는 거다. 심청은 머리끝에서 화악하고 열이 달아오름을 느꼈다. 위험하다는 경고 신호가 자동센서처럼 바로 압력을 가했다.

"저기……."

심청이 급히 자리에서 일어나 방문을 뛰쳐나갔다. 놈이 체력단련실로 쓰는 방으로 들어가는 것을 가로막으며 심청은 숨을 헐떡였다. 육십 평 아파트는 아무리 생각해도 자신에게는 너무 넓다. 유신이 측은한 표정으로 심청을 훑어 내렸다.

"쯧쯧! 다리가 짧으니 그저 죽어라 뛰는구나, 뛰어. 이 아파트가 고급 자재로 지어졌으니 망정이지, 안 그랬음 이 아파트 예전에 무너지고도 남았을 거야. 넌 그런 의미에서라도 날 더욱 정성 들여 봉양해야 돼. 네 주제에 무슨 수로 나처럼 능력있는 남편을 만날 수 있었겠냐 이 말이다. 언더 스탠?"

언더 스탠이고 스댕 그릇이고 간에. 심청은 아주 공감한다는 듯 고개를 크게 끄덕거렸다. 비굴하지만 삶 자체가 워낙 굴곡지

다 보니 어떤 상황에서도 이젠 노예근성과 아부가 손발을 맞추어 아주 척척이다.

"어우, 내가 입이 아파서 더는 말을 안 할 뿐이지. 항상, 올웨이즈, 늘 고맙게 생각해. 넌 정말 내 삶의 은인이야, 유신아."

우웩! 오, 지쟈스! 당신의 어린양을 불쌍히 여겨주소서! 호부호형하지 못한 길동 할아버지의 마음이 어떠했을까 조금이나마 이해가 간다면 신께서도 제 마음 아시겠지요?

울화병으로 인한 위산 과다로 속이 쓰리다 못해 아려왔지만 심청은 이를 살짝 드러내 보이며 웃었다. 웃는 얼굴에 침 못 뱉는다는 속담 때문에 그러냐고? 아니다, 저놈은 웃어도 침 뱉는다. 조금이라도 인상을 쓰면 네가 후기 인상파의 대표주자냐며 시비를 거는 통에 항상 나사 빠진 아이처럼 웃는 게 습관이 됐을 뿐이다. 더 묻지 마라, 이런 말 하는 본인은 더 비참하고 괴로우니까.

"비순각 각도 조절하라고 했을 텐데. 콧구멍이랑 잇몸이랑 조절 잘해서 보이지 말고 웃으라고 했었다."

써글 놈! 내가 그게 뭔 각도인지 알 게 뭐야! 새벽녘 성인방송에서 해주는 란제리 쇼 보며 이죽거리던 제 놈은 언제 각도 조절하고 웃나 보지?

"어우, 내가 왜 그랬을까. 조심한다고 했는데 또 그랬나 보네. 그런데 저, 유신아. 뭘 터뜨린다는 거야?"

심청은 그저 지나가는 말처럼 슬쩍 유신을 떠보았다. 놈이 제대로 대답을 해줄지는 의문이지만 의외로 단순한 구석이 있어서 띄워주면 또 술술 불 때도 있었다.

"내가 묻는 말에 넌 대답 잘 안 하는데 내가 미쳤냐? 너한테 내 계획을 가르쳐 주게."

계획?

심청의 눈이 휘둥그레졌다. 갈수록 태산이라더니, 스무고개도 아니고 뭐가 이리 복잡하담. 심청은 눈매를 반달처럼 휘며 유신에게 아양을 부렸다.

"어우, 유신아. 그러지 말고 얘기 좀 해주라. 응?"

유신의 소매 뿌리를 잡고 심청이 고개까지 까딱거려 가며 반동을 탔다. 비굴도 이런 비굴이 없다.

"너 지금 이게 뭐 하는 지랄레이션이냐. 이 오빠 지금 알코올이 살짝 들어가서 어지러우니까 좋은 말로 할 때 내 팔 진정시키는 게 좋을 거다."

유신의 말이 떨어지기 무섭게 심청이 흔들던 소매를 냉큼 내려놓았다. 그리고는 놈의 팔을 꾹꾹 누르며 안마를 했다.

"너, 나 사랑하지?"

심청의 입가가 순식간에 일그러졌다. 지랄레이션은 네가 한다, 강유신. 네놈을 사랑할 바에야 우리 가문의 원수인 장희빈을 사랑하고 말지.

"또 대답을 안 하네. 너 내 싸이버월드 알지?"

심청은 핏 하고 비웃음을 삼키고는 고개를 돌렸다. 또 그 방

문자 수가 엄청나다는 미니 홈피 자랑? 유신이 말하는 싸이버월
드란 모 사이트에서 제공하는 개인 홈페이지 같은 곳이었다. 실
명제로 누구나 만들 수 있는 그곳은 심청도 이미 만들어놓은 상
태였다. 놈에게 트집 잡히지 않기 위해 모든 기능을 막아뒀지
만. 하여간 어찌 알고들 찾아왔는지 놈의 미니 홈페이지에는 하
루에 많게는 천 명 가까이 다녀가고 있었다. 메인 페이지에 유
신의 전면 사진이 떡하니 떠 있는 탓인지 특히 여자들이 지랄
발광을 해댔다.

　하여 심청은 그곳을 비싼 밥 먹고 할 일 없는 인간들이 궁상
떠는 곳이라고 일찍이 규정지어 놓았다.

　"조만간 방문자 수가 십만 명을 기록할 예정이거든. 이 오빠
대단하지? 감사 차원에서 내가 영상 하나를 올려줄까 고민 중이
지."

　"영상? 무슨 영상?"

　잔뜩 궁금해하는 척했지만 당연히 예의상 하는 질문일 뿐이
다. 보나마나 뻔하지. 놈의 컴퓨터 폴더에 들어 있는 영상들이
라고는 온갖 야동에 성인물밖에 없으니. 하여간 제 이름 걸고
꾸미는 홈페이지에 그런 걸 올리는 건 저 인간밖에 없다. 심청
은 하도 기가 막혀 혀를 차기도 귀찮았다.

　"혹시 네가 아낀다는 영상물들? 요즘 애들은 포르노라면 웬
만해선 다 보지 않았을까?"

　심청의 말에 유신이 눈을 빛냈다.

"내가 네 컴퓨터를 봤다는 게 아니라 네가 저번에 그랬잖아. 거기는 너의 보고(寶庫)라고."

심청이 서둘러 변명을 했다. 놈의 눈치를 살피니 뭐 개의치 않는 것 같다. 그 모습이 심청은 왠지 더 불안했다.

"그런 건 너무 작위적이잖아. 내가 올려주려는 건 네 동영상 이야."

"뭐?"

그거 잘됐네. 그렇잖아도 요즘 연예인들 예전 졸업 사진과 현재 사진을 비교하며 호박에 줄 그으니 수박이 되더라 하는 놀이가 유행이라더니. 그건 심청도 마다하지 않을 작정이었다. 지금도 밖에 나가면 귀엽고 깜찍하다는 소리를 많이 듣지만 어렸을 적엔 거의 지존감이었다. 놈이 만날 말로는 못생겼다고 구박해도 은근히 자랑을 하고 싶었는가 보다.

어렸을 적 모습부터 최근 모습까지 사진을 작업하면 영상물 하나 제대로 나오겠네. 모델이 워낙 출중해야 말이지.

"뭐, 그럼 그렇게 하든지."

"호? 그래? 이야, 민심청 너 엄청 과감하다. 하긴 너 응응 할 때 교태 부리는 거 보면 장난 아니니까 뭐 그럴 만도 하지. 싫다고 징징대다가도 실전에만 들어가면 사람 못살게 구는 게 너 아니냐."

이놈이 시방 뭐라는 겨? 응응은 뭐고 교태는 또 뭐야?

심청이 벙찐 표정으로 유신에게 설명을 구했다. 유신이 슬쩍 인상을 썼다.

"네 '응응' 영상."

"'응응' 영상? 나?"

심청이 설마 하는 표정으로 웃고는 유신의 손을 다급하게 잡았다. 오늘만 해도 벌써 몇 번째 잡는 건지 모르겠다.

"어우~ 유신아, 넌 농담도 너무 고품격으로 한다. 나 심장 약하잖니. 불쌍히 여겨서 그런 과한 농담은 좀 조심해 주라."

"농담? 누가 농담을 해? 너 언제 내가 농담하는 거 봤냐?"

별이 한 개, 두 개, 세 개…… 심청은 갑자기 눈앞이 캄캄해졌다. 그러니까 뭐야, 말로만 듣던 그 세모양, 네모양, 별양들이 찍혔다는 몰래카메라의 주인공들 중에 나도 포함된다는 거야? 뼈대있는 여흥 민씨 가문의 영양인 자신이 훌러덩 벗고 설치는 동영상이 인터넷을 타고 퍼진다고? 저놈이 도대체 남편이 맞기는 한 거야?

다리에 힘이 풀린 심청이 갑자기 흐늘거렸다. 유신의 손을 잡고 있지 않았다면 그대로 바닥에 주저앉을 판국이었다.

"쯧쯧, 어울리지 않는 짓 하고 있네. 똑바로 서라, 민심청."

눈 하나 깜짝하지 않고 윽박지르는 유신으로 인해 심청의 충격은 더욱 컸다. 이런 놈을 낳으려면 뭘 먹어야 하는 거야. 얘, 정말 내 남편 맞아?

"그렇지만 유신아, 그거 올리면 너도 손해 아니니? 그건 자폭 행위야. 부부가 그게 무슨 망신이니?"

심청이 울먹거리며 유신을 설득하려 했다. 제 놈도 나오는 영상을 설마 하니 올릴까 안심이 되면서도 긴장을 늦출 수 없었다.

"내가 또라이냐? 당연 나는 안 나오지. 민심청, 너 조만간에 잡지사랑 신문사에서 인터뷰하자고 난리일 텐데 미리 연습 좀 하지 그러냐. 카메라발 잘 받게 마사지도 좀 하고 그래라."

"야, 이…… 이…… 유신아, 아까는 내가 너 골려주려고 거짓말한 거야. 실은 나 인류애 같은 거 없어. 인류애는 무슨 개뿔 같은 소리라니. 난 오로지 너밖에 좋아하는 사람도 없고 내 인생에 남자는 너 하나다, 내 사랑은 오로지 강유신님밖에 없다고 맹세한 사람이야, 내가. 아깐 부끄러워서 그랬어."

심청이 간절함을 담아 놈을 설득하고 나섰다. 방금 전 말을 제대로 해석한다면 이랬다. 이놈아, 제발 좀 이성을 찾아라. 네 놈 자다가 나한테 칼침 꽂히면 어쩌려고 그러니, 응?

"언제부터 날 사랑했는데?"

싱긋거리며 유신이 얼굴을 근접해 오자 심청은 저절로 얼굴을 돌렸다. 그러자 유신의 인상이 험악하게 굳어졌다. 놀란 심청이 퍼뜩 유신을 향해 얼굴을 들이밀었다. 커다란 눈동자를 반짝거리며 동그란 코의 구멍이 다 보일 만큼 놈을 향한 모습이 마치 유치원생처럼 보였다.

"나 오늘 어린 송아지 구이에 와인 마셨거든. 거기다 2차로 소주 마셨다. 하여 이 오빠, 속이 아주 많이 불편하니까 네 두터운 면상 치우는 게 이로울 거다. 그건 그렇고 나 언제부터 사랑했다고?"

하여간 의리라고는 파리 발바닥만큼도 없는 놈! 내가 누구 때문에 살이 찌는데. 온다고 하는 시간에 제대로 온 적이 없고 밥을 좀 많이 먹는다 싶으면 핀잔이고 살 빼면 당장 쫓겨날 줄 알라고 성화고. 하여간 놈의 행동과 말을 종합해 보면 혼자서 널 뛰고 그네 타고 아주 가관이다.

위와 같은 사정으로 인해 심청은 일단 밥을 하며 간단하게 끼니를 해결했다. 후에 유신이 오면 또 한 그릇을 먹는 방법으로 지내온 지 일 년이 넘다 보니 인격과 맞먹는 살이 포동포동하게 쪄나가는 중이다. 혼자 굶고 기다려 봐야 이 인간이 알아주지도 않을 것이다. 그걸 바란다면 바라는 인간이 미친 거다.

"또 거짓말했냐? 나 좋아한다며? 사랑한다며? 나 기다리는 거 무진장 싫어하는 사람이란 거 알 텐데."

시간이 얼마나 지났다고 그새를 참지 못하고 또 협박질이다. 심청은 커다란 눈을 굴리며 고심 끝에 풀이 죽은 한숨 소리를 토해냈다. 어려서부터 거짓말은 나쁜 것이라고 귀에 못이 박히도록 듣고 자랐는데 이제는 천연덕스럽게 거짓말을 잘도 지어내고 있었다.

그러나 왠지 이번 대답은 거짓말을 하면 안 될 것 같았다. 조금 더 솔직하자면 거짓말을 하기 싫었다. 지금까지와 너무 다른 이율배반적인 행동이지만……

"그게…… 그게…… 그러니까 네가 나랑 처음으로 바닷가 간 날……."

심청이 더듬거리며 말을 꺼내더니 결국 울먹거리기 시작했다. 나쁜 놈, 평생 혼자 간직하려고 했었는데…… 아주 나쁜 놈, 기어코 그걸 불게 만드는 치사한 놈.

시뻘겋게 달아오른 심청의 뺨을 바라보는 유신의 눈빛에 흡족함이 가득 묻어났다. 눈물을 뚝뚝 흘리며 우느라 유신의 표정을 감지 못한 심청은 무엇이 그리 서러운지 딸꾹질까지 해댔다.

"야, 좋으면 말로 해. 왜 꼭 여자애들은 그렇게 질질 짜면서 애정을 구하는지 모르겠네. 너 내가 그렇게 좋냐? 환장하겠네. 난 너 싫다는데 넌 도대체 내가 왜 좋다는 거냐? 하긴 내가 좀 잘났어야지. 너 네가 날 얼마나 사랑하는지 몸으로 보여봐라."

눈빛은 한없이 따스하면서도 여전히 거만하게 유신이 명령했다. 콧물과 눈물로 범벅이 된 채 훌쩍이던 심청이 인상을 쓰며 유신을 올려다보았다.

"몸…… 으로? 내가 널 어떻게 들어. 이 밤중에 기중기를 빌리러 갈 수도 없고."

"내숭 떨기는. 누가 너한테 안아달래? 하여간 나 샤워하고 올 동안까지 시간을 주겠다. 간만에 역기 좀 들어보고 자려고 했더니 애가 기회를 안 주네."

심청의 머리를 일부러 흐트러뜨린 유신이 휘파람을 불며 사라졌다. 하여간 쌍놈의 집구석 출신 맞다니까! 심심하면 지 마누라 머리 쥐어박고 머리로 목 조르고. 가뜩이나 저 때문에 머리카락이 얼마나 빠지는데 왜 남의 머리는 흐트러뜨리고 지랄이야, 지랄은. 거기다 또 무슨 시간을 준다는 거야? 지가 시간을 만들었어? 왜 지가 신인 척하고 자빠지는지 모르겠다.

비 맞은 중처럼 구시렁거리던 심청은 갑자기 떠오른 문구에 소름이 오싹 돋았다.

〈특종! 주부 민심청 응응 동영상.〉

심청이 고개를 절레절레 저었다. 상상만 해도 끔찍하다. 아무렴 놈이 지 얼굴을 안 나오게 찍었다고 해도 설마 유포를 할까? 하지만 마음과 달리 심청은 한다 쪽에 무게감을 실었다.

더 재고 말 것도 할 것 없이 심청이 후다닥 유신의 방으로 점프하듯 들어갔다. 놈을 위해, 아니, 자신의 동영상이 유포되는 것을 막기 위해 울며 겨자 먹기로 옷을 벗은 뒤 얌전히 유신을 기다렸다. 자신은 분명 인현왕후의 후예가 아니라 어우동의 후손이 맞다고 자기 비하를 막 시작하려는 찰나 욕실 문이 열렸다.

"민심청, 너 내가 어제 새벽에도 질리도록 안아줬는데 만족이 안 되냐? 너 정말 나한테 아주 푹 빠졌구나. 오빠 허리도 좀 생각해 줘야 하는 거 아니냐? 이 오빠 아주 너 때문에 죽겠다, 죽겠어. 그래도 네 소원이 그러하다면 내가 널 뿌리칠 수 없지. 너

작년에 나한테 불우이웃 돕기 안 하냐고 물었었지? 일 년 내내 널 위해 내 몸 망가져 가며 돕는데 따로 할 필요 있겠냐?"

한껏 오만과 거드름을 피우며 유신이 어슬렁어슬렁 침대로 다가왔다. 심청이 목까지 덮고 있는 시트를 단숨에 걷어낸 후 털썩 눕고는 심청을 쑥 잡아당겼다. 놈의 손이 천천히 심청의 몸을 훑어 내렸다.

"민심청, 넌 인격도 별로 안 좋은 애가 배는 갈수록 튀어나오는구나. 그래도 다이어트니 뭐니 할 생각에 굶고 그러면 내 손에 먼저 죽는다. 짧고 굵어도 네 몸을 사랑해라."

쯧쯧쯧! 하여간 하나만 알고 둘은 절대 모르는 놈! 네놈이 하도 머리통을 쥐어박으니 나의 지식이 밀려 내려와 배에 안착한 거거든. 흥, 암것도 모르면서 웃고 있기는.

투덜거림과 달리 심청이 배에 잔뜩 힘을 주며 뱃살을 안으로 집어넣었다.

"배에 힘 풀어라."

유신의 한마디에 조금 납작해진 심청의 배가 삽시간에 불룩 튀어나왔다. 한참 동안 심청의 목덜미를 지분거리며 배를 쓰다듬던 유신의 손이 아담하게 솟아오른 가슴을 몇 차례 주물럭거리더니 이내 고른 숨소리를 내며 잠이 들었다.

유신이 준비자세만 취하다 잠이 들자 이것은 분명 합의할 뜻이 없음으로 받아들인 심청은 맞아 죽는 한이 있어도 자기 손으로 증거물을 폐기하기로 결심했다. 마음 같아서는 가슴에 얹어진 손을 패대기치고 싶지만 성질이 지랄맞은 놈이 예민하긴 또 얼마나 예민한지 몸을 조금만 틀어도 잠이 깬다.

조심조심 손을 떼어낸 심청은 잠시 동태를 살폈다. 이만하면 유신이 깨어날 리 없겠다는 판단이 들자 심청은 바닥에 떨어져 있는 유신의 셔츠를 걸치고는 유신의 성적(性的)보고인 서재로 잠입했다.

팔자에도 없는 스파이 흉내를 내어가며 심청은 컴퓨터의 전원을 아주 조심스럽게 눌렀다. 윙 하는 소리에 화들짝 놀란 심청은 조마조마한 마음으로 어서 화면이 뜨길 기다렸다. 다행히 성능 좋은 최신형 컴퓨터는 삽시간에 국민동생 문군영의 사진을 띄워주었다.

마우스 위에 손을 얹어야 하는데 떨림 현상이 너무 심해 몇 번이고 목표물을 벗어났다. 겨우 진정하고 놈의 '애지중지' 폴더를 클릭하는 데 성공한 심청은 한결 담담해진 얼굴로 폴더를 샅샅이 뒤졌지만 자신의 영상물은 보이지 않았다.

"도대체 어디 있는 거야?"

"누구? 나?"

혼잣말을 중얼거리던 심청은 소스라치게 놀라며 뒤를 돌아보았다.

"엄마얏! 유, 유신아……."

"민심청, 네 컴퓨터 고장났냐? 진작 말을 하지. 나 내 물건 손대는 거 그닥 좋아하지 않는데 말이야."

심청이 무얼 하고 있다는 것을 눈치챘을 텐데도 유신이 능청을 떨었다. 여유로움이 묻어나는 유신의 그런 행동이 심청을 더욱 불안하게 했다. 저런 행동은 필시 동영상을 유포하고 말겠다는 반증이다. 그러니까 화도 내지 않고…… 연상을 하던 심청이 갑자기 닭똥 같은 눈물을 흘렸다.

"유신아, 나 그거 올라가느니 그냥 죽고 말래. 우리 아빠 알게 되시면 충격으로 돌아가실 텐데 차라리 그거 보느니 내가 먼저 죽는 게 나아."

"자다 말고 도라지 먹었냐? 뭘 죽고 말고 한다는 거야."

"유신아, 우리 그거 없애 버리자. 그거 돌아다녀 봐야 너도 망신스러울 거잖아."

"난 괜찮아. 뭐, 마누라 누드 공개됐다고 화낼 쪼잔한 놈 아니거든."

심청이 바닥에 털썩 주저앉아 엉엉 울기 시작했다. 나쁜 놈, 내가 저한테 속살 보여주는 것도 얼마나 부끄러워하는지 알면서 그걸 올린다고? 내가 죽어서 귀신 되면 너부터 잡으러 올 거다. 그래서 평생 최용만 아저씨 스파링 파트너 되게 만들어 버릴 거야.

콧물을 훌쩍거리며 울던 심청은 갑자기 얼굴도 기억나지 않는 엄마가 보고 싶어졌다. 죽으면 엄마도 만날 수 있을 테니 어쩌면 죽는 것이 나을 것 같았다.

"엄마…… 엄마……."

심청이 서럽도록 울자 유신의 낯빛이 창백해졌다. 서둘러 심청의 곁에 쭈그려 앉으며 유신이 심청의 얼굴을 덮고 있는 눈물을 엄지손가락으로 지워냈다. 지워내기 무섭게 또다시 눈물로 차 오르는 심청의 눈을 들여다보는 유신의 눈길이 어쩐지 아파 보였다.

"민심청! 너, 분명히 나 사랑한다고 했다?"

남은 생사가 오락가락하는 상황인데 이 죽일 놈은 또 사랑 타령이다. 심청은 저도 모르게 고개를 끄덕거렸다.

"아, 미치겠네, 정말. 그러니까 내가 좋아 죽겠다 이거지? 기대해라, 내 오늘 너한테 특별한 성은을 내려줄 테니."

심청을 단숨에 들어 올린 유신이 책상 위에 얌전히 내려놓았다. 엉덩이에 와 닿는 키보드가 불편하다 느낄 사이도 없이 다리가 쫙 벌려졌다. 유신은 무엇이 그리 급한지 옷 속으로 손을 넣어 가슴을 움켜잡은 채 전희도 없이 속살을 밀고 들어왔다. 유신의 분신이 단숨에 자궁 끝까지 잇닿았다.

"아흑……."

심청의 손가락이 유신의 어깨에 아프게 박혔다. 아프게 내뱉은 신음 소리를 들었는지 잠시 멈춘 유신은 작은 돌기를 손가락 사이에 넣고 원을 그리듯 굴렸다. 그러다가 손등을 덮는 옷이 방해가 되었는지 갑자기 손을 빼낸 유신은 옷깃을 잡고 옆으로 활짝 벌렸다. 단추들이 작은 소음을 내며 바닥을 굴렀지만 유신은 오직 심청의 작고 앙증맞은 젖가슴에만 눈길을 주었다.

심청이 몸을 뒤로 젖힌 상태라 더욱 도드라진 가슴은 유신을 유혹하고 있었다. 침을 꼴깍 삼킨 유신은 머리를 숙여 한쪽 가슴을 덥석 물고는 사정없이 빨아 당겼다. 조그만 가슴이 유신의 입속으로 몽땅 삼켜질 것만 같은 착각에 심청의 입에서 흥분된 신음이 터져 나왔다. 그때를 놓칠세라 유신은 멈추었던 하체를 다시 움직였다.

정신없이 들쑤시는 유신의 분신 때문에 심청의 엉덩이도 쉼없는 리듬을 탔다. 이상한 신호음이 계속 들려왔지만 두 사람이 내는 호흡에 묻혀 제대로 귀에 닿지 않았다. 몇 번이고 심청을 울게 만들었던 유신이 심청을 끌어안고는 귓불을 아프게 깨물었다.

"아씨! 너 때문에 컴퓨터 프로그램 다 날아가 버렸잖아! 이거 백업도 안 시킨 건데, 너 오늘 죽을 각오해."

서재를 나선 유신이 심청을 침대에 메다꽂고는 미친 듯이 달려들었다. 백업을 안 시킨 거면 영상도 없어졌다는 소리네. 심청은 오로지 그 사실 하나에 매달려 감사의 눈물을 흘렸다.

시시때때로, 변화무쌍한 심청의 표정에 유신은 웃음을 참느라 죽을 지경이었다. 만우절인 것도 모르는 하여간에 둔탱이. 집 안에 감시 카메라가 있을 리 없다는 건 매일 청소를 하는 자신이 더 잘 알 텐데도 잔뜩 겁에 질린 심청이 우습기도 하고 너무 귀여웠다.

항상 자신을 골리려 머리를 굴리는 심청에게는 영악함보다 순진함이 많다는 것을 알고 있지만 이렇게까지 순진할 줄은 몰랐다. 서재에서 심청이 대성통곡하는 모습에서는 유신도 가슴이 울컥했다. 만우절 장난 한번 치려 한 것이 심청의 눈에서 눈물을 쏘옥 뽑아냈다는 것에 자괴감이 들려 해 서둘러 심청을 내리눌렀지만 그건 본능적인 것과 거리가 먼 유신만의 사과 방법이었다.

스물하나, 아직은 마음으로 다가가는 것이 어색하고 쑥스럽지만 언젠가 건강한 육신으로 다가갈 날이 있을 것이라고 유신은 스스로를 믿고 있었다. 비록 협박에 못 이겨 심청이 억지로 내뱉은 말이지만 사랑한다는 말을 떠올릴 때마다 좋아 죽겠다. 언제가 진심으로 심청이 그 말을 고백하게끔 하고 말리라 다짐하며 유신은 입술을 옮겨 쪽쪽 소리가 나도록 심청의 가슴을 빨았다.

나중에 두 사람의 아기가 태어나면 당분간 양보해야 할 가슴이니 기회가 있을 때 실컷 소유할 생각이었다. 아기. 유신은 심청을 꼭 닮은 딸을 떠올리자 몸이 마냥 달았다. 그저 마음 같아서는 당장이라도 임신시키고 싶지만 심청의 꿈을 알기에, 그리고 아직은 경제적인 독립이 되지 않았기에 참아야 했다.

심청은 유신이 아무 생각 없이 흥청망청거리는 것으로 알고 있겠지만 미래에 대한 계획이 다 세워져 있었다. 스스로 번 월급봉투로 가정을 꾸리는 것. 그것이 유신이 가장 먼저 이루고픈 계획이었다. 군대를 제대하고 졸업을 하고 취업을 해야만 이루

어질 꿈이기에 어서 빨리 세월이 자연스럽게, 그러나 되도록 빨리 흐르길 기원할 수밖에 없다.

유신의 희희낙락거림에 심청도 괜히 기분이 좋아져 헤벌쭉 웃고 말았다. 이럴 때 보면 유신이 자기를 좋아하는 것 같은 착각이 인다. 절대 그럴 리 없겠지만. 심청이 저도 모르게 입을 뿌루퉁 내밀자 유신은 도톰한 핑크빛 입술이 귀여워 아프게 깨물었다.

다음날 하드가 다 망가지고 심청의 엉덩이가 무거워 키보드에 금이 갔다며 유신은 새 컴퓨터를 장만했다. 심청의 안도하는 숨소리가 유신에게 선명하게 전달되었다.

유신의 서재를 청소하러 들어갔던 심청은 기함하고 말았다. 컴퓨터의 모니터 앞에 깨알같이 적힌 글자가 아닌 커다랗게 적힌 문구 때문이었다.

〈즐거웠다, 놀려먹었다.〉

"이런 우라질 놈!"

심청은 메모지를 꽉 움켜쥐고는 부들부들 떨었다. 심청의 과한 순진함 덕분에 유신은 즐거운 만우절을 보냈겠지만 심청은 복수의 칼날을 가느라 지문이 다 닳을 지경이었다.

새삼 그때를 떠올리자 심청은 태교고 뭐고 다 잊은 채 주먹을 불끈 쥐었다.

'받은 만큼 돌려준다, 친절한 심청 씨' 이런 문구로 놈에게 복수할 날이 꼭 오게 하고 말 거야. 심청이 의지를 다지며 입매를 꼭 다물고는 고개를 끄덕였다. 갑자기 심청이 고개를 숙이고는 배를 쓰다듬었다.

"벌써 신호가 오네."

심청이 부스럭거리며 일어나 문가에 귀를 가져다 대었다. 혹여 유신이 거실에 있지 않을까 바깥의 동태를 살핀 심청은 너무나 조용한 분위기에 살짝 문을 열었다. 놈과 마주치면 화장실에 간다고 해야지. 문을 열고 밖으로 나온 심청은 텅 빈 집 안을 둘러보고는 혹시나 싶어 현관으로 다가가 보았다. 유신의 신발이 보이지 않았다.

"야, 강유신. 너, 너무 그러지 마. 나는 뭐, 임신한 거 좋은 줄 아니? 네가 그렇게 비협조적으로 나오면 나도 딴맘 먹을 수 있거든."

혼자 큰 소리로 말한 심청은 냉장고 안에 남아 있던 밑반찬들을 모조리 꺼냈다. 아비는 집을 나가고 어미는 배고픔을 이기지 못하는 비극적인 상황에서도 식욕을 느끼는 것을 보아하니 뱃속의 아이는 아무래도 자신을 닮은 듯하다.

커다란 양푼을 꺼낸 심청은 식탁 위에 차린 음식들을 한꺼번에 넣고 먹음직스럽게 비볐다. 심청이 입을 크게 벌리고 수저를 밀어 넣었다.

"내가 먹고 싶어서 먹는 게 아니라 애 때문에 먹는 거야."

마지못해 먹는다는 말과 달리 심청은 꾸역꾸역 잘도 밥알들을 밀어 넣더니 결국 밥통에 남아 있던 밥을 모조리 해치웠다.

"아, 배부르다. 배부르다?"

포만감에 배를 쓰다듬던 심청이 자신의 배를 흘깃 쳐다보았다. 분명 생리는 한 달을 건너뛰었는데 배의 돌출 상태로 보아서는 사오 개월은 된 듯 보인다. 지식이라니까!

"뭐, 어차피 배가 더 불러오면 그게 그거지."

아이를 낳지 않겠다고 결심했던 것을 잊어버린 것인지 심청은 아주 자연스럽게 훗날을 기약하고 있었다. 심청의 입에서 하품이 터졌다. 며칠간 마음고생에 시험공부 하느라 역시 과한 운동을 하였으니 잠이 부족한 것은 당연지사. 더군다나 임산부는 수면을 충분히 취해야 한다 했으니…… 귀찮아서 아무것도 하기 싫은 탓에 겨우 이만 닦은 심청은 부엌을 엉망으로 해둔 채 방으로 갔다.

조금만 자고 일어나서 치워야지. 침대 위로 올라간 심청은 베개에 머리를 붙이기 무섭게 잠이 들어버렸다. 고민이나 근심걱정 따윈 전혀 찾아볼 수 없는 표정으로 달게 잠을 잤다.

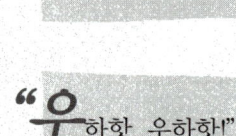하핫, 우하핫!"

고급 승용차로 즐비한 푸를래요 아파트의 지하 주차장이 유신의 웃음소리로 인해 들썩거렸다. 한여름 초저녁에 들려오는 그 광기 서린 목소리에 막 차를 주차시키고 내리던 중년 여성이 혼비백산하며 엘리베이터로 달려갔다. 휴대전화를 꼭 쥔 것이 여차하면 신고라도 할 폼이지만 유신은 개의치 않고 차에 올라탔다.

안전벨트를 매던 유신이 또다시 어깨를 들썩거리며 웃고는 위로 얼굴을 치켜들었다. 마치 심청이 보이기라도 하는 것처럼.

"이야, 민심청. 너 정말 대단하다. 이심전심인 거냐?"

뜬금없는 유신의 말이 무슨 뜻인고 하니 심청과 유나 문제로

서먹한 관계가 계속되자 여차하면 그냥 임신시켜 버릴 작정이었던 것이다. 더군다나 심청의 입에서 이혼이라는 단어까지 나오고 보니 내심 불안한 참이었다. 지가 애까지 생기면 어딜 가겠느냐는 생각에 계획을 수정해야 하나 고민하던 중이었다. 그런 마음을 알기라도 하듯 척하니 임신을 해주니 이거야말로 부창부수, 천생연분이 아니고 무엇이랴.

심청이 임신했다는 말을 너무나 자연스럽게 내뱉는 통에 긴가민가하느라 실은 정신이 반 정도 나갔었다. 그간의 정황들을 비추어보면 심청의 장난일 수도 있다는 생각이 퍼뜩 스쳤지만 그런 걸로 자신을 골릴 만큼 심청이 영악스럽지는 못하다.

아기…… 유신의 부리부리한 눈동자가 붉어졌다. 심청을 안고 넓은 거실을 정신 나갈 만큼 돌고 싶은 것을 참느라 얼마나 힘겨웠는지 모른다. 자신의 입에서 나오는 기기묘묘한 웃음소리에 심청과 아기가 놀랄까 봐 그저 조심 또, 조심해야만 했다.

아기란다…… 유신이 핸들에 고개를 묻었다. 씨, 사내대장부가 어찌 눈물을 남에게 보일 수 있겠는가. 유신은 먹먹한 가슴을 억지로 진정시키며 미소를 지은 채 핸들에서 고개를 들었다.

그나저나 민심청, 저 둔탱이. 뭐? 아기를 어쩌고 어째? 도대체 사람을 뭘로 보고. 내가 얼마나 좋았으면 저 앞에서 울 뻔했건만. 지우니 마니 하는 말로 날 기절까지 시켜? 뱃속에 아기만 아니었다면 정신 차리라고 머리통 엄청 쥐어박혔을 거다.

오죽했으면 밤새, 아니, 내일부터 방학이니 한 일주일간 침실에다 가두어놓고 저를 얼마나 좋아하는지 몸과 마음으로 보여줄 생각까지 잠시 들었었다. 하나, 지금까지 심청에게 해온 행동들이 있는데 갑자기 그러면 조금 전처럼 믿지 않으려 들 테니 천천히, 그러나 조금 속도감있게 바꾸어갈 생각이다.

"저거…… 저거 정말 예뻐 죽겠네. 민심청, 너 더도 말고 덜도 말고 딸만 낳아라. 내가 그럼 너 해달라는 대로 다 해준다. 알겠냐?"

심청처럼 커다란 눈에 동글동글한 코, 통통한 뺨, 사랑스러운 입술을 가진 아기를 떠올리며 유신은 하얀 이를 드러낸 채 마냥 싱글벙글이다. 지금의 심청도 귀여워 물고 빨고 하느라 정신을 못 차리는데 심청의 2세는 오죽 예쁠까.

정신 나간 놈처럼 껄껄거리던 유신이 갑자기 정색을 했다. 지금 이러고 있을 시간이 없다. 시간을 확인한 유신은 시동을 걸고 급하게 기어를 조작하며 차를 출발시켰다.


유신이 다시 모습을 보인 건 몇 시간 뒤였다.

심청이 울고불고하지 않았을까 내심 걱정했던 유신은 장정 셋 정도는 넉넉히 먹을 커다란 양푼에서 시선이 떠날 줄을 몰랐다. 밥알 서너 개가 말라비틀어져 있는 것을 보니 민심청의 짓이 분명했다.

피식 기분 좋은 웃음을 터뜨린 유신은 양손 가득 무겁게 들린 것을 바닥에 내려놓고는 심청의 방문으로 살그머니 다가가 조심스레 문을 열었다. 늘 그래 왔듯이 베개는 바닥에 떨어져 있고 심청은 몸을 웅크린 채 잠이 들어 있었다.

입술을 오물오물, 잠시 웃는 듯하더니 뭐가 마음에 안 드는지 금세 인상을 쓴다. 심청의 변화무쌍한 표정을 지켜보던 유신은 바닥에 떨어진 베개를 주워 들고는 심청의 곁에 누웠다. 자신이 베개를 벤 후, 유신은 심청의 몸을 끌어당겨 팔베개를 해주었다. 이젠 심청에게 팔베개를 해주지 않으면 유신 스스로가 잠들지 못했다.

무언가 단단한 것이 느껴지기는 하는데 아프다거나 불편한 것이 아니라 이상하게 촉감이 좋다. 베고 있던 헤드 쿠션이 몸부림 때문에 벽으로 밀린 것이라 생각한 심청은 기분 좋게 몸을 내맡겼다. 정말 따뜻하고 부드럽다. 심청은 점점 더 잠 속으로 빠져들어 갔다.


학교 주차장에 세워져 있는 유신의 스포츠카가 작렬하는 태양열에 타오를 것처럼 뜨거워 보였다. 유신은 땀을 삐질 흘리면서도 차 안에서 움직이지 않았다.

"아으…… 아으……."

유신이 마구 머리를 쥐어뜯었다. 아무리 생각해 봐도 이건 말이 안 되는 상황이다. 그동안 쏟아 부은 콘돔 값이 얼만데. 우씨! 손해 배상 청구할까 보다. 이제 막 봉오리를 피워볼까 하는 청년의 꿈을 짓밟는 것에도 한계가 있지, 어떻게 만 스무 살에 애 아빠를 만들 수 있느냔 말이다!

핸들에 머리를 꿍 찧은 유신은 제 분을 이기지 못해 반복해서 쿵쿵 머리를 찧기 시작했다.

똑똑—

그때 누군가 차창을 두들겼다. 이틀 정도 세수는 생략한 것처럼 꾀죄죄한 남자가 물끄러미 보고 있었다.

"왜요?"

"삶이 그대를 속인다면 속을지어다."

이건 또 무슨 옆집 똥개 집 나가는 소리란 말인가! 유신은 차창을 내리려다 말고 콧방귀를 뀌었다. 날이 더우니 제정신 아닌 사람이 여기저기서 속출하는 모양이다.

"학우님, 조만간 귀한 손을 보겠습니다."

유신의 눈이 번쩍 뜨였다.

"네?"

"우주에 떠 있는 무수한 행성들과 그 행성들을 들러리 서주고 있는 한낱 티끌 같은 인간에게 가장 귀한 것은 생명이니 어찌 그 생명을 하찮다 여기며 무시하는지. 오 얄리얄리 얄랑셩 얄라 리 얄라."

유신이 창문 대신 차 문을 열었다. 예언자의 출몰이 틀림없었다.

어떻게 알았을까, 심청이 임신한 것을?

어쩐지 처음부터 범상치 않아 보인다고 생각했다. 세수를 이틀 안 하면 어떻고 삼 일 안 하면 어떠하리. 유신의 심경 변화를 읽은 듯 남자가 손을 저으며 내리지 말라는 신호를 보냈다.

"학우님이 있어야 할 곳은 여기가 아닌 것처럼 바람처럼 왔다가 이슬처럼 갈 수 없지 않겠습니까? 묻지를 마라, 고독한 남자의 불타는 영혼을. 오늘밤 나는 선녀들이 애타게 기다리는 나의 별로 돌아가야 합니다. 해가 지기 무섭게 하늘에서 두레박이 내려오면 그때 나는. 자, 그런 의미에서 이거 한 장 받으세요."

남자가 주위를 살피더니 전단지 한 장을 불쑥 내밀었다. 24시간 사우나, 옥녀탕! 예쁜 언니 항시 대기 중.

"꼭 한번 찾아주세요. 입구에서 봉남이를 찾아주시면 감사하겠습니다."

아! 이런 별 미친……! 욕을 퍼부으려던 유신이 전단지를 열심히 읽어 내려갔다.

"음…… 다들 한쪽쭉빵빵 하시는군. 잘됐다. 이참에 민심청 그 둔탱이는 집 안에 가두어두고 나는 옹녀탕, 선녀탕 찾아다니면서 노닐면 되겠다."

유신이 고민 끝이라는 듯 회심의 미소를 짓고는 전단지를 휙 집어 던졌다. 그리고는 차를 출발시켰다. 나무 뒤에 숨어 그 모습을 지켜보던 심청은 전단지를 주워 들고 부들부들 떨었다.

"안 돼! 유신아, 안 돼! 유신아, 그런 곳에 가면 안 되는 거야. 옹녀탕이 별거니? 내가 욕조에 들어가 있음 옹녀탕이지. 돌아와, 유신아!"

심청이 마구 도리질을 했다. 유신의 차를 따라가려 발버둥을

치는데 제자리걸음만 하고 있다. 심청이 힘겹게 인상을 쓰다 갑자기 눈을 떴다.

꿈인가? 그나저나 꿈까지도 어쩜 그리 궁상인지. 그것도 내 꿈인데 왜 주인공이 강유신이며 꿈에서까지 초절정 버림을 받는 내용이라니……. 심청은 어이가 없어 피식 웃고 말았다. 그러나 잠시 안도하던 심청은 화들짝 놀랐다.

지금 몇 시야? 두 눈을 껌뻑이며 심청은 끄응 소리를 삼켰다. 잠시만 자려고 했는데 어둑한 것의 정도로 보아 시간이 꽤 흐른 듯했다. 난 이제 죽었다. 유신의 저녁은커녕 부엌을 엉망으로 만들어놓은 것도 잊은 채 이리 내쳐 잤으니 응징만이 남았을 것이다. 보통 사람들은 달게 잠을 자고 일어나면 제일 먼저 기지개를 켠다거나 아직 충분치 않은 잠을 다시 청하려 눈을 감겠지만 심청은 그런 여유로움 따윈 느낄 새도 없었다. 아이고, 이놈의 팔자. 지지리 복도…….

"응?"

헐레벌떡 몸을 일으키려던 심청은 무언가에 짓눌린 듯 꿈쩍하지 않는 상체를 다시 한 번 일으키려 기를 썼다. 뭐야, 왜 이래!

"지금 새벽 한 시다. 어딜 가려고?"

아직도 잠이 덜 깬 몽롱한 상태로 심청이 눈을 껌뻑거렸다. 자신이 벽에 있는 쿠션에 몸을 맡긴 것이 아니라 유신의 가슴팍에 옴팡 달라붙어 잠이 들었다는 사실에 경악하며 심청은 몸을 휙 돌렸다. 물론 마음만 그럴 뿐 몸은 따라오지 않았다. 따라올 수가 없는 상황이다, 유신이 단단하게 안고 있으니.

이놈 또 난리나겠다. 지놈 가슴에 무거운 돌 얹었다고 심장에 무리가 왔다는 둥, 하늘 같은 서방님 밥도 차려주지 않고 초저녁부터 내리 잠만 처잔다는 둥.

"언제 왔어? 왔음 나 깨우지……."

심청이 비굴하게 눈치를 살피며 웅얼거렸다. 보나마나, 아니, 들으나마나 유치한 질타가 날아들 것이다.

"어울리지도 않게 가증 떨기는. 이거는 인간으로 태어나서 먹고 자고 하는 것 외에 잘하는 게 없다니까. 너 솔직히 말해 봐. 너 인간의 탈을 쓴 돼지지? 아니다, 돼지면 차라리 키워서 잡아먹거나 팔기라도 하지. 이거는 도대체가 어떻게 생겨먹어서는."

그동안 지겹게 들어온 놈의 악담과 인신공격에 이제는 도가 완전히 튼 심청은 유신이 뭐라 말하기 전에 먼저 수비에 나섰다.

"잘못했어."

심청이 냉큼 사과를 했다. 잠이 와서 잠을 잔 것도 사과를 해야 하는 건 이곳이 강유신 월드이기 때문이다. 저 삼팔선 건너 키 작고 안경 쓰고 배 나온 아저씨의 공화국 못지않은, 권리는 없고 강제와 의무만이 존재하는 곳. 놈이 잘하는 협박 중에는 자신의 월드와 비슷한 그 삼팔선 건너 아저씨한테 확 팔아버린다는 말도 있었다.

너처럼 많이 먹고 게으른 인간들은 그곳에 가서 굶주려야 한다나 어쩐다나! 정말 닭 모가지 비틀듯 놈의 입을 비틀어 버리고 싶지만 결정적으로 힘도 달리고 능력이 되질 않는다. 그저 우라질 놈, 싸가지없는 놈 찾아가며 속으로 구시렁거릴 뿐이다. 더군다나 그 삼팔선 건너 이상한 아저씨보다는 유신이 열 배, 아니, 수십 수백만 배는 더 낫기에 심청은 그러지 말아달라고 애원했다. 팔자도 이런 팔자가 없다. 스물한 살짜리가 팔자소관이려니 하고 산다는 게 말이나 되냐만은 어쩔 도리가 없다.

"이 오빠야가 조금 있다가 중대 발표를 해야 하니까 그만 좀 좋알거려라."

전에 없이 잔뜩 목소리를 깔며 유신이 심청의 어깨를 바로 눕혔다. 또 무슨 일 생겼어? 심청은 놈이 이렇게 분위기를 잡으면 이유없이 불안해져 몸에 잔뜩 힘을 주었다.

"힘 빼라. 살로 가득 찬 네 머리 무게 때문에 오빠 어깨가 좀 아프다."

그럼 그렇지! 웬일로 네가 점잔을 빼나 했다. 내 머리에 든 게 많아서 무겁지, 살 때문에 무겁냐! 입술을 삐죽거리며 심청이 슬쩍 힘을 빼려 애썼다.

하여간에 민심청 요것은 하나는 알고 둘은 모른다니까. 유신은 통통한 심청의 뺨을 확 깨물어 버리고 싶은 유혹을 참으며 경건한 분위기를 조성하려 애썼다.

"오늘이 며칠이냐?"

어, 그러니까 이미 하루가 지났다 이걸 강조하고 싶은 거지? 감히 서방님의 밥을 하루씩이나 굶겼다는 걸. 심청은 빠릿하게 결론을 내렸다. 하여간 강유신 이 인간의 유치한 우김에는 따를 자가 없으리라.

"오늘 6월 23일. 저기 유신아, 내가…… 어제, 아니, 벌써 그제네. 계속 시험공부 하느라 밤을 좀 샜더니 나도 모르게 잠이 들었었나 봐. 배 많이 고프지? 내가 얼른 밥 맛나게 해서 차릴게."

심청이 애처로운 목소리를 내며 사정을 했다. 유치한 인간을 상대하려면 함께 유치해지는 수밖에 없다. 이상하네? 심청이 고개를 갸웃거렸다. 또 이상하다. 지금 이 시간에 언제 밥해서 줄 거냐며 꽥꽥거리는 소리가 들려와야 할 텐데 놈은 좀 전과 마찬가지로 어깨를 부드럽게 쓸어 내리기만 할 뿐이다.

"조금 후에. 조금만 더 있다가. 너 아직 잠 덜 깨서 밥맛없을 테니까 한 오 분만 있다가 밥 먹자. 난 안 먹어도 되는 데 넌 먹어야 하니까."

내가 지금 꿈을 꾸는 거야, 얘가 지금 저녁을 못 먹어 맛이 간 거야? 심청은 어리둥절한 눈으로 유신을 올려다보았지만 방 안이 컴컴한 탓에 숨소리밖에 느낄 수가 없었다. 저는 안 먹어도 되지만 난 먹어야 한다고? 혹시 내가 절 최웅만 아저씨 스파링 파트너로 만들어 버릴 거라는 잠꼬대라도 한 거 아니야? 해서 이놈이 날 제대로 먹여서…….

"유신아, 미안해. 정말 미안해. 내가 알아서 자진 납세할게.

너 나 끌고 나가기도 힘들 거니까 내가 그냥 내 발로 나가서 머리 박고 구르고 할게. 그럼 네 분이 조금은 풀릴 거야. 너도 알겠지만 내가 본심이 그렇게 나쁜 애는 아니거든."

"아무 생각 하지 말고 푹 자랬더니 무슨 헛소리야? 너 내가 또 그 이상한 말 입에 올리면 가만 안 둔다고 했었다!"

유신이 아주 나지막한 소리로, 그러나 단호하고 강한 어조로 으르렁거렸다. 심청이 스스로 아기를 유산시킨다는 말로 곡해한 유신은 화가 난 표정으로 벌떡 일어나 앉았다. 그 덕분에 심청도 함께 반동을 느꼈다.

이놈이 드디어 침대 위에서 화려한 k-2 기술을 선보이려는가 보다 하고 아예 두 눈을 꼭 감아버렸다. 그러나 유신의 손이 배를 감싸기 무섭게 꽥 하고 비명을 질렀다. 이놈아, 내가 아무리 맷집이 좋아 보여도 나도 여자란 말이다!

"민심청…… 왜 그래? 아기가 뛰어?"

꼴뚜기 망둥어 따라 뛰는 소리 하고 있네. 뜬금없이 아기가 뛰기는. 뛰기는 무슨 아기가…… 맞다, 나 임신했지! 심청은 자신도 모르게 배 위로 손을 가져갔다. 이미 먼저 자리를 차지한 유신의 손 위에 자신의 손을 얹은 심청은 불에라도 데인 듯 급히 손을 거두어들였다.

유신이 심청을 번쩍 안아 자신의 배 위로 올리고는 어깨에 얼굴을 묻었다. 심청의 양손을 모아 자신의 손으로 감싼 채 낮은 목소리로 속삭였다.

"너도 당황했겠지만 이왕 이렇게 된 거 우리 건강한 아이 낳자. 네 말처럼 우리가 만든 아이잖아. 너더러 책임 전가시키는 일은 안 할 거니까 넌 걱정도 하지 말고 그저 좋은 생각만 해. 아깐 나도 놀라서 미처 말을 못했는데 임신을 축하한다, 민심청."

심청이 입술을 삐죽빼죽거리더니 갑자기 엉엉 울기 시작했다. 유신이 제정신이 아닌 것인지, 아니면 아파트 입구에 있는 런던양복점에서 영국 신사라도 만나고 와서 잠시나마 바뀐 건지 모르겠지만 아무튼 기대도 하지 않았던 건 사실이다. 아니, 기대는커녕 놈의 커다란 손에 목덜미 잡혀 당장 병원으로 끌려갈 것이라고 확신하지 않았던가!

심청은 며칠간 홀로 마음고생 했던 것을 떠올리자 괜히 서럽고 분했다. 거기다 태교가 얼마나 중요한데 애를 지우겠다는 둥 복수를 하겠다는 둥 했던 것이 아기한테 미안하고 부끄러워 아이처럼 흑흑거리며 울었다.

얼마나…… 얼마나 무서웠으면. 미안하다, 민심청. 유신은 심청의 등을 더욱 바싹 잡아당겼다. 마치 자신의 심장 박동을 느끼게 하려는 것처럼. 자신의 손등으로 떨어지는 심청의 눈물이 마치 따가운 소독약처럼 유신을 아프게 했다. 유신은 어금니를 꽉 깨물고는 헛기침을 했다. 그 소리에 심청이 어깨를 움츠리자 미안하다는 듯 손을 토닥거리면서도 퉁명스러운 목소리를 냈다.

"지금부터 중대 발표를 하겠다. 오늘이 6월 23일이면 어제가 22일이라는 소리네. 날짜 좋다. 그럼 6.22 선언이라고 이름 붙여야겠다. 그전에 미리 이야기하는데 나, 애 아빠는 싫다. 아빠라는 소리 무조건 사절이야."

중대 발표는 뭐고 선언은 또 무슨 선언? 거기다 뭐? 애 아빠는 싫어? 이제야 본심을 드러내는구나. 그럼 방금 전의 말은 또다 뭐야? 날 또 놀린 거니? 그렇게까지 형편없는 인간이었니? 강유신, 자기가 임신시켜 놓고 애는 싫다고 해? 그럼 응응도 하지 말지!

심청의 입가가 바르르 떨렸다. 심청이 몸을 일으키려 하자 유신이 강제로 힘을 주며 꼼짝도 못하게 했다.

"난 아들 낳으면 형이라고 부르게 할 거고, 딸 낳으면 오빠라고 부르게 할 거다. 우리 집안의 대를 이으려면 아들이 좋겠지만 너 닮아서 짧고 이상한 아들이 태어나면 걔 인생이 얼마나 우울하겠냐. 해서 난 딸이었으면 좋겠다. 요즘 세상에 굳이 딸, 아들 구별할 필요 있겠냐?"

말은 그렇게 하면서도 유신은 적어도 3남 2녀를 머리 속에 그리고 있었다. 아무래도 제 엄마 닮은 딸들이 태어나면 유신의 애정이 딸들에게 확 기울 것이니 균형을 잡아줄 아들이 더 많이 필요하다. 가족 투표를 해도 자신의 편에 서줄 아들이 하나 더 있어야 아빠로서 체면이 설 테니.

"유신아…… 흐엉……."

자신의 귀가 잘못된 줄 알았던 심청은 소리 내어 울기 시작했다. 가히 유치하기 짝이 없는 중대 발표지만 심청에게는 유신이 지금까지 한 말 중 가장 멋진 말로만 들렸다. 아들이면 형, 딸이면 오빠라고 부르게 한다는 것은 쌍놈 집안 출신이니 뭐 어쩔 수 없는 것이라고 이해해 줄 생각이다. 아무튼 번갯불이 번쩍인 것도 아니고 벼락이 친 적도 없으니 유신이 제정신인 건 분명하다.

"흐엉…… 흐엉…… 유시나……."

심청이 어쩔 줄 몰라 하며 좀처럼 울음을 그치지 않자 유신이 심청의 몸을 살짝 틀게 했다. 그리고는 심청의 눈물을 부드럽게 닦아주었다.

"너처럼 울보쟁이 낳고 싶지 않으면 그만 울어라. 애기가 아빠랑 엄마랑 매일 싸우는 줄 알겠다."

유신의 입에서 나온 말이라고는 전혀 믿기지 않은 부드러운 음색과 엄마라는 말에 심청은 심장이 멎을 것만 같았다. 그뿐이 아니다. 이마에 입술을 지그시 내리누른 유신은 다시 한 번 심청의 혼을 빼놓았다.

"배 안 고파? 주방에 보니까 급하게 뭐 먹은 것 같은데 앞으론 그렇게 먹지 마라. 며칠 된 음식도 있을 텐데 여름에 식중독 걸리면 어쩌려고. 그런 건 내가 다 먹을 테니까 넌 무조건 몸에 좋은 것만 먹어."

빼앗긴 들에도 봄은 오냐고? 온다. 어디 봄뿐이랴. 사계절이 풀옵션으로 온다. 민심청 인생에 드디어 해방기가 찾아들었다.

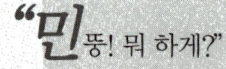! 뭐 하게?"

늘어지게 낮잠을 잔 심청이 주방으로 향하자 거실에서 영화를 보던 유신이 불러 세웠다. 놈이 자라고 해서 자기는 했지만 변덕이 워낙 심하고 화장실 갈 적 마음 다르고 올 적 마음이 다른지라 심청은 내심 불안해하던 찰나였다. 심청은 뒤돌아선 채 입술을 삐죽거렸다.

'뚱? 대한민국 표준체형 보고 뚱이라는 인간은 당신―평소 놈이라 칭했으나 이제는 태교 차원에서―밖에 없다. 물론 내 기준에 서지만. 그리고 부엌에는 뭐 하러 가겠냐? 당연히 당신 줄 밥하러 가지.'

새벽녘에 대성통곡을 하고 나서는 유신이 사다 놓은 먹거리들까지 해치우고 잤더니 쌍꺼풀까지 보이지 않는 눈을 감추며 심청이 웅얼거렸다.

"토요일인데 약속이 없나 보네? 저녁 일찍 차려야겠다. 너 배고플 테니까."

꺼진 불도 다시 보랬다고, 새벽에는 감동 모드로 일관했었지만 이제는 혹시나 하는 생각이 든 심청은 평소와 다름없이 말을 했다.

다른 때는 잘도 나가더니 오늘은 왜 나가지도 않는 거야. 주말이면 화려한 일정을 자랑하느라 유신이 낮부터 집에 있는 것은 드물었다. 소파에 드러누워 있던 유신이 벌떡 몸을 일으켰다.

"야, 관둬라. 날도 더운데 더위 먹을 일 있냐? 시켜 먹자."

심청이 퉁퉁 부은 눈으로 잠시 망설였다. 화학 조미료라면 질색을 하는 유신이라 시켜 먹는 음식에는 정색을 해댔다. 하여 심청은 유신이 집에 있는 날에는 세끼 식사를 매 끼니마다 준비하느라 스트레스가 이만저만이 아니었다. 한데 제 입으로 시켜 먹자고?

심청은 다시금 고민에 빠졌다. 심청이야 당연히 좋지만 무턱대고 좋아했다가는 구박을 받을 수도 있고 그렇다고 멀뚱히 있자니 행동이 굼뜨다고 타박받을 게 분명하다. 심청은 못미더운 눈길로 유신의 속마음을 가늠해 보았다. 실실 웃고 있는 게 본심 같기도 하고 아닌 것 같기도 하다.

"너 시켜 먹는 음식 안 좋아하잖아. 그냥 해먹지 뭐."

"야, 내가 뭐 그렇게 먹는 것에 까다로운 인간이냐! 그동안 네가 해준 거 내가 예의상 먹어준 거거든. 날마다 밥 한 솥씩 해서 너 혼자 어구야 먹는 거 보기 힘들어서. 잔말 말고 식당 전화번호나 찾아와."

"식당 전화번호 잘 모르는데."

심청이 우물쭈물거렸다.

"야, 민심청. 네가 즐겨 시켜 먹는 중국집 있잖아. 거기 시켜라."

유신이 다시 소파에 벌렁 누웠다. 심청은 가슴이 뜨끔거려 냉큼 돌아섰다. 심청은 화장대 서랍 밑에 붙여놓은 전단지를 떠올리며 유신을 의심스러운 눈으로 힐끔거렸다. 정말 몰래카메라 설치되어 있는 거 아니야? 도대체 저 인간이 모르는 건 무엇이란 말인가! 지난 만우절 사건 이후, 한동안 카메라의 '카' 자만 들어도 가슴이 울렁거렸던 심청은 혹시나 하고 주변을 둘러보았다.

"마음 변하기 전에 얼른 시켜라. 슬슬 이 오빠 배고파진다. 자장면에, 짬뽕, 탕수육, 군만두 정도면 될 거다."

"응? 으응…… 그런데 너무 많지 않니?"

수화기를 든 심청이 번호를 누르며 중얼거렸다.

"입에 침이나 바르고 그런 소리 해라. 국물 한 방울 안 남기고

다 먹는 게 누군데."

유신의 타박에 심청은 내민 입술을 얼른 집어넣고는 음식을 주문했다. 수화기를 내려놓으면서도 경계심을 풀지 않은 채 심청은 바닥에 앉아 소파에 살짝 등을 기대고는 유신이 틀어놓은 화면에 시선을 고정시켰다.

"야!"

길게 소파에 드러누워 있던 유신이 긴 다리를 접으며 몸을 일으켰다. 심청은 황색 경보를 발동시키며 흠칫 놀랐다. 설마 갑자기 마음 변했다고 음식 취소시키고 밥 준비하라고 하는 건 아니겠지?

"응? 왜?"

"얘가 무슨 말만 하면 놀라네."

유신이 걱정스러운 목소리로 혼잣말을 하며 자신을 쳐다보자 심청은 냉큼 시선을 피했다. 걱정? 이 인간이 설마 내 걱정을? 귀 청소할 때가 되었나 보다. 심청은 자신의 오버에 스스로 혀를 찼다.

"민심청, 이리 와라."

기다란 소파를 죄다 점령하고 누워 있던 유신이 발 받침대에 다리를 얹고는 자신의 옆 자리를 툭툭 쳤다.

"뭘 그렇게 멀뚱히 보고만 있어? 여기 앉으라니까."

쟤가 또 뭔 짓을 하려고……. 심청은 일어서야 하나 말아야 하나 주저했다. 단숨에 올라앉았다가 발길질이라도 당하는 것이 아닐까 하는 의심을 떨구기가 힘들었다.

"하여간 민심청 궁상맞은 건 알아줘야 한다니까. 의자 놔두고 바닥에 앉는 것 보면 조상이 양반이라는 것도 뻥 같다니까."

어우, 원래 양반들은 바닥에 앉거든. 알지도 못하면서 누구더러 지금 궁상이라는 거야?

유신의 핀잔에 심청이 벌떡 일어나 의자에 앉았다. 누구는 바닥에 앉고 싶어서 앉는 줄 아나. 제깟 놈이 하도 구박을 하니 저절로 습관이 배인 것을. 명품 소파니까 명품만 앉아야 한다고 유세 떤 게 누군데. 더군다나 심청의 무게 때문에 소파가 갈수록 기운다고 트집까지 잡아대는 통에 심청은 더러워서라도 앉지 않았다.

"너무 멀다."

오 인용 소파의 끝자락에 앉아 있는 심청을 보며 유신이 손가락을 까딱거렸다. 저놈 또 응응 하려는 거 아니야? 곧 음식 시킨 것도 올 텐데. 심청은 고개를 저었다.

"너 지금 그거 싫다는 뜻이냐?"

유신이 검은 눈썹을 치켜떴다.

"그게 아니고…… 너 내가 옆에 가는 거 싫어하잖아."

내뱉고 생각해 보니 열받는 일이었다. 치사스럽게 집 가지고 유세를 떠는 것도 모자라서 가까이 앉는 것도 싫어해 심청은 자진해서 아예 거리를 두었다. 유신이 제 입으로 가까이 오지 말라고 한 건 아니지만 사람의 눈이 왜 있겠냐. 하찮은 미물들도 자기를 예뻐하고 싫어하는 것을 안다는데 하물며 사람이야 오죽하랴. 인상을 쓰는 것만 봐도 어떤 마음인지 알 수 있었다.

남편이란 인간이 자신을 싫어하는데 기분 좋을 사람이 어디 있겠는가. 유신이 저만 보면 뛰는 심장을 주체 못해 부러 거리를 두는 것이라고는 상상도 못한 심청은 그 때문에 한동안 마음고생을 했었다.

"싫어하기는 누가…… 아무튼 일 초 내로 와라. 이 오빠 갑자기 기분이 상큼하지 못하니까."

상기된 인상을 하고 버럭 고함을 지르던 유신이 얼른 목소리를 낮추고는 나지막하게 마무리 지었다. 유신의 경고에 잽싸게 자리를 옮긴 심청은 그래도 여분의 공간을 두고 앉았다. 만일의 사태를 대비한 나름대로의 판단에서였다.

눈치가 빠른 건지 생각이 없는 건지 유신이 긴 팔을 이용해 단박에 심청을 끌어당겼다. 심청의 어깨에 한쪽 팔을 두르고 나머지 한 손은 심청의 배에 얹은 유신이 눈을 깜빡거렸다.

"야, 지금 상태로 봐서는 한 육 개월은 된 것 같지 않냐?"

"아니야."

지난달 빼고 꼬박꼬박 생리한 것을 아는 놈이 육 개월 운운하는 것이 괘씸해 심청이 퉁명스럽게 대답했다. 돌팔이 의사가 생사람 잡는다더니 유신은 자기가 무슨 의사라도 되는 것처럼 심각하게 고개를 갸웃거렸다.

"그럼 쌍둥이 들어 있는가 보다. 이왕 낳는 거 네 쌍둥이로 낳아라. 열두 살 되면 독립시켜서 늙은 부모 부양할 수 있도록."

적어도 한 가지 통하는 건 있네. 그 목적이 달라서 문제지만.
가능만 하다면 심청은 한 열 쌍둥이를 낳고 싶었다. 만에 하나
유신이 이혼 어쩌고 하는 말을 꺼내면 양육비로 전 재산을 요구
할 수 있게 아주 힘닿는 대로 낳아볼까 싶다. 한데 뭐?

심청의 손이 찰싹 하고 유신의 손을 때렸다. 예전이라면 어림
도 없는 일이지만 심청은 노려보기까지 했다.

"어랏, 너 지금 나 쳤냐?"

"그래, 쳤다. 십이 년 후면 너랑 나랑 아직 삼십대거든. 그런
데 애들 낳아서 앵벌이라도 시키자고? 너 지금 제정신이니? 뱃
속에 아기도 다 들어."

갑자기 유신이 심청의 입을 손으로 막았다.

"읍, 왜 이래?"

심청이 눈을 크게 뜨며 물었다.

"애기가 듣는다며? 앵 뭐라는 말 두 번 다시 하지 마라. 넌 어
떻게 된 애가 태교에 도움 안 되는 막말만 그렇게 골라 하냐. 너
네 집 족보 믿을 만한 거냐?"

심청이 '칫' 하고 투덜거리며 거만하게 각도를 잡았다. 당장
즈이 할아버지가 우리 집 하인이었다는 걸 본인이 더 잘 알면서
족보 운운하기는. 그래도 조금 기특하다. 심청은 자신의 입을
막고 있는 유신의 손을 떼어내곤 슬쩍 눈치를 살피며 물었다.

"유신아, 나 애기 정말 낳아도 되는 거지? 너 후회하지 않을

자신 있어?"

"어헛, 애기가 들으면 어쩌려고? 후회는 누가 후회를 해!"

유신이 펄쩍 뛰자 심청은 그게 더 의심스러웠다. 누가 보면 정말 아빠가 되는 게 너무 좋아서 어쩔 줄 모르겠다는 걸로 받아들일 만큼 유신은 강하게 부인했다.

"솔직히 난 네가…… 자꾸 기절하고 해서 싫다고 하면 어쩌나 걱정했어."

"걱정한 인간이 밥통째 끌어안고 다 먹냐? 그리고 네가 뭔가 오해를 한 것 같은데 기절은 누가 기절을 했다고 그래? 잠시 생각에 잠겼던 거지."

곧 죽어도 잘났다고 큰소리다. 심청은 속으로 콧방귀를 뀌면서도 유신의 말이 그저 흐뭇하기만 하다. 심청의 머리를 자신의 어깨에 기대게 한 유신이 목에 잔뜩 힘을 주며 점잖게 목소리를 깔았다.

"민심청, 너 앞으로 밥하지 마라."

"응?"

심청이 놀란 눈으로 고개를 들려고 했지만 유신이 꽉 눌렀다.

"오빠 말하는데 딴 짓 하지 말고 경건한 마음으로 경청해라. 이제부터 밥은 시켜 먹고, 빨래는 세탁소에 다 맡기고, 청소는…… 하지 말고 살자. 어지르지만 않으면 굳이 청소할 필요 있겠냐? 도우미 아주머니를 부를까 했는데 솔직히 젊은애들이 나이 든 아주머니 부리는 것 좀 그렇지 않냐? 해서 우리끼리 알아서 해결해 보자."

심청이 눈을 찢고 살펴보니 유신의 얼굴에 흡족함이 넘쳐 난다. 마치 이렇게 아량 넓고 생각 깊은 사람 있으면 나와보란 표정이다. 심청은 어이가 없고 기가 막혀 아무 말도 나오지 않았다.

"너 내 말에 감동했냐? 그래, 감동했을 거다. 암, 그래야 정상이지."

그래, 너무 감동받아서 말문이 막힌다. 널 도대체 어떻게 하면 좋을지 도무지 감이 안 온다, 감이 안 와. 부디 뱃속의 아기가 널 닮지 않아야 할 텐데…….

심청이 끙 하며 한숨을 삼키기 무섭게 벨이 울렸다. 심청이 자리에서 일어나기도 전에 유신이 어깨를 살짝 짓눌렀다.

"앉아 있어라, 오빠가 다녀올 테니까."

"그래도 혼자 다 못 들고 올 텐데."

"어헛, 그릇 몇 개 가지고 무슨."

유신이 무게를 잡으며 현관으로 향하자 심청은 재빨리 머리를 굴렸다. 지금까지 유신의 행동 변화를 지켜본 것으로 미루어 보아 예전의 강유신과 확연히 다르다 이거지? 음, 그렇다면…… 심청이 고개를 끄덕거렸다. 이제부터 민심청의 본모습을 보여줄 때가 되었다. 그동안 갈고닦은 연기력을 마음껏 펼쳐 보일 수 있는.

유신이 음식 그릇들을 부지런히 나르는 것을 지켜보던 심청은 엉덩이를 더욱 깊게 의자에 묻었다. 그리고는 갑자기 시들거렸다.

"야, 너 왜 그래? 어디 아파? 애기 나오려고 해?"

들고 있는 짬뽕 그릇은 안중에도 없이 유신이 깜짝 놀라며 다가왔다.

"짬뽕 쏟아지잖아, 조심해. 이거 비싼 소파인데 국물 묻으면 어쩌려고."

"지금 짬뽕이 대수고 까짓 천 쪼가리 의자가 대수냐?"

"그래도……."

홍! 웬일이셔? 다른 때 같았으면 남이야 아프든 말든 짬뽕이 우선이다 할 인간이. 명품 소파라고 그렇게 강조를 하더니 어디 명품 연기 맛 좀 봐라. 심청이 이마에 손을 얹으며 눈을 깜빡거렸다.

"이상하게 열이 나는 것 같기도 하고, 조금 어지럽네."

"그러게 무슨 시험공부를 무식…… 아니, 무리하게 하냐! 누가 저더러 장학금 받아오라고 협박한 것도 아닌데. 시험 기간 내내 잠도 안 자고 설쳐 대더니 그럴 줄 알았다. 네가 무슨 고3 수험생인 줄 아냐! 네가 맨손으로 소도 때려잡게 생겼지만 멍도 잘 들고 비실거릴 때부터 내가 알아봤다."

탁자 위에 짬뽕 그릇을 던지듯 놓은 유신이 팔을 뻗어 심청의 이마를 짚었다. 속상하다는 표정을 감추지 않은 채 심청의 얼굴 여기저기를 만졌다.

잠시 뒤, 유신이 고개를 갸웃거리더니 나머지 한 손을 자신의 이마에 올렸다.

"이상하네. 열은 없는 것 같은데."

"그래? 그런데 이상하게 난 어지럽고 막 아포."

심청은 혀까지 꼬부리며 연약한 척을 했다.

"그래? 하긴 열이 안으로 날 때도 있으니까."

잠시 고민하던 유신이 결론을 내렸다.

"너한테 힘을 주는 건 밥이잖아. 밥 심으로 사는 애가 밥을 제 때 안 챙겨 먹으니까 어지러운 거야. 거기다 뱃속에 있는 네 2세도 오죽 많이 먹겠냐? 기다려. 밥이 해결해 줄 거야."

유신이 자장면을 서둘러 비벼서는 젓가락과 함께 내밀었다. 그러나 심청은 고개를 저었다.

"그릇 들 힘도 없어. 입맛은 더 더욱 없고."

힘이 잔뜩 빠진 목소리로 심청이 눈을 감고는 소파에 몸을 웅크렸다. 살짝 눈을 들어볼까 말까 망설이던 찰나 몸이 불쑥 당겨졌다.

"그래도 뭘 먹어야지. 차라리 죽으로 시킬 걸 그랬나?"

"내가 무슨 환자니, 죽을 먹게?"

심청의 타박에 유신이 고개를 끄덕이고는 면발을 젓가락에 돌돌 말았다.

"자, 이렇게라도 먹자. 너처럼 먹을 거 좋아하는 애들은 안 먹으면 큰일나. 애를 생각해서라도 먹어야지."

"정말 먹기 싫은데……."

"야! 너…… 아니다, 먹기 싫어도 좀 먹어. 응?"

유신이 버럭 고함을 지르다 말고 얼른 목소리를 낮추었다. 그것도 모자라 애원까지 하니 심청의 기고만장이 하늘을 찌름은 당연했다.

"네가 그렇게 걱정을 하니까 그럼 조금만 먹을게."

조금만 먹겠다는 말과 달리 심청은 넙죽넙죽 유신이 말아주는 면발을 잘도 받아먹었다.

'민심청, 어휴, 요거 정말.'

자장면 면발을 젓가락에 돌돌 말며 유신은 속으로 웃음을 참지 못했다. 제 딴에는 연기를 아주 잘한다고 느끼겠지만 유신의 눈에는 그저 귀엽기만 하다. 새처럼 자장면을 모이 받아먹듯 맛나게 먹는 심청을 지켜보며 유신은 살짝 반성을 했다. 하긴 자신이 좀 심하게 괴롭힌 감이 없지 않아 있었다. 그게 자신만의 표현법이라고 해도 받아들이는 입장에선 꽤나 힘겨웠을 것이다. 인정의 의미로 고개를 끄덕이는 유신을 곁눈질하며 심청은 회심의 미소를 지었다.

'나의 자랑스러운 조상의 피가 어디 가겠니? 내가 당한 것에 비하면 새 발의 피야. 아직 멀었어.'

"유신아, 나 김치가 먹고 싶은데."

"아씨, 김치는 무슨! 그냥 대충 먹어. 원래 자장면은 단무지랑 먹어야 제격이야."

유신이 단무지 하나를 억지로 밀어 넣었다.

"아우웅~ 김치."

심청이 아이처럼 고개를 도리도리 저었다. 요것 봐라, 보자보자 하니까. 유신이 인상을 쓰다 말고 재빨리 풀었다. 그래, 이럴 때 내가 얼마나 도량 넓고 멋진 놈인가를 보여주는 것도 괜찮지.

'아무튼 애 낳고 보자, 민심청. 그날부로 원상복귀될 테니. 너무 풀어줘도 안 된다니까.'

유신은 마지못해 냉장고로 향하며 투덜거렸다. 그래도 이런 귀찮음이 싫지만은 않았다.


"유신아, 넌 어떤 아빠가 되고 싶어?"

배부르게 먹고 나니 지상낙원이 따로 없다. 심청은 저녁을 먹고 나면 과일을 깎아내거나 걸레질을 하던 이틀 전과는 달리 기다란 소파에 누워 과자를 먹고 있었다. 대신 유신이 바닥을 훔치고 있었다.

기다란 몸을 엎드려 걸레질을 하던 유신이 잠시 고개를 들었다. 여유롭고 한가하기 그지없는 자세로 심청이 자신을 내려다보자 유신은 잡고 있던 걸레를 꽉 쥐었다. 보자보자 하니 아주 살판이 난 모양이다.

"아빠는 되기 싫고 형이나 오빠가 될 거라고 했잖아."

유신이 퉁명스럽게 대답을 하고는 대충 걸레질을 마무리하려 했다.

"유신아, 저쪽 의자 밑에 먼지 있는 거 같은데, 닦아야겠다."

"아까 전에 닦았는데 그새 먼지가 또 끼었어? 이거는 뭐 닦고 돌아서면 또 먼지야. 우씨! 청소하다 하루 다 보내겠네."

'이놈아! 너 나한테 만날 청소 대충 한다고 구박했었지? 이제 야 그 심정 알겠냐?'

심청은 주먹을 세게 쥐며 새삼 분노 지수를 높였다. 그래야 놈을 더 부려먹을 방법이 생각날 것 같았다.

"아, 허리야! 내 허리!"

바닥을 닦고 일어서던 유신이 악악 소리를 질러댔다.

흥, 지 허리는 생명이고 내 허리는 폼이냐?

심청은 사악하게 눈을 빛내며 몸을 일으키고는 자신의 옆 자리를 툭툭 쳤다. 조금 전 유신이 한 행동을 고대로 답습해 줄 요량이었다.

"유신아, 힘들었지? 나 때문에 네가 너무 고생이다. 여기 와서 앉아."

"알…… 잠시만."

유신이 걸레를 집어 던지려다 말고 욕실로 향했다. 무언가 부산스럽게 움직이는 소리가 나더니 유신이 수건에 손을 닦으며 나왔다.

"생각해 보니까 우리 너무 대책 없는 것 같아. 그치?"

유신이 곁에 앉자 심청이 팔을 주물러 주며 이야기를 꺼냈다.

"뭐가?"

"지금도 생활비 어른들께 타 쓰는 거 너무 죄송한데 애기까지 낳는다고 하면 어른들도 걱정하실 거 아냐. 우리 아기고 우리가 부모인데 언제까지 어른들께 손 벌릴 수는 없잖아."

"별걸 다 걱정하네. 야, 괜찮아. 우리 집 돈 많아. 누가 너더러 그런 걱정 하라던?"

유신이 대수롭지 않게 대꾸하고는 리모컨을 집어 들었다. 그러자 심청이 유신의 손을 소리나게 때렸다.

"아씨, 왜 자꾸 때려?"

"너랑 나, 다 큰 성인인데 부모님께 또 손 벌리는 게 넌 부끄럽지도 않니? 이젠 우리가 부모가 되는 거야."

"그게 어때서? 우리 집 돈 많아서 부모님한테 돈 받아쓰는 건데 뭐가 부끄럽다는 거야."

어유, 이 철딱서니를 어떻게 하면 좋아. 도대체 어머님은 애 태교를 어떻게 하신 거야. 인정 많으신 어른들을 생각하면 그 점잖으신 분들 사이에서 어떻게 이런 애가 태어났는지 도무지 상상이 되질 않는다.

"그럼 넌 평생 놀고먹을 생각이니?"

"당연하지."

유신이 납죽 대답을 했다.

"매달 상가에서 걷는 월세만 해도 수억 되거든. 거기다 은행에서 나오는 이자 있고, 땅 있으니 굳이 내가 돈 벌 필요 없지. 나 대신 다른 놈 일자리 하나 더 주는 건데 나야말로 진정한 애

국자 아니겠냐? 너도 그러니까 이 오빠 존경해라."

이완용보다 더한 놈. 심청의 머리에서 김이 모락모락 올라왔
다. 이런 썩어빠진 정신 상태로 평생을 살아가는 걸 지켜봐야
한다니 혈압이 급상승했다. 그래도 포기는 이르다. 자꾸 옆에서
어르고 달래다 보면 뭔가 달라지는 것이 있지 않을까?

"난 너랑 생각이 달라. 부모님은 부모님이시고 우린 우리잖
아. 네가 평생 놀고먹을 거면 내가 나가서 돈 벌게."

"그래? 마음대로 해라, 안 말린다."

유신이 양손을 머리에 받치고 소파에 벌렁 고개를 젖혔다.

"애기 낳으면 분유 값이랑 기저귀 값 등 많이 들 텐데 어휴,
걱정이네."

"분유는 네 우유통이 대신하면 될 거고, 기저귀는 휴지 채우
지 뭐. 그런 건 걱정하지 마라. 예전에 휴지 공장이 망해서 꿔준
돈 대신 휴지로 받았거든."

갑자기 골이 지끈거렸다. 조금 전에는 꾀병이었지만 이번에
는 아니다. 정말 머리가 어질어질한 것이 울화병 증세가 나타나
기 시작했다.

"넌 아이한테 무능력한 아빠란 소리 듣고 싶니?"

심청이 참다못해 빽 하고 소리를 질렀다.

"난 아빠 소리 안 들을 거라고 했잖아! 그리고 내가 왜 무능력
해? 내 앞으로 떨어질 재산이 얼마인데. 아마도 우리 2세는 부
자 부모 만난 걸 행운이라고 여길 거다. 거기다 내가 인물이 좀

잘났냐. 내 핏줄이라는 게 녀석도 엄청 자랑스러울 거다."

유신이 자랑스럽게 이를 드러내며 이죽거렸다. 심청은 더 이
상 할 말이 없었다.

"어휴…… 나 들어갈래."

자리에서 일어선 심청은 고개를 저으며 방으로 향했다. 어떤
때는 지극히 멀쩡해 보이다가도 저러는 걸 보면 도무지 그 속을
알 수가 없다.

멀뚱히 대형 화면을 향해 시선을 두던 유신이 씩 웃었다.

'민심청, 너 지금 누굴 떠보려고. 걱정 마라, 아무렴 이 오빠
가 너보다 못하겠냐!'

심청의 경악하던 모습을 떠올리자 갑자기 유신은 웃음이 터
졌다. 막 책상에 앉아 책을 펼쳐 든 심청은 그 소리에 눈살을 찌
푸렸다. 쇼 프로나 보고 희희낙락거리는 아빠를 아이가 어떤 눈
으로 바라볼지 상상만 해도 우울하다.

"아가야, 느이 아빠가 정신 연령이 조금 낮기는 한데 그래도
어쩌겠니? 대신 엄마가 아빠 몫까지 할 테니까 넌 아무 걱정 하
지 마. 넌 그냥 뱃속에서 즐겁게 지내다가 때 되면 나와라, 알았
지?"

손으로 배를 문지르며 심청은 그제야 흐뭇한 미소를 지었다.
아무래도 뱃속의 아기는 복덩이가 틀림없는 것 같다. 우울함도
금방 사라지게 해주는.

**"야!** 너 그 봉사 꼭 가야겠냐?"

유신이 운동화 끈을 묶어주다 말고 재차 묻는다. 벌써 몇 번째 묻는 질문인지 모른다. 심청이 단호하게 고개를 끄덕였다. 방학이라고는 해도 MT는 아예 꿈도 못 꾸기에 그나마 몇 명이 주축이 된 봉사 활동을 가려고 나서는 길이었다.

"봉사도 좋지만 네 몸도 생각해 가면서 해야지. 막말로 하루 봉사 활동 갔다 온다고 우리나라가 무슨 복지 선진국이라도 되냐? 그 사람들이 네 봉사로 인해 뭐 특별히 달라지는 게 있냐고!"

그동안 내가 너 때문에 봉사다운 봉사도 못하고 사회복지사를 꿈꾸는 게 참 부끄러웠거든. 이젠 아기까지 가진 마당이니 더 남을 위해 살아야지.

심청은 어린아이 같기만 한 유신을 걱정스럽게 내려다보고는 머리를 쓰다듬어 주었다.

"나 봉사 잘 다녀올게. 그동안 넌 아주 멀리 했던 시사랑 경제 문제에 대해 공부 좀 하고 있어. 시간 되면 빨래도 좀 해주면 좋고."

심청의 거드름에 운동화를 묶어주던 유신의 손이 멈칫했다. 신발을 아예 못 벗을 만큼 꽉 조여줄까 고민하던 유신은 적당히 조절을 해주고는 자리에서 일어났다.

"오늘 다녀오면 이 운동화도 좀 빨아야겠다, 그치?"

심청이 발목을 움직여 보며 묻자 유신이 마지못해 고개를 끄덕였다. 저 말인즉슨 운동화를 빨아달라 그 뜻이었다. 언제부턴가 손끝 하나 까딱하지 않으려 드는 심청으로 인해 유신은 요즘 꼴이 말이 아니었다.

심심하면 아프다고 엄살을 피워대는 통에 끼니때가 되면 밥 먹여주랴, 집안일하랴, 어제는 급기야 잠이 안 온다고 엎치락뒤치락하는 통에 업어주기까지 했다. 아기가 뭐 놀이 기구를 타고 싶다고 한다나 어쩐다나.

"빨지 말고 하나 새로 사자. 밑창 보니까 닳았더라."

유신의 말에 심청은 슬쩍 낯을 붉혔다. 무언가 찔리는 것이 있는 안색으로 심청은 화제를 엉뚱한 곳으로 돌렸다.

"유신아, 나 늦었거든. 세련이가 화내겠다. 걔가 시간관념이 철저해서 늦으면 막 화내. 다녀올게."

심청이 도망치듯 부랴부랴 현관을 나서자 유신은 새삼스러운 눈으로 그 모습을 바라보았다. 값비싼 구두와 운동화가 신발장에 가득 있음에도 불구하고 심청은 저렴한 가격의 운동화와 구두만 번갈아 신었다. 사주는 것은 유신의 마음이라 할지언정 신는 것은 심청의 선택이기에 강요는 하지 않았었다.

그런데 조금 전 신발장을 열어본 유신은 깜짝 놀라고 말았다. 신발장이 워낙 넓어 양쪽으로 나누어서 수납하기에 그동안 심청의 신발장은 열어보지 않았었다. 이왕 봉사 활동 가는 거 발이라도 편했으면 하는 마음에 신발장을 열어봤더니 그 많던 신발들이 어디로 갔는지 구두 한 켤레 빼고는 텅텅 비어 있었다.

대충 짐작 가는 바가 있어 심청을 다그치지는 않았지만 유신은 기분이 그다지 좋지만은 않았다. 자신에게 별 소용이 없는 물건을 그대로 썩히는 것보다 꼭 필요한 사람에게 나누어 주는 것도 바람직한 일이다. 하나, 유신은 심청이 그런 일을 하는 것이 싫었다.

심청이 한남동 집에 온 지 사흘째 되던 날, 장인인 학규가 옷가지를 챙겨 보내주었었다. 그 옷가지라는 것들이 참…… 거기다 신던 신발들이 하나같이 바닥이 닳아 비 오는 날은 신고 다니지도 못할 것들뿐이었다. 그런 까닭에 유신은 옷가지나 신발을 꽤나 부지런히 사다 날랐었다.

지금은 방치해 두어도 언젠가는 심청이 입고, 신을 거라고 생각했었는데 신발장이 텅 빈 것을 보니 죄다 기부한 모양이다. 아마도 심청은 자신이 그런 세세한 사실까지는 모르리라 생각하겠지만 이미 눈치채고 있었다. 유신은 저도 낡고 닳은 신발로 생활하면서 남을 돕는 심청이 이해가 되면서도 속상했다.

그래도 저 고집을 누가 꺾으랴. 유신은 서재로 가기 전 빨래나 돌리자며 세탁실로 향했다. 손빨래용 흰옷과 겉옷이라고 분리되어 있는 바구니들을 보며 유신은 심청이 자기가 아는 것 이상으로 꼼꼼하다는 것을 새삼 느꼈다. 손빨래용 바구니에 담긴 앙증맞은 속옷을 들어 보이며 유신이 픽 웃었다.

"이 브래지어도 곧 바꾸어야겠지?"

유신이 기분 좋게 휘파람을 불며 손빨래용 바구니를 들고 욕실로 들어갔다. 커다란 키로 쭈그리고 앉는 것이 불편했지만 유신은 기꺼운 마음으로 주저앉아 빨래를 했다. 몇 개 되지 않는 빨래를 손세탁으로 마친 유신이 막 건조대로 향할 때였다. 벨소리가 들렸다.

"누구세요?"

여전히 빨래 바구니를 든 채 유신은 현관으로 향했다. 심청이 무언가를 두고 간 것이 아닐까 생각해 보았지만 비밀번호를 알고 있으니 굳이 벨을 누를 일은 없었다.

"할아비다, 유신아."

"어? 할아버지!"

반가운 마음에 유신이 얼른 현관문을 열었다. 현관문의 버튼을 누르고 나서야 유신은 자기가 고무장갑을 끼고 있음을 알았다. 얼른 벗어 던지려 했지만 이미 강 노인이 집 안에 들어서고 있었다.

"우리 손자, 잘 있었고?"

결코 작은 키가 아니지만 세월 탓에 조금 줄어든 키로 강 노인이 유신을 올려다보며 안부를 물었다. 웃음기를 한껏 머금고 있던 강 노인의 인상이 점점 옅어져 갔다. 커다란 덩치에 전혀 어울리지 않는 앞치마에 빨간 고무 장갑차림의 유신을 보며 강 노인은 한동안 침묵을 지켰다. 그리고는 천천히 거실로 들어서서는 집 안을 둘러보기 시작했다.

"우리 청이는?"

"어, 내 심청이 봉사 갔어."

강 노인의 말을 정정한 유신이 아무렇지 않은 척 능청을 떨고는 재빨리 건조대가 설치된 곳에 빨래 바구니와 벗겨지지 않는 고무장갑을 억지로 벗어서는 던져 놓았다. 집 안을 둘러보던 강 노인이 건조대가 설치된 뒤쪽의 발코니로 어슬렁거리며 다가왔다.

"빨래 해놓고 널지 않으면 냄새 난다. 어서 널거라."

점잖게 한마디 하고는 내용물을 힐끔거렸다. 유신이 머리를 긁적이고는 변명을 늘어놓았다.

"내가 좀 심심해서 빨래라는 걸 해봤는데 이거 생각보다 재미있네. 할아버지, 할아버지는 빨래 해봤어?"

심청이 있었다면 어떻게 할아버지께 반말을 할 수 있냐며 또 쌍놈 운운하겠지만 그것은 강 노인과 유신만의 정겨운 대화법이다. 유신을 단순히 손자가 아닌 때론 친구, 동생으로까지 생각하는 강 노인은 초등학교에 들어간 유신이 존댓말을 쓰자 먼저 거부반응을 보이며 손사래를 쳤다.

유신에 대한 끔찍한 사랑을 아는 아들 내외까지 나서서 그것만은 양보 못한다고 했지만 강 노인은 단호했다. 그렇다고 해서 유신이 다른 이들에게 버릇없이 구는 것도 아니기에 그는 손자의 반말을 무례하다고 생각한 적은 한 번도 없었다.

예절도 상호 작용인 법이다. 과잉 친절이 때론 더 많은 독이 될 수도 있고 정중하기는 하나 절대 마음이 느껴지지 않는 건 그에게 있어 유신의 반말보다 더 못했다. 사람들이 절대 이해 못하는 것들 중 하나겠지만 강 노인만의 교육법이기도 하다. 그것이 어찌 교육이 될 수 있냐며 따지는 사람들에게는 절대 이해 불가겠지만.

"고작 속옷 몇 개 빨고 재미 운운인 게냐? 이 할아비는 예전에 너희 할머니 속곳은 물론 이불 빨래까지 손수 빨았었어. 네 녀석 기저귀도 빨아줬는데 기억 안 나냐?"

"그래? 그럼 내가 할아버지 닮아서 빨래를 잘하는 건가? 기저귀는 기억이 안 나는데."

유신의 능청스러움에 강 노인은 허허 웃고는 유신이 빨래 너는 것을 지켜보았다.

"유신아, 그래 가지고는 네 청이한테 사랑 못 받는다. 탁탁 털어서 널어야 구김이 안 생기지. 넌 아직도 멀었어."

"그래? 뭐가 그렇게 복잡해."

말은 그렇게 하면서도 유신은 양말이며 속옷을 탁탁 털어 건조대에 건다. 고무장갑까지 제자리에 얌전히 둔 후 마무리를 끝낸 유신은 냉장고로 가서 음료수를 꺼내어 들고는 강 노인의 앞에 내밀었다.

"날도 더운데 우리 청이, 아니, 네 청이는 무슨 봉사를 가?"

"내 말이 그 말이라니까. 봉사도 날 좋고 선선한 날 가야지. 이렇게 더운 날 무슨 봉사를 간다는 건지 바득바득 우겨서 가더라니까. 봉사하러 가는 사람이나 받는 사람이나 이런 날은 둘 다 곤욕이지."

유신의 투덜거림에 강 노인이 짐짓 진지한 표정을 하고는 입가에 힘을 주었다. 그리고 눈에는 미소를 가득 담았다. 할아버지로서 손자에게 가르침을 한 수 내릴 수 있는 기회라고 판단된 모양이다.

"그건 아니지. 너도 네가 힘이 들 때 누군가 한마디 해주는 것에 위안을 받듯이 사람이란 모름지기 자기 몸 즐겁고 행복할 때보단 불편하고 어려울 때 받는 위로가 큰 힘이 되는 법이야. 더욱이 가진 것 없고 내 몸 아픈 사람들이면 이런 날일수록 더 힘들겠지. 네가 가진 게 많다고 해서 자랑하지 말고 항상 가난하고 성치 못한 사람들 지금처럼 열심히 도와주고 살아야 한다.

할아비는 널 믿는다."

강 노인의 말에 유신이 고개를 끄덕였다. 유신은 일부러 강
노인 앞에서 철없는 말과 행동을 하고는 한다. 그럴 때면 강 노
인은 유신에게 어른으로서 충고할 기회가 온 것에 아주 기뻐한
다. 그리고 자신이 아는 한도 내에서 가르침을 줬다. 어려서부
터 유신의 손을 잡고 강 노인은 손수 남을 돕는다는 것이 얼마
나 보람되며 반드시 해야 할 일인가를 체험으로 보여주었다. 무
허가 시설의 복지원에서부터 고아원, 양로원, 독거노인들이 머
무는 두 평도 안 되는 집들과 열악한 환경의 장애우들의 수용시
설에서 한나절씩 보내다 보면 유신의 까만 눈동자에 깃드는 다
짐들을 읽을 수 있었다.

강 노인은 자신이 축적한 부를 후손들에게 물려주는 것을 당
연하게 여겼다. 남을 돕는 것도 경제적인 여력이 뒷받침될 때
가능한 법이었다. 그리고 그것이 좋은 의도로 계속 세습되기를
바랐다.

물론 여력이 되지 않을 때는 마음과 몸으로 도와주는 것도 훌
륭하다. 다만 노인이 바라는 것은 유신이나 심청이 자신들이 누
리는 것만큼 다른 사람들을 도울 수 있는 마음의 여유로움을 함
께 가질 수 있는 여건을 주고 싶었다. 앞으로 자신이 물려줄 부
가 몇 대 손까지 그렇게 하리라는 것을 믿어 의심치 않았다. 유
신이나 심청의 마음 씀씀이라면 그 자식 대까지 훌륭하게 이어
받을 테니.

유신은 가르침을 주되 강요하지 않으며, 하면 안 된다는 것보다 해서 안 될 일이 뭐가 있냐고 용기를 주는…… 강 노인을 존경한다. 유신이 열아홉 나이에 결혼할 수 있었던 것도 강 노인의 절대적인 지지가 아니었다면 불가능했다.

심청은 유신이 주말마다 놀러가는 것으로 알고 있지만 대부분은 강 노인이 운영하는 복지 재단에 나가 일을 돕고 있었다. 그 일은 유신이 먼저 제안한 일이기도 했다. 강 노인에게 생활비를 받는 대신 틈이 나는 대로 일을 돕겠다고. 가만히 앉아 부모님이 내어주시는 돈을 흥청망청 써대는 것이 결코 아니었다. 물론 결론적으로는 자신이 하는 일에 비해 금전적으로 꽤 많은 원조를 받고 있지만 강 노인은 결코 부담스러워 말라고 했다.

백만 원을 버는 사람이 구십만 원을 쓰는 건 엄청난 낭비지만 수십, 수백억을 가진 사람이 천만 원을 쓰는 건 결코 낭비가 아니라고. 경제라는 것은 소비를 해야만 원활하게 돌아가는 것이고 그 주축은 부유층이 되어야 한다면서.

비록 노비 신분으로 태어나 많이 배우진 못했지만 유신은 그어떤 영웅보다 강 노인을 존경했다. 두툼한 백과사전이 주는 이론적인 가르침보다 강 노인의 경험에 의한 지식은 최고의 학부에 다니는 자신보다 더 훌륭하다고 인정했다. 절대 학문적으로 풀어낼 수 없고 정의 내릴 수 없는 것이라고.

"근데 할아버지, 무슨 일로 온 거야?"

"나? 그러고 보니 내가 무슨 일로 여길 왔더라."

강 노인이 무릎에 두 손을 얹고 시선을 천장으로 향하곤 방문 이유를 생각해 내려 애썼다. 유신은 내색하지 않았지만 그 모습에 큰 충격을 받았다. 언제나 노익장을 과시하시기에 건강하신 줄로만 알았는데 무슨 용건으로 왔는지도 잊어버릴 만큼 기억력이 쇠퇴했다는 건 꽤 큰 충격이었다.

유신은 강 노인의 행동을 티나지 않게 지켜보며 마른침을 삼켰다. 강 노인이 바득바득 우겨도 함께 살아야 하는 것이 아닐까 새삼 고민이 되었다. 심청도 날마다 본가에 들어가서 살자고 노래를 부르고 곧 아기도 태어날 예정이니…….

증손자가 생긴다고 하면 강 노인이 얼마나 좋아할지는 굳이 그림을 그리지 않아도 훤하다. 그렇지만…….

"할아버지님께나 부모님들께는 가을쯤 말씀드리자. 이제 막 한 달 넘었는데 조금 창피해. 내가 괜히 신경이 쓰여서 그래. 응?"

심청의 말도 일리가 있었다. 하여간 여자들은 사소한 것에 집착한다니까. 굳이 자신이 말하지 않아도 몇 달 뒤면 심청의 배가 엄청나게 불러올 테니 그때쯤이면…….

"옳구나. 내가 왜 왔냐 하면 네 심청이랑 너 크루즈 여행 다녀오라는 말 하려고 왔다. 한 학기 동안 열심히 공부하고 할아비 일도 도왔으니 상을 줘야지."

어느새 평소의 모습으로 돌아온 강 노인을 보며 유신은 그제 야 조금 안도의 빛을 내비쳤다. 강 노인의 크루즈 여행 제안이 얼마 전이었다면 아주 좋아했겠지만 지금은 선뜻 답하기가 곤 란했다. 임신 초기에는 장거리 여행은 삼가는 것이 좋다는 정보 에 심청을 데리고 무전 여행을 다녀오려는 계획도 취소한 마당 이니 말이다.

"음…… 할아버지, 이번 말고 내년에 갈게. 나랑 심청이랑 이 번 방학 땐 학교 행사도 많고 전공과목도 미리미리 뒤처지지 않 게 공부해야 하고 또……."

"녀석, 할아비한테 그렇게 변명할 것 없다. 내가 뭐 눈치가 그 렇게도 없냐. 둘이 오붓하게 다녀왔으면 했는데 집에 있는 게 더 좋다면 강요할 필요가 없지. 녀석, 매일 청이 얼굴 보고 살면 서도 그렇게 좋으냐?"

강 노인의 물음에 유신이 주저하지 않고 고개를 끄덕였다. 팔 불출 내지 사내 녀석이 무게없다고 한마디 할 만도 하건만 강 노인은 유신보다 더 흡족한 표정이다. 유신이 좋다면 강 노인도 무조건 좋았다. 물론 심청이야 강 노인이 먼저 좋아하기는 했지 만.

"그래, 별다른 일은 없고?"

"별다른 일이야 많…… 매일 그렇지 뭐. 할아버지, 조만간 우 리 한남동 가서 며칠 지내다 올까 하거든. 할아버지, 다른 계획 없지?"

"청이하고 둘이만 있고 싶을 텐데 한남동 오려고?"

"에이, 청이는 청이고 할아버지는 또 할아버지지."

유신의 임기응변에 강 노인은 속으로 코웃음을 쳤다. 유치해서 차마 묻진 못하지만 만약 심청과 자신 둘 중에 누가 더 좋으냐고 묻는다면 유신의 대답은 들으나마나였다. 강 노인은 그저 사람 좋은 웃음으로 고개를 끄덕여 주었다.

"야, 민심청. 너 아주 제법이더라."

"뭐가?"

언덕길을 내려오던 세련이 부채질을 하며 뜬금없는 말을 던졌다. 오늘의 봉사는 독거노인들의 집을 나누어 방문해 청소를 해주는 것이었고 두 사람은 저녁 무렵이 되어서야 봉사를 마치고 나서는 길이었다.

"너 빨래랑 청소하는 거 보고 나 좀 놀랐어. 꼭 우리 엄마처럼 능수능란하더라. 난 솔직히 마음은 안 그런데 막상 청소나 빨래를 해드리려고 하면 좀 꺼려지거든. 냄새도 심하고 부엌에 쪼그리고 앉아서 빨래하는 것도 너무 불편하고. 내가 속물근성인 걸까? 사회복지학과를 선택할 때만 해도 난 내가 테레사 수녀님만큼은 아니어도 평생을 남을 위해 봉사하며 살 거라고 다짐했었거든. 그런데 고작 빨래나 청소에서 고전하게 될 줄은 몰랐어. 사실 난 속옷도 엄마가 다 빨아주시거든. 방청소도 대부분 엄마가 해주시고. 이런 내가 남을 돕는다는 게 너무 가식처럼 느껴져. 따지고 보면 나 때문에 우리 엄마는 고생하시는 거잖아. 난 나가서 봉사랍시고 다른 사람들 빨래랑 청소하는 게 뭔가 앞뒤가 안 맞는 것 같아."

세련의 고해성사 비슷한 고백에 심청은 희미한 미소를 지으며 고개를 저었다. 그렇게 따진다면 봉사자 모두는 못 먹는 사람들을 위해 함께 굶어야 한다는 결론이 나온다. 그건 아니라고 본다. 무조건적인 동정이나 동참이 아닌 내가 할 수 있는 범위 내에서의 봉사야말로 진정한 봉사가 아닐까? 사실 심청도 세련이 언급한 부분에 대해서는 딱히 결론을 내기 힘들다는 생각이 들었다. 자신도 아직은 누군가를 돕는다는 것이 흉내에 불과한 사람이니까.

"빨래나 청소는 나처럼 살림하는 사람이면 누구나 다 잘해. 그게 무슨 특별한 기술도 아니고 자꾸 하면 저절로 몸에 배어. 빨래는 내가 잘해도 할아버지, 할머니께 애교도 떨면서 즐거움을 드리는 건 네가 훨씬 잘하잖아. 그래서 봉사란 혼자 하는 것보다 여러 사람이 해야 하는 건가 봐. 넌 나중에 사람들이 기다리는 사회복지사가 될 거야."

심청의 칭찬에 기운이 솟은 듯 세련의 표정이 밝아졌다. 기분이 좋아진 듯 세련이 심청에게 마구 부채질을 해주었다.

"그런데 민심청, 너 무슨 좋은 일 있니?"

"응? 왜?"

"종강하는 날만 해도 우거지상을 하고 가더니 일주일도 안 돼서 아주 활짝 만개해서 나타났잖아. 좀 수상해. 너 연애하지? 아침에 너 기다리는데 버스에서 내린 웬 어여쁜 아가씨가 다가오는 거야. 햇살 속으로 걸어오는데 어찌나 예쁘던지. 근데 그게 바로 너였던 거 있지. 나 눈이 잘못된 줄 알았잖아."

"정말? 내가 그렇게 예뻐 보였어? 아니, 나 예뻐졌니?"

심청은 부끄러운 것도 상관치 않고 물었다. 사실 요즘만 같다면 아무런 불평도, 불만도 없다. 아니, 행복해서 죽을 만큼 기분이 좋다. 그게 얼굴에 나타나는 걸까?

"아주 얼굴에서 광채가 나더라. 계집애, 혼자 예뻐지고."

세련이 살짝 눈을 흘겼다. 심청은 그저 행복해 이를 드러내며 웃었다. 유신도 그렇게 느꼈으면 좋겠다.

심청은 얼른 집에 가고픈 생각에 세련이 팥빙수를 먹고 가자는 청도 거절하고 서둘러 걸음을 재촉했다. 집으로…… 사람들이 왜 그렇게 집으로 가고 싶어하는지 심청은 이제야 실감을 했다.

부스럭거리는 과자 봉지 소리와 함께 코 훌쩍거리는 소리가 뭔가 부조화를 이룬다. 유신은 마름모꼴 눈을 하고 심청이 하는 양을 어이없어 지켜보았다. 콧물인지 눈물인지를 흘리면서도 입으로는 과자가 쉼없이 들어가고 있었다.

'점점…… 아주 맛이 갔네, 맛이 갔어.'

세상에 저보다 더한 신선놀음은 없을 것이다. 여왕마마보다 더 편한 자세를 취하고 눈은 충혈된 채 눈물이 글썽이고 입은 수시로 오물거리는 심청의 모습에 유신은 쯧쯧거리며 혀를 찼다.

"민심청, 침 떨어진다."

"그래?"

심청이 손등으로 입술을 쓰윽 닦고는 한 장면이라도 놓칠세라 얼른 두 눈을 화면으로 집중했다.

―조심스럽게 다가가려니 용기가 안 나요. 당신이 먼저 사랑해 주세요.

대형 화면에서는 유치하기 그지없는 노래 가사와 함께 2% 부족하게 생긴 남자 배우가 피아노를 뚱땅거리며 음치 실력을 뽐내고 있었다. 상대 여배우의 눈에 어린 감동의 눈빛이 화면 밖 심청의 눈에도 똑같이 묻어났다.

'차라리 텔레비전 속으로 들어가라, 들어가.'

한 손에는 과자를 들고 코를 훌쩍이는 심청의 모습은 드라마라면 죽고 못사는 아줌마들의 모습과 영락없다. 생각난 김에 저 머리를 확 잘라서 볶아버려? 괜히 심술이 난 유신은 툴툴거리며 심청을 노려보았다.

"앗, 뜨거!"

유신의 고함 소리에 심청이 눈물을 뚝 그치고 천천히 고개를 돌렸다. 다림질을 하고 있던 유신이 손을 데인 듯 털고 불고 야단이 났지만 심청은 대수롭지 않은 듯 쳐다보고는 텔레비전으로 시선을 바로 옮겼다.

다림질을 하다 보면 데일 수도 있지. 아픔없이 얻어지는 것이 어디 있느냐 말이다. 호들갑을 떠는 유신과 달리 심청은 여유만만이었다.

"야, 민뚱! 넌 내가 화상을 입었는데도 눈길 한번 안 주냐?"

유신이 버럭 고함을 지르고는 가까이 있는 리모컨을 찾아 전원을 꺼버렸다.

"어? 야아, 빨리 틀어. 중요한 장면이란 말이야. 얼른."

심청이 두 주먹을 불끈 쥐고는 흔들며 안달을 했다. 지금까지 억지로 참고 있던 유신은 화가 머리끝까지 치밀어 올랐다. 천하의 강유신이, 카리스마의 절대지존인 자신이 속옷이나 다리고 있다는 것에 가뜩이나 천불나는 판이었다.

제 할 일까지 성질 죽여가며 해주니까 민심청 저것이 눈에 뵈는 것이 없는 모양이다. 더군다나 어디서 멸치 대가리같이 생긴 놈을 보고는 좋다고 헤벌쭉거리는 것 좀 봐라! 그만큼 보는 눈을 업그레이드시켜 줬으면 지가 모시고 사는 서방님의 가치가 얼마나 존귀한지 알만도 할 텐데 저것은 어찌 된 것이…….

"어엉~ 야아, 얼른 틀……."

"민심청."

다리까지 흔들어대며 재촉하던 심청은 나지막하게 깔린 목소리에 동작 그만이 되었다. 한동안 들을 수 없었던 낮고도 걸쭉한 음색이었다.

"왜에……."

"왜에?"

유신이 가자미마냥 눈을 치켜뜨고는 가슴께에 팔짱을 꼈다. 심청은 슬그머니 과자 봉지를 내려놓고는 제멋대로 삐져 나온 머리카락들을 손가락으로 대충 정리했다. 사람이란 자고로 눈치가 빨라야 한다. 심청은 최대한 힘없는 눈길로 유신을 바라보았다.

"또 눈 오버한다. 네가 그렇게 쳐다볼 때마다 불쌍히 여긴다고 맛 들린 모양인데 어림없어. 네가 물론 우울하게 생긴 건 맞지만 반대로 울화병 터지게도 생겼거든. 좋은 말로 할 때 인상 풀어라."

어쩐 일로 한동안 잠잠하다 했다. 심청은 몰래 주먹을 쥐어 보이고는 고개를 끄덕였다.

"내가 우울하게 생긴 건 사실인 것 같아. 얼굴도 못생겼고 키도 작고. 어디 한 군데 너랑 어울리게 생긴 구석이 없다는 건 나도 인정해. 그래서 말인데…… 나 성형수술 할까? 이번에 우리 과 애들 몇 명이 함께 가서 한다고 하던데."

"뭐?"

유신이 버럭 고함을 질렀다.

"눈이랑 피부는 그럭저럭 봐줄 만하니까 됐다 치고. 코도 좀 높이고, 입술도 뒤집고, 키 늘려주는 주사도 있다니까 견적 한 번 뽑으러 가볼까? 이왕 하는 김에 가슴도 좀 키우고."

"하여간 꼭 실력 안 되는 것들이 얼굴로 승부하려고 하지! 네가 사복과 학생 맞냐? 사회복지사가 무슨 얼굴로 승부하는 직업이냐고! 내적인 아름다움이 외적인 아름다움을 이기는 거야. 뾰족한 코로 만들긴 쉬워도 너처럼 둥그런 코 만들긴 어렵다는 걸 왜 모르냐! 개성 시대면 개성있게 살아야지. 하여간 실리콘 넣어서 코 올리고만 와봐. 올려놓은 콧대 확 부러뜨려 버릴 테니까. 그리고 넌 견적이 너무 많이 나와서 이 집 팔아야 네 수술비 겨우 맞출 거다."

예뻐진다고 하면 좋아할 줄 알았는데 놈이 득달같이 화를 내자 심청은 의외라는 표정을 지었다. 흥, 그럼 그렇지. 수술비가 아깝다 이거지? 나도 얼굴에 칼 댈 생각 없거든. 주사도 겨우 맞는데 무슨…… 그런데 왜 소리는 버럭버럭 지르고 지…… 지르고 야단이야. 또 내 연기를 보고 싶은 모양이지.

"어우야, 왜 그렇게 소리를 지르고 그래. 네가 소리 지르는 바람에 우리 애기가 놀랐나 봐."

심청이 배에 손을 얹고는 호흡을 조절했다. 유신이 화들짝 놀라며 냉큼 심청의 곁에 다가앉았다. 그는 걱정스러운 표정으로 심청을 살피다 머뭇거리며 말을 했다.

"미안. 크게 소리 지를 마음은 없었는데 네가 하도 말도 안 되는 소리를 하니까 나도 모르게……. 병원 가봐야 하지 않을까?"

"네가 소리 지르는 게 하루 이틀이니. 그래도, 네가 알면 됐다. 용서해 줄게."

허? 용서씩이나. 유신은 너무 기가 막혀 화도 내지 못했다. 그저 웃음만 나올 뿐이었다. 그래도 요즘 심청을 너무 풀어준 것 같아 이쯤에서 한번 가장의 권위를 보여줄 필요성을 느꼈다.

"민심청, 너 요즘 많이 컸다. 이 집안 가장이 누군지 잊어버린 모양인데 그런 의미에서 한번 확인해 보자."

유신이 검지를 펴고는 까딱까딱거렸다. 살짝 반달눈을 하고 있던 심청의 눈이 동그랗게 떠졌다. 저것이 시방 뭐다냐? 한동안 자취를 감추었던 일명 자진 납세를 고하는 싸가지없는 손꾸락이네. 심청은 자신의 눈을 의심해 힘 주어 깜짝여 보았다. 다시 봐도 자진 납세를 고하라는 신호다.

"이거 안 보이냐? 오빠 손가락 부러진다. 얼른 와서 박아라."

"야, 임산부한테 폭력을 휘두르는 건…… 물론 폭력이라고 하기에는 조금 어폐가 있지만 그래도 내가 명색이 엄마인데 자진 납세하라는 건 좀 그렇잖아. 아기가 보면 뭐라고 하겠니."

"지금 네 2세 자고 있을 거다. 네 2세도 내가 왜 이래야만 하는지 알기에 얌전히 자는 거거든. 세 살 버릇 여든까지 간다는 말 알지? 뱃속에서부터 교육을 잘 시켜놔야 나처럼 훌륭한 사람이 태어나는 거야. 교육 차원에서라도 얼른 와서 박아라."

하여튼 '놈' 자를 안 붙일 수가 없다. 저처럼 훌륭한 놈은 무슨 개뿔! 심청은 쭈뼛거리며 일어나 놈의 손을 향해 머리를 살짝 숙이고는 천천히 들이밀었다. 마음 같아서는 확 박아버리고 싶지만 손가락 불구 만들어봐야 자신만 고생이 훤할 터이니 하는 수 없이 속력을 조절했다. 나중에 아기가 태어났는데도 이런 짓거리 시키면 그땐 정말 끝이다!

심청이 머리를 숙이며 자진 납세를 해오자 유신이 주먹 대신 손가락을 쫙 폈다. 그리고는 심청의 까만 머리를 부드럽게 쓰다듬었다.

"잘했다. 앞으로 오빠 말 잘 들어라, 응? 오늘 한 번만 내 특별히 봐줄 테니."

놈이 강아지 쓰다듬듯 머리를 쓰다듬자 심청은 이를 갈며 고개를 끄덕였다.

"응, 그럴게."

활화산이 되어 타오르는 분노를 달래며 심청이 싱긋 웃었다. 네놈이 내 웃음의 의미를 알아? 심청은 배시시 웃으며 하얀 이를 드러내었다.

"저기, 이제 넌 들어가서 공부해. 다리미질은 내가 할게."

"다 했어. 이게 마지막이었거든."

유신이 팬티를 들어 보였다. 하여간에 별난 놈. 빤스까지 다려입는 놈은 살다 살다 처음 본다. 심청은 유신의 삼각팬티를 보자 갑자기 기분이 이상해져 유신의 눈길을 피하며 횡설수설했다.

"잘 다려진 것 같다. 나머진 내가 치울게."

심청이 주섬주섬 열이 식은 다리미를 챙기기 위해 손을 뻗자 유신이 그 손을 잡았다.

"민둥."

"응?"

유신의 부름에 무심코 고개를 든 심청은 갑자기 가슴이 쿵쾅거리는 걸 느꼈다. 어우, 그런 눈으로 보면 내가 참 힘들거든.

임신하면 호르몬 변화가 온다더니 요 근래 '응응'을 안 한 탓인지 괜히 유신과 눈만 마주쳐도 온몸이 뻐근해져 온다. 심청은 꿀꺽하고 마른침을 삼켰다. 그러곤 그 소리에 스스로가 소스라치게 놀랐다. 한마디로 혼자 북 치고 장구 치고 다 하는 중이다.

유신은 아까부터 신호를 보내는 분신으로 인해 고통을 억지로 참는 중이었다. 임신 초기에는 뭐든 조심하는 게 좋다고 해서 벌써 이 주 가까이 참았더니 한계에 다다른 모양이었다. 다른 여자들을 보면 아무렇지도 않은데 심청만 보면 불끈불끈 솟아오르니 참 병이 걸려도 단단히 걸린 모양이다.

유신은 다리미의 손잡이를 잡고 있는 심청의 손을 아프게 쥐었다.

"유신아…… 아파……."

심청이 시선을 피하며 손을 빼내려 했다.

아프냐? 나도 아프다.

유신은 꿀꺽 침을 삼키고는 다짜고짜 심청의 앞으로 얼굴을 들이밀었다. 놀란 심청이 뒤로 물러서며 몸을 피해보지만 등 뒤에 소파가 버티고 있어 더 이상 물러설 곳이 없었다.

"유…… 유신아."

"저기…… 에라, 모르겠다."

유신이 다짜고짜 달려들어 입맞춤을 했다. 처음에는 정말 입맞춤만 할 생각이었다. 유신은 딱 거기까지만 한다고 자신의 이름을 걸고 맹세했다. 심청의 입술을 조금만 맛보고 그만둘 작정이었다. 한데 잠시 반항하는 척하던 심청이 적극적으로 나서는데 사내대장부로서 어찌 가만 두고 볼 수 있냐는 말이다. 더군다나 심청이 원하는 것이라면 달도 따다 줄 판인데.

바닥에 무릎을 꿇고 앉아 나누던 입맞춤의 농도가 점점 짙어지더니 두 사람의 엉덩이가 어느새 소파 위로 올라가 있었다. 심청이 입고 있던 면 티셔츠를 벗겨내면서도 유신은 더 이상 진도를 나가지 않겠노라 굳게 다짐했다. 브래지어를 밀쳐 내고 핑크빛 돌기만 깨물겠다고.

그런데 어느새 심청이 자신의 무릎 위에 올라와 있었다. 하지만 심청이 작은 몸을 움직일 때마다 단단히 솟아오른 분신이 당장이라도 뚫고 나올 것처럼 야단을 쳐대도 참아볼 생각이었다. 적어도 심청이 그곳을 빤히 내려다보기 전까지는 말이다.

"건드리지 마! 나 건드리지 마!"

유신이 병에 걸린 사람처럼 몸서리를 쳐대며 경고했다. 터지면 죽는다! 오늘 시동 걸리면 절대 제어가 안 된다고 유신은 목소리를 쥐어짜며 경고했다.

"왜? 어디 아프니? 여기?"

심청이 분신을 꾹 누르며 묻는다. 유신은 순간 온몸을 부르르 떨었다. 이건 정말 자신의 잘못이 아니다. 절대 일정한 선을 넘지 않겠노라고 다짐하고 또 경고까지 했었다. 그럼에도 불구하고 화약고에 불을 붙인 건 심청이니, 그 불을 꺼야 할 사람도 심청이다.

심청의 치마를 확 걷어 올린 유신은 앙증맞은 팬티를 찢어버릴 듯 벗겨내고는 허벅지 사이로 손가락을 집어넣었다. 촉촉하게 젖어 있는 여성을 확인한 유신은 더 미룰 것 없이 자신의 분신을 밀어 넣었다.

"아으……."

누구의 입에서 나오는 신음 소리인지 구분이 가지 않는다. 심청의 몸으로 들어가서야 유신은 비로소 편안하게 숨을 내쉴 수 있었다. 잔뜩 붉어진 얼굴로 유신과 눈을 마주한 심청이 유혹하듯 입술을 벌리자 유신은 이성이고 뭐고 죄다 버리기로 했다.

심청이 더 편하게 움직일 수 있도록 자세를 고쳐 주며 유신은 하체를 격렬하게 움직이기 시작했다. 머리 속에는 심청을 배려해야 한다는 생각으로 가득했지만 뇌가 말을 듣지 않았다. 마른 장작에 불이 붙은 듯 오랜만에 품은 심청의 안에서 유신은 그 어느 때보다 뜨겁게 타올랐다.


"야, 아직도 멀었냐?"

아까부터 유신은 거실과 주방을 들락날락거리며 재촉을 해댔다. 식탁에 앉아 쇼핑 목록을 정리하던 심청이 살짝 눈을 흘겼다.

"강유신, 아직 삼 분도 안 지났거든. 거실에서 얌전히 앉아 기다려 줄래?"

"엉, 알았어. 얼른 해."

심청의 말이 끝나기 무섭게 유신이 냉큼 밖으로 나갔다. 심청의 말이라면 발톱 밑에 때만큼도 여기지 않더니 이제는 말이 떨어지기 무섭다.

심청은 사야 할 품목을 차근차근 적어나갔다. 한동안 장을 보지 않았더니 사야 할 것들이 제법 된다. 거기다 오늘은 유아용품도 몇 가지 살 예정이기에 품목이 더욱 많았다.

유신은 며칠 전부터 아기 방을 꾸미자고 우겼다. 심청은 어린아기가 무슨 방이 필요하냐며 일언지하에 무시했다. 하지만 유신도 막무가내로 우겼다. 그러자 심청은 못 이기는 척 그러자고 했다. 물론 지금까지 그래 왔듯이 순탄하게 일이 시작되지는 못했다. 우선 아기 방의 위치를 결정하는 것부터 두 사람의 의견은 달랐다.

심청은 아이를 보살펴 주기는 하되 품 안에 감싸고도는 부모는 되기 싫다고 처음부터 못을 박았다. 아이 방도 그런 맥락에서 독립적인 공간에서 꾸며주고 싶었다.

그러나 유신의 생각은 달랐다. 아이가 부모의 소유물은 아니지만 어느 정도 인격이 형성될 때까지는 부모가 아이를 데리고 생활해야 한다고 주장했다. 하여 두 사람의 방을 합치고 아이도 함께 생활해야 한다고 우겼다. 부모가 반목하는 모습을 보면 아이의 정서가 불안하다나 어쩐다나.

심청은 이론적으로 완벽하다시피 한 놈이 어찌하여 지 성질머리는 못 고치는지 그게 신기하기만 하다. 결국 아직 아이가

태어나려면 멀었으니 소소한 것부터 준비하자는 것으로 절충을
보았다.

"비 더 내리기 전에 얼른 가자."

"강유신, 내가 기다리라고 했지? 지금 안 가면 그 쇼핑몰 문
닫는다니? 넌 왜 그렇게 남자애가 촐싹거리니? 곧 애 아빠 될
사람이."

심청의 핀잔과 타박에도 불구하고 유신은 멋쩍은 미소만 지
을 뿐이다. 요즘 푸를래요 아파트의 이십오층 공기는 언제나 맑
음이다. 유신은 유신대로 바람난 홀아비처럼 미소를 달고 살았
고, 심청은 심청대로 얼굴이 활짝 만개했다. 비록 장마가 시작
되어 대지는 습기로 축축 쳐졌지만 두 사람에게는 다른 세상 이
야기다.

"아직도……."

"다 됐거든. 장바구니 챙겼지?"

심청이 머리를 흔들며 자리에서 일어났다. 장바구니를 챙긴
유신은 심청을 위해 신발을 대령하고 신겨줄 자세를 취했다.

"비도 오는데 무슨 운동화. 나 슬리퍼 신고 갈래. 슬리퍼로
줘."

아까 전까진 분명 운동화 신겠다더니! 유신은 눈을 부릅떴다.

"왜? 기분 나빠?"

심청이 아주 능청스럽게 물었다. 예전에 당신이 다 한 짓이거
든. 받은 만큼, 아니, 받은 이상 돌려준다고 했잖아. 심청은 도

도하게 팔짱을 끼고는 유신이 슬리퍼를 대령하기를 기다렸다.

"자, 신어."

유신이 얌전하게 슬리퍼를 내밀자 심청은 아무 거리낌 없이 발을 쑤욱 집어넣었다. '살다 보니 이런 날이 다 오는구나' 라던 드라마의 대사를 떠올리며 심청은 마냥 거드름을 피웠다. 언제까지나 이 행복이 계속될 것이라고 믿는 듯.

항상 장 보기는 혼자 하다시피 했던 심청은 여자들이 왜 자기 남편들과 굳이 같이 다니고 싶어하는지 그 이유를 이제야 알 것 같았다. 일단 이 남자가 내 남자예요 하는 과시욕이 첫 번째 이유일 것 같고 두 번째는 머슴으로 부리기에 딱이라는 거다.

폭탄 세일이라고 아무리 외쳐도 무얼 하나, 들고 갈 수 있는 한계가 있는 것을. 그런데 든든한 짐꾼을 옆에 두고 거닐다 보니 세상 두려울 것이 없다. 더군다나 유신의 외모가 어디 보통 외모인가 말이다. 지나가는 여자들이 한 번씩 흘끔거리며 지나가는 것이 가히 기분 나쁘지 않았다. 자신을 이상하게 쳐다보고 갈 때를 제외하고는.

쇼핑용 카터를 미는 유신의 뒤를 따르던 심청은 자꾸 걸음이 뒤처졌다. 집에서부터 컨디션이 좋지 않더니 비가 와서 궂은 날씨와 북적이는 사람들로 인해 더욱 심해짐을 느꼈다. 심청이 유신의 소매를 확 잡아당겼다. 유신이 무척이나 아끼는 O.K라는 고가의 흐늘거리는 셔츠였다. 속살이 옅게 비추는.

"왜?"

유신은 심청이 붙잡고 놓지 않는 소매를 보며 인상을 찌푸렸다. 이게 얼마짜리 옷인 줄이나 알고 잡아당기냐는 눈빛이다. 하나, 심청은 모르는 척했다. 유신이 이 셔츠를 입을 때마다 심청은 어린아이를 물가에 내놓은 것마냥 불안하다. 여자들이 작정하고 달려들지는 않을까 내심 초조하기도 하고. 해서 아예 다시는 못 입게 하려고 옷을 망가뜨리고 있었다.

"유신아, 몸이 좀 안 좋아. 다리도 아프고."

"지…… 가지가지 한다."

심청의 배를 보며 얼른 말을 바꾼 유신이 목소리와 달리 걱정스러운 표정으로 주위를 두리번거렸다. 매장에 들어선 지 오 분도 되지 않았는데 다리가 아프다니. 예전에는 도대체 어떻게 살았는지 다 잊은 모양이다. 유신은 알면서도 속아주기로 했다.

"저기 햄버거 가게 있네. 가서 네가 먹고 싶은 거 먹으면서 기다리고 있어. 장 봐서 갈 테니까."

"어우야, 나 혼자? 너, 여기 처음 와봐서 헷갈릴 텐데."

말이나 못하면 밉지나 않지. 병 주고 약 주는 심청으로 인해 유신은 요즘 우울할 겨를이 없다.

"여기가 무슨 여의도 광장이라도 되냐? 헷갈리기는 뭐가 헷갈려? 사야 될 거나 일러줘."

툴툴거리면서도 유신은 계속 심청의 안색을 살피느라 여념이 없다. 꾀병이 아니라 정말 안색이 안 좋아 보이기는 하다. 괜히 오자고 했나? 유신은 은근히 걱정이 되었다.

심청은 입고 있는 바지 주머니에서 반으로 접힌 메모지를 꺼내 건넸다.

"뭐가 이렇게 많아?"

유신이 깨알 같은 글씨로 적힌 품목을 보며 인상을 썼다.

"그동안 장을 안 본 지 꽤 됐잖아. 이거는 쿠폰인데 계산할 때 내면 돼. 세제 살 때 덤으로 주는 거 있으면 잊지 말고 챙기고 같은 용량이면 더 싼 거 사고. 알았지?"

"그래 봐야 고작 일이백 원 차이인데. 껌 값밖에 안 되는 걸 가지고 내가 연연해야겠냐."

유신의 거부반응에 심청은 가늘게 한숨을 내쉬고는 건넨 메모지를 다시 낚아챘다.

"아무래도 내가 같이 가는 게 낫겠다. 밖에 한번 나가봐. 누가 껌 값 그냥 주나. 조금만 움직이면 아낄 수 있는 돈인데 왜 낭비를 해?"

심청이 퉁명스럽게 대꾸하고 앞장서자 유신이 가로막았다.

"알았다, 알았어. 내가 알아서 확실하게 사 올 테니까 넌 저기 가서 기다리고 있어. 너처럼 부피있는 애가 사람 많은 데서 왔다 갔다 하는 것도 진로 방해야."

심청의 등을 조심스럽게 떠밀며 유신은 서둘러 매장 안으로 사라졌다. 유신이 뛰다시피 하며 모습을 감추자 심청은 멀쩡한 얼굴로 군것질 거리를 찾아 어슬렁거렸다.

"민심청, 고의로 그랬단 말이지? 둔탱인 줄 알았는데 완전 여우네."

심청이 준 메모지를 확인하는 순간 유신은 자신이 속았다는 것을 알았다. 메모지 옆에 깨알 같은 글씨로 적힌 당부 사항으로 보아 집에서부터 미리 작정한 것이 틀림없었다.

〈*섬유유연제:딸기향.

　　　　반드시 리필용으로 사되 사은품 붙은 것으로 살 것.

*가루비누:반드시 엄마표로 살 것.

　　　　이것 역시 사은품 있나 반드시 확인.

*미운 소금:중자. 유사품 미음 소금으로 사지 말 것.〉

"그래, 이 오빠가 알면서도 속아주는 게 어디 한두 번이냐."

유신은 심청이 적어준 대로 하나하나 물건을 찾아 헤매기 시작했다. 천하의 강유신이 덤으로 붙은 거 골라가며 물건을 사야겠냐만 심청이 원하는 거라면 해야지 별수있나.

속으로 투덜거리면서도 하나하나 물건을 골라 담던 유신이 갑자기 동작을 멈추었다. 심청이 적어준 세제 중 하나를 유신이 들어보았다. 세제 하나가 6.5kg이었다. 리필용이라고 쓰인 섬유유연제의 무게도 그 못지않았다.

지난번 심청이 아이스크림을 빼먹고 왔다고 구박했던 것이 불현듯 떠올랐다. 무거워서 도저히 더 살 수 없었다는 말에 머리통을 쥐어박았었던 것이 떠올라 새삼 미안했다. 유신은 안쓰러운 미소를 짓고는 다음 물건을 사기 위해 걸음을 옮기다 고개를 갸웃거렸다.

"으라차차 소시지? 이게 뭐야?"

깨알 같은 글씨를 몇 번이고 확인한 유신은 조그마한 미니 상자에 들어 있는 간식용 소시지에 박장대소하고 말았다. 군것질 거리도 꼭 저 같은 것만 고르는 것이 아무튼 못 말린다. 유신은 미니 상자 대신 대형 포장으로 된 으라차차 소시지로 골라 담고 덤으로 과자까지 빼놓지 않고 챙겼다.

"이제 채소 코너만 남았지?"

제법 속도가 붙은 유신은 아주머니들의 뒤를 따르며 부지런히 장 보기를 마쳐 가고 있었다.

그 시간 심청은 대형 햄버거 세트를 뚝딱 해치우고 음료수도 세 번이나 리필해서 마시고 있었다.

"얘는 무슨 물건을 만들어 오나, 왜 이렇게 안 오는 거야?"

심청이 거만하게 팔짱을 끼고는 투덜거렸다. 앞으로 자주는 아니더라도 올 때마다 함께 와서 교육을 단단히 시켜야겠다며 콜라의 얼음을 아작아작 깨물어 먹었다.


"아이고, 배야."

유신이 장 봐온 물건을 수납 공간마다 정리하는 것을 감독하던 심청이 배를 움켜잡았다. 아무래도 몰래 군것질한 것이 탈이 난 모양이다. 그러게 얼음을 많이 먹는 게 아니었었는데. 심청은 살살 아파오는 배를 문지르며 인상을 썼다.

"왜? 내가 뭐 잘못 됐냐? 순서가 바뀐 거 있어? 제대로 넣은 것 같은데."

유신이 냉장고의 양쪽 문을 활짝 열어 보였다. 냉동식품, 채소 박스, 과일 박스, 음료수. 뭐 하나 잘못된 것 없이 제대로 수납이 되어 있으니 확인하라는 의미였다.

"아니, 갑자기 화장실이 좀 급해서."

"그럼 진작 갈 것이지, 뭐가 그렇게 못 미더워서 지켜보고 섰냐. 얼렁 화장실 가. 난 차에 가서 물건 마저 가지고 올게. 그건 다용도실에 두면 되지?"

"응, 그래. 떨어뜨리지 않게 조심해서 들고 와."

아프다고 낑낑거리는 와중에도 심청은 명령을 잊지 않았다. 오백 년 만에 올까 말까 한 기회인데 놓치면 그게 바보지. 유신이 알았다며 손을 들어 보이자 심청은 서둘러 화장실로 향했다.

잠시 뒤 경악에 가까운 비명 소리가 들렸다. 유신이 이미 엘리베이터에 탔기에 망정이지 아니었다면 당장 뛰쳐 들어왔을 만큼 심청의 비명 소리는 가히 충격적이었다.

**8**

**욕**실 수납장에 넣어둔 생리용품을 입으로 물어뜯는 심청의 얼굴이 기절할 것처럼 순식간에 핏기를 잃었다. 내일 아침 일찍 일어나 임신 시약 테스트로 임신을 확인한 후 유신에게 자랑하려고 했었는데 하늘도 무심하시지 어떻게 이런 일이……. 혈흔이 보이자 혹시 유산이 아닐까 싶어 더럭 겁이 났던 심청은 한 달마다 겪던 생리통과 증세가 흡사하자 절망하고 말았다.

꿈이야, 이건 분명 꿈이야. 그렇지 않고서 어떻게 이런 일이 있을 수 있어? 안 믿어. 아니, 못 믿어. 믿지 않아!

심청이 절박하게 외쳤다. 그렇지만 육 년째 매달 겪는 생리 증세를 스스로가 못 알아챌 리 없었다. 그런 인간이 임신은 왜 그렇게 맹신했는데? 심청이 자신을 윽박질렀다. 아무리 둔하다 해도 여자라면 적어도 그런 것 정도는 구분할 줄 알아야 하는 거 아니냐는 말이다.

이건 꿈이야. 맞아, 틀림없어. 지금까지 한 번도 생리를 거른 적이 없으니까 당연히 임신이 맞아야 해. 심청은 절레절레 고개를 저으며 억지로 우겼다. 그렇게 해서라도 이 충격에서 벗어나고 싶었다.

철썩!

심청이 자신의 뺨을 올려붙였다. 아픔이 느껴지지 않기를 간절히 소망해 보지만…… 아팠다. 너무나 아파 눈물이 저절로 후루룩 떨어졌다.

"유신아…… 유신아…… 나 어떡해. 응? 나 어떻게 해……."

언제부터 자신이 가장 힘들고 괴로울 때 유신을 찾게 되었을까. 심청은 자신이 받은 충격보다 유신이 겪을 충격이 더 두렵고 무서웠다. 지금까지 유신에게 얼마나 거만을 떨고 잘난 척했는데 이제 와서 그게 모두 착각이었다고 어떻게…….

심청은 지난 이 주간의 행복이 꿈결인 양 아득하기만 했다. 기억도 나지 않을 만큼 유신의 변해 버린 행동들이 낯설게 일순 사라져 갔다. 자신이 받은 충격보다 유신의 걱정부터 하게 되는 건 결코 임신에 있어 유신보다 덜 좋아했다는 의미가 아니다. 단지 유신이 너무 좋아했기에 그래서…… 그래서…….

유신은 뭐라고 할까? 우선 당장은 놀라겠지만 곧 아무렇지 않게, 어쩌면 좋아할지도 몰라. 그래, 마지못해 낳으라고 했던 거잖아. 실은 자기도 싫으면서 어쩔 수 없이 받아들인 것일 수도 있잖아. 잘된 거지 뭐. 강유신, 너무 좋겠다. 억지로 사이좋은 부모 노릇 안 해도 되니까.

임신이 무슨 애들 장난도 아니고 그래서 정신 차리라고 이런 해프닝을 일어나게 했나 보다.

그런데 피식 하고 웃음이 나오지 않았다. 그렇게 헤프기만 하던 웃음이 어떻게 해야 나오는 것인지 기억도 나지 않는다. 그저 장난이라고 하기에는 그동안 너무 행복했기에 놓치기 싫고 인정하기 싫었다.

처음으로 유신이 악의없이 웃는 것을 볼 수 있었다. 여전히 놀리기는 했지만 자신보다 심청을 먼저 챙겨주던, 배려라는 것을 듬뿍 맛볼 수 있었던 시간들이 단 한 순간에 와르르 무너져 내렸다. 가히 역사적인 일이라고 유신 스스로 칭할 만큼 얼마나 다정다감하고 따뜻했는데…….

'배려는 무슨…… 그동안 네가 당하고 산 거 잊었니? 그냥 농담처럼 말해 버려. 강유신, 임신 아니라고 하면 당장은 티 안 내도 며칠 지나면 희희낙락거릴 건데 왜 자꾸 눈물은 찔끔거리는 거야? 누가 널 동정한다고?'

그래도 차라리 죽어버리는 게 낫지 제 입으로 임신이 아니었다는 말을 어떻게 할 수 있다는 말인가. 더군다나 유신이 투덜거리면서도 임신을 반겨줘서 내심 든든하고 고마웠었다. 유신이 실망하지 않도록 건강하고 예쁜 아기를 낳아야 한다고 생전 하지 않던 기도까지 밤마다 잊지 않았는데, 이 모든 게 착각에 불과했다고? 정말 미치고 팔짝 뛰고 싶다. 장난으로 하는 말이 아니라 정말, 정말 미쳐 버렸으면 좋겠다.

심청은 연거푸 깊은 한숨을 내뱉으며 뛰는 가슴을 부여잡았다. 유신에 대한 염려를 하고 있기는 하지만 그것은 자신의 불안감을 감추는 것에 불과했다. 아무리 유신의 충격이 크다 한들 심청의 충격보다는 덜할 것이다.

뱃속의 아기를 위해 태교도 얼마나 열심히 했는데 이제 와서 장난이었다고 사람을 우롱하다니 신도 어지간히 심심하신가 보다. 그런데 왜 하필 그 장난의 대상자가 자신이란 말인가. 뭘 그리 그동안 행복하게 해주었다고.

심청의 눈가에 원망이 가득 담긴 눈물이 일렁거렸다. 눈물을 훔치며 일어서던 심청의 눈에 무언가가 들어왔다. 유신이 욕실 거울 끝에 붙여놓은 메모지였다. 물에 젖지 않도록 특별히 코팅까지 했다.

〈부부란 서로를 아낌없이 보여주는 것!〉

처음 저 글을 보고 유신에게 참 많은 핀잔을 주었었다. 문장의 뜻만으로는 충분히 공감이 가고 옳은 말이지만 욕실에 붙여두자 그 본래의 의미보다 야릇한 분위기가 더 강조되어 버린 듯

했다. 저 문장을 읽으며 유신을 흘겨볼 땐 이렇게 가슴이 무너져 내릴 상황이 기다리리라고는 상상도 못했다.

심청이 도로 타일 바닥에 무너지듯 주저앉았다. 침착해야 한다. 지금은 자기 비하보다 이 난관을 어떻게 극복하느냐고 중요하다. 물론 실수는 했지만 그게 죄라고 말한다면 그건 솔직히 억울하다. 자신도 어떻게 보면 피해자인데.

현명한 사람은 자신에게 주어진 기회를 잘 이용하는 사람이라고 했다. 심청은 어떤 것이 자신과 유신을 위하는 길일까 고민했다. 지난 몇 주간 두 사람 참 행복했더랬다. 자신의 임신이었음을 떠올리며 심청은 입술을 잘근 깨물었다.

그동안 늘 구박만 받다가 처음으로 유신에게 동등, 아니, 동등 이상의 위치를 확보했는데 한순간에 무너져야 한다는 게 너무 허탈했다. 단순히 누가 더 높고, 낮음의 문제가 아니었다. 서로에 대해 그만큼 존중해 주는 방법을 이제야 알아가고 있는데…….

심청이 결심한 듯 고개를 끄덕였다. 부부란 아낌없이 보여주는 것이 맞지만 감추어야 할 것이 있을 때는 감추어야 한다. 물론 유신이 임신을 온전히 기뻐한다고 단정 지을 수 없으니 헛소동이었다는 말에 기뻐할 수도 있다. 하나, 실망하는 모습도, 기뻐하는 모습도 둘 다 보기 싫었다.

그렇다면 결론은 하나였다. 무조건 임신을 하면 되는 것. 조금이나마 개월 수에 차이가 있기는 하겠지만 남자인 유신이 그런 것까지 일일이 따지지는 않을 것이다. 공주처럼 산 지난 몇 주간의 생활이 그리워서가 아니라 두 사람을 위해서라도 좋은 게 좋은 거였다.

심청은 생리통으로 콕콕 쑤셔오는 배를 움켜잡고는 마지막으로 인상을 찌푸렸다. 생리가 끝나는 사나흘까지는 어떻게 해서든지 유신의 접근을 막아야 한다. 한 달에 한 번 마법에 걸릴 때마다 얼른 끝나기를 바라기는 했지만 이번처럼 절실하지는 않았다.

무조건 빨리 끝나야 한다고, 길면 안 된다고 주문을 외우며 심청은 욕실을 나섰다. 이왕 사악해지기로 한 거 조금만 더…… 조금만 더 사악해지기로 했다. 물론 이런 심청의 마음도 결코 편안할 리 없었다.

"어? 민심청, 너 어디 아프냐?"

물건 정리를 하고 샤워를 마친 유신은 심청의 모습이 보이지 않자 긴장감이 역력한 표정으로 심청의 방문을 열었다. 차마 유신을 똑바로 마주 대하기 미안해 일찌감치 잠자리에 든 심청은 눈물 자국을 들키지 않도록 고개를 베개에 푹 묻어버렸다.

'차라리 고백해 버릴까? 매도 먼저 맞는 것이 낫다잖아. 얼른…… 얼른 말해.'

'안 돼! 네가 그동안 당했던 걸 생각하면 일부러 매를 벌 필요는 없잖아. 임신하면 되지, 그게 뭐 별거니. 하지 마. 너 그러다

정말 쫓겨나면 어떻게 할래?'

'그래도…… 그래도 우린 부부니까 비밀이란 건 없어야 하지 않을까? 그래야…….'

"저기, 유신아……."

"내, 너 그럴 줄 알았다. 보나마나 서방님 고생하게 해놓고 너 혼자 배부르도록 이것저것 사 먹었을 테고 잠이 쏟아질 만도 하겠지. 자라. 원래 임신하면 피곤해서 잠이 많아진다고 하잖아."

"그게 아니라……."

"됐어, 변명하지 말고 그냥 푹 자. 이 오빠가 그 정도도 이해 못하겠냐. 재워줄까?"

"아니…… 나 너무 피곤해서…… 모든 게 귀찮아……."

강유신, 너 나한테 너무 잘해주지 마. 이러다 돌변해 버릴 널 상상하면 난 그냥 죽고만 싶어. 그러니까 나한테 이러지 마. 무서워…….

"이럴 줄 알았으면 혼자서 다녀올 걸 그랬나? 어디 봐."

유신이 손을 내밀어 심청의 이마를 짚었다. 특별히 열이 느껴지지는 않자 안도하며 유신은 이불을 꼭 여며주었다. 그러고도 안심이 되지 않는지 한참 동안 심청의 손을 잡고 놓지 않았다.

심청이 억지로 손을 빼내자 마지못해 자리에서 일어선 유신은 대신 침대 발치에 앉아 다리를 꾹꾹 주물러 주기 시작했다.

"야, 네가 남들보다 무게가 있어서 한 걸음 걸을 때마다 충격도 남들 배가 아니겠냐. 많이 힘들었을 거다."

유신의 손길이 다리가 아닌 마음을 어루만져 줬으면 좋겠다. 심청은 베개에 눈물을 적시며 몸을 떨지 않으려 필사적으로 노력했다. 이제 유신의 이런 따뜻함도 절대 느낄 수 없을 것이기에 오늘 하루만, 하루만 견뎌내자고 그렇게 위안을 삼았다.

유신은 평소와 다른 무언가 경직된 분위기에 고개를 갸웃거렸다. 방 안 공기가 결코 가볍다고는 볼 수 없지만 이렇게 무겁지도 않았다. 심청의 분위기가 다운되어서 그런가? 유신은 걱정스러운 눈길을 좀처럼 거두지 못한 채 떨어지지 않는 발걸음으로 방을 나섰다.

심청은 그제야 소리 죽여 울 수 있었다.

당장 고백해야 한다는 마음과 고백하지 말라는 마음이 서로 지지고 볶고 하는 통에 심청은 이틀째 전전긍긍이었다. 결국 입이 못한다면 행동으로라도 고백해야 한다. 자꾸만 옆에 오는 유신에게 화를 내는 것도 더는 못할 짓이었다. 사실을 알고 나면 유신이 그것조차도 가만히 넘어가지 않을 텐데 무슨 배짱으로 그러는지 자신도 이해가 되지 않는다.

줏대없다는 걸 본인이 모르는 바는 아니었지만 하루에도 몇 번이나 변덕이 죽 끓듯 하니 사실 갈피를 못 잡고 있었다. 평소 그렇게 '응응'을 했어도 임신이 안 되는데 과연 성공할지도 의문이고. 도대체 몇 번이나 한숨을 내쉬는지 모르겠다. 도둑이 제 발 저린다고 심청은 공주처럼 살던 생활을 스스로 청산하고 주방으로 나와 음식을 준비하기 시작했다.

콩나물을 다듬는 심청의 손에서 예전만큼의 민첩함은 느낄
수 없었다. 그저 하릴없이 소일거리 하는 사람처럼 넋 나간 듯
기계적으로 손을 움직일 뿐이다. 두 식구 몫치곤 콩나물의 양이
많다.

"넌 남들 클 때 뭐 하느라고 키가 바닥에 붙었냐? 촌스럽게
우유를 못 마시면 콩나물이라도 부지런히 챙겨 먹든지. 인물 못
난 거야 뜯어고치면 되지만 키 작은 건 방법이 없잖아. 애를 생
각해서라도 이제부터 하루에 한 번 이상은 꼭 콩나물 챙겨 먹어
라."

"남이야, 키가 하늘에 닿든 땅에 붙든 지가 무슨 상관이야?
그렇다고 사람 구실 못하는 것도 아닌데. 저는 키 커서 뭐 좋은
게 있다고."

한동안 잊고 지냈던 혼잣말을 내뱉으며 심청은 가스 불의 화
력을 최대한 높였다. 손 닿는 대로 이것저것 썰고 볶고 하다 보
니 어느새 음식이 식탁 가득 차려져 있었다.

"내가 냉장고는 왜 열었지?"

심청이 반찬 그릇들로 가득 찬 냉장고 안을 들여다보며 고개
를 갸웃거렸다.

"어휴, 정말 다 살았다니까. 뭐 하려고 냉장고는 연 거야?"

"쯧쯧, 민심청. 너 비 맞았냐? 뭘 그렇게 혼자 중얼거려?"

"깜짝이야!"

냉장고 문을 닫으며 돌아서던 심청은 기척도 없이 다가선 유신의 등장에 화들짝 놀랐다. 지은 죄가 있으니 놀랄 만도 했다.

"운동 잘 다녀왔니? 아침이라도 덥지?"

"응. 그런데 너 아침부터 뭘 이렇게 많이 만들었어? 먹고 싶은 거나 필요한 거 있으면 내가 한남동 가서 아주머께 가져오면 된다니까. 아니면 날 시키든지 할 것이지. 어유, 이 땀 좀 봐."

유신이 손을 뻗어 심청의 뺨에 흐르는 땀을 닦아주었다. 내장재가 워낙 잘되어 있어 심청은 여름이라고 해도 특별히 더운 것을 느끼지 못하고 있었다. 다만…… 유신에게 말을 하지 못해 그것이 자꾸 땀으로 표출되고 있을 뿐이었다.

나한테 이렇게 잘해주지 말라니까. 왜 자꾸 이러니, 왜 자꾸 날 힘들게 하니. 네가 자꾸 이러면 내가 널 보기가 더 미안하잖니. 누가 쓴 유행가 가사인지 모르지만 정말 이렇듯 절실하게 와 닿을 수가 없다.

"저기 유신아…… 나……."

"그래, 민심청. 너 임산부잖아. 평소 남들 두 배는 기본으로 먹는데, 임신까지 했으니 세 배는 먹어줘야 네 정량 아니겠냐? 먹고 싶은 거 있으면 다 만들어 먹고 사 먹고 그러자. 넌 그냥 많이 먹는 게 할 일이니까."

자꾸 그러지 마. 이러면 내가 정말 더 말을 못하잖아…… 그냥 난 한 달 전으로 돌아갔으면 좋겠어. 너도, 나도 서로 미워하던 그때로…… 그때로 시간을 돌이킬 수 있다면 얼마나 좋을까…….

"뭐 해? 앉지 않고."

의자를 끌어당긴 유신이 턱짓을 했다. 심청을 위해 의자를 빼주고 기다리는 중이었다.

"난 밥맛이 없는데…… 너나 먹어……."

"야, 지금 밖에 눈 온다고 하면 믿을망정 네가 배고프지 않다는 말을 나더러 지금 믿으라는 거냐. 얼른 앉기나 해. 뭘 새삼스럽게 그런 망언을."

유신이 핀잔을 주고는 억지스럽게 앉기를 고집했다. 심청은 마지못해 앉기는 했지만 수저를 들 생각은 하지도 않았다.

유신은 며칠 전부터 뭔가 홀린 듯 넋 나간 심청의 눈치를 살피며 찌개의 국물을 맛보았다.

"읍! 야, 너 이거 간을 뭘로 한 거야?"

보기 좋은 유신의 얼굴이 흉하게 일그러졌다. 심청은 무의식적으로 수저를 들어 국물을 떠 먹었다.

"우읍!"

혀끝에 와 닿는 짠맛에 심청의 인상이 저절로 구겨졌다.

"뭐 하러 맛은 보고 그래. 내가 맛봤으면 됐지. 얼른 물 마셔."

유신이 냉큼 물 잔을 건네주고는 혀를 찼다.

"이건 또 맛이 왜 이래?"

나물 맛을 보던 유신이 이번에도 얼굴을 일그러뜨렸다. 찌개
는 짜고, 나물은 간이 전혀 안 되어 있고, 생선살은 죄다 터져
제대로 된 반찬이 없었다.

모든 것이 다 엉망진창이었다. 식탁 위의 음식뿐 아니라 모든
것이 다. 심청은 수저를 내려놓으며 저도 모르게 한숨을 내쉬고
말았다.

"자학하지 마라, 살다 보면 그럴 수도 있지. 네가 뭐 요리의
달인도 아니고."

유신이 유리잔에 담긴 생수를 냄비에 부은 후 아무렇지 않게
찌개를 떠먹었다. 해외 토픽에 나올 만한 일이었다. 평소라면
그 모습에 감격이라도 하겠지만 지금 심정으로는 차라리 예전
처럼 개수대로 냄비가 날아가 버렸으면 좋겠다는 생각을 했다.

유신이 화라도 버럭 내면 자신도 함께 맞고함을 치며 씩씩거
리기라도 한다면 차라리 나을 듯했다. 그렇게 평소에 이랬으면
좀 좋았을까? 심청은 간도 되지 않은 나물에 소금을 뿌려가며
먹는 유신을 멍하게 쳐다보았다.

"그만 쳐다봐라. 내가 어제 찾아봤는데 유달리 밝히는 사람
들, 그거 병 아니라더라."

"밝혀? 뭘?"

심청이 순진한 눈길로 되물었다.

"쯧쯧. 민심청, 넌 내가 그렇게 좋냐? 응응 말이야, 응응. 참아라. 이 오빠가 며칠 안아주지 않았다고 네 딴에는 파업하는 모양인데 아직은 조심해야 하지 않겠냐."

하여간에 저 변태. 심청의 뺨이 확 붉어졌다. 식탁 앞에서 저런 이야기를 할 수 있는 건 강유신 저 인간밖에 없을 것이다. 하고 싶어도 못해! 라는 말이 목구멍까지 차 올랐지만 차마 내뱉을 수는 없었다. 어쩌면 지금이 사실을 털어놓을 기회인지도 모른다. 심청은 마른침을 삼키고 나서 입을 떼었다.

"저기, 유신아. 우리 부모 되기에는 확실히 나이가 어려. 그치?"

심청이 밥알을 깨작거리며 말을 돌렸다.

"난 어려서부터 뭐든 일등만 했거든. 그래서 결혼도 이렇게 빨리 했잖아. 그런데 어제 인터넷 들어갔더니 중학교 동창 놈 중에 벌써 애 아빠인 놈이 있더라. 사고쳐서 그렇게 되기는 했지만 그놈이 내 일등을 빼앗아가 버렸잖아. 어찌나 짜증나던지. 빼앗긴 내 한 풀어주려면 네가 쌍둥이 낳는 수밖에 없다. 민심청, 맛은 없지만 많이 먹어라."

심청이 젓가락을 소리나게 두고 자리에서 일어났다.

"야, 민심청. 너 왜 그래?"

"그냥…… 밥맛이 없어."

유신이 믿기지 않는 얼굴로 심청을 불러 세웠다. 먹는 거라면 사족을 못 쓰는 민심청이 밥을 거부하다니, 신문 1면에 날 기사

거리였다.

"너도 이제 네 손맛이 어떻다는 걸 인정하는구나. 그러니까 내가 계속 시켜 먹자고 했잖아. 아침도 배달해 준다니까. 하여간 똥고집 피울 때 내가 알아봤다. 너 말이야……."

"그만 좀 할래!"

심청이 버럭 고함을 지르고는 고개를 숙였다.

"……나 있지…… 너한테…… 너무 미안해서……."

울먹거리는 심청의 목소리에 유신의 눈이 휘둥그레졌다. 임신하고 나더니 감수성이 정말 많이 예민해진 모양이다. 예전 같으면 돌아서서 투덜거릴망정 눈물 따윈 절대 보이지 않을 심청이 잔뜩 풀이 죽어 있자 유신은 더럭 겁이 났다.

산후 우울증은 들어봤지만 임신 초기 우울증은 못 들어본 것 같은데. 심청이 당분간 비밀로 하자고 해서 대놓고 어머니께 여쭙지도 못하고 답답하기 그지없다.

유신이 따라 일어서며 심청에게 손을 내밀었다.

"이리 와봐."

심청이 고개를 저었다. 며칠 전만 해도 빈혈기가 있어 어지럽다는 둥, 놀이기구가 타고 싶다는 둥 사람을 자유자재로 부리더니 이제는 아예 옆에 오지도 않으려 한다. 내가 뭐 또 실수했나? 유신은 머리를 긁적거렸다.

"업어줄까? 어지러워서 그래?"

대답 대신 또 고개를 젓는다. 유신도 고개를 끄덕이고는 식탁 위에 그대로인 음식을 물끄러미 쳐다보았다.

"여긴 내가 정리할 테니까 넌 가서 쉬어. 그래도 아침 굶으면 안 되니까 네가 좋아하는 으라차차 소시지라도 꼭 챙겨 먹어. 우유 따라줄까?"

유신의 따뜻한 한 마디 한 마디가 비수처럼 꽂힌다. 제발 그만 하라고 울부짖고 싶은 것을 억지로 참으며 심청은 뒤도 돌아보지 않고 방으로 뛰어들어 갔다.

강유신, 쟤 왜 저렇게 변한 거야? 놈이 지랄맞은 성질을 부려야 임신이 아니었다고 농담처럼 말할 텐데…… 덜 미안하고, 덜 아파하고, 마구 뻔뻔해질 수 있을 텐데. 유신이 오늘처럼 미운 적도 없다. 정말…… 나쁘다. 유신이 너무 고마워서 너무 미웠다.

심청이 베개에 얼굴을 묻고 와락 울음을 터뜨렸다. 심청이 걱정되어 방문 앞까지 따라온 유신은 심청의 흐느낌 소리에 픽 하고 웃음을 터뜨렸다.

'내 말이 그렇게 감동적이었나? 하여간, 민심청 쟤도 지가 복 받은 인간이라는 걸 가슴 저리게 느끼겠지.'

유신이 흐뭇하게 웃고는 간이 엉망인 음식들을 맛나게도 먹었다. 심청의 말처럼 목구멍 뒤로 넘어가면 어차피 알아서 뒤섞일 거라고 생각하니 맛있기만 하다. 조만간 할아버지께 보약이라도 한 재 지어달라고 해서 먹여야 할 모양이다. 다른 건 몰라도 먹을 걸 거부한다는 건 유신에게도 조금 충격이었다.

"야, 민심청! 으라라차 꼭 먹어! 나 같은 사람은 굶어도 정신적으로 표가 안 나지만 너 같이 한 끼만 굶어도 포악해지는 애들은 뭐라도 먹어야 돼. 야, 서방님 말씀 명심해서 새겨들어. 쟤가 지 서방님이 얼마나 마음이 넓은지 알아야 할 텐데 보기보다 둔해서."

유신이 고개를 돌려 심청의 방문을 향해 외쳤다. 아무리 생각해도 자신은 능력이 탁월한 인간인 것 같았다. 결혼도 빨리 해, 애도 빨리 가지게 해. 어느 것 하나 빠지는 것이 없단 말이지. 유신이 하얀 이를 드러내며 웃었다. 조만간 대형 폭풍을 몰고 올 웃음인지도 모른 채 그저 신이 난 얼굴이었다.

시련이 있다는 건 다음 기회도 있음을 뜻하는 것이다. 불가능이란 노력하지 않는 자의 변명이라는 나폴레옹의 말을 다시 한 번 명심하며 심청은 자신의 모습을 점검했다. 드디어 웬수 같기만 하던 달거리도 끝났으니 본격적으로 유신을 꼬드길 차례였다.

조신하기 그지없는 사대부집의 여식이 어쩌다 이렇게 되었는지 모르겠지만 지금은 그런 게 중요한 것이 아니다. 민심청, 일생일대 최고의 숙원 사업이 오늘 행동 여하에 따라 좌지우지 되는 기로에 선 날이었다.

"유신아아앙~"

콧구멍 평수를 최대한 넓히며 백치미가 한껏 묻어나도록 심청은 간드러지게 유신을 불렀다. 심청이 샤워를 하고 꽃단장을 할 동안에도 빨래를 개키느라 정신없던 유신은 간드러진 목소리에 몸을 부르르 떨었다.

"너 비염 걸렸냐? 왜 한쪽 콧구멍 막힌 목소리는 내고 그래?"

하늘하늘한 잠옷 차림의 심청을 봐줄 생각도 하지 않은 채 유신은 퉁명스럽게 면박을 주었다. 하여튼 저 여우. 아주 사람을 가지고 논다. 이렇게 육체적인 노동을 시키는 것도 모자라 정신적인 압박까지 가하다니 요부의 끼를 타고난 것이 틀림없다.

"아잉, 내가 언제 콧구멍 막힌 소리를 냈다고 그래."

"에취! 야, 너 방귀 꼈냐? 이거 무슨 냄새가 이렇게 고약하냐?"

써글 놈! 제 놈이 사준 향수 냄새도 기억 못하고 뭐? 방귀?

"어우야, 이거 네가 사다 준 '싸네 넘버 파이브' 잖아. 기억 안 나?"

"그랬냐? 내가 그때 코감기가 심했나 보다, 이런 걸 돈 주고 사 온 걸 보면."

말과는 달리 유신은 후각을 자극하는 심청의 체취에 몸이 달아오를 대로 달아오른 상태였다. 당장이라도 민심청 저 여우의 뜻대로 '응응'을 해주고 싶지만 참아야 한다고 자신에게 모질게 못을 박았다.

임신 초기에는 과도한 성행위가 유산을 불러올 수도 있다는 말에 유신은 당분간 부부행위를 금할 작정이었다. 물론 뼈를 깎는 고통이 수반되는 일이지만 심청과 태아를 위해서라면 얼마든지 견뎌낼 수 있다. 스스로를 대견해하며 유신이 히죽거렸다.

"저기 유신아, 빨래도 다 개켰는데 이제 자야지."

"어? 너 먼저 자라. 난 박찬효 선수 중계방송 볼 거거든. 끝나면 새벽일 테니까 기다리지 말고."

기다리지 말라는 친절함까지 보이는 유신의 말에 심청은 입술을 아프도록 깨물었다. 이 복장만으로는 부족하단 말이지? 내가 포기할 거라고 생각하면 오산이야. 자존심이 상한 심청은 팩하고 토라져서는 침실로 향했다.

유신의 앞에서는 토라진 척했지만 실은…… 작전이 성공하지 못해 죽고만 싶었다. 도대체 강유신 심보는 알다가도 모르겠다. 싫다고 할 땐 주구장창 사람을 괴롭혀 대더니 막상 멍석 깔면 시침 뚝 떼고 딴 짓이다.

그렇다고 내가 포기할까 봐? 심청은 매섭게 눈을 빛내며 전열을 재정비하기 시작했다. 하루라도 빨리 응응을 성공시켜 임신을 해야 한다는 사명감에 심청은 마음이 조급하기만 했다. 오늘도 청소에 빨래까지 완벽하게 해치운 유신을 봐서라도 무조건.

하나, 한 번 버린 어린양을 신은 두 번 거두어줄 마음은 없는 모양이었다. 다음날 머리까지 풀어헤치고 옆이 죄다 트인 잠옷으로 유신을 유혹하기에 나선 심청은 신경질이 나서 잠옷의 트인 부분을 죄다 꿰매 버렸다.

"뭐? 허벅지가 튼실하니 코끼리가 친구 하자고 하겠다고? 허이유, 이 다리가 코끼리 친구면 네가 사랑해 마지않는 문군영 다리는 킹콩 다리게? 뭐 저런 인간이 다 있어!"

심청은 하얀 실로 울퉁불퉁하게 바느질을 하며 연신 씩씩거렸다. 이래도 넘어오지 않고 저래도 넘어오지 않으니 정말 큰일이 아닐 수 없었다. 어휴, 이러다 정말 제명대로 살지도 못하고 세상 하직할 것만 같다.

강유신, 설마 다른 눈 생긴 건 아니겠지? 아니, 그러고서야 어떻게 저렇게 성인군자처럼 굴어. 지가 무슨 서경덕이니? 내가 황진이야? 아무리 그래도 매일 밥하고 청소하는 유신이 의심한 건 심하다, 민심청.

자신을 나무라며 심청은 어떻게 해야 유신을 침실로 유혹할 수 있을지 다시 연구에 몰두했다. 하나, 선보이는 방법마다 모조리 퇴짜였다. 아무래도 놈의 몸에 이상이 온 것이 틀림없다. 그렇지 않고서는 저런 반응을 보일 리 없다. 어쨌든 하루하루는 금방 지나갔고 그와 동시에 심청의 근심 또한 날로 깊어만 갔다.

장마가 끝나기 무섭게 불볕 같은 무더위가 기승을 부렸다. 일주일에 세 번 있는 봉사 활동에 참여하며 또 하루를 보냈다. 막연하게 시간이 가기만 기다려서는 안 된다는 것을 알지만 뾰족한 방법이 없다.

늦은 밤 유혹에 넘어오지 않으면 이른 새벽을 공략해 보자 해서 놈의 침실을 덮쳤더니 머리를 쓰다듬어 주며 팔베개를 해주는 것이 전부였다.

오메, 정말 환장하시겠다. 상황이 이러한지라 차라리 고백을 하고 말자 다짐해 보지만 그것도 여의치가 않았다.

싱글벙글거리는 유신의 얼굴을 볼 때면 차마 입이 떨어지질 않았다. 당장 오늘 아침만 해도 봉사하는 곳까지 태워주겠노라고 고집을 부렸다. 더위 먹으면 큰일난다고.

심청이 단호히 거절했기에 물러서기는 했지만 언제까지 이렇게 속이며 지내야 할지 막막하기만 했다. 정말 이러지도, 저러지도 못하는 사면초가의 형국이었다. 요즘은 고백을 하고 싶어도 하지 못하는 자신이 가엾게만 느껴졌다. 장난 같은 대처법이라고 웃을지 모르지만 심청에게는 지금 절박하기만 했다.

"휴우……."

심청은 저도 모르게 한숨을 내뱉고는 깜짝 놀라 재빨리 돌아섰다. 그러나 이미 세련의 레이더망에 걸린 후였다.

"불어."

"뭐얼?"

"지난주까지만 해도 여차하면 난 지상 세계와 이별하고 내 고향인 천사의 나라로 갈 거야 할 태세더니 이젠 완전히 지상에서 안주할 폼이잖아. 뭐야, 뭐길래 종일 피죽 한 그릇 못 먹은 사람처럼 넋 놓고 있는 거야. 너 그새 깨졌니?"

세련의 예리한 물음에 심청은 한숨으로 대답을 대신했다. 정말 며칠 전까지만 해도 날아갈 것 같았는데. 심청은 점점 높아지는 해를 지켜보며 걸음을 멈추었다.

"세련아, 어떤 사람을 미워하는 척했지만 속으로만 참 많이 좋아하는 친구가 있거든. 근데 걔가 차마 이해 못할 실수를 저질러서 그 사람한테 미움을 받을 것 같대. 그럼 그 친군 그 사람을 포기하는 게 낫겠지?"

세련이 인상을 찌푸렸다. 심청 자신도 횡설수설 정리가 안 되는데 세련의 입장에선 무슨 저런 뜬금없는 이야기가 있나 싶을 것이다.

"실수라는 건 용서받기 위해 존재하는 거잖아. 세상에 이해 못할 건 뭐 있고, 또 용서 못할 건 뭐 있어. 실수 한 번 했다고 용서 못해준다는 놈이면 인간성 알 만하네. 야, 남자가 그렇게 쪼잔해서 어디다 써먹겠냐. 치우라고 해. 요즘 세상에 깔리고 깔린 게 남자인데 뭐가 그리 아쉬워서."

"그렇기는 한데…… 너도 아직 없잖아."

"헉? 네가 내 친구 청이가 맞니? 민심청이 맞아?"

세련은 생각지도 못한 반격에 휘청거렸다. 과장되게 놀라는 세련의 몸짓에 심청은 피식 웃고 말았다. 정말 용서받지 못할 실수란 없었으면 좋겠다. 다른 건 몰라도 고의나 의도적인 것이 아니라는 것만 유신이 알아준다면 그에 따르는 서운함이나 실망 같은 건 견딜 수 있을 것 같다. 제발 그렇게라도 된다면…….

"참, 심청아. 너 과외 해볼 생각 없니?"

"과외?"

"응. 완전 꼴통은 아닌데 그렇다고 모범생도 아니야. 그래도 가르치기에 나쁘진 않을걸."

"음…… 그거 혹시 너한테 들어온 거 아니니?"

세련이 대답 대신 싱긋 웃었다. 마음 같아서야 어른들께 용돈 받아 쓰는 것도 덜 미안하고 비자금 조성에도 좋을 과외를 절실히 원하지만 사정이 절대 허락지 않는다. 과외를 해서라도 생활비에 보태야 할 만큼 평범한 가정환경도 아닐뿐더러 유신이 입에 거품 물고 반대하는 게 과외와 아르바이트다.

왕이 지 스스로 밥 차려 먹는 거 봤냐고 묻는 인간한테 무얼 바란단 말인가. 강유신 월드에서는 꿈도 못 꿀 일이다.

"나도 하고 싶은 마음이 굴뚝같은데 사정이 좀 그래."

"너도 그렇구나. 그러고 보면 의외로 우리 학교 애들이 과외를 덜 하는 것 같지 않니? 페이도 많고 서울대학교 다닌다고 하면 서로 학생 맡기려고 하는데도 1학년 때 용돈 벌겠다고 하는 애들 빼고는 대부분 안 하잖아. 우리 과뿐 아니라 동아리 애들도 대부분 그렇고. 실은 나도 우리 부모님께서 반대하셔서 그 과외 포기하는 거거든. 몇 달 용돈 벌자고 네 평생 앞날 좌우할 공부 등한시할 거냐고 야단맞았어."

"부모님 말씀이 사실 맞는 것 같아. 확실히 1학년 때보다 2학년 되니까 수업 난이도도 엄청 차이나잖아. 나도 예전에는 공부가 하기 싫을 때도 있었지만 두렵진 않았는데 요즘은 겁이 나고 그래."

"거봐, 너처럼 장학생도 그런데 나는 오죽하겠니? 자격증 시험도 준비해야 하고 이래저래 우리 인생은 제대로 피어보지도 못하고 공부만 하다 시들겠다. 어차피 내가 선택한 길이지만 말이야."

심청은 다른 말보다 세련이 마지막 한 말에 정신이 번쩍 들었다. 내가 선택한 길. 타인이 설혹 억지로 강요할 수는 있어도 선택은 본인만이 내릴 수 있는 것이며 지금 자신의 길 또한 심청 스스로 택한 것이다. 심청은 그 평범한 진리가 새삼스럽게 와닿음을 느꼈다.

'그래…… 내 선택이었어. 아무리 유신의 협박 때문이라고 해도 내가 싫다고 거부했으면 우리 결혼은 처음부터 없었을 거야. 난 아빠를 위해 택한 길이라고 끊임없이 변명해 댔지만 유신은? 유신도 마찬가지야. 본인이 날 선택하기 싫었으면 얼마든지 하지 않을 수 있었어. 어쩌면 우린 둘 다 같은 방향을 보기 원했으면서도 그 방법을 몰랐던 것일 수도 있어. 고백해야 해. 진정으로 사과를 구하고 용서를 받고 처음부터 우리 두 사람 다시 시작하자고 내가 먼저 용기를 내야 해. 지난 몇 주간 행복했던 건 나만이 느낀 것은 아니었을 거야. 유신이도…… 유신이도 그랬을 거야.'

심청은 불현듯 희망을 느꼈다. 아니, 희망을 가졌다. 임신이 아니라는 말에 유신이 실망하고 화를 내더라도 자신이 먼저 진심을 보여주자고, 그러면 유신도 그 마음을 알아줄 것이다. 그래, 항상 행복은 멀리 있는 것이 아니라 내 가까이에서 날 지켜보고 있다는 말이 옳았어.

심청의 입가에 비로소 편안한 미소가 아로새겨졌다. 세련은 아까부터 다양하게 변모되는 심청의 표정 변화를 지켜보며 코끝을 찡그렸다.

"멀쩡한 애도 이상해지는 걸 보면 더위가 무섭긴 무섭다. 아이고, 우리 청이 더위 먹었구나. 얼른 내려가서 냉방버스 타자. 이 언니가 기사 아저씨한테 에어컨 빵빵하게 틀어달라고 할게."

"정말? 꼭 그렇게 해준다고 약속하면 제정신으로 돌아올지도 몰라. 쿡쿡."

심청이 세련의 손을 잡고는 싱긋 웃었다. 세련은 그제야 인상을 펴고 심청에게 잡힌 손을 흔들었다. 두 사람은 유치원에 함께 다니는 꼬맹이들처럼 재잘거리며 사이좋게 골목길을 내려왔다.


에어컨이 시원하게 쏟아져 나오는 냉방버스를 타기 위해 두 사람은 차창이 열려져 있는 버스를 두 대나 그냥 보냈다. 세련의 주장에 의하면 창문이 열려져 있다는 것은 아주 심하게 노후된 버스라서 에어컨이 없거나 제기능을 못하는 차라고 했다.

더워 죽겠다고 투덜거리는 세련의 말에 공감하며 심청은 버스 정류장 건너편에 주차되어 있는 낯익은 빛깔의 승용차를 무심히 바라보았다. 색채에 있어 유별난 편인 유신의 차와 같은 빛깔의 스포츠카가 서 있었다.

튜닝을 같은 곳에서 했나? 우연치고는 참으로 묘했다. 심청의 등쌀에 못 이겨 주말에만 이용하는 유신의 스포츠카는 국내에서도 몇 대 되지 않는 차라고 했었다. 어찌 보면 붉은빛 같고 어찌 보면 검은 빛깔 같은 색까지 같다니 보나마나 저 차 주인도 정상에서 살짝 벗어난 사고를 가진 사람인지도 모르겠다.

"심청아, 네 휴대전화 벨소리 아니야?"

진동으로 해놓은 휴대전화를 가방 안에 넣어두었던 심청은 세련의 말에 서둘러 휴대전화를 찾았다. 도대체 어디 있는 거야. 정말 유신의 입버릇처럼 둔하기는 어지간히 둔한 모양이다. 본인의 가방 안에 있는 휴대전화의 진동을 옆에 있는 세련이 먼저 알아차리니 말이다.

"여보세요."

심청이 살짝 몸을 틀고는 목소리를 낮추었다. '삼 초'라는 이름이 뜨는 순간 심청은 바짝 긴장했다. 조금 전 용기를 내어보겠다던 사기충천한 모습은 이내 자취를 감추고 말았다.

[내 차 보이지? 너 때문에 벌써 한 번 견인되었다가 다시 오는 길이거든. 삼 초 안에 달려와라. 아니, 달려오지 말고 그 자리에 있어. 내가 유턴해서 내려올 테니까.]

"저기…… 나 혼자 아닌데."

[세련인지 훈련인지 네 친구는 오늘만 먼저 보내라. 미안하기는 한데 내가 계획한 게 좀 있거든.]

잘됐다. 유신이 무언가 이야기를 하고 싶은 모양인데 심청도 바라던 바였다. 좋은 기회를 놓칠 수는 없는 법. 통화를 마친 심청이 미안한 표정을 짓고는 세련의 눈치를 살폈다.

"내 눈치 볼 것 없어. 네 남친 온대?"

"남친은 무슨……. 세련아, 난 아무래도 다른 볼일을 봐야 해서 너랑 같은 버스를 못 탈 것 같아. 어쩌지?"

"내가 뭐 그 정도 눈치도 없는 줄 아냐? 참, 네가 운이 좋은 건지 내가 운이 좋은 건지는 모르겠다만 도시형 새 버스가 저기 오네. 아깝지만 나 혼자 타고 먼저 간다. 금요일 날 또 보자. 조심해서 가."

조금 서운할 만도 하건만 세련은 아무렇지 않은 얼굴을 하고 친절하게 손까지 흔들어주었다. 심청도 마주 손을 흔들고는 버스가 지나가는 것을 끝까지 바라보았다. 버스가 떠나기 무섭게 유신의 차가 멈추어 섰다. 심청은 호흡을 가다듬으며 유신의 옆에 올라탔다.

"많이 더웠지? 내가 저 언덕 위에서 기다리려고 했는데 네가 곤란해할까 봐 저기서 기다렸거든. 아씨, 근데 갑자기 갈증이 너무 나는 거야. 그래서 잠시 편의점 다녀왔더니 그새 차를 끌고 가버렸잖아. 젠장! 날도 더운데 똥강아지 훈련 좀 했다. 하긴 나야 시원한 차 안에서 있었으니 너에 비하면 고생이랄 것도 없지만."

어린아이가 고자질을 하듯 유신은 미주알고주알 잘도 고해바친다. 마치 내가 널 위해서 이렇게 고생했으니 알아달라는 듯. 심청이 고개를 끄덕거렸다. 차에 오르기 무섭게 코끝을 간질이는 유신의 익숙한 향취가 심청의 마음을 편안하게 해주었다.

익숙하다는 말이 주는 친근감처럼 심청은 오늘 두 사람이 정말 서로에게 친숙한 의미로 재발견될 수 있기를 간절히 소망했다. 유신이 자신의 본심을 부디 외면하지 않도록 기도하고 기원했다. 심청은 그 어느 때보다 진지하게 생각들을 정리했다.

"아직도 기분이 안 좋아?"

보통 남자들이 그러하듯 속도광인 유신은 속도를 한껏 줄인 채 주행하면서 아까부터 전혀 말이 없는 심청을 힐끔거렸다. 걱정스러움이 듬뿍 묻어나는 유신의 물음에 심청은 고개를 저었다. 대신 애꿎은 손톱을 잘근 깨물었다.

"어헛! 너 애정 결핍이냐? 손톱 상하게 왜 물어뜯고 그래. 개띠도 아니면서."

우리 늘 지금처럼 이렇게 살 수 있을까? 심청은 얼른 손을 내리면서 눈으로 묻는다. 어차피 잠시 후면 모든 것을 털어놓겠지만 이렇게 친절한 유신을 두 번 다시 느낄 수 없을 것이라는 불안감이 언뜻 스쳤다. 기대하다 기대치 이상의 결과를 얻는 것보다 막상 기대했다가 기대 이하의 결과가 나왔을 때 가장 실망이 큰 법이다. 심청은 부디 자신에게 후자보다 전자의 경우가 해당되기를 바라며 물어뜯던 손톱을 제자리에 내려놓았다.

한동안 안하무인격으로 여왕마마처럼 굴더니 그새 시들해졌나? 눈을 쫑긋이 뜨며 눈치를 살피는 심청을 곁눈질하며 유신은 며칠 전부터의 행각을 그려보았다. 본격적인 더위가 연인 이어지는 탓에 도심의 교통상황은 여느 때보다 한가했다.

잠시 신호를 받고 차가 멈추어 서자 유신은 심청의 시트 쪽으로 한쪽 팔을 살짝 걸쳤다.

"민심청, 아기 이름 생각 해둔 것 있냐?"

쿵!

아이고, 심장이야! 저 심장 여러 개 아니거든요. 심청이 눈을 크게 뜨고는 힐끔 하늘을 노려보았다. 이제는 모든 신들이 자신의 안티가 아닐까 의심스러울 만큼 믿음이라는 것에도 회의가 들었다.

지금은 신이 문제가 아니다. 혹여 심장 내려앉는 소리를 유신도 들었을까 싶어 심청은 재빨리 눈치를 살폈다. 다행히 유신은 운전에만 몰두하고 있었다. 어쩌지? 지금 운전 중인데 충격 받아서 사고라도 내면 곤란하잖아. 일단 차에서 내리면 그때 솔직하게 털어놓자.

"제 속도대로 차선 맞추어서 잘 달리는데 왜 저 지랄들이야!"

유신이 갑자기 욕설을 내뱉었다. 혼자서 벽을 보고 이야기하는 것 같던 차에 기회다 싶어 버럭 고함을 질렀다. 고민에 잠겨 있던 심청이 화들짝 놀라며 주위를 살폈다. 유신이 워낙 속도를 내지 않은 탓인지 뒤따라오는 차들이 옆 차선으로 진로를 바꾸기 전 클랙슨으로 항의를 하며 지나가고 있었다.

"어휴, 깜짝이야. 유신아, 네가 참아. 저 사람들 급하게 운전하다 사고 나면 자기만 손해지 뭐."

심청이 놀란 가슴을 진정시키고는 유신을 향해 점잖게 타일렀다. 어젯밤 뉴스에서 본 운전 도중에 시비가 붙어 칼부림 났던 사건이 떠올라 심청은 유신의 흥분을 가라앉혔다. 진정도 시킬 겸 평소 속도를 즐기는 유신을 빗대어하는 말이기도 했다. 남자들은 왜 사소한 것에 저렇게 연연해하는지 모르겠다. 자기들 스스로 사내대장부라고 하면서 말이다.

험악해진 유신의 표정이 다소 누그러졌다.

"놀라진 않았냐? 나도 모르게 그만 소리가 나와서……."

머쓱해진 유신의 눈길이 자연스럽게 심청의 배로 향했다. 심청이 무의식적으로 가방을 끌어 배를 가리자 유신은 눈을 치켜뜨다 말고 다른 불만을 토로했다.

"그나저나 이제야 겨우 말하네. 너 요즘 나한테 삐친 거 없냐?"

짐짓 아무렇지 않은 척 묻지만 유신은 속으로 애가 탔다. 평소 심청이 불만을 마구 토로하는 성격은 아니지만 며칠 내내 혼자 땅굴을 파고 있으니 지켜보는 것만으로도 곤욕스러웠다. 하다못해 잔소리를 듣는 것이 낫지 아예 입을 봉한 채 모든 게 짜증스러운 듯 인상을 쓰니 이유도 모르고 당하는 입장에선 불편하기만 했다.

단순히 '응응'을 거부해서라기보다 그것보다 더 큰 불만이 있는 게 틀림없었다. 혼자 끙끙거리며 고민하는 이유가 무엇인지 생각하던 유신은 무언가 집히는 것이 있었다. 심청을 데리고 한 번도 병원을 찾지 않았다는 생각이 그제야 들었다. 심청이 또래보다 생각은 깊어도 응용력이 필요한 부분에선 그렇지 못하다. 순진한 구석도 많고 소심한 면도 많다.

그런 심청이 혼자 산부인과를 찾아간다는 건 꽤나 용기를 내야 할 일일 것이다. 화장도 전혀 하지 않는 동안(童顔)의 심청을 누가 결혼한 유부녀로 보겠냐는 말이다. 유신은 무심하기 그지없었던 자신에게 화가 났다. 심청이 입을 봉하고 곁에 오지 못하게 할 만했다. 남편이라는 작자가 제 딴에도 얼마나 한심했을까. 가뜩이나 마이너스 점수일 텐데 이젠 아예 그 점수마저도 남아 있지 않을 듯하다.

"여기 어디쯤이라고 했는데."

유신이 낮은 목소리로 중얼거렸다.

"어디?"

침묵을 지키던 심청이 약간의 관심을 보였다. 유신과 같은 방향으로 고개를 돌리곤 목적지도 모르면서 주변을 두리번거리며 살폈다.

"병원. 분명 이 근처라고 했는데 왜 안 보이지?"

가뜩이나 긴장되어 있던 신경이 툭 하고 끊어져 나갔다. 심청의 입술이 파르라니 떨렸다. 병원이라니, 갑자기 왜? 뭔가 눈치를 챈 것일까? 하긴 둔한 건 자신이지 유신은 예리하고 민감하다. 워낙 눈치가 빠르니 이미 알아차렸을지도 모른다.

그러나 이상하다. 만약 임신이 아니라는 것을 알았다면 이렇게 얌전하게 있을 유신이 절대 아니다. 말투에서도 그런 내색은 일체 비치지도 않는다. 유신의 성격상 직격탄이 날아들면 날아들었지 말을 꼰다거나 두고 보자는 식으로 담아두지는 않을 것이다. 그제야 조금 안심이 되는 것도 같다.

제발, 자신이 설명할 수 있게 유신이 오해하는 일이 없도록 그렇게만 되었으면 좋겠다고 바라며 심청은 속절없이 떨고 있는 자신의 손을 비틀었다.

"벼…… 병원? 무…… 슨 병원?"

앞차와의 간격을 확인하며 서행하던 유신이 도로변에 차를 세웠다. 그리고는 쑥 하고 손을 뻗어 심청의 손을 잡았다. 작고 하얀 심청의 손을 감싸 쥐듯 잡아주며 유신이 그 여느 때보다 다정하게 말했다.

"무슨 병원이라니, 산부인과 말하는 거지. 생각해 보니까 그동안 너한테 병원 가자는 말을 한 번도 안 했더라. 네 말처럼 아직 한 달밖에 지나지 않아서 오버일 수도 있겠지만 그래도 매사불여튼튼이라고 미리미리 주의사항 같은 것도 알아두면 좋잖아. 내가 뭐, 산부인과에 대해서 아는 게 있어야지. 다행히 인터넷에서 검색해 보니까 이 근처에 유명한 산부인과 있다고 나오더라고."

숨이 턱하니 차 올랐다. 뭐라고 말을 해야 하는데 초강력 본드라도 붙인 것처럼 입술이 꼭 붙어 꼼짝도 하지 않는다. 저 어떻게 해요? 심청은 고개를 젖혀 하늘을 올려다보았다. 스포츠카의 선루프를 통해 보이는 청명한 오후의 하늘을 보니 괜히 눈물부터 날 것 같다. 심청은 눈썹을 깜빡거리며 억지로 힘을 주었다.

"민심청, 너 감격했냐?"

넋 놓고 하늘을 바라보는 심청의 모습에 유신은 괜스레 가슴이 벅찼다. 얼마나 가슴에 맺혔으면 그 말 한마디에 저렇듯 감동을 할까. 그래서 또 저한테는 나밖에 믿고 의지할 사람이 없구나 생각하겠지? 그래, 민심청. 나만 믿어라. 널 지켜주고 끝까지 보살펴 줄 사람은 나밖에 없으니까. 나 외에 절대 용납하지 않을 거니까 넌 그냥 내 품에서 아무 걱정 하지 말고 행복하기만 해라.

유신이 심청의 손등을 토닥거렸다.

"이것저것 불안한 것도 많았을 텐데 의사 선생님께 조언을 들으면 좀 나아질 거야. 우릴 어리다고 깔보는 사람들한테 지지 않기 위해서라도 애도 제일 크게 낳고 그러자. 뭐, 네 배 돌출한 걸로 봐서는 이미 지존감이지만."

유신이 찡긋거리며 심청이 가방으로 가린 배를 의도적으로 처다보았다. 농담처럼 내뱉는 말이지만 유신의 어투에는 진지함이 묻어났다. 심청은 천천히 시선을 돌려 유신을 처연하게 바라보았다. 울고 싶다. 지금은 그것만이 유일한 소망이었다.

왜 하필 넌 지금에서야 변화된 모습을 보여주는 거니. 이러면 나, 너한테 자꾸 더 큰 죄를 짓게 되는 거잖아. 분명 실수였는데 이젠 죄가 되어가. 네가 화를 내고 성질을 부리면 나도 맞받아쳐 가며 기회인 양 임신이 아니었다고 불쑥 내뱉을 텐데…… 네가 이럴수록 난 너무 힘들어져…… 유신아.

"사실 내 입으로 이런 말 하기는 그렇지만 자고로 봉황을 뛰어넘는 나의 깊은 뜻을 참새와 동격인 네가 어찌 알겠냐. 네가 하도 굼뜨고 실수투성이라서 내가 그동안 지적해 주느라 나름 아주 힘이 들었지만 이제는 이 오빠의 큰 뜻을 알 거라고 믿는다."

주먹으로 콩콩 쥐어박는 게 큰 뜻을 알게 하려는 지적이라고? 차라리 지적 안 당하고 만다. 심청은 그 와중에도 어이가 없었다. 자신의 실수는 그렇다 치더라도 강유신 이놈—태교할 필요 없으니 다시 복귀다—의 주장은 어찌 그리도 다양한지. 미안한 생각이 들다가도 반발심이 일어나게 하는 게 놈의 말버릇이다. 그동안 삼켰던 한숨들을 모으면 지하 암반수, 아니, 유전이라도 뚫어내겠다.

그러나 지금은 그게 중요한 것이 아니다. 모쪼록 이해를 구하고 수긍할 수 있도록 유신을 납득시켜야 한다. 이럴 줄 알았으면 그렇게 엄살도 피우지 않는 거였는데 아무래도 자신이 정말 제정신이 아니긴 아니었나 보다.

심청은 진땀이 잔뜩 배어나오는 손바닥을 바지 위에 쓰윽 문질렀다.

"저기 유신아, 나…… 병원 가기 싫어."

바보야, 병원 가기 싫다고 하면 어떻게 해? 임신이 아니라고 해야지!

겨우 꺼낸 말이 고작…… 심청은 할 수 있다면 자신의 머리를 아프도록 쥐어박고 싶다. 정말 공부 이외에 자신이 잘하는 건 아무것도 없다. 지금까지도 그랬고 앞으로도 그렇겠지.

심청이 자학의 의미로 인상을 있는 대로 구겼다. 죽고 싶다는 마음이 묻어날 만큼 심각한 표정으로 심청은 유신의 눈치를 살폈다.

"나 할……."

"내가 너무 멋대로 판단한 것 같다. 그렇게 병원 가는 게 싫냐? 인상 쓰지 마라. 그거 다리미로도 안 펴지겠다. 뱃속에서부터 애가 몇 살은 더 먹고 나오면 어쩌려고. 싫다면 다음에 가자. 네 의사가 중요한 거니까 스트레스 받지 말고."

심청의 께름칙한 표정을 지켜보며 유신은 자신이 또 실수를 한 것이라 판단 내렸다. 하여간 특이하다. 남들은 병원을 안 따라가 줘서 서운하다는데 이건 병원 문 앞까지 모셔도 싫다고 인상을 있는 대로 쓰니…….

예전 같다면 강제로 끌어 내려서라도 자신의 뜻을 관철시켰겠지만 이젠 그런 억지는 되도록, 아니, 아예 안 쓰도록 할 생각이다. 심청이 얼마나 스트레스를 받았으면 저가 좋아하는 먹거리를 앞에 두고도 시큰둥하기만 할까. 억지나 강요보다 본인의 의사에 더 큰 비중을 두기로 했으니 조금 있으면 심청도 자신의 마음을 알아주겠지.

"이제 겨우 다섯 시 조금 넘었는데 저녁 먹기에는 조금 이르겠지? 드라이브나 갔다가 맛집 찾아서 뭐 먹고 오자."

애 정말 도대체 왜 이러니? 왜 이렇게 날 자꾸 눈물 나게 하냔 말이야. 유신의 전에 없이 따뜻한 한 마디 한 마디가 심청에게는 죄책감을 자꾸 늘리는 것만 같다. 사실 심청 본인도 실수를 한 사람이자 동시에 피해자이기도 한데. 지금 상황에서는 억지스러운 변명밖에 되지 않지만 말이다.

유신은 또 말문을 닫아버린 심청으로 인해 함께 고민에 빠졌다. 도통 식욕을 잃은 심청의 입맛을 돋우려 유신은 나름대로 고심이 많았다. 뭔가 반응이 있어야 보다 효과적인 대책을 강구할 텐데 심청의 이유없는 침묵이 자꾸만 불안했다.

도대체 뭐가 문제인 걸까? 아기를 낳기 싫어진 걸까? 유신은 심청의 임신이 100% 자신의 잘못이라고 인정한다. 막말로 못 가질 아이를 임신한 것도 아니고, 두 사람이 지탄받을 관계도 아니지만 계획에도 없었고, 무엇보다 아직 두 사람의 형편상 마음 놓고 기뻐할 처지가 아님은 분명하다. 자신이야 날아갈 듯 기분이 좋지만 심청의 입장에선…….

"나…… 볼일있거든……."

유신의 눈을 피한 채 심청이 혼잣말처럼 중얼거렸다. 이번 일로 심청이 하나 얻은 것이 있다면 자기 자신을 믿지 않는 거다. 자신에 대한 자신감과 믿음이 결국 자신을 망치게 했다는 생각에 견딜 수가 없다. 그리고 또 하나…… 유신에 대한 마음이다. 유신에 대해 아무 감정이 없었더라면 웃으며 실수였더라, 너도 차라리 다행이지? 라며 여유를 부렸을 텐데 유신을 실망시키기가 너무 싫다.

유신이 너무 잘해줘서 눈물이 날 지경이었던 것도 그만큼 유신에 대해 애정이 목말라 있었다는 뜻이 아니었을까. 유신에 대해 생각하자 심청은 또다시 겁이 난다. 지끈거리며 머리까지 아파왔다. 꾀병이 아니라 머리가 둔기로 맞은 것처럼 울려댔다.

"나…… 들러야 할 곳이 있어서 가봐야 하거든. 너는 네 볼일봐……."

전혀 반갑지 않은 타이밍의 절묘함. 일부러 아픈 목소리를 낸 것이 아닌데 어찌하다 보니 그렇게 되어버렸다. 뜻대로 되는 일이 없다는 심청의 자괴감으로 오해한 유신도 덩달아 심각하게 목소리가 굳어졌다.

"너 어디 아픈 거 아니냐? 왜 그렇게 목소리가 힘이 없어?"

'내 팔자야 뭐 늘 그렇잖아. 되는 일도 없고, 조금 행복하다 싶으면 몇 배는 더 큰 불행이 기다리고 있고…… 넌 절대 이해 못하는.'

자조 섞인 웃음을 삼키며 심청이 고개를 저었다. 무어라 입을 떼려던 유신이 머뭇거리다 말고 심청이 매고 있는 안전벨트를 풀어주었다. 심청이 내리는 것을 도와주기 위해 자신의 안전벨트를 풀던 유신은 어느새 먼저 내린 심청의 행동을 그저 머뭇거리며 주시했다.

지금 상황에서는 무어라 한 마디만 해도 커다란 두 눈에서 눈물이 쏟아질 태세다. 그렇다고 가만히 있자니 자신이나 심청이나 스스로 낯설 것이고.

"무슨 볼일인지 모르지만 되도록 금방 보고 와. 힘들면 언제든지 전화하고. 야, 너 가끔 그렇게 멍한 표정 지으면 사기당하기 딱 좋은 인상이거든. 어깨 펴고 얼굴도 웃고 그렇게 걸어. 응?"

심청이 뜻 모를 표정으로 슬쩍 돌아보며 고개를 끄덕거렸다. 작은 어깨가 한숨으로 인해 들었다 내려지더니 그대로 걸어가 버렸다. 유신의 눈에 잔뜩 힘이 들어갔다. 저렇게 슬퍼 보이는 심청의 모습이 참으로 싫다.

마음 같아서는 당장이라도 손목을 낚아채 집으로 끌고 가고 싶지만 양손에 힘을 주어 참았다. 여자들이 임신을 하면 예민해진다더니 심청이도 혼란을 겪고 있는 듯했다. 괜히 고집대로 밀어붙여 심청이의 기분을 상하게 하고 싶지 않았다. 심청의 모습이 보이지 않을 때까지 유신은 그저 지켜보는 것으로 만족했다.

어둠이 내려앉은 지 꽤 시간이 흘렀다. 아까부터 유신은 안절부절못한 채 하늘거리는 커튼 자락을 움켜쥐었다 놓았다 하며 거실을 수도 없이 서성거렸다. 소파에 몸을 앉혔다 드러누웠다. 그리고도 성이 안 차면 냉장고 문을 여닫은 게 벌써 몇 차례인지 셀 수도 없다.

"민심청! 좋은 말 할 때 전화 받아라."

유신이 버럭 이를 갈고는 다시금 전화기의 재다이얼 버튼을 눌렀다. 방금 전과 별다를 것 없는 무미건조한 기계음이 나오자 유신은 냅다 수화기를 내던졌다.

"우씨! 들어오기만 해봐. 잠시 볼일 보고 온다더니 이게 잠시야! 도대체 어딜 간 거야?"

부아가 치밀어 심청의 방문을 벌컥 열어젖힌 유신은 곱게 개켜진 침대 위의 이불을 보며 억지로 화를 누르려 애썼다. 은은하게 번져 나오는 아기 분 비슷한 내음에 유신의 호흡이 점점 누그러뜨려졌다.

"음…… 이참에 아주 날 완전히 무너뜨릴 작정인 건가? 굳이 그러지 않아도 될 텐데. 하여간 바보…… 내가 절 얼마나……."

괜히 쑥스러워진 유신은 마치 심청이 잠들어 있기라도 한 것처럼 조심스럽게 방문을 닫았다. 돌아선 유신의 눈에 거실 한구석에 수북이 쌓아놓은 물건들이 들어왔다. 만족스럽게 하얀 이를 드러내며 웃음 지은 유신은 기분 좋은 신음 소리를 내며 소파 위에 풀썩 주저앉았다.

시끄럽게 울려대는 텔레비전의 볼륨을 줄이려 리모컨을 잡던 유신은 키 누르는 소리에 벌떡 몸을 일으키다 말고 자세를 바로 했다. 사나이 강유신 체면이 있지. 외출한 주인 기다리는 애완견도 아니고, 심청이 들어온다고 해서 굳이 촐싹거리며 반길 건 없다. 더욱이 아비로서의 체통이 있지. 아기 생각만으로도 유신의 입가가 또다시 헤벌쭉 벌어진다.

이왕 이렇게 된 거 푹푹 찌는 더위에 심청의 심신이 아주 지쳤을 터이니 그 핑계로 목욕을 도와준다고 하면…… 유신은 상상만으로도 즐거워 얼른 심청의 모습이 보이기만을 기다렸다. 고작 몇 시간 얼굴을 못 본 것뿐인데 마치 사나흘은 헤어졌다

만나는 것 같다.

'민심청, 너 운 좋은 줄 알아라. 일 분만 더 늦었으면 당장 내쫓아 버리려고 했는데 애가 불쌍해서 받아준다.'

심청에게 할 말을 속으로 되뇌며 유신은 조금 전의 안달복달하던 모습을 싹 걷어버리고 짐짓 무게를 잡았다. 양팔을 팔짱 끼운 채 두 다리를 거만하게 벌리고 두 눈은 보지도 않는 대형 화면을 주시하며 부릅떴다. 심청이 신발을 벗는 소리가 나도 눈 하나 깜짝하지 않았다.

"심청이 이제 오냐?"

죄인처럼 주뼛거리며 서 있는 심청을 보다 못해 유신이 먼저 말을 건네고 말았다. 아기 때문에 힘이 드네 마네 엄살을 피우고 여왕마마처럼 오만하게 명령을 내리던 모습은 도대체 어딜 가고 저렇게 풀이 죽은 표정인지. 유신은 왠지 불안함을 느꼈다. 좀처럼 그런 감정을 느낀 적은 없었다. 지금 이 순간을 제외하고.

장난기가 묻어나는 유신의 목소리에 심청은 잠시나마 안도감을 느꼈다. 예전의 유신으로 돌아온 것이라면 자신이 걱정했던 것보다 수월하게 넘어갈 수 있을 듯했다. 제발 그렇기를 바라며 심청은 조심스럽게 유신의 곁으로 다가갔다. 이제는, 꼭 말해야 한다. 더 늦기 전에 유신이 오해하지 않도록…….

"저게 다 뭐야?"

유신에게 사실을 고백하기 전 마른침을 삼키던 심청은 수북하게 쌓인 선물 상자들을 보며 저도 모르게 손으로 가리켰다. 심청이 기억하는 한 요 근래에는 선물을 챙겨야 할 기념일이나 어른들의 생신은 없었다.

"아까 너랑 헤어지고 백화점 좀 다녀왔다. 간 김에 네 2세 물건 좀 샀다. 네 안목이야 뻔하고 보나마나 또 시장 가서 요상한 거 골라올 거 같아서. 근데 좀 억울하긴 하더라. 내가 이 나이에 벌써부터 애 새끼 옷이랑 장난감 골라야겠냐? 강유신 인생 어쩌다 이렇게 꼬였냐. 완전 발목 잡힌 거지. 거기다 요즘 백화점에는 왜 그리 예쁜 애들이 많은 거냐? 참내, 그냥 눈이 번쩍번쩍 뜨이게들 생겼더라. 내가 마음고생 좀 심했다. 연락처 좀 알려 달라고들 하는데 가르쳐 주자니 네가 걸리고 안 가르쳐 주자니 그 예쁜 애들이 불쌍하고 말이야. 강유신 인생도 새 됐다, 새 됐어. 넌 암튼 참 신기한 재주 가졌다. 내 발목 잡는 일을 어쩌면 그렇게 주기적으로 잘하냐? 하긴 그것도 재주라면 재주지."

은근히 비꼬는 듯한, 귀찮아 죽겠다는 말투로 유신이 심드렁 거리는 것을 지켜보는 심청의 눈가에 힘이 가해졌다. 임신이 아니라는 사실을 알고 몰래 흘린 눈물이 얼마인데. 아무리 생각해도 믿기지 않아서 배를 만지고 또 만지고……

기를 쓰고 임신하겠다고 저를 유혹한 것도 저가 실망할까 봐 그랬던 거였는데. 뭐? 차라리 잘된 거였네. 어쩐지, 강유신이 그렇게 변할 리가 없지. 내가 속은 거였어. 그래, 이제 나도 미안하다는 생각 따윈 안 할래. 저만 부모가 되는 것이 억울하고 인생 꼬였다고 생각 드는 줄 아나 보지. 그것 봐라, 민심청. 강유신 쟤는 네가 임신하지 않았다는 걸 알면 좋아서 날아갈 기세잖아. 너 혼자 착각했던 거야. 그렇게 당하고도 모르겠니?

유신이 실망할까 봐, 화를 낼까 봐 어떻게 말을 꺼내야 할지 고민했던 지난 며칠간의 마음고생이 결국 혼자만의 가슴앓이임을 깨달은 심청은 덧없고 허탈했다. 아니, 이젠 툴툴 털어버리면 되니 고맙다고 해야 하나. 맞지 않는 옷을 입은 것처럼 불편했을 유신을 위해서라도 잘된 일이었다.

"그래, 내가 네 발목 잡고 늘어지는 게 특기긴 하지. 그런데 어쩌지? 아직 억울한 이야기 또 남았는데. 너 이번에도 크게 기절할 소식이 있거든. 물론 이번에는 좋아서 기절할 이야기."

바람 빠진 튜브처럼, 마치 비꼬듯 심청이 쓴웃음을 지었다. 유신이 좋아서 죽는 꼴을 보는 게 너무 싫었다. 유신이 좋아하는 일이라면 자신도 좋아야겠지만 지금은⋯⋯ 절대 아니다. 만약 유신이 너무 좋아한다면 평생 미워하며 저주할지도 모르겠다.

"좋아서 기절할⋯⋯ 이야기?"

혹시? 혹시⋯⋯ 쌍둥이?

유신은 환하게 웃으며 심청을 향해 완전히 시선을 돌렸다. 그런 이야기라면 얼마든지 환영한⋯⋯.

"나 사실은 임신 안 했다. 너 어떻게 나오나 지켜보려고 내가 장난 좀 쳤어. 강유신, 너도 의외로 순진한 구석 있더라. 난 나만 맹해서 항상 당하는 줄 알았거든. 네가 그렇게 당해줘서 기쁘면서도 의외였어. 그래서 신은 늘 공평하다는 말이 있나 봐."

심청이 빈정거리는 목소리로 작정하고 말을 쏟아내었다. 이렇게 하지 않으면, 그렇게라도 하지 않으면 결코 내뱉지 못할 것 같아 두 눈을 꼭 감고 마음에도 없는 말들을 토해내고 말았다.

"……너…… 너 지금 뭐라고 했어?"

110볼트 전압기에 220볼트 플러그를 꽂은 것처럼 유신의 눈에서 파바박 불꽃이 튀었다. 좋아서 어쩔 줄 몰라 할 줄 알았는데 대답을 재촉하는 유신에게선 오히려 부정이 느껴진다. 그렇지만 그럴 리가 절대 없다는 것을 네가 더 잘 알잖아. 심청은 약해지는 마음을 더욱 독하게 추슬렀다.

"너 길게 설명하는 거 싫어하니까 간단하게 말할게. 결론은 '민심청의 몰래카메라였습니다!' 이거라고! 이제 이해가 되니?"

심청이 야무지게 내뱉기 무섭게 전광석화처럼 몸을 벌떡 일으킨 유신이 한달음에 심청의 앞에 다가섰다. 부들부들 떠는 유신의 모습을 그저 속아서 분해하는 것으로 감지한 심청은 가슴께에 팔짱을 끼고 거만하게 턱을 들었다.

"너도 당해보니까 분하지? 나 또한 마찬가지였거든. 그래서……."

유신이 아무 반응도 보이지 않은 채 바닥만 뚫어질 듯 노려보자 순간 심청은 가슴이 뜨끔거렸다. 유신의 입가에 헤벌쭉 웃음이 피어날 것이라는 예상을 했기에 지금 반응은 분명 의외였다.

그러나 심청은 이내 생각을 달리 했다. 방금 전까지 투덜거리던 유신의 모습을 떠올렸다. 귀찮고 싫다고 제 입으로 분명 말하지 않았던가. 심청은 무표정한 얼굴로 어깨를 살짝 들었다 놓았다.

"네가 어떻게 나오나 보려고 했던 건데 네가 너무 순순히 내 거짓말에 넘어와 줘서 나도 좀 의외긴 했어. 속아서 분하기는 하겠지만 임신 아니라니까 너도 다행이다 싶지? 벌써부터 네 기쁨이 느껴지는 걸 보니까 그런 것 같네."

"잠…… 깐만."

유신이 속사포처럼 말을 잇는 심청의 말을 끊었다. 핏기가 가셔 창백한 유신의 낯빛은 분명 생경한 모습이었다. 처음 임신했다는 말을 듣고 기절했을 때보다 더 강한 충격을 받은 듯 붉은 기운이 돌던 얼굴은 곧 혈색을 잃어 보였다.

속으로는 좋으면서, 곧 빈정거림을 입 끝에 달고 가드락가드락거릴 거 다 아는데 그렇게 분위기 잡고 있으면 내가 감동이라도 할까 봐. 유신의 가르랑거리는 숨소리를 외면하며 심청은 한 가지만 생각했다. 유신은 원래부터 임신을 반기지 않았다, 그러니 저렇게 무게 잡다가 갑자기 행복해서 환호성을 지를 것이 분명하다. 강유신은…….

"넌 그러니까 나한테 단지 복수하고 싶은 마음에서 임신했다고 거짓말을 지어냈다는 말이냐? 지금까지 날 놀린 거였다고?"

유신이 매서운 눈길을 들어 심청의 얼굴로 들이밀었다. 심청은 순간 겁에 질려 숨소리도 내뱉지 못하고 얼어붙었다.

'사실대로 고백해, 일부러 그런 것이 아니라 실수였다고. 너도 임신인 줄 알았다가 아닌 줄 알고 참 많이 슬퍼했다고.'

'나도 그러고 싶어. 그렇지만 달라질 건 없어. 강유신 얘가 내 말을 믿어줄 것 같니? 오히려 청승 떤다고 욕할걸.'

한참 만에 심청은 고개를 끄덕였다. 당장이라도 유신의 커다란 주먹이 날아올 것 같은 일촉즉발의 위기감이 감돌았다. 순간 왜 그다지도 유신이 안 되어 보이는지. 불쌍하고 동정받아야 할 사람은 자신임에도 불구하고 심청은 손을 내밀어 유신의 처진 어깨를 살짝 안아주고 싶다는 생각을 했다.

미쳤어! 앞뒤 분간 못하고 동정심 남발하는 자신 같은 사람이야말로 정신병원으로 직행하는 게 올바른 순서 같다. 어떻게 이 와중에 그런…….

"거짓말이라고 말해! 얼른 거짓말이라고, 지금 날 놀리는 거라고 말하란 말이야! 나 미치는 거 보고 싶지 않으면 사실대로…… 농담이었다고 말하란 말이야!"

"어떤 거짓말을 원하는데? 이미 사실대로 다 말한걸."

자신이 생각해도 참으로 싸가지없는 목소리에 심청은 소름이 돋았다. 원래부터 그렇게 사악했던 사람처럼 모질게도 차갑기만 한 자신의 반응이 그저 놀라울 뿐이었다.

"그 입 닥치지 못해! 민심청, 네가 그러고도 사람이냐! 그러고도 사람이냐고? 그동안 널 무시하고 놀린 내 탓도 있겠지만 그래도……그래도 이런 식으로 복수한 건 너무 심했다. 아무리 장난할 게 없어도 그렇지, 임신했다고 장난을 치냐? 그걸 복수라고 해? 그래, 지금 행복하냐? 나 미치는 꼴 지켜보니까 좋아? 그래, 네가 좋다면 그걸로 된 거지. 나야 뭐, 지금까지 네가 좋다면 뭐든 좋았으니까. 그런데…… 이 시간부로 널 좋아하는 일 따위 없을 것 같다. 사람의 진심이라는 것이, 진실이라는 것이 꼭 입으로만 나불거려야 되는 거냐? 난 언젠가 자연스럽게 그렇게 받아들여질 거라고 믿었는데…… 아니었냐? 나 혼자 뭔가 단단하게 착각한 거냐? 이제 그만둘게. 다 그만둔다고!"

버럭 고함을 지르며 파란 심줄이 돋아난 주먹을 부르르 떠는 유신의 모습에 심청의 눈가가 촉촉하게 젖어들었다.

"유…… 유신아……."

"축하한다, 민심청. 네 일기장에 길이길이 남을 오늘의 이 성공 마음껏 즐겨라. 패잔병은 조용히 물러나 줄 테니까. 너한테 정 떨어지게 해줘서 고맙다. 나도 덜 떨어진 새끼 흉내 덜 내고 이제 좀 인간답게 살아보겠다. 참내, 살다 보니 민심청 너한테도 놀림을 당하냐? 강유신, 달린 게 아깝다. 아, 씨발! 별게 다 사람 가지고 노네. 쪽팔리게 민심청 저걸 좋아했다니 뇌 구조에 이상이 생긴 게 틀림없었지. 더 늦기 전에 정신 차리게 해줘서 고맙다. 아주 많이 고마워."

유신이 이죽거리며 코웃음을 쳤다. 아무리 생각해도 허탈한지 연신 웃음을 짓고 지우고를 반복했다. 그러나 그 표정은 결코 웃는 것이 아니었다. 자학과 조소, 냉소가 한데 어우러져 내뱉는 자신에게도 듣고 있는 심청에게도 아픔으로 아로새겨졌다.

심청의 선한 눈매에 아픈 상처가 짙게 묻어났다. 자신의 귀로 듣고도 이해가 되지 않는 유신의 말들을 그저 곱씹고 또 곱씹고, 되뇌고 또 되뇌일 뿐이었다.

그러니까 유신이가 날 좋아했다는 거야? 그런 뜻이야? 나, 이해 못하겠어. 무슨 말인지, 내가 바르게 이해한 건지 도대체 모르겠어……. 누가 쉽게 설명 좀 해줬으면 좋겠어. 내가 착각한 것이 아니라고. 제대로 들은 것이 틀림없다고.

"너…… 정말 나 좋아한다는 거…… 그거…….."

"설마."

전에 없이 차가운 눈빛으로 유신이 놀리듯 눈을 빛냈다.

"바…… 방금 전에 네가 그랬잖아…….."

심청이 일말의 기대감을 가지고 유신을 올려다보았다. 분명 상처받은 것은 자신인데 심청의 촉촉한 눈가를 보자 유신은 가슴이 아려왔다. 하지만 상상일 뿐이다. 자신을 골리기 위해 잔인한 거짓말도 스스럼없이 해대는 영악스러운 계집애가 아니던가.

유신이 픽 하며 콧방귀를 꼈다. 냉혹함이 가득 찬 입매에 포물선이 그려지는가 싶더니 심청을 향해 또 다른 직격탄이 날아들었다.

"넌 과거형과 현재형도 제대로 구분 못하냐? 이젠 과거형일 뿐이니까 그 입 닥치는 게 좋을 거다, 민심청. 그거 가지고 또 뭔가 우려먹을 생각인가 본데, 너도 머리라는 게 있으면 한 번은 실수해도 두 번은 안 하겠지. 하여간에 잔머리라고 굴리는 게 꼭 저 같은 행동만 하고 앉아서는 성공했답시고 좋아 죽을 뻔한 모양이군. 경고하는데 지금부터 내 눈에 안 띄는 게 네 신상에도 이로울 거다. 에이씨, 이 거지 같은 것들은 왜 여기서 사람 길을 막고 지랄이야!"

이를 갈며 돌아서던 유신이 자신이 쇼핑해 온 물건 봉투들을 향해 으르렁거리며 발길질을 해댔다. 요란하게 여기저기로 흩어지는 상자들 사이에서 아기용품들이 쏟아지듯 나왔다. 유신은 그것들을 본체만체하고는 뒤도 돌아보지 않고 현관으로 직행했다.

요란하게 닫히는 현관 문소리가 아득하게 느껴질 즈음 심청의 뺨 위로 눈물이 뚝뚝 흘러내렸다. 험한 발길질에 나뒹군 아기용 딸랑이를 집어 들며 심청은 아이처럼 목놓아 서럽게 울었다.

"그래, 지금 행복하냐? 나 미치는 꼴 지켜보니까 좋아? 그래, 네가 좋다면 그걸로 된 거지. 나야 뭐, 지금까지 네가 좋다면 뭐든 좋았으니까. 그런데…… 이 시간부로 널 좋아하는 일 따윈 없을 것 같다."

유신이 자신을 좋아했다고? 아닐 거야. 아닐 거야. 심청이 고개를 저으며 부인했다. 그렇지만 유신의 상처받은 눈동자는 결코 거짓처럼 보이지 않았다. 더불어 그 여느 때보다 진지한 목소리 하며…….

뭐야, 난 아무것도 모르겠어. 정말 모르겠어. 그냥 네가 좋아할 거라고만 생각했는데, 아파하는 건 내 몫이고 네가 마음 편해지면 그걸로 된 거라고…… 그렇게 생각했단 말이야.

심청은 어린아이처럼 소리 내어 울기 시작했다. 당장이라도 유신이 뛰어올라 와 맹추같이 왜 우냐고 머리를 쥐어박으면서도 따뜻하게 안아줄 것만 같았다. 바보처럼 그땐 유신이 자길 놀리고 골린다고만 생각했지 그게 유신의 마음이라는 걸 전혀 알지 못했다.

말 좀 해주지. 힌트라도 주지. 그랬으면 내가 그렇게 바보 같은 말 안 했을 거 아니야. 저 혼자만 알고 숨겨둔 마음을 내가 어떻게 아느냔 말이야.

"유신아…… 유신아!"

심청이 갑자기 현관으로 달려나갔다. 한쪽 발에는 자신의 신발을 신고 나머지 한쪽은 유신의 슬리퍼를 신은 채 심청은 계단을 미친 듯이 뛰어내려 갔다. 심장이 멎을 만큼 조바심을 안고 뛰어내려 갔지만 이미 유신의 차가 저 멀리 뒤 꽁지를 보이며 사라진 후였다.

'미안…… 정말 미안해, 유신아. 돌아올 거지? 너도 조금만 아파하고 곧 돌아올 거지? 그렇게 믿을래. 그렇게 생각할래. 정말, 정말 미안해…….'

맹렬한 기세로 달려나가던 유신의 차가 급제동으로 인해 통기듯 멈춰 섰다. 유신의 몸이 차의 앞창을 뚫고 나갈 것처럼 앞으로 사정없이 기울어졌다. 유신은 차라리 차창에 머리라도 박았으면 좋을 것 같다는 생각이 들었다. 아니, 뚫고 나가 저 바닥에 사정없이 뒹굴었으면 하는 바람까지 가졌다. 그렇게 해서라도 지금 이 순간의 기억을 완벽하게 지울 수만 있다면…….

유신이 등받이에 몸을 기대고 고개를 젖혔다. 새롭게 분노가 들끓었다. 누구를 향한 분노인지는 솔직히 잘 모르겠다. 심청이 임신이라는 거짓말을 해서 자신을 골려먹을 만큼 복수심에 가득 차 있었다면 그 일차적인 책임은 분명 자신에게 있다. 그렇게까지 해야 할 만큼 마음속에 응어리진 것이 많을 줄은 정말 몰랐다. 더군다나 자신이 사랑하는 사람이…….

그렇다고 해도 이번 일은 쉽게 용서하기는 힘들 것 같다. 용서라는 말이 가당키나 한 것인지 모르겠지만 지금 자신의 심정으론 심청을 본다는 생각만으로도 마음속의 분노를 쉽게 진정시키지 못하고 있었다.

그 정도 아량밖에 없냐고. 네가 심청이에게 그동안 한 짓을 생각해 보라고 다그쳐 보지만 결론은 하나다. 그러기에는 상처가 너무 크다고. 지난 몇 주간의 그 행복했던 시간들이 단 한 마디에 일순 사라져 버려야 한다는 것이 너무 허탈하고 허무하다고.

"나 사실은 임신 안 했다. 너 어떻게 나오나 지켜보려고 내가 장난 좀 쳤어. 강유신, 너도 의외로 순진한 구석 있더라. 난 나만 맹해서 항상 당하는 줄 알았거든. 네가 그렇게 당해줘서 기쁘면서도 의외였어. 그래서 신은 늘 공평하다는 말이 있나 봐."

심청의 빈정거림을 떠올리자 유신의 안면이 당혹감으로 불타올랐다. 핸들을 쥔 손이 갈피를 잡지 못한 채 미끄러졌다. 자신이 원했던 것이 이런 것이었을까? 아니다. 이런 것은 결코 아니었을 것이다. 함께 있으면 행복해질 줄 알았는데, 행복해할 줄 알았는데 엄청난 착각이었을 뿐인가 보다.

사랑하는 사람에게 받는 상처가 이렇게 깊으리라는 것을 유신은 상상도 하지 못했다. 그랬기에 더 크고 강한 분노를 느끼는지도 모른다.

뺨 위로 축축함이 느껴졌지만 유신은 닦아낼 엄두조차 내지 않았다. 그저 땀이려니, 땀이겠거니 했다. 운전석으로 일제히 향해져 있는 에어컨의 강한 바람을 무시하며 유신은 그렇게 우겨대고 있었다.

**"이**혼하자. 너랑은 도저히 못살겠다. 내가 잠시 미쳐서 너랑 살았었는데 이제야 진실한 사랑이 뭔지 깨달았다. 내가 좋은 여자 만난 것만큼 너도 좋은 남자 만날 거다."

유신이 옷 가방을 집어 던지다시피 하며 차갑게 내뱉었다. 심청은 벌겋게 충혈된 눈으로 고개를 저었다.

"말도 안 돼. 지금 그 말을 나한테 믿으라는 거야?"

"믿어? 너한테, 아니, 우리한테 믿음이라는 단어가 어울리기나 하냐? 잔말 말고 이혼 서류에 도장이나 찍어!"

"싫어, 못 찍어. 아니, 안 찍어. 누구 좋으라고 내가 이혼 도장을 찍어? 너 같음 스물한 살에 이혼녀 되고 싶겠니? 난 못 찍어!"

"이게 감히 내 말을 거역해? 얼른 찍지 못해!"

"싫어, 난 못 찍어!"

"에잇, 이것이!"

유신의 손이 우악스럽게 심청의 손을 잡아당겼다. 싫다고 버둥거리는 심청의 의사는 전혀 상관하지 않은 채 유신은 강제로 서류에 지장을 찍게 했다. 심청이 울고불고 애원을 해도 소용없었다. 희희낙락하게 서류를 든 채 유신은 어디론가 전화를 하고는 퉁명스럽게 내뱉었다.

"당장 이 가방 들고 나가! 위자료는 물론 한 푼도 없다는 건 네가 더 잘 알겠지. 그나마 네 빚 갚고 나가라는 소리 안 하는 것만으로도 감지덕지해야 할 거다."

"안…… 돼, 유신아…… 안 돼…… 유신아…… 유신아……."

심청이 유신의 옷자락을 붙들고 매달렸다. 그러나 유신은 냉정하게 뿌리치고는 미소를 지었다.

"네가 자랑스러워하는 인현왕후도 숙종한테 쫓겨났잖아. 너라고 별수있냐! 이거 들고 당장 나가!"

"그 할머니는 바보 같아서 쫓겨났을지 몰라도 난 안 그래. 못나가!"

"에이, 못생긴 게 말도 더럽게 많네. 나가라면 당장 나가! 네가 양심이 있는 인간이라면 알아서 옛날 옛날에 나갔을 거다!"

가방과 함께 심청을 한 손에 움켜쥔 유신이 아파트 현관으로 매몰차게 몰아냈다. 신발을 신을 겨를도 없이 심청이 가방과 함께 밖으로 내동댕이쳐졌다. 아무리 비밀번호를 눌러도 안에서 보조 장치를 걸었는지 문이 열리지 않는다. 심청이 울면서 애원해 보지만 유신은 요지부동이었다.

"유신아…… 너 후회할 거야. 그러니까 이러지 마…… 이러지 마……."

심청이 손을 내밀어 저었다. 허공에서 두 손이 갈피를 잡지 못하고 방황했다. 유신이 뒤도 돌아보지 않고 사라지자 심청은 혼비백산하며 눈을 떴다.

꿈이었어? 어쩜 꿈도 그리 불쌍하게 꾸는지. 꿈에서도 쫓겨 나는 신세라니, 그나마 꿈이어서 다행이지. 식은땀을 닦을 생각도 하지 못한 채 심청은 단지 꿈이었다는 사실만으로 안도했다. 새벽까지 돌아오지 않는 유신을 기다리다 울며 잠이 든 모양이었다. 유신이 돌아왔나 싶어 두리번거리던 심청은 현관문이 열리자 꼼짝도 하지 않고 주시했다.

벽시계를 보니 어느새 오전 여섯 시가 다 되어간다. 저놈…… 저놈 지금 외박한 거야? 심청 발끈하려다 말고 주춤했다. 일단은 자신이 화를 내기에는 상황이 조금, 아니, 아주 많이 불리했다. 속으로 릴렉스를 외치며 심청은 쭈뼛거렸다.

자동 센서등의 불빛과 함께 유신이 모습을 드러냈다. 소파에 웅크린 자신의 모습이 얼마나 초라해 보이는가는 개의치 않은 채 심청은 유신이 돌아온 것에 일단 기뻐하자며 몸을 일으켰다.

"아야……."

잠을 잘못 잔 탓인지 몸이 제대로 말을 듣지 않았다. 뻐근하게 뭉친 목에 손을 받치며 심청은 내심 유신이 걱정해 주길 바랐다. 퉁명스럽게 내뱉더라도 걱정해 주는 한마디를 기대하며 심청은 몸을 일으키다 말고 주춤했다.

"유신아…… 지금 오니?"

그러나 유신은 시선도 주지 않았다. 심청을 아예 눈앞에 없는 사람 취급하며 그대로 자신의 방으로 직행하려 했다. 심청이 서둘러 일어나 양팔을 벌린 채 유신의 앞을 가로막고 섰다.

"우리 이야기 좀 하자. 유신아, 저기 나……."

심청의 애원에도 불구하고 유신은 눈길조차 주지 않은 채 그냥 지나치려 했다. 심청이 다시 한 번 유신의 앞을 가로막았다.

"비켜! 내 눈에 보이지 않는 게 좋을 거라고 경고했을 텐데."

유신이 독기 품은 눈으로 심청을 노려보았다.

"한집에 살면서 그건 불가능하잖아. 유신아, 저 내가……."

"그러셔? 똑똑하신 민심청이니 네 말 들어야지. 야, 나 밤새 마시고 노느라고 지금 속이 말이 아니거든. 어지러우니까 그 지랄맞은 시츄에이션 집어치워라."

누군 저 때문에 한숨도 못 자고 겨우 새벽에 잠이 들었는데 뭐, 밤새 놀다가 왔다고? 심청은 어이가 없어 눈을 살짝 흘겼다. 밤새도록 전화기 앞에서 떠나지 못하고 전전긍긍. 먼저 해볼까 했지만 지은 죄가 워낙 커서 그러지도 못했다. 더군다나 유신이 자신의 전화에 마음 상해 사고라도 낼까 봐 이러지도 못하고 저러지도 못한 채 그저 울기만 했었다.

그런데 저는 마음 편하게 노셨다고? 성질 같아서는 걱정하는 사람 생각은 안중에도 없었냐며 꽥꽥 소리 지르며 다그치고 싶었지만 아무래도 아직은 화가 안 풀어졌을 테니 이해해 주자는 쪽으로 가닥을 잡았다.

"저기, 아침 준비하려면 시간이 좀 걸릴 테니까 일단 다른 거라도 먹고 있을래? 밤새 술 마셨으면 속 많이 쓰리겠다."

심청의 호의적인 태도에도 불구하고 유신은 말문을 닫은 채 입을 꾹 다물었다. 그저 사납게 눈을 치켜뜨고 심청을 노려보기만 할 뿐이었다. 어금니를 꽉 깨문 채 유신은 분노를 억지로 삼키고 있었다.

이 와중에도 넌 고작 밥 타령이냐? 너 정말 그렇게 단순한 애냐? 내가 사람을 잘못 본 거냐고!

간 밤, 차에서 밤을 지샌 유신은 휴대전화를 수십, 수백 번은 더 확인했다. 혹여 심청이 울먹거리며 전화를 하지 않을까. 아니, 울먹이기까지는 아니더라도 안부 전화는 할 줄 알았다. 그랬다면 못 이기는 척 조금은 마음이 누그러지지 않았을까.

하나, 전화는커녕 세상 모르고 잘 잔 것 같은 모습을 보니 울어야 할지 웃어야 할지 감이 오지를 않았다. 확실한 건 단 하나, 그만큼 자신에 대해 애정이 없다는 것을 새삼 확인한 것뿐이다.

"최대한 금방 차릴게."

심청이 서운한 마음을 누르고 명랑하게 대답했지만 유신은 비웃음을 남기고는 방으로 들어가 버렸다. 힘이 잔뜩 빠진 자신이나 어깨에 힘이 빠진 유신이나 참으로 가엾다는 생각이 들었다. 물론 누군 밤새우느라 지쳤고, 누군 노느라 지친 것이지만.

'야! 내가 실수했기 때문에 너 봐주는 거야. 나중에 또 이런 일 생기면 그땐 가만 안 둬. 내가 무서움 잘 타는 거 알면서 날 밤새 혼자 둬? 그렇지만 뭐…… 상황이 그랬으니까 그냥 용서하는 거야. 너 어디서 나 같은 부인 얻냐!'

심청은 호기를 부리며 주방으로 향했다. 오랜만에 유신의 마음에 드는 음식으로 멋지게 준비해야지. 여자란 단세포 같다. 물론 모든 여자들이 그렇다는 것이 아니다. 자신이 그랬다. 유신이 어젯밤 고백했던 한마디가 희망을 앗아갔으면서도 힘을 준다. 다시 돌릴 수 있을 거야. 사람 마음이란 게 그렇게 하루아침에 돌아설 수는 없는 거잖아. 심청은 불끈 주먹을 쥐고 희망을 가졌다. 민심청 사전에 포기란 절대 있을 수 없다.


'민심청…… 너 그렇게도 내가 싫냐? 그렇게도 내 마음 모르겠냐…… 훗, 이젠 뭐 다 지난 이야기지만.'

차가운 물줄기 속으로 유신의 고개가 점점 더 숙여졌다. 밤새 차를 끌고 정처없이 내달렸던 탓에 피곤에 지친 눈자위가 붉게 균열되어 있었다.


"결론은 '민심청의 몰래카메라였습니다!' 이거라고!"

홀홀 털어버리자 다짐했건만 심청의 말이 메아리처럼 울리며 귓가를 떠나지 않는다. 차라리 다른 상황에서 그런 것이라면 얼마나 좋았을까. 그랬더라면 고 귀여운 입술을 깨물어주며 두 번 다시 이런 장난치면 어떻게 된다는 것을 다른 방법으로 응징해주었을 텐데.

새삼스러운 분노가 유신의 몸을 강하게 빨아들였다.

'후회하게 해줄 거다, 다시는 장난이라는 말이 나오지 않게.'

유치하다고 해도 상관없다, 실제로도 유치한 것이 사실이니까. 유신은 안면에 새삼스러운 분노로 인해 홍조가 일자 냉수를 몇 번이고 끼얹었다. 주체 못할 아픔이나 슬픔은 없다고 지난밤 그렇게 스스로를 다그쳤음에도 불구하고 유신은 자꾸 눈가가 따가워져 옴을 감당 못해 물줄기에 모든 것을 의지하다시피 했다.


앞치마에 손을 닦고 난 후 심청은 흡족한 눈길로 식탁을 바라보았다. 정갈하기 그지없는 반찬들이며 깔끔하게 각 맞추어놓인 식기들이 이른 아침부터 고생한 보람을 느끼게 해주었다.

사실 그전에야 죽일 놈, 살릴 놈 하며 음식 장만을 했지만 유신이 자신을 좋아했었다는 고백 이후 고생이 고생처럼 느껴지지 않는다.

유신의 방문 앞에 선 심청이 호흡을 가다듬고 노크를 했다. 대답이 없다. 다시 한 번 노크를 해보지만 여전히 묵묵부답이다. 그새 잠이 들었나? 빈속에 해장도 못하고 잠들면 안 되는데…… 심청은 무심코 방문을 열어젖혔다.

"유신…… 엄마야!"

놀란 가슴으로 방문을 열었던 심청은 속옷 차림의 유신을 보고 살짝 비명을 질렀다. 그러나 심청의 과장된 반응에도 유신은 무반응으로 일관했다. 그저 차갑고 매서운 눈길로 노려볼 뿐이었다. 왜 남의 방문을 벌컥벌컥 여냐는 듯.

팬티 위에 바지를 걸치고 있는 유신의 모습에 심청은 얼굴을 붉히면서도 싱긋 웃었다. 우리 사이에 뭘 그리 새삼스럽게…… 그러고 보니 '응응'을 안 한 지도 몇 주가 지난 것 같다. 그나저나 옷은 왜 갈아입지? 완전 외출복 차림이네? 심청은 남방 단추를 잠그며 인상을 쓰는 유신에게서 시선을 떼지 않았다. 하지만 유신은 여전히 한 마디도 하지 않은 채였다.

좋으면서 저런다니까. 쟤도 은근히 소심쟁이야. 심청의 입술이 삐죽 튀어나왔다.

"저기…… 유신아, 아침 준비 다 됐어."

하지만 돌아오는 것은 묵묵부답. 심청 혼자서만 계속 떠들고 있었다.

어우…… 이놈, 아니, 이분이 또 날 무시하시네. 칫. 하지만 이런다고 내가 널 미워할까 봐? 날 좋아했다는 그 한마디로 충분하니까 너도 그만 쑥스러워해라, 강유신.

유신이 자신을 무시해도 그것이 본심이 아닐 것이라 믿으며 심청은 눈이 반달처럼 휘어지도록 미소를 지었다.

콱! 방문이 부서져라 닫히는 소리가 났다. 어느새 종적을 감추어 버린 유신의 흔적을 쫓으며 미소 짓던 심청의 얼굴이 삽시간에 일그러졌다. 가슴이 서늘해지고 입술이 바짝 말랐다.

'아니야, 유신이가 지금 저러는 건 단순히 화가 나서 그래. 날 아주 보기 싫다는 의미는 아닐 거야.'

심청이 재빨리 밖으로 뛰어나가 현관으로 향하는 유신의 팔을 붙잡았다. 어떻게 하면 유신의 기분을 풀어줄 수 있을까 끙끙거리며 심청은 여우가 되리라 마음먹었다. 쉽진 않겠지만 유신에게 무조건 먼저 다가가는 수밖에 없다고 결정지었다. 자고로 곰 같은 여자랑은 못살아도 여우 같은 여자랑은 산다는 게 남자라고 하지 않던가.

그러나 무심한 유신은 심청이 내민 손을 매정하게 뿌리쳤다.

흐미…… 환장하시겠네. 이놈, 이분이 완전 삐치셨나 보네. 하여간 남자들이 삐치기도 더 잘 삐친다니까. 그래도 유신이 삐치니까 은근히 귀엽네. 그래, 네가 그나마 내 사랑이니까 참는다. 애고, 귀여운 녀석!

심청이 억장 무너지는 가슴을 진정시키며 이를 드러내고 웃었다.

하지만 돌아오는 것은 간담이 서늘해질 만큼의 비웃음뿐이었다. 심청의 안면이 딱딱하게 굳어드는 것 따위는 안중에도 없다는 듯 유신은 현관으로 직행했다. 그렇다고 포기할 심청이 아니었다.

"유신아, 어, 어디 가려고?"

이번에도 돌아오는 것은 자신의 공허한 메아리뿐이었다. 참는 것에도 한도가 있지! 심청은 화가 나 씩씩거렸다.

"야! 너 내 말이 전혀 말 같지 않니? 옆집 강아지가 짖어도 이렇게 푸대접은 안 하겠다. 사람이 말을 했으면 무슨 대꾸가 있어야 할 거 아니야!"

"민심청, 너 언제부터 그렇게 건방지게 내 일에 간섭했냐? 좋은 말로 할 때 관심 꺼라."

무섭다…… 유신의 무섭도록 차가운 눈길과 어투에 심청은 오들 소름이 돋았다. 생각처럼 쉽게 풀어질 화가 아닌 것 같았다. 분명 자신의 실수가 맞기는 하지만…….

저는 내 마음 아프게 한 거 없나? 난 뭐, 속이 부처님 속이어서 당하고 사는 줄 아나 봐. 다 저가 좋으니까 참고 사는 거지. 속으로는 하늘이 무너지는 것 같아도 애써 평정을 유지하던 심청은 왈칵 눈물이 날 것만 같았다.

"훗, 여자의 눈물이 무기라는 건 또 어디 가서 들은 모양인데 치워라. 한 번 속지 두 번은 안 속으니까."

"야, 너 무슨 말을 그렇게……."

유신의 유치한 억지에 흥분하던 심청이 튀어나온 입술을 쑥 집어넣었다. 지난밤 무슨 산삼이라도 캐어 먹었는지 붉게 충혈된 눈으로 매섭게 노려보는 유신에게는 범접하지 못할 두려움이 가득했다.

"이미 했던 충고지만 한 번 더해줄까? 내 눈에 되도록 안 보이는 게 네 신상에 좋을 거다. 네 얼굴 보는 것만으로도 내게는 고문이거든."

쾅 하고 현관문이 닫혔다. 심청은 망연자실한 표정으로 한참을 서 있었다. 뺨 위로 눈물이 후두둑 떨어지고 벌어진 입에서 흐느낌 소리가 새어나왔다. 구박을 일삼으면서도 안아주던 유신은 더 이상 곁에 없다.

심청은 지금 유신의 분노나 억지, 생트집은 얼마든지 견뎌내고 받아들일 수 있다고 자신했다. 다만 두 번 다시 예전으로 돌아갈 수 없을까 봐 그것이 두려울 뿐이었다.

'아니야, 아닐 거야. 유신이 쟤는 나처럼 둔한 애가 아니니까 내 진심을 알면 곧 돌아올 거야. 저러다 내가 아프다고 하면 그 덩치가 아깝다고 하면서도 밤새 꼭 안아줄 거야. 그럴 거야……'

심청이 눈물을 걷으며 애써 명랑한 미소를 지었다. 사실 심청은 대내외적으로 존경하는 인물을 꼽으라면 인현왕후보다는 명성황후 쪽을 택했다. 바보처럼 당하고 사는 게 미덕이 아니라 권모술수를 쓰는 한이 있어도 내 자리를 굳건히 지켜내는 쪽의 명성황후가 더 끌린 탓이다.

돌아오게 할 거야. 반드시…… 유신인 돌아올 거야. 돌아오게 만들 거야.

무슨 배짱인지 모르겠지만 심청은 그렇게 자신했다. 지금까지 그래 왔듯이 싸우고 화해하고 툭탁거리고 집적거리다 보면 자연스럽게 풀어질 것이라 믿었다. 단순한 심청의 성격으론 그렇게 결론이 내려졌다.

그러나 세상만사 모든 것이 자신의 뜻대로 되는 것이 아님을 심청은 얼마 뒤 뼈저리게 체험했다.


"자자, 이제 와서 다 함께 사진 찍자. 우리 청이 뭐 하냐, 어서 와서 서지 않고."

"예? 예, 할아버지."

생판 모르는 남의 잔치와 와서 들러리 서는 사람처럼 멍하니 넋을 잃고 있던 심청은 유신의 곁에 재빨리 섰다. 강 노인의 비서가 들고 있는 사진기를 향해 미소를 짓고는 있지만 솔직히 아직 어리둥절하기만 하다.

핑계없는 무덤 없다는 이야기는 들어봤지만 스물한 해 살면서 심청은 이렇게 다소 억지스러운 기념파티는 처음이었다. 사연인즉슨 며칠 전 제주도 농장에 다니러 갔던 강 노인이 돌아오는 비행기 안에서 야구선수 이승엽 선수와 나란히 앉아서 왔다는 것이 시발점이 되었다. 아시아 홈런왕의 대기록을 세운 젊은 이와 함께 어깨를 나란히 하고 악수를 하고 사인을 받은 것이 그렇듯 감격에 겨웠는지 강 노인은 가족들을 소집했다.

가문의 영광이 아닐 수 없다는 정말 장황한 연설과 함께 자신의 무사 귀환이 영웅과 장도 길에 오른 덕분이라는 말도 안 되는 주장까지 펼친 강 노인은 이 선수와 찍은 사진을 액자로 제작하여 왔다고 했다.

하여 이승엽 선수와 찍은 사진이 거실 한 귀퉁이—그래도 끝까지 거실 정중앙을 차지하는 것은 아들 내외와 손주 내외의 결혼사진이다—에 걸리는 것을 기념하기 위해 식구들이 한자리에 모이게 된 이유였다. 강 노인에게 축하 인사를 아끼지 않는 시부모님을 보며 심청은 황당한 표정을 감추지 못했다. 그게 그렇게 온가족이 모여서 기념을 할 만큼 대단한 일인가? 아무리 생각을 달리 해보려 해도 이해가 되지 않았다.

"새댁, 조금 황당하지? 십 원짜리 동전 하나도 틀리지 않는 노인 양반이 저럴 때 보면 참 순진하시다니까. 저건 그래도 약과야. 재미있는 일이 얼마나 많았는데."

저녁 준비가 한창인 부엌에 인사차 들른 심청에게 인천댁이 넌지시 귀띔을 해주었다.

"그래요? 이것 말고도 또 무슨 일이 있었어요?"

"그럼, 이거야 뭐 새 발의 피지."

심청이 호기심을 보이자 인천댁은 신이 나서 그동안 있었던 일들을 늘어놓았다.

"얼마 전 월드컵 있었잖아. 그때 그 히딩크인지 해딩크인지 하는 그 양반을 또 회장님께서 만나지 않았겠어? 회장님 감격하셔서 그 양반 얼굴을 비비고 악수를 하고. 그날 이후로 월드컵 끝날 때까지 우리 집 양반부터 정원사 공씨까지 모두 빨간 옷으로 갈아입고 응원했잖아. 얼굴에, 축구공에 글자까지 새기고 말이야. 내참, 살다 별일 다 해본다고 했네. 지금 생각하면 재미있지만 그땐 우리도 좀 황당했어."

이야기를 듣던 심청은 당시 상황을 그려보자 상상만으로도 웃음이 터졌다. 나이 지긋하신 어르신들이 페이스페인팅을 하고 응원하는 모습이 어쩐지 귀여울 것 같기도 하고 전혀 어울릴 것 같지 않기도 하다. 특히 정원사 공씨 아저씨는 덩치가 보통 사람의 세 배는 됨직 한데 빨간 두건을 쓴 모습이 도저히 상상되지 않는다.

"후훗, 할아버지 너무 재미있으세요."

"그걸 어찌 다 말로 할까. 정말 재미나는 양반이셔."

심청이 모처럼 악의없는 웃음을 터뜨리며 웃었다. 함께 고개를 끄덕이며 웃던 인천댁이 눈을 인자하게 빛냈다.

"유신이, 뭐 필요해?"

유신이라는 말에 심청이 서둘러 고개를 돌렸다. 본가로 오라는 문자 메시지만 보냈을 뿐 유신은 올 때도 저 홀로 왔고, 그래서 심청도 따로 올 수밖에 없었다. 본가에 와서도 여전히 서먹한 두 사람이었기에 심청은 화해의 기회가 되지 않을까 내심 기대하고 있기에 활짝 미소를 지었다.

그러나 웃으며 돌아서던 심청의 얼굴에 미소가 걷혔다. 유신의 표정이 너무 험악해 더 웃을 엄두가 도저히 나지 않았다.

"할아버지께서 저녁은 정원에서 드셨음 해서요. 괜찮을까요?"

"아유, 당연히 괜찮고말고. 모기 때문에 걱정이지 뭐 다른 거야 걱정할 것 없어. 새댁도 그만 나가서 어른들하고 이야기나 해. 여기야 우리들이 알아서 하니까."

"네……."

먼저 돌아서서 나가는 유신을 곁눈질하며 심청은 말끝을 흐렸다. 무슨 실수라도 한 걸까? 자신을 바라보던 유신의 눈빛이 너무 살벌해 괜한 불안감이 엄습해 왔다. 그렇지만 아무리 생각해도 특별히 실수를 한 것은 없다. 대형 사건을 일으켰던 전적이 있던지라 특별히 조심에 조심 중이었다.

"저기 유신아, 점심은 먹었니?"

정원으로 발걸음을 옮기는 유신의 뒤에 바짝 따라붙으며 심청이 이야기를 건넸다. 봉사 활동을 가는 날이라 아침만 차려놓고 나왔던지라 봉사 내내 불안했었다. 유신이 애도 아니고 돈이 없어 한 끼 굶을 것도 아니지만 심청에게는 지금 현재 가장 소중한 사람이니 그런 걱정이 드는 것은 당연했다.

더군다나 아침에 깨우는 것도 마다하는 요즘인지라 거의 대화가 두절된 상태였다. 심청은 어떻게든 유신과 대화를 하고 싶어 소소한 주제로 이야기를 시작했다.

"넌 네 스스로를 뭐라고 생각하냐? 내 밥 걱정이나 해주는 게 네 임무라고 생각하나 본데 자기 위치는 자기가 만드는 거야. 엉뚱한 사람 원망하지 말고."

노골적으로 한심스럽다는 의미가 담긴 유신의 핀잔에 심청의 볼이 상기되었다. 마치 넌 네 스스로를 가정부로 여기느냐는 물음에 저절로 어깨가 위축되었다. 그게 다 누구 때문이냐고 반문하려 했지만 이미 유신은 어른들의 곁에 자리를 잡고 있었다.

농담을 하고 놀리기는 했지만 저런 식으로 사람의 아픈 곳을 찌르지는 않았다. 그전에는 귀여운 악동 같았다면 요즘은 무조건 네가 싫어! 라는 분위기만 물씬 풍겼다. 곧 모든 것이 제자리로 돌아갈 것이라는 희망이 사라질 것 같아 심청은 차츰 두려워졌다. 일시적인 일탈치고는 상처에 흠집을 내는 것이 조금 과하다 느낀 것은 자신의 과장인 것일까?

심청은 강 노인에게 변함없이 환한 미소로 응수하는 유신을 지켜보며 불안감을 애써 누르려 했다. 무조건 자고 가야 한다고 우긴 강 노인에게 유신이 그러겠다는 약조를 했으니 아직 기회는 있었다. 잠시 뒤 단둘이 남게 되면 그때 조금 이야기를 나누어보리라. 유신이 오해하고 있는 부분과 자신이 의도적으로 한 실수가 아니라는 것을 진지하게 대화해 나가다 보면 분명 유신의 생각도 바뀔 것이라고 애써 위로했다.

그러나 심청이 기다리던 기회는 오지 않았다. 기다리던 축구 경기가 새벽에 중계된다며 유신은 아래층 거실에서 밤을 지새웠고, 심청은 유신이 오기를 기다리다 결국 지쳐 잠이 들어버렸다.

옆 자리의 베개가 그대로인 것으로 보아 유신이 돌아오지 않았음을 안 심청은 그제야 절망이라는 단어를 절실하게 깨달았다. 그리고 유신이 급한 약속이 있다며 먼저 출발한 것을 알았을 땐 어렴풋이 포기라는 단어를 떠올렸다. 이대로 두 사람의 관계가 끝인 것 같다는……

**"청**아, 청아!"

강의실의 구석 자리에 앉아 멍하게 창밖을 보고 있던 심청은
인상을 있는 대로 쓰며 책에 얼굴을 묻었다. 하여간에 주변에
아군은 없고 온통 적군뿐이다. 예상대로 강의실 여기저기서 킥
킥대는 웃음소리가 들려왔다.

"청아아아아!"

이제는 이름 끝 자에 바이브레이션까지 넣는 재주를 부리며
세련이 종종걸음으로 다가왔다. 심청은 숙인 고개 사이로 눈을
흘기며 세련을 원망스럽게 쳐다보았다. 그만큼 남들 앞에서 이
름 부르는 것을 조심해 달라 신신당부하였건만. 친구가 아니고

원수도 이런 원수가 없다.

"계집애, 불러도 대답도 없고. 자는 줄 알았잖아."

심청의 옆 책상 의자를 당기며 세련이 투덜거리며 앉았다.

"아예 마이크라도 달고 외치지, 그걸로 성이 차니?"

심청의 소리 죽인 타박에 세련이 헤죽거리며 웃었다.

"우리 청이가 한동안 괜찮더니 요즘 들어 이름에 과민반응 보이네. 난 이상하게 네 이름 부를 때마다 어감이 너무 좋아서 자꾸만 부르고 싶다니까."

도대체 같은 이야기를 몇 번이나 강조해야 진심으로 받아들이겠냐!

"흥, 저 이름 예쁘니까 그런 소리도 나오지. 네가 내 이름이랑 비슷해 봐라, 그닥 행복하지만은 않을 테니까."

"너 혹시 그날이니? 왜 그렇게 신경이 곤두섰어?"

"소리 좀 낮춰. 다른 사람 다 듣겠다."

심청이 주변에 앉아 있는 남학생들의 눈치를 살피며 미간을 찌푸렸다. 세련이 어깨를 으쓱이고는 아주 작게 속삭였다.

"정말 그날이니?"

"됐거든. 그거 알아서 뭐 하게?"

그날인지 마법인지 하는 날 때문에 이 민심청 인생 엄청 우울하게 되었거든. 남의 속도 모르고 그건 왜 자꾸 묻고 난리야. 너까지 미워지기 전에 서로 조심하자, 응? 심청은 차마 속내를 드러내지는 못하고 속으로 구시렁거렸다.

"개강하고 나더니 여름이 언제였나 싶게 금방 지나가는 거 있지. 방금 러브 로드로 걸어왔는데 괜히 눈물나려고 하더라. 누군 그 길로 연인 팔짱 끼고 지나다니고 누군 혼자서 지각 안 하려고 미친놈처럼 뛰고. 그런 의미에서 이번 주말에 우리 미팅 안 해볼래?"

"미팅은 무슨. 그런 거 관심없다고 했잖아."

"핏, 내숭. 대부분 그런 말하는 애들이 뒤로는 호박씨도 잘 까더라. 참, 우리의 냉미남 강유신 요즘 잘나간다며? 아주 소문이 끝내주더라."

"우리는 무슨. 네 강유신이라고 해."

심청의 목청에 날이 섰다. 그렇지 않아도 유신이 때문에 잔뜩 신경이 곤두서 있는데 얘까지 왜 이러나 모르겠다. 심청은 앙칼지게 내뱉어놓고도 이내 후회했다. 유신에 대해 무언가 정보를 얻으려면 세련밖에 없다.

"근데…… 걔 요즘 잘나간다니?"

지나가는 말처럼, 아무 관심 없는 척 심청이 물었다. 별꼴이라는 듯 입술을 씰룩거리던 세련이 마지못한 척 툭 하고 한마디를 흘린다.

"간호학과에서 도도하기로 소문난 민들레 양이랑 요즘 데이트하느라 바쁘다던데 넌 몰랐니?"

"데이트? 누가? 강유신 걔 요즘 데이트하고 다닌대?"

"깜짝이야! 왜 그렇게 흥분하고 그래. 그렇게 잘생긴 애가 조

신하게 있었던 게 더 이상한 거지 데이트한다고 놀라긴. 넌 한
집에 살면서 그것도 모르냐? 하긴 등잔 밑이 어두운 법이니까."

어우, 우리 집에 등잔 같은 거 없으니까 그런 거 신경 쓰지 말
고 어서 들은 정보나 털어놔 봐. 그러니까 강유신이 간호학과
애랑 데이트를 한다 이 말이니, 지금?

겉으로 태연한 척하지만 심청은 속으로 안달이 났다. 악몽 같
기만 한 그 고백 이후, 유신은 심청을 절대 찾지 않았다. 하루라
도 '응응'을 하지 않으면 답답한 인간이 누구냐며 호기를 부리
던 심청은 일주일, 열흘, 보름, 그리고 두 달째로 이어진 지금
심하게 불안했다.

그러던 찰나 유신의 연애담을 듣고 보니 기가 막히고 어이없
고 분하기까지 하다.

"조신은 무슨 개뿔 뜯어먹는 소리래? 너 강유신 걔가 연애한
다는 거 어디서 들었어? 걔가 그렇게 유명 인물도 아닌데 잘못
안 거 아니야?"

소문이 나려면 강유신, 민심청 두 사촌 동거 중, 내지 심상치
않은 사이! 이런 식으로 나야지 허구한 날 소문이라고 나는 건
죄다 엉뚱한 계집애들이랑 나느냔 말이다. 심청은 이를 씩씩 갈
았다.

분명 실수한 건 인정하지만 그렇다고 남자가 그걸로 삐쳐서
사람을 제대로 안 쳐다본다는 게 말이나 돼? 뭐…… 말이 될 수
도 있겠지. 자신이 생각해도 정말 싸가지없이 애를 몰아세웠으

니까. 정말 그때 무슨 약이라도 먹었던 게 아닐까 곱씹을수록 후회스럽다.

"애, 흥분하지 마. 갠 네 애인이 아니라 네 사촌이라는 걸 명심해. 간호대 쪽에는 이미 소문이 자자한 모양이더라고. 민들레 걔가 보통이 아닌데 지 입으로 먼저 강유신이랑 만나고 다닌다고 자랑했다네. 강유신 걔 잡으면 대기업 부럽지 않다며? 솔직히 네가 강유신 동생은 아니지만 사촌이라고 해도 노블리스 오블리제가 전혀 느껴지지 않잖아. 근데 유신이만 따로 보면 명품의 품격이 잘잘 흐르잖니."

"여기가 무슨 중세 귀족 시댄가 뭐. 그리고 진짜 노블리스 오블리제는 정신이 더 품격있어야 되는 거야. 걔는 정신적인 것보다 겉모습에 치중하잖아. 입고 다니는 옷들이 하나같이 벙어리, 나비똥 그런 것만 입으니 명품일 수밖에 없지."

"애 좀 봐, 애 좀 봐. 짝퉁을 걸쳐도 빛이 나는 사람이 있고 명품을 걸쳐도 짝퉁 같은 사람이 있는데 강유신 걔는 뭘 걸쳐도 명품처럼 빛이 나거든. 넌 어떻게 같이 사는 애가 그걸 더 모르니? 암튼 민들레 걔가 자기 중소기업 하나 물었다고 그러고 다닌대. 그럴 줄 알았으면 나도 적극적으로 대시하는 건데. 이건 친구라고 옆에 있어도 전혀 도움이 안 되니 원."

세련이 툴툴거리며 책을 펼쳤다. 심청도 세련을 한껏 노려보고는 책을 팔랑팔랑 소리가 나도록 넘겼다. 세련의 말을 떠올리면 떠올릴수록 분하다. 아무리 생각해도 웃긴다.

마누라가 시퍼렇게 두 눈 뜨고 지켜보는 학교에서 버젓이 연애질을 해? 서유나 때만 해도 당시에는 개념이 조금 없었던 탓에 양보할 수 있다고 했지만 지금은 상황이 달라도 한참 다르다.

민들레인지 씀바귀인지의 말처럼 중소기업 부럽지 않은 남편을 왜 포기해! 거기다 인물은 좀 잘났어. 성질이 지랄 같은 것 빼곤 어디 하나 모자랄 것이 없는 유신을 왜 놓쳐. 절대 안 뺏겨!

"근데 걔 웃긴다. 간호학과 다니면 장래 백의의 천사가 될 애 아니니? 천사가 연애한다는 이야기는 못 들어봤는데 공부는 안 하고 연애질이나 한다니?"

"아이고, 우리 청이 또 동화책 봤나 보네. 그래, 너처럼 애인 없는 나는 네 심정 이해하고 말고. 암. 그렇지만 다른 사람들 앞에서 그렇게 이야기하면 너 백차에 실려간다. 그러니까 흥분하지 마. 우리도 언젠가 늑대 목도리 하나 생기겠지 뭐."

세련의 장난스러운 위안에 심청이 크게 손을 내저었다. 야가 시방 뭐라고 하는 겨! 사람 속도 모르고.

"그리고 뭐, 민들레? 그게 본명이라니? 민들레가 뭐야, 민들레가!"

써글 넘! 하필이면 바람을 피워도 왜 같은 종씨랑 바람을 피우는 거야! 걔도 인형왕후 후손이라서? 우씨! 내 이 두 연놈을 당장!

심청이 자리에서 벌떡 일어났다. 말 나온 김에 아예 행동으로 보여줄 작정이다. 그동안 얼마나 뼈에 사무치도록 서러움을 겪었던가. 강유신 그놈, 바람피우느라고 그렇게 날마다 새벽 귀가를 한 모양이었다. 그런 줄도 모르고 노심초사, 전전긍긍하며 놈이 올 때까지 기다리고 아침이면 진수성찬 대령해서 놈을 식탁으로 모셔 임금 모시듯 했다.

이런 칭송받아 마땅한 어린 주부가 어디 있냐는 말이다. 한데 칙사 대접을 받는 놈의 행동이 가관이다. 밥을 안 하면 안 했다고 난리가 나고, 상을 차리면 너나 먹으라고 삿대질이다. 도대체 어느 장단에 춤을 추란 말인지. 더 분한 건 아무리 밉다 해도 옆 자리에 자신을 태워 등교를 하던 유신이 이젠 홀로 간다는 것이다. 심청의 수강 신청도 놈이 알아서 하던 것과 달리 네 마음대로 하세요, 이 한마디로 끝이었다.

조강지처 버리면 피눈물 난다는 옛말을 위안 삼아 그 모든 고난과 박해를 견뎠는데 뭐 바람이 나! 둘 다 아주 죽었어. 인터넷에 기사 제보하고, 민들레 부모한테도 알리고, 할아버지께도 알려서 아주 요절을 내버릴 거야.

악밖에 남지 않은 심청이 부들부들 떨며 용감하게 강의실 문을 향해 저벅저벅 걸어갔다.

"야아…… 야아, 민심청."

세련의 작지만 다급한 울부짖음 따윈 귀에 들어오지도 않는다. 죄지었어? 왜 사람 이름을 저렇게 작게 부르고 난리야! 민들레보다 민심청이 훨씬 더 예뻐. 그러니까 크게 부르란 말이야!

"자네…… 내 강의가 그렇게 불만이었나? 개강하고 첫 수업 인데……."

손잡이를 잡아서 돌리려는 순간 어디에선가 애처로운 목소리가 들려왔다. 심청의 고개가 천천히 강단 쪽을 향했다. 언제 들어왔는지 교수가 안타까운 눈빛으로 심청을 보고 있었다. 더불어 강의실을 빽빽하게 채운 학생들까지 무언가 기대하는 시선으로 눈을 빛내는 중이었다. 심청의 볼이 홍당무보다 더 발개졌다.

자신이 들어오자마자 자리에서 벌떡 일어나 강의실을 당당하게 걸어나가고 있으니 교수님 입장에서는 얼마나 민망할까. 심청은 자신의 무례함에 입술을 깨물었다. 예의범절 하나만큼은 타의 모범이 되던 자신이었는데…….

"저…… 저…… 화장실이 급해서……."

긴장감이 돌던 강의실이 일순 웃음 도가니에 빠졌다. 도망치듯 강의실을 빠져나오자 복도 끝까지 웃음소리가 들려왔다. 아이…….

암튼 강유신 그 인간 내 인생에 도움이 안 된다니까. 심청은 찔끔거리는 눈물을 훔치며 선생님께 야단맞은 아이처럼 입술을 씰룩거리며 홀로 외롭게 복도를 걸었다. 당장이라도 큰일을 치를 것 같은 기세는 이미 꺾일 대로 꺾인 채였다.

"야, 저기 블루 누이 아니냐?"

막 도서관을 나서던 석환이 잔디밭 앞의 벤치를 가리켰다. 프린트물을 읽고 있던 유신이 고개를 들어 석환의 손끝을 따라 움직였다. 가을 햇살 아래 옅은 분홍빛의 후드 티셔츠를 걸친 심청의 모습이 보였다. 무언가 고민이 있는 사람처럼 한쪽 팔을 턱에 괸 채 멍하니 하늘을 바라보고 있었다.

"블루도 저러고 있으니까 분위기 지대 산다. 내가 옥석을 앞에 두고 엉뚱한 곳에서 삽질하는 거 아닌가 모르겠네."

석환이 호들갑을 떨며 손가락으로 구도를 잡는다고 야단법석을 피웠다. 최근 들어 수첩에 일정이 빡빡할 만큼 소개팅을 해보았지만 성과가 없는 탓에 심청의 모습이 예사롭지 않게 들어오는 모양이다.

작은 한숨을 내쉬는 심청의 오물거리는 입가를 보며 유신은 저도 모르게 미소를 짓다 냉큼 지웠다. 흔들리면 안 된다고 모질게 마음을 다잡으며 유신은 석환의 어깨를 툭툭 쳤다.

"이상한 짓 그만 하고 과방이나 가자."

"아, 이 미친 색! 이 좋은 날 과방이 뭐냐, 과방이! 더군다나 저기 블루가 혼자 앉아 있는데."

"미친 색은 너다. 멀쩡한 남의 이름 놔두고 왜 네 멋대로 블루니 뭐니 하는 거야."

"청아! 하고 부르는 것보다 블루! 하고 부르면 분위기 더 살잖냐. 이 색은 이제 별걸 다 가지고 트집이네. 본인도 아무 말 안

하는데. 암튼 과방은 너나 가라. 사실 우리 과방만큼 우울한 방이 어디 있냐? 몇 명 없는 여자애들도 그나마 우울한 포스만 가득이고. 차라리 블루가 백 배는 낫지."

유신이 말릴 틈도 없이 석환이 층계를 폴짝 뛰어내려서는 심청이 앉아 있는 벤치로 날아갈 듯 뛰어갔다. 되도록 심청과 부딪치고 싶지 않았던 유신은 망설이다 하는 수 없이 최대한 천천히 두 사람의 곁으로 다가갔다.

"블루, 뭐 하고 있어? 광합성 하는 중이야?"

잡념에 빠져 있던 심청의 안색이 활짝 피어났다. 석환이 반갑기도 하지만 이유는 따로 있었다. 석환의 목소리가 들린다는 건 곁에 유신이 있다는 뜻이기도 했다.

아니나 다를까, 유신이 햇살을 등지고 천천히 다가오고 있었다. 저러고 보니…… 유신이 참 멋지다. 예전에도 멋있었지만 지금은 훨씬 더. 그런데 그게 연애 탓이라면…… 갑자기 심청의 입가에 스멀스멀 분노가 치밀어 올랐다. 하지만 그것을 표출할 수는 없다. 누구 좋으라고!

"그냥 날씨가 너무 좋아서…… 너흰 수업 없니?"

"다음 시간 연강으로 있어. 것도 제일 머리 복잡한 수업으로 다가."

석환이 엄살을 피우며 심청의 곁으로 슬쩍 앉았다. 심청이 자리를 모서리로 옮기며 유신이 앉을 곳까지 확보해 주었지만 유신은 눈길조차 주지 않은 채 그냥 서 있었다.

"이렇게 좋은 날 애인이랑 함께 광합성을 해야지 혼자 그러고 있으면 청승맞잖아. 내가 옆에서 같이 맞아줄까?"

"칫, 그러는 넌? 너도 마찬가지면서 뭘."

심청의 핀잔에 석환이 어깨를 들썩였다. 그리고는 그다지 길지 않은 다리를 쭉 뻗어 유신을 살짝 건드렸다.

"그래, 너랑 나랑은 동병상련이다. 하여간 강유신 이 자식만 요즘 살판났다니까."

석환의 말에 유신의 미간에 주름이 잡히는 것을 심청은 놓치지 않았다. 굳이 그런 말을 떠벌릴 필요가 있냐는 듯.

심청은 유신의 당당한 반응에 잊고 있었던, 아니, 잊으려 했던 분노가 새삼스럽게 피어올랐다.

"왜? 유신이한테 무슨 좋은 일이라도 있어?"

심청이 짐짓 모른 체하며 물었다. 양심이 있다면 미안해한다거나 당황하는 표정을 지어야 하건만 너무나 당당한, 아니, 거만하기까지 한 유신의 표정에 심청은 입술을 아프게 깨물었다.

"이 자식 요즘 사업 중이잖아. 연애 사업. 지난 학기 때만 해도 관심없다고 딱 잡아떼더니 요즘은 아주 작정하고 덤빈다니까. 뭐, 덤빈다기보다 걸들이 가만두지 않는다는 게 옳겠지만. 아, 이 자식은 뭘 믿고 이렇게 잘생겼나 몰라."

심청이 재빨리 손을 무릎 밑으로 감추었다. 바보처럼 덜덜거리는 손을 누군가에게 내보이는 건 정말 싫었다. 특히나 그 상대가 유신이라면 더 더욱.

세련에게 이미 들은 말이 있었던 탓인지 석환의 말이 엄청난 충격으로 와 닿지는 않았다. 대신 부인도 하지 않으며 입매를 일그러뜨리고 있는 유신의 반응이 놀랍기만 했다.

정말 한때나마 날 좋아했다는 게 맞기는 한 거야? 심청은 따져 묻고 싶은 마음을 억누르며 애써 여유로운 미소를 지어 보였다.

"너희 과도 요즘 소개팅 한창인가 보구나? 우리 과도 그래. 아무래도 대동제도 있고 하니까 그런가 보다."

"그런 것도 있겠지만 내가 이 자식 때문에 요즘 스케줄 관리하느라 아주 바쁘다니까. 매니저로서 스타 관리에 철저히 하느라고 내가 욕 좀 보고 있어. 당장 이번 주말만 해도 소개팅이 세 건이라니까. 일요일은 모란여대 1학년들하고 한다. 히힛."

혀까지 꼬아가며 석환이 다이어리를 펼쳐 보이며 신나게 설명하는 것을 심청은 눈으로는 쫓고 있지만 귀로는 듣고 있지 않았다.

아니, 의도적으로 흘려듣고 있었다. 미팅을 하든 소개팅을 하든 이젠 정말 관심없다. 얼마든지 하라지. 갑자기 오기가 불끈 솟아올랐다. 어디 저만 남자 만나라는 법 있어!

"어머, 그래? 나도 이번 주말에 소개팅 있는데. 나가기 싫다는데도 세련이가 무조건 우겨서 한번 나가보려고. 공학부 사람들이라고 하는데 외모들도 끝내준대. 그렇지만 인물 보고 나가는 건 절대 아니야. 인물보다는 그 사람 됨됨이를 보고 싶거든.

난 여자가 어쩌다 한 번 실수해도 너그럽게 받아들여 주는 그런 남자면 정말 좋겠어. 남자가 잘 삐치는 것도 정말 피곤하거든. 여자 이기려는 남자, 좀 문제 있잖니. 남자는 모름지기 성격이 좋아야지. 막말로 얼굴 뜯어먹고 살 것도 아니잖아."

유신이 들으라는 듯 심청은 의미심장한 말을 던졌다. 저도 사람이면 뭔가 느끼는 게 있겠지.

"역시 블루 누이다. 여자들 말이야, 남자 외모보다는 이 넓은 가슴, 즉 심장이 얼마나 따뜻하고 대범하느냐에 점수를 줘야 하는데도 키랑 복근, 가슴털에 연연해하는 걸 보면 이 구석환 심장이 찢어진다니까! 블루 같은 여자들만 많으면 아무 걱정이 없는데."

"남자가 오죽하면 그럴까. 지 잘못은 모르고 무조건 남자니까 다 양보하고 참으라는 건 어디에서 나온 발상이냐? 암튼 민심청 네가 남자 인물 운운할 정도는 못 될 테고 부디 성격 좋은 남자를 만나라. 야, 수업 준비해야 하잖아. 그만 가자."

한껏 빈정거림이 담긴 말을 마친 유신이 냉정하게 등을 보이며 돌아섰다. 석환이 엉거주춤 일어서며 급히 소지품들을 챙겼다.

"아, 저 자식. 사람이 뭔가 준비할 시간은 줘야 할 거 아니야. 야, 기다려! 씨뎅, 저런 성격 더러운 것도 계집애들은 멋있다고 졸라 좋아한다니깐. 옆에 사람은 죽을 지경인데 말이지. 그저 강유신, 강유신."

석환이 투덜거리며 가방을 옆으로 맸다. 석환이 부산스럽게 움직였지만 그때까지도 심청은 눈을 크게 부릅뜬 채 생각에 잠겨 있었다.

"저기 블루, 먼저 갈게. 저 자식 말 너무 귀에 담지 마. 잘난 놈들은 원래 척하고 싶어하잖아. 블루 정도면 내가 보기엔 이거야."

유신의 뒤를 허둥지둥 따라가면서도 석환은 심청을 챙기는 것을 잊지 않았다. 엄지손가락을 들어 보여주며 사라지는 석환의 마음 씀씀이에도 불구하고 심청의 마음은 결코 편치 않았다.

뭐, 어쩌고 어째? 흥, 다른 남자 찾아보라면 내가 못 찾을 줄 알고. 정말 즐이다!

씩씩거리며 자리에서 일어난 심청은 당장 세련에게 소개팅을 주선해 달래야겠다며 흥분했지만 엉뚱하게도 발은 도서관으로 향하고 있었다. 그게 심청의 한계였다. 일탈을 꿈꾸기는 하되 절대 실행에 옮기지 못하는 것.

자신의 우유부단함에 스스로 지쳐 나갈 만큼 실망을 금치 못하면서도 심청은 알고 있었다.

아무리 발버둥치며 변화를 모색해도 결과는 항상 제자리라는 것을. 그 말은 자신이 유신을 떠난다거나 벗어나고 싶지 않다는 의미라는 것을. 그것이 슬프지만 나름대로 심청이 느끼는 소박한 행복 중의 하나라는 것을……

"블루 말이야, 어딘가 모르게 좀 아파 보이지 않냐? 아니, 방학 동안에 나름 성숙해진 건가? 말하자면 여자의 분위기가 느껴진다고나 할까!"

복도를 걸어가며 석환이 고개를 갸웃거렸다. 뭔가 심청의 분위기가 예전과 다르다는 느낌이 든 모양이었다. 몇 발자국 앞서 걷던 유신이 움찔거렸다.

"블룬지 불륜인지 걔 이야기 좀 그만 해라. 네 여자 친구도 아니고 뭐 그렇게 궁금한 게 많아? 지난주에 만난 여자애랑은 벌써 끝난 거냐?"

심청에 대해서는 전혀 관심없다는 듯 유신이 퉁명스럽게 면박을 주었다. 최근 들어 심청의 이름만 나와도 유달리 과잉 반응을 보이는 유신이기에 석환은 또다시 황당한 표정을 지었다.

"블루가 너한테 뭐 잘못한 거라도 있냐? 이 자식 꼭 여자들 한 달에 한 번 일 치를 때처럼 예민하게 구네. 그나저나 내가 지난주에 누구 만났던가? 기억에도 없다."

석환의 표정이 심상치 않게 굳어졌다. 지난주 과 동기들 여럿이 소개팅을 했었다. 물론 싫다는 유신을 억지로 끌고 간 건 그쪽 주선자의 요구 조건이었기 때문이다. 나름대로 평범 이상의 외모는 된다고 자부하고 있던 석환으로서는 노골적으로 유신을 소개시켜 달라는 파트너의 말에 충격을 받은 상태였다.

잘난 놈을 친구로 둔 건 이래저래 피곤하다. 그래도 유신 덕분에 수첩에 빡빡하게나마 소개팅 일정이 짜여 있으니 원망도 못한다. 부디 유신이 소개팅 펑크는 내지 말아야 할 텐데. 녀석을 속여서 끌고 가는 것도 날마다 골칫거리 중의 하나였다.

"난 말이지, 가수 이오리처럼 대놓고 가슴 큰 애들보다 은근히 섹시한 애들이 좋아. 그 왜 지난번에 한국 무용 전공한다는 애 말이야. 걔처럼 좀 은근히 가슴 있는 애들, 그런 애들이 좋고, 그 다음 문군영처럼 귀엽고……."

석환이 자신의 이상형에 대해 대책없이 이야기를 늘어놓기 시작했다. 그러나 유신은 들은 체 만 체하며 다른 생각에 빠져 있었다.

민심청, 뭐! 소개팅을 해? 그것도 공학부 놈들이랑. 우씨!

유신은 힘겹게 찾은 과제물이 구겨지는 것도 상관치 않고 양손에 잔뜩 힘을 주었다. 하여간 민심청 저 인간, 순진하게 보여도 불여우 중의 불여우다. 내가 미팅을 한다고 해도 눈 하나 깜짝하지 않는 건 둘째 치고라도 뭐? 인물보다 성격 됨됨이가 되는 남자가 좋다고? 그래, 이제부터 본격적으로 다른 남자 만나고 하겠다 이거지? 좋아, 어디 마음대로 해봐. 마음대로 하는 것까지는 좋은데 뒷감당은 각오해라. 정말 위자료 한 푼 없이 쫓아내고 말 테니까. 감히 날 앞에 두고 그딴 말을 함부로 지껄여. 간이 부어도 아주 제대로 부었고만. 어디 그 간 붓기 좀 빼줄까?

"하나만 해라, 하나만."

유신이 어금니를 꽉 깨물며 저도 모르게 으르렁거렸다. 난데없는 이 가는 소리에 석환이 화들짝 놀라며 눈을 위아래로 굴려

가며 유신을 쳐다보았다.

"알았어, 새꺄! 문군영 네 동생이다, 그래. 아, 쓰벌 놈. 국민 여동생이면 나누어 공유하는 미덕도 있어야지. 이 새끼는 어찌된 게 저 혼자 하겠다고. 더러워서라도 양보한다! 문군영 네 거 해라, 네 거 해. 나는 국민 할매 일용 엄니나 좋아할 테니까."

석환의 꽥꽥거림에 유신은 어리둥절한 표정을 지었다. 복도를 지나가던 학생들이 석환의 울부짖음에 깜짝 놀라며 길을 비켜주었다. 아무렇지 않은 얼굴로 석환을 이상하다는 듯 쳐다본 유신은 혀를 차고는 강의실로 먼저 들어가 버렸다.

아무튼 민심청 고 둔탱이 때문에 천하의 강유신 이미지 엄청 깎이고 여러 사람이 피해를 본다. 유신은 좀처럼 심각한 표정을 풀지 않았다.

**열**람실의 서가를 오가는 심청의 발걸음과 눈길이 분주했
다. 저는 다음날 새벽이든 아침이든 귀가를 해도 심청은 무조건
수업 후 세 시간 이내 집에 들어와 있어야 한다는 유신의 때 아
닌 엄포령이 내려졌기 때문에 세련과 수다를 떨다 보니 남은 한
시간 내에 집으로 가야만 했다.

뭐, 알아서 기라고? 내가 굼벵이냐? 넌 전생에 굼벵이만 삶아
먹고 구워 먹고 샤브샤브 해먹었냐고? 라고 소리쳤다가 정말 굼
벵이 신세 될 뻔했다.

강유신이 폭력을 썼냐고? 떽! 유신일 어떻게 보고!

차라리 폭력을 썼으면 좋겠다. 잘생긴 얼굴로 무표정하게 쏘아볼 때마다 가슴에 돌덩이가 얹힌 것처럼 답답하고 아프니까. 그렇게 아픈 건 약도 없더라. 나에게 관심 끄셔! 하고 무언의 압박을 가하는 통에 심청도 강하게 심장을 단련 중이었다.

하여 크게 불만도 없었다. 읽고 싶은 책도 마음 편히 찾지 못하는 신세 한탄도 이젠 지겹기도 하거니와 어디까지나 후일을 도모하기 위한 기다림이니 무조건 참자고 스스로를 위로했다.

어디 할 테면 해보라지. 최근 들어 짜증이 극에 달한 유신의 행동을 떠올리며 심청이 갑자기 칫칫거렸다. 그까짓 속옷 좀 안 삶으면 어떻다고. 하루 안 삶은 걸 가지고 생트집을 잡고 가관도 아니다. 하여간 예민한 놈. 그런다고 내가 뭐 기죽을까 봐!

의지를 다진 심청은 씩씩하게 서가로 걸어갔다. 심청의 작은 손가락이 서가에 꽂힌 책들의 일련번호를 무심코 쓸어 내려갔다.

"13026, 3027……."

심청이 막 책 한 권을 뽑으려 할 때였다. 커다랗고 거친 손이 심청의 손등 위로 겹쳐졌다.

"어머!"

"어, 죄송합니다."

화들짝 놀라며 손을 떼어내는 심청과 마찬가지로 상대방도 놀란 모양이었다. 잡은 책에서 손을 놓던 두 사람의 손이 동시에 겹쳐서 떨어졌다.

"이것참…… 정말 죄송합니다."

"죄송해요."

두 사람의 입에서 또다시 동시에 사과의 말이 흘러나왔다. 적당히 듣기 좋은 높낮이와 상냥함을 겸비한 남자의 목소리에 무심코 고개를 돌린 심청은 심호흡을 삼키며 벌어진 입을 다물지 못했다.

눈이 호강을 한다는 말, 세상에 이렇게 착한 몸매를 소유한 사람이 존재하는구나. 저도 모르게 본능적으로 감탄사가 줄줄 흘러나왔다. 마치 우물 밖을 처음 탈출한 개구리마냥 양쪽 눈을 돌출시키며 심청은 입맛을 다셨다.

잡티 없는 매끈한 피부, 뚜렷한 이목구비, 여자를 보호하기 위해 타고난 큰 키. 천상천하 유아독존, 이 세상에 꽃미남은 강유신 하나밖에 없다고 생각했던 건 이 시간 이후 무효다. 놈이 그동안 세상에서 제일 잘난 남자는 저 하나라고 강요와 세뇌를 시킨 탓에 심청도 그런 줄만 알았었다. 그러나 눈앞에 보이는 남자야말로 사이비 꽃미남을 지칭하고 다니는 인간들을 평정하고 남을 진정한 지존이었다.

"버지니아 울프 좋아하시나 보네요? 저도 한때 심취했던 적이 있었거든요. 갑자기 읽고 싶다는 생각이 들어서 무작정 찾았는데. 전 다음에 읽으면 되니까 먼저 읽으세요."

보았노라, 찾았노라, 느꼈노라! 외적인 면과 내적인 면을 모두 갖춘 여성들이 추구하는 진정한 남정네를.

심청은 남자의 양보에 살짝 얼굴을 붉혔다. 남자가 그윽한 눈길로 바라보는 통에 심장이 덜덜 떨려왔다. 심청은 저도 모르게 입가에 침이 고여 있는 것은 아닐까 손으로 확인을 해보았다. 다행히 어떤 물기도 느껴지지 않는다.

유신이었다면 더럽다며 머리통을 쥐어박든지 핀잔을 주었겠지만 남자는 적당한 미소로 응수하는 센스까지 겸비하고 있었다.

"저, 그런데 초면임에도 불구하고 낯이 익네요. 이런 말 한다고 해서 절대 제가 작업남은 아니니 오해 마십시오. 정말 낯이 익어서 그러니까."

어우, 당연한 것을요. 작업남이 제정신이라면 저 같은 사람한테 말이나 걸겠어요? 말술 걸치지 않은 다음에야.

샘물 솟듯 입가에 침이 저절로 고이는 것 같다. 한데 정말 어디선가 본 듯하기도 하고…….

"저도 어디선가 뵌 분 같기는 한데……."

"아유, 괜찮습니다. 억지로 기억하려고 하지 않으셔도 됩니다."

세상에…… 외모와 목소리뿐 아니라 매너까지. 이런 완벽한 삼박자를 갖춘 남자는 국보로 지정해서 박물관에 모셔야지, 왜 이런 곳에서 방황하게 하시나? 아무리 좋은 것은 함께 공유하는 것이 인지상정이라지만 이 정도 되는 남자면 홀로 품고 싶은 소유욕이 불끈 솟아오른다.

허구한 날 고래고래 고함만 지르던 유신에게 익숙한 심청에게 눈앞의 남자는 경이로움 그 자체다. 유부녀가 어찌 외간 남자에게 삽시간에 빠져들 수 있냐고 비난하는 사람들이 있을지도 모르겠지만 현실은 냉정한 거다.

하루도 거르지 않고 구박과 핍박에 시달려 보라, 소설 속에서나 그런 지랄맞은 성격이 카리스마로 통하지 실제 생활에서 그랬다간 몰매 맞아 마땅하니까.

최근 들어 유신의 예민함에 지쳐 있던 심청으로서는 눈앞에 남자가 완벽 그 자체로만 보이는 것이 어찌 보면 당연했다.

"네…… 아무튼 책 양보해 주셔서 고맙습니다."

열람실의 분위기상 제 목소리를 낸다는 것이 힘들어 심청은 오밀조밀한 목소리를 내고는 허리를 굽혀 인사를 했다. 가문 대대로의 예의 바름이 이럴 때 빛을 발한다.

"별로 대단한 것도 아닌데…… 너무 그러시면……."

남자가 당황해하며 그러지 말라는 듯 손을 내젓는다. 심청의 아드레날린이 또다시 분출한다. 어쩜 이리도 겸손하실까? 정말 조금만 더 감동했다가는 입가의 침이 홍수를 이룰 것 같아 심청은 고개를 끄덕이고는 먼저 돌아섰다.

'남편이라고 하나 있는 인간도 나 싫다고 돌아선 마당에 저런 남자한테 눈독 들이면 뭐 할 거야.'

자조 섞인 한숨을 내뱉은 후 심청은 남자가 양보한 책을 물끄러미 바라보았다. 버지니아 울프의 작품을 좋아하는 남자라. 심청이 이상형으로 바라 마지않는 남자다. 문학 작품을 읽고 함께 토론하는 것, 그 얼마나 아름다운 그림이 연상되는가 말이다.

칫! 애지중지 폴더만 껴안고 사는 어떤 놈이랑 정말 비교된다. 하여간 그 인간은 책이라고는 도통 들여다보는 꼴을 못 봤으니까. 그런데 성적이 그런대로 나오는 거 보면 실로 아이러니가 아닐 수 없다. 필시 곁눈질의 달인이거나 돈으로 교수를 매수…… 흠흠. 얼마나 갈굼을 당하고 살았으면 이런 비이성적인 상상까지 주저없이 하느냔 말이다.

그래도 민심청, 네게는 차곡차곡 쌓여가는 비자금 통장이 있음을 잊지 마. 늙으면 남편도, 자식도 필요없고 오로지 돈만 필요하다는 이 땅의 무수한 어르신네들의 충고를 결코 잊지 말자고!

갑자기 평온함과 행복감이 몰려든다. 그래, 오로지 돈만 생각하자. 돈!

그나마 가슴에 온기가 느껴지며 훈훈해져 왔다. 심청이 대출 신청을 하고 서둘러 계단을 향해 종종걸음을 쳤다.

"저기, 잠시만요."

누군가 부르는 외침에 심청이 흘깃 뒤를 돌아보았다. 아까 그 미남자가 황급히 뒤를 따라오고 있었다. 설마…… 뒤를 따라오는 것이 아니라 자기 갈 길 가는 중이겠지. 심청은 얼른 생각을 바꾸고는 미소를 지어 보였다.

이 남자가 내가 아줌마인지 뭔지 알 게 뭐야! 잘생긴 남자를 보면 가슴이 떨리는 것은 죄악이 아니고 본능이야. 남자도 마찬가지잖아! 여잔 그러지 말라는 법 있어!

"무슨, 하실 말씀이라도 더 남았나요?"

"갑자기는 아니고 제가…… 아, 이거 뭐라고 말씀 드려야 하나."

남자가 머리를 긁적이며 난감한 표정을 지었다. 순간 심청의 안색이 굳어졌다. 얼마 전 세련이 당했다는 이야기가 불현듯 떠올랐다. 멀쩡하게 잘생긴 남자가 접근하더니 갑자기 무슨 도를 믿자는 둥 어쩌고 하며 버스정류장까지 따라오더라며 치를 떨었었다.

이 인간도 알고 보면 도를 믿으십니까? 내지 누구 믿어야 천당 간다며 버럭버럭 고함 지르는 이단교의 전도사 같은 거 아니야? 나더러 함께 자기 교 믿어서 영생을 꿈꾸자고? 어휴, 그럼 그렇지. 내 팔자에 무슨 이런 남자가…….

"혹시 얼마 전에 구두 굽 빠진 적 없으셨습니까? 공과대 대학원 쪽에서요."

"네?"

심청이 눈을 휘둥그레 떴다. 자신의 예상이 빗나갔음보다도 남자의 질문에 귀가 번쩍 뜨인다. 그러고 보니 그때 그 남자가 지금 그대? 그때는 얼굴보다 바람직한 몸매만 보느라 몰랐는데 생각해 보니 그때 그 남자가 정말 맞는 것 같다. 아니, 본인이 그렇다는데 뭘 더 의심해. 하여간 사람에 대한 불신이 얼마나 무서운지.

심청은 반가운 마음을 감추지 못하며 고개를 마구 끄덕거렸다.

"어머? 그럼 그때 제 구두 굽 꺼내주신 분……."

반가움에 심청이 목청을 높이다 이내 죽였다. 마치 신데렐라가 구두 한 짝 잃어버렸다가 왕자님의 손에 들린 구두 보고 반가워 어쩔 줄 몰라 하는 것 같아 냉큼 절제했다. 너무 가벼워 보인다고 생각하지 않을까?

심청은 책으로 시선을 두는 척하며 곁눈질로 남자의 눈치를 살폈다.

"뭐, 부담 주려고 드린 이야기는 아니고 너무 반가워서······ 혹시 그때 제가 드린 제안 기억하십니까?"

"제안······ 이요?"

아니, 이런 미남자께서 나에게 제안을 했었단 말이야? 그나저나 무슨 제안을 했지? 심청이 고개를 심하게 갸웃거렸다. 아무리 생각해도 기억이 나질 않았다. 특별히 떠올릴 만한 것이 없는데.

왜 이러세요, 안 그러셨잖아요! 정말 요즘 상태가 심각한 것 같다. 아무래도 강유신 그 인간한테 된통 당하고 살다 보니 가벼운 치매 증상을 동반한 건망증이 절정에 달해 있는 탓인가 보다.

"하핫, 이거 제가 너무 과장을 했나 봅니다. 심각하게 생각하지 마세요. 사실 별거 아닙니다. 다음에 만나면 차 한 잔 사달라고 했었는데 잊으셨던 모양입니다. 뭐, 잊을 만도 하죠. 시간이 몇 달이나 지났으니."

"아, 맞다. 생각나요."

심청이 그제야 고개를 끄덕이며 '맞다'며 손뼉을 마주쳤다. 마음 같아서는 차(茶) 아니라 차(車)라도 한 대 뽑아주고 싶지만 지금은…… 심청은 지금 출발해야 겨우 집에 간당간당하게 도착할 것을 떠올리며 난감한 표정을 지어 보였다.

"저기 그런데요, 제가 정말 차를 사드리고 싶지 않아서 그런 게 아니거든요. 당연히 제 입장에서는 차 한 잔 아니라 석 잔도 사드리고 싶은데요. 제가요……."

초등학생이 선생님께 변명 늘어놓듯 요요로 모든 말을 끝내는 자신이 한심스러워 심청은 답답해 죽을 지경이다. 평소에는 말도 오밀조밀, 요모조모 잘하는데 왜 이 미남자 앞에서는 어리버리하게 구는지. 정말 지지리 복도 없지, 그 옛날 화려하던 언변력은 다 어디로 갔냐는 말이다.

"바쁜 일이 있으신가 보군요? 죄송합니다, 그런 것도 모르고 제가 너무 결례를 범한 것 같습니다."

결례라니요, 당치도 않는 말씀이세요. 바쁜 일이라고 해봐야 식순이 노릇하러 가는 게 전부인걸요 뭐. 심청이 안타까운 눈빛으로 미남자를 쳐다보았다.

"아니에요, 죄송한 걸로 따지면 제가 더하죠. 지난번 일도 그렇고, 오늘은 책도 먼저 양보해 주시고……."

"이야기가 그렇게 되나요? 그럼 이렇게 하는 건 어떨까요? 혹시 내일 시간 되세요? 시간 되시면 제가 맛있는 점심 대접해 드릴게요."

아니, 왜요? 대접을 해도 내가 해야지 왜 댁네가 하시게요? 순간 심청은 의심이 들기 시작했다. 과한 친절은 일단 의심을 해야 한다는 경보음이 삐뽀삐뽀 울려대고 있었다.

"그게 저…… 그냥, 그냥 따로 한번 뵙고 싶습니다. 음…… 그걸 어떻게 설명드려야 할지 모르지만……."

남자가 붉게 뺨을 붉히며 말을 더듬거렸다. 순간 심청은 다리에 힘이 풀릴 것만 같아 겨우 힘을 주어 지탱했다. 오마나! 그러니까 이분의 말씀인즉슨 나에게 관심이 있다 이 말씀? 어우, 어우. 이런 바람직한 현상을 보았나. 몸매만 착한 줄 알았더니 뇌도 아주 착하고 훌륭하다.

그러나 불행히도 자신은 유부녀가 아니던가. '놈' 자 붙여가며 욕을 해대지만 자신의 하나밖에 없는 지아비 유신을 놔두고 외간 남자를 만난다는 건 결코 있을 수 없는 일이다. 비록 유신은 바람이 나 팔락거리며 다니지만 자신까지 그럴 수는 없는 노릇이다. 심청은 눈물을 머금고 고개를 저었다.

"거듭 죄송합니다만, 제가 주말에는 절대 외출이 안 되거든요. 다음에 우연이라도 만나게 되면 그때 꼭 제가 차 대접할게요."

"저런…… 정말 안타까운 일이네요."

정중한 심청의 거절에 남자는 서운함을 감추지 않았다. 심청이 사죄의 의미로 정중히 인사를 하고 돌아서자 남자가 서둘러 보조를 맞추었다.

"그럼 무슨 과인지라도 알 수 없을까요? 저는 공과대 대학원에서 기술정책 과정을 이수하고 있는 백태주라고 합니다."

대학원생이었구나. 어쩐지, 그래서 그 착한 외모가 눈에 잘 띄지 않았었나 보네. 심청은 자신의 신분을 밝혀야 하나 순간 고민이 되었다. 그러나 이내 고민을 접어버렸다. 자신이 뭐 그리 대단한 사람도 아니니 굳이 감출 필요가 없다는 판단이 들었다. 마음만 먹으면 다니는 학부 정도야 얼마든지 알아낼 수 있는 것일 테니 말이다.

"저는 사회과학대 사회복지학과에 다니는 민심청이라고 합니다. 2학년이구요."

굳이 학년까지 밝힐 필요는 없지만 심청은 친절하게도 사소한 것까지 알려주는 미덕을 보였다. 어쩐지 백태주라는 이 남자에게서 심청은 오빠 같은 느낌을 받았다. 형제자매가 없던 터라 유신과도 잘 지내보고 싶었지만 동갑내기라 그런지 늘 티격태격, 유치하게 싸움만 하게 된다. 그런 까닭인지 선배나 자신보다 나이가 한 살이라도 많은 사람을 보면 괜히 친근감이 들었다.

"아, 사복과 학생이셨군요. 전공이 멋있네요. 민심청 씨……푸른 마음이란 뜻인가요? 이름도 얼굴만큼 예쁘시네요."

달달달. 하늘에 떠 있는 달이 아니다. 심청의 심장과 다리가 떨리는 소리다. 민심청이를 민심창이, 혹은 만심창이로 부르는 놈도 있는데 푸른 마음이라고 그 뜻까지 헤아려 주는 저 친절함을 보라. 심청은 거듭 백태주라는 남자에 대해 호감을 느꼈다. 하지만 지금은 호감 타령이나 할 때가 아니었다.

"저, 그럼 언제 기회가 되면 또 뵈어요. 약속이 있는데 늦어서요."

벌써 몇 번째인지 기억도 나지 않는 인사를 또 하고 심청은 종종걸음을 쳤다. 아쉬운 마음에 뒤를 한번 돌아볼까 했으나 그건 절대 안 될 일이라며 걸음을 더욱 채근했다. 그렇지만 아쉬움이 남는 건 어쩔 수 없었다.


기다림이라는 것은 지루함의 또 다른 이름 같다. 특히 누군가를 하염없이 기다린다는 것은 인내심이 동반되는 일이다. 상대방의 마음이 되돌아오기를 기다린다면 더 더욱.

심청은 식탁 위에 차려놓은 음식들을 주섬주섬 치우기 시작했다. 이미 새벽 한 시가 넘었으니 유신이 이 시간까지 저녁을 먹지 않았을 리 만무하다. 평소라면 주절주절 욕설을 할 만도 하건만 심청은 침묵으로 일관하며 냉장고 문을 열었다 닫기를 반복했다.

대강 주방 정리를 마친 심청이 방으로 향하기 전 거실 벽에 걸린 결혼사진을 물끄러미 쳐다보았다. 결혼 직후, 당당하게 벽면을 차지하고 있다 하루아침에 거실 한구석으로 내팽개쳐졌던 사연 많은 사진들이었다. 두 달 가까이 그냥 방치해 두었던 것을 학교에서 돌아온 심청이 큰맘먹고 다시 걸어둔 것이다.

대형 액자 앞으로 다가간 심청은 청소 때 이미 한번 먼지를 털었음에도 불구하고 다시 한 번 먼지가 묻지 않았을까 손으로 쓸어보았다. 지금 심청이 보이는 행동은 유신이 곧잘 하던 행동이다.

처음 거실 벽에 액자를 걸었던 사람은 유신이었다. 사진을 걸으면서도 투덜투덜, 무슨 결혼사진이 이렇게 촌스러울 수 있냐며 유신은 끝없이 불만을 토로했었다. 자신의 인물이 워낙 출중해 그나마 커버가 되어 이 정도 사진이 나왔다는 둥, 심청의 모습이 새색시가 아니라 바람난 고등학생 같다는 둥. 하여간 무슨 불평불만이 그리도 많은지 생트집이란 트집은 다 부렸었다.

그렇게 불만이 많으면서 사진을 굳이 벽에 거는 이유를 모르겠다며 심청은 의도적으로 사진을 피했다. 청소를 할 때도 다른 장식품이나 액자는 털고 닦고 했지만 결혼사진만은 그냥 지나쳤다.

그런 심청과 달리 소품용 액자는 생전 가도 쳐다보지 않던 유신은 결혼사진만은 유달리 챙겼다. 물론 당시에는 그것이 챙김이 아니라 자신을 괴롭히기 위해 행하는 모종의 행동이라 생각했지만. 액자에 묻은 먼지를 조심스럽게 털어내며 청소를 발로 하냐며 면박을 주고 알밤을 먹이기가 일쑤였다.

심청보다 유신에게 더 많은 사랑을 받았던 액자가 천덕꾸러기 신세가 된 것은 물론 임신 사건 직후였다. 유신은 그 큰 키로 대형 액자를 손쉽게 떼어내 거실 구석에 처박아 버렸다. 마치 처음부터 결혼이란 자체가 없었다는 것처럼, 부인하듯.

그 후, 유신은 액자 쪽으로는 눈길도 주지 않았다. 상황이 그렇게 되자 심청은 그렇게 피하기만 했던 액자를 자꾸 흘끔거렸다. 액자를 떼어낸 자리가 눈에 띄게 티가 났지만 유신은 개의치 않는 눈치였고, 심청은 그제야 그 자리가 얼마나 컸었던가를 새삼 깨닫게 되었다.

사랑은 용기가 필요하다는 말처럼, 심청은 큰마음을 먹고 용기를 내어 액자를 걸었다. 그러나 막상 걸고 나니 이젠 또 걱정이 되기도 한다. 혹여 다시 걸린 액자를 보며 유신이 화를 내지나 않을는지. 유신이 과연 자신의 의도를 알아줄지 고민스러워졌다.

심청이 폭폭 무거운 한숨을 내쉬었다.

"곧 괜찮아질 거야. 날 좋아했었다고 고백해 놓고선 그새 다른 사람을 좋아할 리 있겠어? 유신이 괜히 나 질투하라고 바람난 척하는 거야. 틀림없어."

복잡하거나 머리 아픈 문제 따윈 질색인지라 심청은 그렇게 자신을 위로했다. 사랑도 바뀔 수 있다는 것을, 변할 수 있다는 것을 그때까지도 심청은 몰랐다. 어리석게도 유신의 마음도 자신과 같으리라 단순하게 정의 내리며 방으로 향했다.

삐리릭—

방문의 손잡이를 잡던 심청은 현관문의 숫자 키 눌러지는 소리에 동작을 멈추었다.

유신이다!

심청은 속으로 미소를 지으며 설레는 마음을 감춘 채 유신의 모습이 나타나길 기다렸다. 이 정도까지 관심을 보이며 신경을 쓰는데 유신도 뭔가 느끼는 것이 있을 거라 기대하며.

"왔니?"

얇은 점퍼를 손에 걸친 채 들어서는 유신에게 심청이 반갑게 인사를 건넸다. 세상에 나처럼 마음 넓은 마누라가 어디 있어! 새벽 한 시가 넘어서 들어오는 남편한테 바가지도 안 긁고 반가이 맞아주는 자신이야말로 현모양처의 전형이지, 암!

심청은 달달한 눈으로 유신을 견주며 동의를 구하듯 그렇게 눈 화살을 쏘아댔다. 그러나 심청의 노력에도 불구하고 유신은 매섭게 쏘아보고는 그대로 자신의 방으로 직행했다.

엥? 방금 뭐가 지나가기는 했는데. 심청의 눈이 마치 헛것을 본 것처럼 휘둥그레졌다. 코끝에, 두 눈에 유신의 체취와 모습이 여전히 남아 있는데 더 이상 유신의 흔적은 잡히지 않았다. 유신에게서 낯선 기운만 살벌하게 느낀 채 심청은 망연자실 서 있었다.

변했다, 그것도 아주 많이. 아주 돌변을 했다. 처음부터 저렇게 매정하지 않았었냐고? 아니다. 면박을 주고 면전에 대놓고 엄한 소리를 할망정 눈길조차 주지 않고, 아니, 아예 무시하고 지나간 적은 없었다. 지랄하네, 미쳤냐! 윽박지르던 그때조차 저렇게 차갑지는 않았다.

심청은 순간 울컥하고 말았다. 지가 어떻게 나한테 이럴 수 있어? 실수는 뭐 나 혼자만 했나! 내가 뭘 아느냐 말이야. 생리가 없으니 임신이라고밖에 생각할 수 없는 건 당연한 거잖아. 그러게 왜 그런 생각이 들도록 사람을 그렇게 밤새…… 저는 뭐 나한테 그렇게 큰소리칠 건 뭐 있어! 내가 서유나 일까지 용서해 준 건 기억도 안 나나 보지? 우씨! 우씨! 아니, 강씨! 너 어디두고 보자!

자신의 방문을 열려던 심청이 맹렬한 기세로 유신의 방으로 돌진했다. 이왕지사 이렇게 된 거 부딪쳐나 보자! 심청이 노크를 하고는 유신의 대답도 기다리지 않고 문을 열었다.

샤워를 할 참인지 상반신을 벗은 유신은 허리 벨트에 손을 가져다 댄 상태였다. 예전 같으면 얼굴을 붉혔겠지만 흥분을 한 탓에 심청은 거기까지는 생각도 하지 않고 달려들듯 유신의 앞에 가서 섰다.

"야, 강유신. 얘기 좀 하자."

심청이 팔짱을 끼고는 유신을 노려보며 턱을 치켜 올렸다. 금방이라도 긴 손가락 쑤욱 하고 뻗어와 어디 하는 같은 서방님께 눈을 흘기냐며 타박을 줄 것 같은데 유신은 낯선 사람을 대하듯 힐끔 쳐다보고는 벨트에서 손을 떼어냈다.

부부란 감출 것이 없어야 한다고 했던 유신이 옷을 벗다가 말았다는 것은 신청에게 더 이상 신뢰가 없다는 것을 의미했다. 심청은 연타로 받은 충격에 갑자기 할 말을 잃었다. 냉랭하기 그지없는 눈빛도, 퉁명스러운 목소리도 견딜 수 있다.

그러나, 그러나…… 아예 자신의 존재 자체를 부인한다는 건…….

"할 말 있으면 얼른 해라. 나 샤워해야 하거든."

유신의 담담한 목소리에 심청은 왈칵 눈물이 쏟아질 것만 같았다. 차라리 나가라고 소리를 지르는 게 백 번, 천 번 나았다. 평소에도 저렇듯 예의 발랐던 유신이라면 아무렇지 않게 받아들이겠지만, 지금은 너무나 예의가 발라 적응이 힘들 정도로 낯이 설었다.

심청은 모든 의지가 꺾여 버려 후들거리는 다리를 겨우 지탱한 후 목소리를 겨우 끌어모았다.

"너…… 일찍일찍 다녀. 집에서 기다리는 사람은 생각도 안 하니? 너 올 때까지 상을 차렸다 치웠다 몇 번을 하는 줄 알아?"

"그냥 하기 싫으면 하기 싫다고 말하는 게 어때? 너 똑똑하니까 이유 갖다 붙이면 내가 불쌍히 여겨 해방시켜 줄지 알 게 뭐야! 하기 싫으면 하지 마라. 마지못해 차리는 밥, 솔직히 나도 먹기 싫거든."

한 마디 한 마디 아예 정 떨어지길 바라며 노골적으로 하는 말 같다. 심청은 꽥 하고 되받아쳤다.

"그럼 왜 나더러 일찍 와서 밥 준비하라고 그런 거야? 나 스터디 그룹에도 끼지 못하고 요 며칠 부리나케 뛰어온 거 너 알기나 하니?"

서러움을 억누르며 심청은 있는 대로 성질을 부렸다.

유신아, 제발. 미나리 먹고 미친 거 아니냐고, 너 돌았냐고 차라리 예전처럼 빈정거려 줄래? 지금 네 모습, 난 너무 낯설고 무서워. 응? 제발…….

"내가 그땐 제정신이 아니었나 보다. 아무튼 이제부터 굳이 그럴 필요 없어. 할 말 다 했으면 나가봐라."

유신이 꼴도 보기 싫다는 듯 아예 몸을 틀어버렸다. 심청은 어금니를 꽉 깨물며 유신의 앞으로 돌아가 머리를 박듯 들이밀었다.

"너 요즘 늦게 와서 모르지? 여기 잡상인들 엄청 드나들어. 내가 얼마나 무서움에 떠는지 알기나 해! 결혼식 때 맹세했잖아. 신부는 신랑을 믿고 의지하고 신랑은 신부가 근심걱정하지 않도록 든든하게 지켜줘야 한다는 말에 그러마 하고 대답했던 것 기억 안 나니? 그런데 이게 지켜주는 거야? 이게 지켜주는 거냐고!"

흥분한 심청은 유신을 물어뜯기라도 할 듯 마구 퍼부어댔다. 자신의 눈가에 맺힌 눈물을 유신이 못 볼 리 없다. 심청은 비굴하지만 그렇게라도 동정심을 유발할 작정이었다. 어차피 비굴한 인생, 이렇게도 해보고 저렇게라도 해봐서 어떻게 하든 유신을 되찾을 생각이었다.

"그래? 이 아파트가 무엇보다 보안이 철저해서 인기가 있는데 잡상인이 드나든단 말이지? 정식으로 관리 사무실에 항의할 테니 그 문제는 됐고. 네가 날 남편으로 믿고 의지한다는 건 좀 의외다. 믿고 의지해서 사람을 그렇게 바보로 만든 모양이지? 내가 안 지켜줘도 네 스스로 너 잘 지키잖아. 난 요즘 내 걱정만으로도 머리가 터질 것 같거든. 넌 지금까지 그래 왔듯 네가 널 지키면 될 거야. 대답 다 들었으면 나가라."

심청이 나가지 않는 대신 자신이 피하면 된다고 판단한 듯 유신이 방에 딸린 욕실 문을 열었다. 돌아서는 심청의 얼굴에서는 핏기라곤 전혀 찾아볼 수가 없었다. 후들거리는 다리로 복도까지 걸어나온 것도 기적이었다.

"정말…… 정말 내가 싫어졌나 봐. 아니, 나랑 헤어질 작정인가 봐."

심청이 입술을 삐죽삐죽거리며 울먹였다. 너무나 정중했던 유신임에도 불구하고 구박받을 때보다 더 서럽고 아팠다. 심청은 자신의 방문을 열고 침대로 몸을 날리듯 뛰었다. 심청은 베개에 얼굴을 파묻기 무섭게 엉엉 소리 내어 울기 시작했다.

이제 완전히 자신은 유신에게서 잊혀진 모양이었다. 자신은 이제야 유신의 마음을 담고 있는데…….

유신의 차가 지하 주차장을 빠져나가자 심청은 서둘러 외출 준비를 했다. 부랴부랴 대강의 준비를 마친 심청은 신발을 신으려다 말고 다시 방으로 쪼르르 뛰어갔다.

"어디에 뒀더라?"

옷장 문을 열어 수납용 서랍마다 다 열어젖힌 심청은 무엇인가를 찾아 여기저기에 손을 마구 집어넣었다. 혹시 하는 마음에 다른 칸의 옷장을 연 심청이 만족스러운 미소를 짓고는 상자 하나를 집어 들었다. 상자를 가방 안에 넣기 전 심청은 설핏 우울한 표정을 지었다.

유명 브랜드의 상표가 박힌 작은 상자 안에는 짙은 핑크빛이 투 톤으로 깔린 선글라스가 들어 있었다.

"너, 네 얼굴이 상당히 이기적이고 자유분방하게 생긴 거 알지? 함께 사는 사회다, 그걸로 최대한 가리고 다녀라."

말 한마디를 해도 어쩜 저렇게 정나미가 뚝뚝 떨어지게 할 수 있냐며 걸쳐 보지도 않고 서랍장 안에 던져 둔 것인데 이렇게 요긴하게 쓰일 때가 있을 줄 누가 알았으랴.

심청은 더 늦기 전 출발해야 한다며 부리나케 현관으로 뛰어나갔다. 아파트 입구까지 한달음에 내려온 심청은 난생처음 자발적으로 택시라는 것을 탔다. 버스를 놔두고, 튼튼한 두 다리를 놔두고 왜 택시를 타야 하냐며 거들떠도 안 보던 심청의 모습은 찾아볼 수가 없다.

"아저씨, 대학로 '네들의 영토'로 빨리 가주세요."

택시 문을 닫기도 전에 심청이 다급하게 외쳤다. 애가 타는 심청과 달리 운전기사는 느긋하게 핸들을 돌리며 심청을 힐끔 돌아보았다.

"네들의 영토? 학생도 거기 데이트하러 가나 보네?"

"아니에…… 네, 거기 미팅들 많이 하는 곳이에요?"

"주말에 거기 가는 학생들 대부분이 데이트하러 가는 것 같던데. 학생은 아직 안 가봤어?"

"네…… 처음 가봐요."

갑자기 심청의 목소리가 풀이 죽었다. 바람난 남편 뒷조사를 하러 가는 여자의 심정이 뭐 그리 행복하랴만은…… 심청은 생각보다 막히지 않고 시원스럽게 뚫리는 도로 사정에도 불구하고 굳은 표정을 풀지 않았다.

어젯밤, 유신과 그런 일이 있고 난 후 심청은 전화 한 통을 받았다. 유신의 친구 석환의 전화였다. 유신이 샤워를 하러 갔음을 알려주고 심청은 나중에 전화를 하라고 전해주었다. 그러자 석환은 그럴 필요 없다면서 대신 자신의 이야기를 전해달라고 했다. 약속 장소가 신촌에서 대학로로 바뀌었고, 시간은 그대로라는.

순간 심청은 훌쩍거리던 울음을 뚝 그쳤다. 석환에게 무슨 약속이냐고 지나가는 말투로 물었더니 평소 오지랖 넓은 석환은 신이 난 목소리로 '알면서'를 강조했다.

그 '알면서'라는 것이 소개팅 내지 미팅이라는 것을 심청은 단박에 알아챘다. 석환이 강조하지 않았던가, 주말이면 소개팅 스케줄로 다이어리가 꽉꽉 채워져 있다고.

메모지에 '약속 장소 대학로 네들의 영토로 바뀜'이라고 써서 유신이 볼 수 있게 서재에 두고 나오면서 비참함이 극대화된 심청은 그대로 발코니를 향해 뛰어나갈 뻔했다. 그러나 차마 그러지를 못했다.

누구 좋으라고, 어떤 년 좋은 일 시키려고 고소공포증까지 있는 자신이 이십오층 아래로 떨어지면 죽는지 사는지 테스트를 한단 말인가! 자신이 죽으면 시체를 관에 넣기도 전에 유신이 룰루랄라 다른 년하고 결혼할 게 뻔한데. 생각만 해도 혈압이 올랐다.

다른 눈 만나러 간다 이거지? 난 저 때문에 피눈물 흘려가며 독수공방 중인데.

아드득 이를 갈던 심청은 부은 눈을 얼음으로 가라앉히며 마음을 정했다. 자신이 손수 '네들의 영토' 인지 '너그들의 영토' 인지에 가서 깽판을 놓기로. 훼방이라는 좋은 말을 두고도 깽판이라는 단어를 쓰는 건 그만큼 확실히 자신의 본때를 보여주겠다는 의지였다. 그래서 지금 007 작전을 수행하는 탐정처럼 유신의 뒤를 밟고 있는 중이었다.

심청이 가방에서 선글라스를 꺼내 코에 걸쳤다. 그 모습을 룸미러로 지켜보던 기사가 한마디 참견을 했다.

"아따, 학생 그거 멋있네. 꼭 마타하리 같아."

"그래요? 아저씨, 이렇게 쓰니까 저 아까랑 다른 사람 같아요?"

"글쎄, 완전히는 아니고. 그래도 일단 봐서는 다른 사람 같기는 하네."

"네."

심청은 이를 꼭 깨물며 고개를 끄덕였다. 자신 같은 현모양처를 두고 바람을 피우면 남는 것은 개망신밖에 없다는 것을 똑똑히 각인시켜 주고 말리라! 심청은 다시 한 번 의지를 불태웠다.

잘못 찾아왔나? 여기가 맞는데.

심청은 아까부터 '네들의 영토' 안을 서성이고 있었다. 일행이 있냐는 아르바이트생의 질문에 고개를 끄덕이고는 본인이 알아서 찾겠다며 우겼다. 커피숍 안은 심청의 예상보다 훨씬 넓었고 무엇보다 사람들이 꽉 들어차 있었다.

심청은 연신 좌석들 사이를 기웃거리며 유신의 모습을 찾으려 했지만 어디에서도 광채가 나는—이제야 인정하지만 심청이야말로 강유신의 빠순이다—낭군님은 도무지 찾을 길이 없다.

유신이 안 보이면 대신 석환이라도 찾아보려 했지만 마찬가지로 석환도 보이지 않았다.

"어휴······."

심청은 저도 모르게 한숨을 토해냈다. 도대체 이것들이 어디로 숨은 거야! 자신이 뒤를 밟고 있다는 것을 유신이 눈치라도 챈 건가? 그래서 약속 장소는 바꾸었나? 심청이 몇 가지 경우를 가정해 보았다.

하지만 그럴 리가 없다. 심청이 고개를 저었다. 어떤 언질을 준 것도 아니고 유신이 떠나고 시간 간격을 두고 따라나섰으니 아무리 눈치가 빠르다 해도 그것까진 알아차리지 못했을 것이다.

"저기 일행 분 아직도 못 찾으셨나 봐요? 방송해 드릴 테니 성함 말씀해 주세요."

알프스 소녀 하이디랑 소풍 가기 딱 어울릴 복장을 한 아르바
이트생이 친절하게 물었다. 심청은 대답을 피한 채 일단 생각을
정리했다. 방송에서 유신을 찾는다는 안내가 나가면 증거 인멸
및 도주의 우려가 있다.

어떻게 여기까지 왔는데 그건 절대 안 될 일이다. 완벽한 현
장 보존을 위해 휴대전화에 달린 카메라의 렌즈를 닦고 또 닦으
며 만반의 준비까지 마친 상황이었다.

"이상하네, 분명 여기서 친구들이랑 만나기로 했는데 애들이
안 보이네요."

심청은 능청스럽게 거짓말을 둘러댔다. 입구에서도, 들어와
서도 커피숍 이름을 몇 번이고 확인했으니 이곳이 유신의 미팅
장소임에는 틀림없을 것이다.

"혹시 그럼 2호점에서 만나기로 하신 거 아니세요? 그런 분
들 주말이면 꽤 많으신 편이거든요."

아르바이트생이 생글거리며 설명을 해주었다. 심청의 눈이
튀어나올 것처럼 커졌다.

"여기 2호점도 있어요?"

"그럼요, 저희 대학로는 2호점까지밖에 없지만 다른 지점은
3호점까지 있는 곳도 있어요."

무슨 놈의 커피숍이 로버트 태권브이도 아니고 뭔 1호, 2호
래?

심청은 발끈하려는 것을 참으며 일단 심호흡을 크게 했다. 이

사람이 잘못한 것도 아니고 자신이 실수를 한 것이니 누구한테 화를 낼 수도 없는 상황이었다.

"거긴 어디에 있어요?"

"2호점은 이 건물에서 나가서 오른쪽으로 100m 정도 내려가다 보면 보이실 거예요. 건물 외벽이랑 인테리어가 이곳과 거의 비슷하니까 쉽게 찾을 수 있으실 거예요."

갑자기 허탈함과 함께 기운이 빠지는 느낌이다. 심청은 거의 울상을 짓다시피 하며 털레털레 커피숍을 나섰다. 일순 사기가 저하된 탓에 집으로 가고픈 마음이 유신을 찾아가서 해코지하고픈 마음보다 더 강해졌다.

"안 돼! 내 남편은 내가 지킨다! 그새 잊었니? 유신이가 이제 너 안 좋아하잖아. 그렇다고 언제까지 이렇게 살 순 없는 거 아니겠어? 발악이라도 해봐야지. 돌아오든 안 돌아오든 민심청이 죽지 않고 살아 있다는 거 알려줘야지!"

심청은 주위 사람들의 시선에도 아랑곳하지 않고 큰 소리로 자신을 독려했다. 볼 테면 보라지. 언제 다시 만날 사람들도 아니고. 마음을 굳힌 심청은 아르바이트생이 알려준 2호점을 찾아 보무당당하게 걸어갔다.

그러나 얼굴에 나타나는 자신감과 마음속 의지는 늘 별개라는 것이 문제였다. 웃고 있지만 울고 있다는 표현이 옳을 듯했다.

"어라! 저기…… 저기……."

간판을 훑어 내리며 걷던 심청이 갑자기 말을 더듬고는 손가락질을 했다. 마치 곁에 함께 걷는 사람이 있기라도 한 것처럼.

왼발, 오른발 씩씩하게 걷던 걸음이 마치 '얼음 땡' 놀이를 하는 아이처럼 그대로 제자리에 얼어붙어 버렸다. 그래도 설마 했는데, 아니길 바라는 마음이 굴뚝같았었는데…….

심청은 몸에 거의 뼈만 붙어 있다시피 한—혹자들은 그런 여자들을 보며 모델 혹은 8등신 미녀라고들 표현한다—삐쩍 키만 큰 여자를 에스코트하며 나오는 유신의 모습을 멍한 눈으로 쳐다보았다. 당장이라도 좁은 골목길을 뛰어가 놈을 향해 이단 옆차기를 날리고 여우같이 생긴 년의 머리채를 쥐어 뜯어야 하는데 그저 입술만 부르르 떨 뿐이었다.

사랑이란 참 웃긴 것 같다. 예전 유나 사건 때만 해도 이렇게까지 분하고 이렇게까지 심장이 벌벌거릴 만큼 떨리지는 않았었다. 지금 이 순간은 그 당시와 비할 바가 안 되었다. 호탕하게 웃으며 '어디 얼마나 잘 먹고 잘사는지 두고 볼 거다!' 라고 살짝 무시해 주면 좋겠지만 생각나는 것 유신의 이름이요, 나오는 것도 유신의 이름밖에 없다.

"유신아…… 유신아……."

세상에 존재하는 단어가, 아는 단어라곤 유신의 이름뿐인 양 심청은 자꾸만 유신의 이름을 뇌까렸다.

그렇게 얼마나 서 있었을까?

심청의 발이 서서히 움직이기 시작했다. 이름은 아주 낮익어도 대학로는 심청에게 낯선 공간이었다. 아는 곳도 없으면서 심청은 마치 능숙하게 길을 아는 사람처럼 곁눈질도 하지 않고 걸었다. 그럴 수밖에 없는 이유가 있기는 했지만.

심청이 걸음을 멈춘 곳은 유신이 사라져 간 건물 앞이었다. 심청의 눈이 일층에서부터 차례로 훑어 올라가기 시작했다. 두 눈 가득 노여움을 담고 고개를 젖히며 확인을 하던 심청이 갑자기 악 소리를 내며 목 뒤로 손을 뻗었다.

"아이고, 뒷골이야."

갑자기 고개를 젖히는 바람에 목에 경련이 일은 모양이었다. 가뜩이나 바빠 죽겠는데 무슨 경련씩이나. 심청은 대충 뒷목을 주무르고는 유신이 갔을 만한 곳을 찍었다.

일층에 위치한 피자집은 일단 제외다. 인스턴트식품을 좋아하지 않는 유신이니 데이트 장소로 피자집을 택하지는 않았을 것이다. 심청이 용의 선상에 올린 장소는 칠층에 위치한 비디오 방이었다.

갑자기 부들부들 주먹 쥔 손이 떨렸다.

강유신이 저곳에 가서 얌전히 영화를 보고 있다? 당연히 아닐 것이다. 그동안 자신이 독수공방한 만큼 유신도 참았을 것이니…… 머리 속이 갑자기 싸해졌다. 상상만으로도 피가 들끓었다. 내 이 두 연놈을 가만두나 봐라.

침체되었던 사기가 갑자기 고조되기 시작했다. 지금 기세로라면 유신의 놀림처럼 맨손으로 소도 때려잡을 수 있을 것 같다. 심청은 버튼을 반복해서 연속으로 누른 후 씩씩거리며 한시라도 빨리 엘리베이터가 도착하길 기다렸다.

땡—

왔다. 심청은 엘리베이터가 도착했음을 알리는 신호에 당장이라도 올라탈 수 있게끔 입구에 한 발 더 붙어 섰다. 어떻게 두 사람을 요절내 줄까 궁리하면서도 심청은 유신이 어떻게 자신의 행동을 받아들일까라는 고민도 잊지 않았다.

"웃겨! 내가 머리 풀고 작두를 타든 머리 풀고 널을 뛰든 지가 무슨 할 말이 있어! 넌 죽었어, 강유신."

아까부터 끊임없이 주절거리던 심청은 문이 열리기 무섭게 엘리베이터에 올라탔다. 그리곤 목적지인 칠층의 숫자 버튼을 눌렀다. 일층, 이층 거침없이 올라가는 숫자판을 보며 결의를 다지던 심청이 갑자기 화들짝 놀랐다.

엘리베이터가 오층에서 멈추어 서자 여러 명이 앉을 수 있는 의자가 보였고 낯익은 인물들이 보였다. 유신이 막연하게 칠층에서 내렸을 것이라고 생각했던 심청은 오층에서 유신의 모습을 보이자 얼떨결에 내렸다. 그것도 문이 닫히기 일보 직전에 거의 끼이다시피 한 몸을 억지로 빼내며.

사람들의 킥킥거리는 웃음소리에 심청의 볼이 홍당무처럼 벌게졌다. 이렇게 우스운 꼴로 등장할 예정은 아니었는데. 유신과 석환이 여자들과 담소 나누는 모습에 저도 모르게 발끈해서 내리다 보니 민심청 체면이 말이 아니었다.

"어, 블루! 블루가 여긴 웬일이야?"

석환이 엉덩이를 주춤거리며 심청을 반겼다. 흘러내리는 선글라스를 콧대에 얌전히 올린 채 심청은 유신이 사준 재킷을 탁탁 폈다.

웬일은, 집안일이지. 바람난 남편 놈 잡으러 왔다, 왜? 심청이 이를 악물고는 짐짓 놀란 동작을 해 보였다.

"어머, 석환아. 너야말로 여긴 어쩐 일이니? 난 오늘 소개팅이 있어서."

뭐라 둘러댈 말을 생각하던 심청은 얼떨결에 자신도 소개팅에 왔다고 거짓말을 해버렸다. 그리고는 석환을 보며 깜찍한 표정을 지었다.

하나같이 미끈미끈하게 생긴 놈들—미안하지만 일단 심청에게는 적들이니 어쩔 수 없다—이니 자신은 귀여움으로 승부하자는 의도에서였다. 그 와중에도 심청은 유신의 표정을 살폈지만 도무지 그 속내를 알 수 없을 만큼 무표정하기만 했다.

"그래? 이야, 이것도 정말 인연인가 보다. 우린 원래 하기로 한 곳이 너무 시끄러워서 여기로 장소 옮긴 건데."

묻지도 않은 말까지 친절하게 설명해 주는 석환의 말에 심청이 고개를 끄덕였다.

"근데 왜 들어가지 않고 여기 있는 거야?"

"응, 일행이 한 명 덜 오기도 했고 지금 테이블 세팅하는 중이라서 잠시 기다리는 거야."

"그렇구나."

심청이 혼잣말처럼 중얼거렸다.

"넌 들어가서 네 일행들 찾아봐. 먼저 와 있는 사람들 있지 않을까?"

"엉? 그, 그래."

심청은 머뭇머뭇거리다 마지못해 안으로 들어갔다. 젊은이들로 가득 찬 실내를 대충 둘러본 뒤 심청은 바로 밖으로 나왔다.

"블루, 왜 그냥 나와?"

하필 이럴 때 또 마주칠 건 뭐람! 마침 안으로 들어오던 석환이 궁금한 듯 물었다. 심청은 난감한 표정을 지었다.

"방금 연락이 왔는데 약속이 다음 주로 미뤄졌다네. 할 수 없이 그냥 가야지 뭐."

"그래? 잘됐다. 우리도 한 명이 못 온다고 해서 어떻게 하나 했는데. 블루가 대타하면 되겠네."

"야! 민심청이 무슨 모란여대 학생이냐! 대타를 하게."

다른 여학생들과 이야기를 나누던 유신이 정색을 하며 화를 냈다. 심청은 냉큼 석환에게로 붙었다. 여자들에게 파묻혀 있는 유신을 보자 발끈하여 석환의 제안을 재빨리 받아들였다.

"그래도 되겠니? 어머, 그러고 보니 5대 4구나. 내가 기꺼운 마음으로 참여해 줄게. 미팅 파토나는 것보다 제가 끼는 게 낫겠죠?"

심청이 동의를 구하자 여학생들이 하는 수 없다는 얼굴로 고개를 끄덕거렸다. 오로지 유신만 반기지 않았을 뿐 다른 학생들의 반김 속에 심청은 당당히 레스토랑 안으로 다시 들어갔다.

"자, 그럼 파트너 정하기를 해볼까?"

간단하게 각자의 소개가 끝나자 소개팅을 주도해 나가던 석환이 제안을 했다. 아까부터 자신의 옆에 앉은 오이지처럼 생긴 선주라는 논과 눈길을 주고받던 유신이 가장 먼저 고개를 끄덕이자 심청은 속에서 불길이 화르르 치솟았다.

바람을 피우려면 들키지 말고 피우라고 했거든? 네가 감히 내 앞에서 바람을 피우시겠다고?

심청이 미소를 지으며 눈치를 살피고는 팔꿈치로 선주의 주스 잔을 밀었다. 그러는 바람에 주스 잔이 쓰러지면서 선주의 옷자락을 적셨다.

"어머, 이를 어째. 조심 좀 하지. 넌 애가 왜 그렇게 조심성이 없니?"

뻔뻔스럽게도 자신이 저지른 일을 선주에게 뒤집어씌운 심청은 강제적으로 선주를 일으켰다.

"화장실 가서 대강이라도 빨아야겠다. 안 그러면 사람들이 너지도 그린 줄 알 거 아니야."

심청의 말에 선주의 볼이 장작개비처럼 벌겋게 타올랐다. 분해서 어쩔 줄 몰라 하며 선주가 심청을 원망스럽게 노려보았다.

'노려보면 어쩔 건데! 내가 네 머리끄덩이 안 잡아당기는 것만도 다행으로 여겨.'

선주가 노려보거나 말거나 심청은 완력으로 끌다시피 화장실로 데리고 갔다.

"심청 씨 참 친절하네."

누군가의 말에 심청이 힐끔 뒤를 돌아보았다.

"내가 사복과잖니. 원래 우리 과 애들은 다 친절해."

남학생에게 얼굴 가득 미소를 지어 보인 심청은 주먹으로 선주의 등을 밀치며 화장실로 들어갔다.

"야, 너!"

선주가 악다구니를 쓰며 심청을 노려보았다. 자신보다 키가 10㎝ 정도는 더 커 보이는 선주에게 심청이 미소로 응수했다.

"나? 나 왜?"

"너 일부러 그런 거지? 고의로 그런 거잖아!"

"맞아, 고의로 그런 거. 그런데 너 내가 고의로 그런 거 고마워해야 할걸."

"뭐? 너 완전 사이코구나. 안 되겠어, 애들한테 말해야지."

선주가 급히 밖으로 나가려 하자 심청이 팔목을 세게 잡았다.

"누구 맘대로. 나가려거든 내 말 마저 듣고 나가는 게 좋을 거야. 너 저 중에 유부남 있는 거 아니?"

"뭐?"

"네가 그 붙인 속눈썹 떨어질 만큼 온갖 주접을 떨어댄 놈 있을 거야. 그놈한테 가서 물어봐, 결혼했냐고. 무식하게 힘센 부인 있는 것도 사실이냐고. 모르긴 해도 걔 부인 장난 아니거든. 너 아마 학교도 못 다니게 만들지 몰라. 아니, 힘보다도 걔 머리가 좋아서 네 얼굴 인터넷에 모조리 공개할걸. 가정 파괴범으로 찍혀서 시집도 못 가면 어떻게 할래? 이미 당한 애도 있는데 너 못 들었니?"

선주의 얼굴이 하얗게 변해갔다. 손가락 하나로 쿡 찌르기만 해도 뒤로 넘어갈 태세다. 일단 선주는 이것으로 됐고 남은 건 유신이 놈이다.

왜 항상 여자 둘에 남자 하나가 문제여야 할까. 여자들의 적은 남자여야 함에도 불구하고 여자가 적이 되어야 하는 이 아이러니함이 심청은 참 싫었다.

"넌 그 원피스 얼룩이나 지우고 얌전히 집에 돌아가라, 내가 한 번은 눈감아줄 테니까."

심청이 아드득 이를 갈며 선주를 홀로 두고 나왔다. 천연덕스러운 얼굴로 제자리로 돌아온 심청은 조용히 가방을 들었다.

"어? 블루, 왜 그래? 설마 가려는 거 아니지?"

"미안. 나 상처가 도져서 도저히 더는 못 있겠어."

"상처? 블루, 어디 아파?"

석환의 말에 모두의 시선이 심청에게로 모아졌다. 그중에는 유신의 시선도 포함되었다.

"응, 나 큰 상처가 있는데 너무 아프네. 근데 그게 약이나 수

술로 치유되는 상처가 아니거든. 어리석게도 난 마음에 든 상처를 칼로 치유해 보려고 했던 것 같아. 결국 상처만 덧날 뿐인데."

의미심장한 말을 남긴 채 심청이 유신을 한동안 빤히 쳐다보았다.

강유신, 아무렇지 않은 척 이 자리에 앉아 있었지만 지금까지 내가 살아오면서 가장 힘든 시간이었던 거 넌 모르지? 다른 여자를 보면서 웃는 네 모습, 내겐 그 어떤 상처보다도 쓰리고 아팠어. 내가 너한테 준 상처, 이걸로 갚았다고 칠게. 너도 나 때문에 아픈 거 있으면 이제 잊어라. 넌 네 아픔이 감당 안 되어 그러는지 몰라도 난 네 아픔까지 감쌀 수 있거든. 그게 바로 나 민심청이야! 그러니 대강 까부는 게 좋을 거다.

심청이 흥 하며 돌아섰다. 아플 때 아프더라도 자존심은 또 지켜야 함으로.

유신의 미팅 자리까지 참석하고야 만 심청이 엘리베이터에 올라타기 무섭게 주머니에 넣어둔 휴대전화가 요란스럽게 진동을 해댔다.

"누구야? 모처럼 진지한 분위기 잡고 나오는 이 심각한 와중에."

심청은 버럭 화를 내며 호주머니에서 휴대전화를 꺼냈다. 작은 창에 뜨는 발신자의 이름을 확인하는 순간 심청은 얼른 휴대전화의 통화 버튼을 눌렀다.

"할아버지."

[오냐, 우리 청이냐?]

"네. 별고없으시죠? 아버님, 어머님께서도요."

[우리? 우리야 다들 잘 지내고 있지. 그런데 너 지금 어디냐?]

"네?"

심청은 잠시 사층에 멈춰 선 엘리베이터의 숫자판을 보며 말을 주저주저했다.

[유신이랑 밖에 있냐?]

유신이랑 함께 있지는 않아도 같은 건물에 있기는 한데……

심청은 냉큼 대답을 못했다.

"저기…… 그건 아니고요."

[따로 있는 게야? 그럼 어디 멀리 있는 거냐?]

강 노인의 물음에 심청은 순간 죄송스러움이 가득했다. 학점을 위해서, 장래 직업을 위해 외로운 독거노인이나 거동이 불편한 분들은 찾아뵈면서 정작 자신이 잘 모셔야 할 어른들은 두고 둘이서 한심스러운 짓거리나 하고 있으니.

"그렇게 멀리 있는 건 아니고요. 지금 대학로에 있어요."

사람들이 올라타자 엘리베이터가 다시 움직이기 시작했다. 심청은 숫자판을 시야에서 놓치지 않으며 작게 속삭였다.

[지금 내가 너희 아파트에 왔는데 그냥 가야 할라나 보다.]

강 노인의 말에 심청은 저도 모르게 멈춰 선 엘리베이터에서 내렸다. 짧게 통화를 하는 동안 엘리베이터가 일층에 도착해 있었다.

"저희 아파트에 오셨어요?"

[그래, 전해줄 것도 있고, 네들 얼굴도 보고 싶어서 왔더니 가는 날이 장날이 되고 말았구나. 네가 이번 주는 집에 있을 거라고 해서 왔는데.]

강 노인의 목소리에는 애써 괜찮은 척하지만 서운함이 가득 묻어나 있었다. 강 노인의 기운 잃은 어투에 심청은 금방 갈 수 있다는 대답을 했다.

"할아버지, 기사 아저씨께 한 삼십 분 정도만 드라이브 좀 하자고 하시겠어요? 주말이라 도심은 차가 많이 안 막혀서 그 시간 정도면 충분할 것 같아요."

[아니다. 나 때문에 볼일 취소하고 올 것 없다. 내 다음에 오도록 하지.]

그게 부모의 마음인가 보다. 서운해도 내색하지 않고 자식을 위해 자신이 또 양보하고. 이런저런 생각이 들자 심청은 얼른 집으로 가야겠다는 생각밖에 들지 않았다.

"에이, 할아버진 저 안 보고 싶으신가 보다. 저 지금 출발했는데."

심청이 살짝 거짓말을 곁들었다. 그러자 본심을 숨겼던 강 노인이 반갑다는 듯 흥분한 목소리를 냈다.

[그래? 벌써 출발을 했어? 안 그래도 되는데. 그럼 내가 널 마중 가랴?]

"아니에요. 저 택시 타고 갈 거니까 빨리 도착…… 할아버지, 저랑 중간 지점에서 만나실래요? 그럼 시간도 절약되고 좋을 것 같아요. 제가 할아버지 맛난 거 사드릴게요."

심청의 즉흥적인 제안이 강 노인의 마음을 더욱 흡족하게 했나 보다. 아이처럼 한껏 들뜬 목소리로 곧장 그러겠노라는 답변이 날아들었다. 두 사람은 중간 지점에서 만나기로 하고 구체적인 장소를 정했다.

통화를 마친 심청은 입술을 야무지게 깨물었다. 이러고 돌아가 봐야 혼자서 눈물바람이나 일으킬 것이 분명하기에 강 노인의 전화는 심청에게 구세주나 마찬가지였다.

'다행이야, 천만다행이야.'

심청은 그렇게 안도하며 서둘러 택시를 잡았다. 오늘 하루 벌써 두 번째 타는 택시였다. 유신이 바뀌길 기대하는 만큼 자신에게도 변화가 있어야 한다는 사실에 심청은 그동안 하지 않던 일들을 하나둘씩 시행해 보고 있었다. 택시 타기도 그중 한 가지였다.

사랑이란 그 사람을 이해하는 것부터 시행되어야 했는데 심청은 자신과 어긋나면 상대방이 모두 틀린 것이라고 치부했다. 자신만이 올바르게 살고 있으며 다른 사람들은 한심스럽게 산다고 판단했던 것 자체부터가 얼마나 큰 오판이며 오만이었던가를 심청은 이제야 인정하고 있었다.

아끼는 것도 좋고 알뜰한 것도 좋지만 '무조건'이라는 조건을 버리기로 했다. 택시 기사도 승객이 있어야 사는 법인데 그런 간단한 사실조차 묵과하고 살았다는 것을 왜 이제야 깨달았는지…….

늦었다고 생각할 때가 빠른 법이라고 위안을 삼으며 심청은 말없이 창밖을 응시했다. 앞으로도 여전히 근검절약하며 살겠지만 다른 사람들이 수긍할 수 있는 범위 내에서 그렇게 살 생각이었다.


새벽까지 술을 마시고 돌아와 그대로 뻗었던 유신은 쓰린 속을 달래며 거실로 나왔다. 어제 심청이 남기고 갔던 여운이 너무 커 너무 과하다 싶게 술을 마신 탓에 아직도 머리가 어질하다.

"세 시? 엄청나게 잤군."

시간을 확인한 유신이 텅 빈 집 안을 둘러보았다.

"이젠 작정하고 집안일을 작파한 모양이군. 참내."

혹시나 싶어 주방을 들여다본 유신이 구시렁거리기 시작했다. 심청이 듣기를 바라며.

모처럼 진지한 분위기로 일관해 볼까 했는데 꼭 이렇게 중간에서 브레이크를 걸어주니 고맙다고 해야 하나.

유신이 망설이며 꽉 닫힌 심청의 방문을 쳐다보았다. 당장 들어가서 이불을 집어 던지며 성질을 있는 대로 부려야 할지, 아니면 네 마음대로 하세요! 라며 무관심도로 일변해야 할지 망설여졌다.

심청이 상처 받기를 바라는 마음에서 무시하기는 했지만 막상 상처 입은 것을 확인하니 자신에게 도리어 더 큰 상처가 되었다. 차라리 자신이 아픈 게 나았다.

심청이 그 여린 눈망울로 쏟아내던 하소연이 다시금 떠오르자 유신은 더 고민하지 않기로 했다. 어찌 되었든 분명한 것은 주도권이 자신에게 있다는 것이었다.

사내놈이 변덕이 죽순이보다 더 심하다는 말까지 들은 마당에—이미 심청의 일기에 적힌, 자신을 향한 무수한 욕을 확인하지 않았던가—새삼스럽게 성인군자 노릇 할 필요가 없다는 말이다.

거기다 자신이 심청에게 관심을 끊은 것과 심청이 해야 할 일은 엄연히 다르다 이 말씀. 하여 유신은 입매를 일그러뜨리고 눈썹을 치켜 올리며 심청의 방문을 노크도 없이 열었다. 근 두 달 만에 열어보는 심청의 방문이었다.

"응?"

유신이 눈썹을 깜빡거렸다. 자신의 눈앞에 보이는 방이 심청의 방인가를 확인하고 또 확인했다. 하얀 붙박이장, 캐노피가 얌전히 쳐진 침대, 로션 두어 개 올려져 있는 화장대, 심청이 줄곧 앉아서 공부를 하거나 리포트를 쓰는 책상과 책꽂이, 그리고 유신이 선물했던 곰 인형, 돼지 인형, 강아지 인형까지 그대로인 것을 보니 헛것을 본 건 아니다.

깔끔하기로라면 유신 못지않은 심청이기에 언제 어느 때고 불시에 문을 열어도 반듯반듯 모든 물건이 흐트러짐없이 정돈되어 있었다. 하나, 지금 유신의 눈앞 상황은 전혀 그렇지를 못했다.

항상 닫혀 있던 붙박이장의 문이 죄다 열려 있음은 물론 안의 서랍까지 모두 열려 있었다. 급히 무언가를 뒤적거린 흔적이라는 것은 누가 봐도 알 수 있었다. 거기다 무엇보다 중요한 것은 심청의 모습이 보이지 않는다는 것이다.

"너 요즘 늦게 와서 모르지? 여기 잡상인들 엄청 드나들어. 내가 얼마나 무서움에 떠는지 알기나 해! 결혼식 때 맹세했잖아. 신부는 신랑을 믿고 의지하고 신랑은 신부가 근심걱정하지 않도록 든든하게 지켜줘야 한다는 말에 그러마 하고 대답했던 것 기억 안 나니? 그런데 이게 지켜주는 거야? 이게 지켜주는 거냐고!"

그럼…… 그럼……. 유신의 얼굴에서 핏기가 싹 가셨다. 농담인 줄로만 알았다. 보안에 있어서는 국내 최고를 자랑한다고 해도 과언이 아닌 아파트 아닌가. 한데 심청의 말이 틀린 말이 아니었나 보다. 유신은 혹시나 하는 마음에 집 안의 문이란 문은 죄다 열어보았다.

하다못해 자신의 방문, 욕실 문까지 열어본 유신은 그만 맥이 풀려 벽에 몸을 의지했다. 도대체 무슨 일이…… 심청에게 어떤 일이 일어난 것일까. 후들거리는 다리로 겨우 움직인 유신은 수화기를 들고 무작정 심청의 번호를 누르기 시작했다.

신호음이 가기도 전에 '고객님의 전화기가 꺼져 있어……' 라는 안내 멘트가 들려왔다. 봉사활동을 간 것일 수도 있다는 생각에 일순 안도의 한숨을 내쉬었지만 심청이 붙여둔 일정표에 따르면 이번 주는 공란이었다.

유신이 대화를 거부하자 심청은 냉장고며 거실이며 유신이 볼 수 있게 메시지나 수업 일정표를 붙여놓는 것으로 의사소통을 대신하고 있었다.

정말 도둑이 든 것일까? 반쯤 이성을 잃고 우왕좌왕하던 유신은 이내 아니라는 쪽으로 결론을 냈다. 차라리 자신의 방이 어질러져 있다거나 값이 꽤 나가는 노트북이나 소형 가전제품들이 없어졌다면 믿겠지만 심청의 옷장만 엉망이라는 것은 무언가 내포하는 것이 있었다.

가출! 유신은 한숨을 푹 내쉬었다. 도둑놈이 쉽게 들어올 수 없는 구조이기에 그것밖에는 달리 내릴 결론이 없었다. 자신이 얼마나 유치하게 굴고 있다는 것을 본인도 인정하는 마당이니 심청은 오죽했으랴. 더군다나 어제 심청이 들려주었던 의미심장한 말을 떠올려 보니 가출과 아주 밀접한 연관성이 있었다.

바보 같은 놈! 병신, 찌질이 같은 새끼!

유신은 마구 욕설을 퍼부으며 자동차 열쇠를 거머쥐고 득달같이 주차장으로 달렸다. 짚이는 곳이 한 군데 있었다. 언제부터 한번 찾아가 봐야지 했던 곳. 유신은 질주하듯 차를 몰며 서둘러 주차장을 빠져나갔다.

강유신…… 전화 한 통 없단 말이지?

심청은 어제부터 종일 캔디가 되어버린 휴대전화를 힐끔 쳐다보고는 침대에 벌렁 드러누웠다. 그러나 눕자마자 다시 벌떡 상체를 일으켰다. 심청이 커다란 눈에 힘을 주고는 씩씩거리는 숨소리를 내뱉었다.

생각할수록 괘씸하고 분하다. 마누라가 집에 안 들어왔으면 최소한 찾는 시늉은 해야 하는 거 아닌가? 오후 세 시가 다 되어가도록 일별 한 번 하지 않는 걸 보니 정말 정이 뚝 떨어져 나갔나 보다. 거기다 따끔하게 알아듣게끔 충고까지 해주었음에도 불구하고. 이거 예상보다, 자신이 생각했던 것보다 문제가 아주 심각한 것 같다.

어제 강 노인과 한강에서 유람선도 타고 중국집에 가서 좋아하는 자장면도 곱빼기로 먹고 노래방까지 가다 보니 이미 늦은 밤이었다. 은근히 지난번처럼 유신이 와주길 기대하며 본가에서 자고 가라는 강 노인의 제안에 주저없이 '예' 하고 대답했었다.

과장을 조금 하자면 밤새도록 유신이 강도를 가장해 와주지나 않을까 뜬눈으로 지샜다. 물론 아침 나절 그 여파로 늦잠을 잤지만.

"이 인간 정말 바람난 거 아니야?"

심청이 침대에서 벌떡 일어났다.

"어휴…… 그럼 나 진짜 이혼녀 되는 거야?"

그전에는 당연히 이혼녀가 될 것이라고 믿었지만 지금은 아니었다. 시간이 지나면 지날수록 점점 더 유신이 좋아지고 있는데 하필 이럴 때 이혼녀가 된다는 것은 너무 잔인하다.

"바보, 민둔탱! 진작 유신이가 잘해줄 때 눈치 좀 채면 좀 좋았니? 넌 둔탱이에, 돌탱이, 새대가리에다가…… 암튼 종합해서 바보야, 바보."

심청이 자처해서 머리를 콩 쥐어박았다.

"넌 한 대 맞아서는 안 돼."

심청이 연속해서 머리를 콩콩 쥐어박았다.

"새댁, 뭐 해? 사람 소리는 나는데 노크해도 대답도 없고. 난 방 안에 누가 또 있는 줄 알았네. 혼자서 뭘 그렇게 중얼거려?"

인천댁이 빠끔히 고개를 내밀고는 방 안을 둘러보았다. 혼자서 병 주고 약 주느라 미처 노크 소리를 못 들은 모양이다.

"아…… 저 그게…… 저희 과에서 연극하는 게 있어서 대사 연습했어요."

심청은 급히 변명을 둘러대고는 멋쩍은 듯 웃었다. 그 말을 곧이 믿는 듯 인천댁이 고개를 끄덕였다.

"나중에 구경 가야겠네. 회장님께서 간식 먹자고 하시네. 칼국수 끓였으니까 어서 내려와."

"와아, 칼국수요. 너무 맛있겠다."

심각했던 얼굴은 오간 데 없이 어느새 심청의 얼굴에 미소가 번졌다. 인천댁의 뒤를 따라 내려오며 배를 쓰다듬던 심청은 막상 식탁에 앉자 고민에 빠졌다. 어제 유신이 관심을 보이던 선주의 빼짝 마른 모습을 떠올리자 이걸 먹어야 하나 망설여졌다.

심청은 가끔 자신이 전생에 돼지가 아니었을까 하는 생각을 하고는 했다. 아무리 우울하고 슬픈 일이 있어도 먹을 건 쉬지 않고 잘도 들어간다. 본인이 만든 음식이든 본가의 인천댁이 해 주는 음식이든 무조건 맛이 있다. 그러니 전생에 돼지였음을 어찌 의심하지 않을쏘냐!

"우리 청이 뭐 하냐? 면 불기 전에 얼른 먹지 않고서."

"예에……. 근데요, 할아버지. 배가 그다지 고프지 않네요. 아침밥을 늦게 먹어서 그런가 봐요."

심청은 꼬르륵 침 넘어가는 것을 억지로 감추며 어색하게 미소를 지었다. 그릇째 들고 한 번에 다 털어 넣고 싶을 만큼 먹고 싶은 마음이 굴뚝같지만 유신의 이상형이 뼈만 앙상하게 남은 해골바가지라면 자신도 그렇게 도전해 볼 의향이 있었다. 그러자면 살인적인 다이어트를 해야만 한다.

"아침밥도 입 안이 깔깔하다고 얼마 먹지도 않았잖아."

인천댁의 한마디에 강 노인이 눈살을 찌푸리며 혀를 찼다.

"쯧쯧. 저런 반찬이 입에 안 맞은 게로구나. 뭐, 먹고 싶은 거 있으면 이야기해 보거라. 내가 천 기사 시켜서 사 오게 할 테니까."

어우, 왜들 이러세요. 다이어트 시작도 전에 이렇게 의지를 꺾으시면 아니 되셔요! 심청은 입술을 꼭 다물고는 고개를 저었다. 이왕 하기로 마음먹은 거 지금부터 실천해 볼 작정이었다. 한데 어른들께서 도와주시지를 않는다.

"우리 청이도 설마 그 굶고 뭐 그런 거 하려는 건 아니지?"

염려스러운 강 노인의 눈길에 심청은 가슴이 뜨끔했다.

실상은요, 할아버지. 유신이 때문에 그래요. 유신이가 좋아하는 여자들은 대부분 바람 불면 날아가게 생겼거든요. 전 바람 불면 균형 잡아주게 생겼구요. 제가 살을 많이 빼고 예뻐지면 유신이가 예전처럼 절 다시 찾아줄 것 같아서…… 그래서 굶어야만 해요.

미처 입 밖으로는 내지 못하는 말을 속으로 되뇌며 심청은 다시 한 번 침을 꿀꺽 삼켰다.

"할아버지, 식사하시는데 외람되지만요, 한 가지 여쭤봐도 돼요?"

"외람은 무슨! 한 가지 아니라 백 가지라도 물어봐라. 내가 아는 거면 다 답해줄 테니까. 그런데 내가 너보다 아는 게 그다지 많을 것 같지는 않구나."

어른께 무례한 표현 같지만 가끔 저런 모습을 뵐 때면 강 노인이 무척 귀엽게 보인다. 심청은 아이처럼 호기심 어린 강 노인의 시선을 받으며 이야기를 꺼냈다.

"남자들은 어떨 때 여자가 가장 예뻐 보일까요?"

심청의 물음에 강 노인은 잠시 허공으로 시선을 두고 눈썹을 깜빡거렸다. 연애 경험이 풍부한 것도 아니고 일흔이 넘은 노인네다 보니 선뜻 답을 하기가 곤란했다.

"할아비 경험으로는 넌 한 번도 본 적이 없는 유신이 할미가 아이를 가졌을 때 같구나. 그땐 다같이 못 먹고 못살 때여서 얼굴에 버짐이 푸석푸석했는데도 내 눈에는 선녀가 따로 없어 보이더구나."

"네에……."

심청의 표정이 시무룩해졌다. 갑자기 유신이 자신의 임신 소동 때 얼마나 좋아했던가가 떠올려졌기 때문이다. 집안 내력인가 보았다, 임신한 아내를 특별히 예뻐하는 것이.

"그거야 할아비 예전 때 생각인 거고 요즘 아이들은 당당한 여자들을 좋아한다더구나. 내숭도 좋고 얌전한 것도 좋지만 적당히 남자를 휘두를 줄도 알고 또 가끔은 알면서도 져주는 그런 지혜로운 여성이 할아비는 예뻐 보이는데 심청이 넌 어떠냐?"

"저요? 전……."

그러고 보니 자신은 멋진 여성이란 '이런 여성이다'라고 심각하게 고민해 본 적이 없는 것 같다. 그냥 안정적인 직업을 택해서 하고픈 일 하는 것. 오직 그것밖에는 달리 생각했던 것이 없었다.

"아무래도 할아버지는 연세가 있으시니 그런 여자들이 예뻐 보이시는가 봐요. 전요, 솔직히 시기하면서도 날씬하고 예쁜 여자들이 부러워요. 같은 여자가 봐도 예쁘다고 느껴지는 여자들이 요즘 참 많거든요. 남자들은 아마 더할 것 같아요."

심청은 솔직하게 속내를 털어놓았다. 어쩐지 풀이 죽은 심청의 목소리가 강 노인의 귀에도 느껴지는 모양이었다.

강 노인은 젓가락을 내려놓으며 살짝 고민에 잠겼다. 나이가 들면 반 귀신이라고 하더니 아닌 게 아니라 유신의 전에 없이 절제된 목소리와 심청의 눈빛만으로도 손자 내외에게 무슨 일이 생겼다는 것을 직감할 수 있었다.

우리 청이, 우리 청이 말끝마다 청이 타령을 늘어놓는 유신이 최근에는 청이 이야기를 쏙 빼놓는 것도 그렇고 하룻밤 본가에서 자고 가도 찾지 않는 걸로 보아 심각한 사태라는 느낌이 크게 와 닿았다. 더군다나 심청의 물음도 예사롭지 않고.

"그런데 청아, 예쁜 꽃일수록 시들 땐 더 추하다는 거 너도 알지? 사람에게는 내면의 아름다움이 외면으로 표출될 때가 가장 아름다운 법이다. 여자 외모 가지고 흔들리면 그건 남자가 아니라 짐승이지."

강 노인의 전에 없이 과감한 표현에 심청은 피식 웃고 말았다. 그러나 이내 울상을 지었다. 그 짐승이 할아버지 손자거든요 라는 말을 차마 어찌하랴.

"그래도 전 한 번이라도 그렇게 예뻐봤으면 좋겠어요."

심청이 의기소침한 목소리로 웅얼거리자 강 노인의 안색이 딱딱하게 굳어갔다. 보아하니 유신이 외모 가지고 심청을 홀대하는 모양이었다. 한땐 머리부터 발끝까지 모두 사랑스러워 죽겠다고 염병을 팔불출처럼 굴더니.

강 노인은 고개를 숙인 채 손가락만 괴롭히고 있는 심청을 못 본 척하며 속으로 유신을 혼구멍 내줄 방법을 고민했다. 한데 생각하면 생각할수록 신기하다. 지금까지 심청이라면 죽고 못살던 녀석이 도대체 무엇 때문에 심청이 홀로 나와 있어도 찾지 않는 것일까?

강 노인은 강 노인대로, 심청은 심청대로 각자의 생각에 잠긴 채 들릴 듯 말 듯한 한숨을 돌아가며 내쉬었다.


심청이 인천댁이 준비한 밑반찬을 챙겨 들고 한남동 본가를 나선 건 어둠이 제법 내려앉은 때였다. 자신을 데려다 주겠다며 강 노인이 함께 나서자 심청은 적잖이 안심이 되었었다. 그러나 막상 차가 아파트 입구에 서자 심청은 서운한 빛을 노골적으로 드러내었다.

여전히 전화 한 통 없는 유신이 꽥꽥거리며 당장 오라고 난리 법석을 피울 때보다 몇 곱절은 더 무서웠다. 그 보이지 않는 침묵이 과연 무엇을 뜻하는 것인지…… 심청의 작은 입에서 쉼없이 한숨이 터져 나왔다.

은근히 함께 가주길 바라는 심청의 의도를 모른 척하며 강 노인은 아파트 입구에서 차를 돌리게 했다. 부부 문제는 일단 본인들이 해결의 의지를 가지고 시도하는 게 우선이었다. 그 다음 연장자로서 나섬이 옳았다. 부디 자신이 나서야 할 일이 없기를 바라며 강 노인은 입맛을 다셨다.

"다 저러면서 어른이 되어가는 거지."

강 노인은 답답한 심경을 그렇게 위로했다. 정말 그렇게 어른이 되어가야 할 텐데, 라는 간절한 소망을 담아서.

혹시나 하는 마음에 두근거리는 가슴을 안고 집으로 들어선 심청은 어둠만이 자신을 반기자 맥이 탁 하고 풀려 버렸다. 유신은 주말의 마지막 날까지 최선을 다해 열심히 소개팅을 다니는 모양이었다.

새 신붓감 물색하느라 주말까지 반납했나 보지? 그만큼 내가 아프다고 하소연했는데도 말이야!

혼자서 안달복달한 것이 억울해 심청은 들고 있던 반찬 그릇을 패대기칠 뻔했다.

"강유신, 네가 이렇게 나오면 나올수록 나도 물귀신 작전으로 나갈 거거든. 어디 두고 봐! 네가 이기나 내가 이기나. 나쁜 자식!"

실컷 큰 소리를 치며 씩씩거리는 심청의 입매가 이내 씰룩거렸다. 어린아이처럼 입을 벌리고 엉엉 소리를 내어 울며 심청은 자신의 방으로 들어갔다. 전날의 다급함을 보여주듯 열린 옷장 문이며 서랍에서 튀어나온 옷들을 보자 서러움이 몇 배로 몰려들었다.

대충 보이는 곳만 정리해서 수습을 마친 심청은 입은 옷 그대로 침대에 누웠다. 제출해야 할 과제와 공부해야 할 것이 태산 같은데 만사가 귀찮기만 하다. 차라리 유신에 대해서 이렇게 귀찮음을 느꼈으면 얼마나 좋을까?

강유신, 강유신, 강유신! 이 밥통아, 넌 분하고 억울하지도 않니? 강유신 그 인간은 지금쯤 예쁜 여자애랑 만나서 희희낙락거리고 있을 텐데 뭐가 강유신이냔 말이야. 지워 버려. 잊어버려!

꼬르륵…… 어디서 물 떨어지는 소리가 들린다. 일명 하수구새는 소리다. 이 심각한 와중에도 배가 고플 수 있다는 것이 심청은 정말 신기했다.

"참아라, 응. 나 다이어트 해야 하거든."

심청이 비장한 각오로 내뱉었다. 밥 달라고 아우성치는 배를 노려보며 심청은 이불을 확 뒤집어썼다. 잠이라도 자야 배고픔을 잊을 수 있을 것 같았고, 그래야 유신에 대한 생각도 잊을 듯했다.

꼬르륵. 꾸르륵. 이제는 이중창을 해댄다.

"안 되거든. 아무리 그래 봐야 소용없다."

심청이 낮고 단호한 목소리로 의지를 불태웠다. 한 끼만 굶어도 세상 사는 낙을 잃어버리는 심청으로서는 정말 대단한 결심이 아닐 수 없다. 하지만…….

잠은커녕 시간이 지나면 지날수록 눈만 더 말똥해지고 여전히 들어올 기미가 보이지 않는 유신으로 인해 신경이 곤두설 대로 곤두서기만 했다. 심청에게 있어 지금 강유신과 배고픔은 아픔이었다. 자신의 몸과 마음을 아프게 하는.

두고 봐. 나중에 내가 헌법 소원을 해서라도 몸무게 55kg 이하의 사람들은 아예 결혼, 아니, 연애도 못하게 하는 법률을 만들 테니까. 심청은 아우성이다 못해 요동을 쳐대는 배를 문지르며 그렇게 결심을 굳혔다. 그나마 그런 상상을 하고 나니 조금

이나마 배고픔을 잊을 수 있었다.

어찌어찌 하다 겨우 잠이 든 심청은 그러나 아침이 되자 경악
하고 말았다. 유신이, 유신이 들어오지 않았던 것이다. 이름 하여
일명 외박이라는 것 말이다. 정말 유신이 막 나가려는 모양이다.

심청은 숨을 꼬르륵거렸다. 그 순간만은 배고픔이고, 뭐고 다
잊은 채 충격과 비탄에 젖어 아무 생각도 하지 못한 심청은 자
신의 눈을 의심하고 또 했다. 그러나 아무리 둘러보아도 유신의
흔적은 찾을 수가 없다.

나쁜 자식! 이 쓰레기만도 못한 자식!

온몸을 사시나무 떨듯 부들부들거리며 심청은 입술에 피가 나
도록 아프게 깨물었다. 여자가 한을 품으면 어찌 된다는 것을 기
필코 보여주겠노라 다짐하며 심청은 씩씩하게 주방으로 향했다.

누구 좋으라고, 누굴 위해서 굶는단 말인가! 심청은 냉장고에
남아도는 맛난 반찬들을 죄다 꺼내기 시작했다. 볼이 미어져라
밥알을 퍼 넣는 심청의 눈가에서 눈물이 뚝뚝 떨어졌지만 소매
춤으로 쓰윽 닦아낸 후 악착같이 밥을 먹었다.

그러고 보니 강유신과 배고픔의 차이는 또 있었다. 삶의 의지
를 불태우게 해준다는 것이었다.

**"심**청아, 안녕."

"응."

복도에서 마주친 과 선배의 알은체에 심청은 짧은 단답형의 인사를 하곤 그대로 지나쳤다. 흥분이 좀처럼 가라앉지 않은 심청은 자신이 지금 인사를 한 사람이 선배라는 것을 아예 인식조차 못하고 있었다.

"쟤, 지금 나한테 '응'이라고 했니?"

심청의 뒷모습을 보며 인사를 건넨 선배가 그다지 크지도 않은 눈을 휘둥그레 떴다. 그러자 옆에 서 있던 다른 선배도 경악스러운 표정으로 고개를 끄덕였다. 그 모습은 학과 문제에 적극적이지는 않지만 맡은 일은 무조건 완벽하게 완수하고 과에서 없어서는 안 될 예의 바른 후배 심청의 모습이 전혀 아니었다.

"이상해. 쟤 집에 무슨 일 있나 봐. 누구랑 한판 싸운 것 같지 않니?"

"그러게. 잘하면 한 대 치겠다, 야. 이거 원 선배가 후배 눈치까지 봐야 하다니. 암튼 쇼킹하다."

두 사람의 시선이 한참 동안이나 심청의 뒷모습을 쫓았다. 강의실로 향하는 심청의 발걸음은 누가 보더라도 여전사의 걸음걸이 같았다. 표정은 또 얼마나 비장한지 건드리기만 해도 곧 터질 시한폭탄처럼 위태로워 보였다.

"야, 민심청!"

잔뜩 격앙된 목소리가 복도에 쩌렁하고 울렸다. 낯익은 목소리에 심청이 천천히, 아주 천천히 고개를 돌렸다.

"왜?"

반항심 가득한 십대 소녀처럼 날이 선 심청의 눈빛과 반응에 기세등등하던 세련이 흠칫거렸다. 마치 사람을 잘못 부르기라도 한 것일까, 짧은 순간 걱정하던 세련은 심청이 틀림없자 안도의 빛을 내보였다.

"야, 눈에 힘 좀 풀어라. 우습게 생긴 애가 그러니까 몇 배는 더 무섭네."

먼저 목청을 높였던 세련이 슬그머니 저자세를 보였다. 어쩐지 평소의 심청과 달라 보여 함부로 대하기도 눈치가 보인 탓이다. 하지만 여전히 심청은 고압적인 자세를 풀지 않았다.

"불렀으면 부른 이유를 말해야 할 거 아니야."

다분히 시비조인 심청의 다그침에 세련은 어안이 벙벙한 표정을 하고는 눈만 멀뚱거렸다. 한 번 불렀기에 망정이지 두 번 불렀으면 몰매라도 맞았을 분위기다.

"저기…… 내가 널 왜 불렀더라. 아, 맞다. 너 휴대전화 왜 꺼둔 거야? 주말 내내 뭔 짓을 하느라, 아니, 그게 아니고 무슨 일 있었니, 심청아?"

버럭 흥분하던 세련이 아차 하며 사근사근하게 굴었다. 두 눈은 물론 온몸 전체에 힘을 주고 있던 심청이 가방 안을 급히 뒤졌다. 조금 전 버스 안에서도 시간을 확인했는데 휴대전화를 꺼두기는 누가 꺼뒀다고.

"내 휴대전화가 꺼지긴 뭘 꺼져 있었다고 그래? 봐, 이렇게 멀쩡하잖아. 네가 번호를 잘못 눌렀겠지."

심청이 아주 당당하게 휴대전화를 내밀었다. 가뜩이나 유신의 문제로 인해 화가 뻗칠 만큼 뻗친 터라 여차하면 아무나 하고라도 싸움을 벌릴 판이었다.

"애, 청아. 흥분하지 말고 이 언니 이야기를 좀 들어보련?"

세련이 일단 심호흡을 하고는 목소리를 깔았다.

"내가 너한테 전화 걸면 네 휴대전화에 내 이름 뜨지? 그 말인즉슨 내 휴대전화에 네 이름이 저장되어 있다는 거고. 지금까지 그런 식으로 너랑 통화한 거 잊었니? 네 이름 저장된 걸로 항상 통화하던 내 휴대전화가 이 가을에 더위 먹었겠냐고? 나 단축키로 너한테 전화하잖아."

이번에는 세련도 지지 않겠다는 듯 조목조목 일목요연하게 따지고 들었다. 그러고 보니 세련의 말이 맞는 것 같기도 하다. 세련에게 전화가 오면 항상 '예쁜이'라는 발신자 이름이 뜨니까.

심청이 폴더를 열어 수신 버튼을 눌러보았다.

"어? 얘 왜 이래? 왜 먹통이야."

심청이 휴대전화 번호를 아무거나 마구 누르기 시작했다. 겉으로는 멀쩡해 보이는 휴대전화가 어떤 번호를 눌러도 시간 표시 외에 아무 기능을 하지 않았다. 전원 버튼을 아무리 눌러도 꺼지지도 않고 반항하듯 그대로 멈춤 상태였다.

그렇다면 혹시 유신도? 심청은 도리어 안도감을 느꼈다. 그래, 유신이 나한테 전화를 했다가 안 받으니까 화가 나서 안 들어왔던 걸 거야. 석환이나 다른 친구들이랑 놀았던 게 틀림없어. 여자 애하고 노닥거리느라 외박한 거 아닐 거야.

"칫, 너 나한테 미안하다는 소리 안 할 거니? 괜히 남편 바람난 아줌마처럼 신경 곤두서서는 사람 놀라게 만들고."

순간 가슴이 철렁하고 얼굴이 머쓱해졌다. 심청은 자신이 언제 그랬냐는 듯 눈을 반달처럼 휘고는 미소를 지었다.

"내가 너 놀리려고 일부러 그런 거야. 설마 진짜 화난 거 아니지?"

심청이 세련의 소매를 붙잡고는 귀엽고 앙증맞게 애교를 떨었다. 유신에게 선보일 새로운 전략을 미리 연습해 보는 셈치고 아주 가증스럽게 몸을 흔들어댔다.

"어우, 민심청. 너 주말에 뭐 잘못 먹었니? 작년 여름에 먹은 수박씨가 새싹 키우려고 한다야. 웬일이니!"

세련이 온몸을 부들부들 떨며 몸서리를 쳐댔다. 칫 하고 삐친 표정을 지으면서도 심청은 마냥 좋기만 했다. 유신이가 화가 나서 미팅은 몇 번 했겠지만 구체적으로 바람이 나서 그런 것은 아닐 것이라는 생각에 그제야 가슴을 억누르는 체증이 조금 내려가는 듯했다. 정말 이런 증세가 몇 번만 반복되다가는 살이 확 내려앉을 것 같았다.

"근데 나한테 전화 왜 한 거야?"

"미팅 말이야, 미팅. 어제 동아리 후배가 인원 모자란다고 긴급 요청을 했는데 이건 연락이 돼야 말이지."

세련의 말에 심청이 심드렁한 표정을 지었다. 잘생기고 돈 많고 성질은 좀 괴팍하지만 그래도 견딜 만한 유신이 있는데 유치하게 무슨 소개팅! 거드름을 피우며 심청이 어깨를 들썩거렸다.

"그랬니? 그렇다면 어제 통화가 됐어도 소용없었겠다. 나 그런 거 싫다고 했잖아. 내가 보기보다 남자 보는 눈이 높아서 말이야."

난데없는 심청의 거만함에 세련은 괜히 심청의 앞뒤를 요모조모 살폈다. 외향적으로는 아무 변화가 없는데……. 의심스러운 눈빛을 감추지 않은 채 세련은 아무 말도 하지 않았다. 시험 기간이 다가오니 심청의 증세가 조금 심각해졌나 보다 판단하며 심청의 손이 이끄는 대로 강의실로 질질 끌려갔다.

한 시간 뒤 심청은 경영대의 강의실 앞 복도 앞에 서 있었다. 휴대전화가 먹통이니 미리 언질을 할 수도 없고 설령 된다 하더라도 유신이 답을 줄지도 의문이기에 무작정 와서 기다리는 중이었다.

설마 하니 강의까지 빠지지는 않았을 거란 생각에 심청은 손에 든 쇼핑백을 만지작거렸다. 참 사람 마음이라는 건 알다가도 모르겠다. 그렇게 미워 죽겠으면서도 결벽증이 있어 연달아 이틀 동안 같은 옷을 입지 않는 유신을 위해 옷가지를 챙긴 걸 보면 중증이긴 중증이다 생각했다.

갑자기 시끌시끌한 소리가 들리더니 사람들이 우르르 몰려나왔다. 경영대답게 남학생들이 대부분인지라 심청은 일부러 복도 끝에 쭈뼛거리며 서서 유신의 모습을 찾았다. 키가 크고 체격이 건장한 유신이니 어디에서나 돋보여 쉽게 찾을 수 있을 것이다.

그러나 그것은 어디까지나 심청의 생각일 뿐이었다. 이미 꽤 많은 수의 학생들이 지나갔지만 유신의 모습은 쉽사리 찾을 수가 없었다. 혹여나 하는 마음에 까치발까지 들어봤지만 여전히 보이지 않았다.

그때 어깨를 툭 치는 손길에 심청이 깜짝 놀랐다.

"아니, 이게 누구야? 블루 아니야!"

석환의 과장스러운 목소리에 심청은 안도의 한숨을 내쉬며 미소를 지었다.

"어, 석환아."

"블루가 여긴 웬일이야?"

"으응. 저기 유신이가 뭘 좀 갖다 달라고 해서……."

"유신이? 그 짜식 수업도 안 들어온 주제에 블루한테 부탁을 했어? 그렇잖아도 무슨 일인가 궁금해서 전화해 보려던 참이었는데 오기는 온대?"

"응? 유신이 수업 안 들어왔어?"

"그렇다니까. 문자 넣어도 생까고. 이거 연애질을 너무 과하게 하는 거 아닌가 모르겠네. 걔가 그렇게 마음에 들었나?"

석환의 혼잣말에 심청의 뺨이 삽시간에 벌겋게 달아올랐다. 학교에도 오지 않았다면 어디에 있다는 것일까? 외박에 이어 학교 수업까지 빼먹다니…… 앞에 석환이 있기에 망정이지 종이 가방 안에 든 옷가지를 잘근잘근 밟아서 쓰레기통에 처박고 싶은 걸 억지로 참으며 심청은 호흡을 가다듬었다.

미쳤지, 내가 미쳤지. 필시 오늘 수업 마치는 대로 정신과 상담이라도 받아야겠다고 생각하며 심청은 그대로 뒤돌아섰다.

"어? 블루, 그냥 가는 거야?"

"으응. 저기, 혹시 있다가라도 유신이 오면 나 왔다 갔단 말하지 마. 내가 좀 화를 냈더니 걔도 기분이 좀 그럴 거야."

석환이 믿거나 말거나 급조된 변명을 둘러대고 심청은 서둘러 자리를 떴다. 후끈후끈 심장까지 달아오르는 느낌을 과연 어떻게 표현해야 할지. 멍한 기분으로 경영대 건물을 빠져나오는 동안 심청은 몇 번이나 심호흡을 가다듬었는지 모른다.

입이 있어도 할 말이 없다는 말처럼 정말 아무 말도 할 수 없을 것 같다. 분노나 서운함, 이런 건 둘째 치고라도 마음이 아파와 주저앉아 울고만 싶었다.

"어, 혹시 심청 씨?"

여차하면 바닥에 쭈그려 앉을 판국이었던 심청은 태주의 등장에 몸을 꼿꼿하게 세웠다. 그러나 너무 급작스런 만남이라 하얗게 질린 표정은 바꾸지 못했다.

"아…… 안녕하세요."

심청은 어색하게 인사를 건네고는 슬쩍 눈길을 피했다. 하필 이럴 때 누군가를 만난다는 게 지금 심정으론 하나도 반갑지가 않았다. 아무나 붙잡고 우는 실수를 범할까 두렵기 때문이다.

"어디 아프세요? 뒤에서 보니 너무 힘겹게 걷고 계셔서……."

바보…… 얼마나 초라해 보였으면 이 사람이 이런 말을 다 할까. 넌 꼭 그렇게 빈티를 내야겠니? 그러니 강유신이 얼씨구나 다른 여자 만나러 다니느라 신이 났지.

뼈아픈 힐난을 퍼부으며 심청은 태주의 말에 고개를 저었다. 이 상황에서 동정까지 받았다간 정말 무슨 일이라도 저지를 것만 같았다. 울더라도 혼자, 청승을 떨더라도 혼자 조용히 해결하고 싶었다.

"그럼 다행이시구요. 전 또 많이 불편하신가 했거든요. 그런데 여긴 어쩐 일이세요? 교양 과목이라도 듣는 게 있으신가 봐요?"

"아, 아니에요. 그건 아니고…… 그냥 좀 볼일이 있어서. 선배님께선 여긴 웬일이세요?"

"하하, 선배요? 참 듣기 좋은 말이네. 전 여기 은사님을 좀 뵈러 왔어요. 제가 운영하고 있는 벤처기업에 은사님께서도 투자를 하고 싶어하셔서요. 이런 이야기 여자 분들은 좀 재미없을 텐데…… 제가 좀 오지랖이 넓은 편이죠?"

"벤처기업이요? 능력이 대단하신가 봐요?"

심청이 놀란 눈으로 새삼스럽게 쳐다보자 태주는 손을 내저으며 부인했다. 그 모습이 심청에게는 참으로 겸손하게 보였다.

"그냥 애들 장난 같은 거죠 뭐."

"설마요, 애들 장난에 교수님께서 투자까지 하시겠어요? 너무 겸손한 것도 요즘은 매력없는 거래요. 당당하게 자신의 사업에 대해 자부심을 가지세요."

심청의 격려에 태주는 놀란 빛을 감추지 않았다. 물끄러미 심청을 바라보는 태주의 눈에 설핏 감동의 빛이 보였다.

"제 얼굴에 뭐라도 묻었어요?"

심청이 자신도 모르게 손을 뻗어 얼굴을 만지작거렸다. 그러자 태주가 재빨리 부인했다.

"아니에요. 그냥 심청 씨 눈이 너무 맑고 예뻐서…… 그래서 저도 모르게 쳐다보게 되었네요. 실례가 되었다면 죄송합니다."

조금 전 석환의 말에 와락 볼이 달아오른 것과 반대로 이번에는 심청의 두 뺨으로 홍조가 자연스럽게 피어올랐다. 심청이 무안함에 슬쩍 몸을 틀었다. 살다 보니 이제야 시력이 제대로 된 사람도 만나고. 이래서 세상은 살아볼 만한 것인가 보다.

"혹시 점심 드셨습니까? 안 드셨으면 저랑……."

태주의 제안에 심청은 고민할 필요도 없이 고개를 끄덕였다. 벌써 두 번이나 신세를 졌으니 이번에야말로 자신이 대접을 해야겠다고 생각했다.

"제가 잘 가는 식당이 있거든요. 서문 쪽에 있는데 거기로 가죠?"

태주의 말에 심청은 무조건 고개를 끄덕였다. 서문이든 북문이든 어디든 갈 준비가 되어 있었다. 사람을 기분 좋게 만드는 태주의 대화에 동참하며 심청은 몇 번이고 웃음을 터뜨렸다. 파란 하늘로 심청의 기분 좋은 웃음소리가 번져 나갔다.


"웃음이 나온다 이거지?"

아까부터 태주와 심청의 모습을 지켜본 유신은 어이가 없어 몇 번이고 코웃음을 쳤다. 새벽에 길을 나선 탓인지 눈은 벌겋게 삼분사분 균열이 가 있었다.

"내가 널 너무 과소평가한 거냐, 민심청? 그래서 네가 지금 그렇게 까분단 말이지?"

얼마나 놀랐으면 본가에 가 있을 것이라는 생각은 하지도 않고 무작정 장인어른이 사는 두메산골로 향했는지. 지금 생각해도 황당하지만 당시에는 혼이 반쯤은 나갔다는 표현이 옳을 만큼 아무 생각이 없었다.

가는 도중 타이어에 바람이 빠져 교체하고 길을 잘못 들어 한밤중이 되어서야 겨우 도착한 강원도 두메산골의 처갓집에 여름 뙤약볕에 검게 그을린 장인, 장모만 있는 것을 보고 얼마나 놀랐던지.

무슨 일이냐며 엉덩방아까지 찧는 장인어른을 걱정시켜 드릴 수 없어 염려가 되어 다니러 오는 길이라고 안심시키면서도 밤새 한숨도 자지 못했다. 새벽이 되기 무섭게 학교를 핑계 삼아 떠나오면서도 생각나는 건 오로지 심청에 대한 걱정밖에 없었다.

여전히 전원이 꺼져 있다는 휴대전화는 그렇다 치더라도 자신이 외박을 했음에도 불구하고 전화 한 번 하지 않는 심청의 냉정함에 솔직히 오만정이 떨어져 나갔다. 더군다나 저렇게 다른 남자와 신이 나서 떠드는 모습은 유신이 알아왔던, 꿈꾸어왔던 심청의 모습이 절대 아니었다.

잊어주겠노라고, 가볍게 무시하겠노라 던진 말은 이 시간부로 취소다. 자신을 놀라게 한 것이 이것으로 벌써 두 번째다. 첫 번째는 실수라고 마지못해 인정하더라도 두 번, 세 번 반복하는 것은 실수가 아니라 고의다.

남은 수업 일정을 포기한 채 유신은 차에 올랐다. 교내에서는 일정 속도를 유지해야 하지만 유신은 과할 만큼 속도를 냈다. 다른 남자와 걸어가는 심청의 모습이 보기 싫어서였다. 이럴 때면 스포츠카라는 것이 새삼 고마웠다. 심청이 너무 싫어해 학교에는 결코 끌고 다니지 않는 차였건만.

"어이쿠, 심청 씨 괜찮아요?"

태주는 쏜살같이 지나가는 스포츠카에 심청이 다치기라도 할까 봐 온몸으로 감쌌다. 덕분에 태주에게 갇힌 것처럼 되어버린 심청은 뒤늦게야 차의 형태를 볼 수 있었다. 어딘가 모르게 낯이 익은 차 같았지만 절대 유신의 차일 리가 없었다.

유신을 생각하자 갑자기 우울함이 도졌다. 태주가 자신을 즐겁게 해주면 해줄수록, 자상하게 말을 건네줄수록 유신이 더 강하게 떠올랐다. 아무래도 자신은 유신에게 익숙해질 대로 익숙해진 모양이었다. 아무리 매너 좋은 사람이 앞에 있어도 유신이 그리운 것을 보면…… 그렇게 자신을 아프게 하는 유신임에도 불구하고.

사람이 밥만 먹고 살 수 있냐는 물음에 대한 심청의 답은 한결같이 '당연하지' 였다.

죽일 놈의 사랑이라는 것도, 제 잘난 맛에 하는 사랑도 아무튼 배고파 봐라. 사랑은 무슨 얼어죽을. 힘 딸려서 사랑도 못한다. 한데 그 생각이 언제 그랬냐는 듯 지금은 싹 바뀌어 버렸다.

아니, 사람이 어떻게 밥만 먹고 살 수 있어? 세상에 멋지고 값진 일이 얼마나 많은데.

심청은 하루를 마무리하는 귀갓길이 새삼 행복했다. 자신이 얼마나 우물 안 개구리처럼 살았는지 많은 후회와 반성을 한 날이기도 했고 그만큼 시야를 더 넓히는 하루이기도 했다.

태주와 점심을 먹고 난 후 오후 수업을 마친 뒤 다시 만나 지금까지 이야기를 나누다 오는 길이었다. 태주의 무용담—본인은 그런 표현을 극구 사양했지만—을 들으며 심청은 얼마나 자주 감탄사를 남발했는지 모른다.

살아가면서 평생 몇 번의 기회가 주어진다는 말을 반신반의했었는데 태주를 보면서 심청은 그 말에 확신을 가지게 되었다. 과외 아르바이트비 백만 원으로 도전했던 첫 사업이 실패로 끝나 버려 비교적 어린 나이에 좌절을 겪었다고 했다. 그렇다고 거기에서 안주하지 않았다는 그는 누구나가 좋아하는 아이스크림으로 사업을 성공시켜 보겠노라고 불끈 주먹을 쥐었다고 했다.

처음에는 반신반의하던 사람들도 이제는 그의 성공 앞에 주저없이 박수를 보내준다며 멋쩍게 고백하는 그가 심청의 눈엔 너무 멋있어 보였다. 오만하지 않으면서도 자신감에 넘치는 그에게서는 에너지가 끊임없이 분출되는 것 같았다. 이제는 체인망이 급속도로 번져 가는 사업이라 너도나도 투자를 원하는 사람이 넘친다면서도 그는 항상 신중이라는 단어를 명심하고 또 명심한다고 했다. 한 번 실패를 맛본 사람은 두 번째, 세 번째 실패도 염두에 두어야 한다면서.

사업이라는 것을 그저 운이라고만 생각했던 심청은 그동안 강 노인과 시아버지에 대해 평가절하 했던 것을 많이 후회했다. 사람이 요행을 얻을 수는 있어도 그 요행을 제대로 부릴 줄 아는 것은 능력이라는 것을 아마도 일부러 부인했던 것 같다. 그 땐 그만큼 어렸었으니까.

태주의 인간 승리 같은 이야기에 심취해 있다 보니 시간이 속 절없이 흘러갔다. 그렇다고 해서 두려움에 떨지도 않았다. 항상 유신 때문에 조바심 내고 안절부절못하던 어제의 심청이 아니 었다.

"제가 신조로 삼고 있는 게 뭔지 아십니까? 바로 나 자신을 믿자입니다. 어느 누구도 믿지 말고 오로지 내 판단과 내 결정, 그것만 믿자고요. 물론 다른 사람들의 의견에 귀 기울이는 것도 잊지 말아야겠지만 일차적인 건 항상 나를 우선순위에 둡니다. 최종 결정 또한 그렇구요."

아무리 생각해도 멋진 말이다. 사업으로 성공하는 사람들의 대부분이 달변가인 것은 그만큼 굴곡 많은 삶을 살았기에 가능 한 일인가 보았다. 그 경험이 자신은 물론 다른 이들에게도 좋 은 본보기가 되어줄 테니.

태주의 인간성과 사업적인 수단에 매료된 심청은 실패에 이 은 성공담을 듣는 순간 자신의 일처럼 기뻐했다. 언젠가 본 영 화에서 주인공이 악당들을 물리치고 사람들을 구해내던 마지막 장면에서 저절로 박수를 쳤던 것처럼 진한 감동까지 받았다. 아 이처럼 자신의 말 한 마디 한 마디에 감탄하는 심청을 태주는 결코 비웃지도 않았고 여보란 듯 거만을 떨지도 않았다.

훗날 자신도 태주처럼 성공이라는 것을 하면 항상 겸손해야 겠다고 생각하던 심청은 낯익은 문 풍경에 깜짝 놀랐다. 엘리베이터를 탄 기억도 나지 않는데 어느새 현관 앞에 도착해 있었다.

유신의 일이 심청에게 충격은 충격인 모양이었다. 어떻게 종일 유신에 대해 잊고 지낼 수 있었는지. 충격이 아니라 태주의 힘인가? 심청은 눈 감고도 누를 수 있는 비밀 번호를 누르고는 위풍당당하게 문을 열었다.

비록 늦은 시간이기는 했지만 자신이 도둑고양이처럼 살금살금 들어갈 이유가 없었다. 당당하게 어깨를 펴고 걸음도 가볍게……

하나, 그 모든 다짐들이 유신의 흔적 하나에 일순 사라져 버렸다. 심청은 저도 모르게 미소를 짓다 말고 입술을 꽉 깨물었다. 네가 받은 상처를 잊지 말라고. 지금 유신은 더 이상 널 한때나마 좋아했던 남자가 아니라 다른 여자에게 마음을 빼앗긴 남자일 뿐이라고 주지시켰다. 그러자 지금까지 평온했던 분위기가 모두 깨어져 버렸다. 마치 두 사람의 관계처럼 말이다.

"민심청, 오랜만이다."

어둠을 뚫고 들려오는 목소리에 심청은 냉소를 지었다. 화를 내야 할 사람이 정작 누군데. 한껏 내리깐 유신의 목소리에 쓴 물이 올라오려고 했다. 다른 계집애들에게는 얼마나 다정하게 굴까? 자신에게 퍼붓는 막말과 비어들을 수많은 여자 친구들에게도 하는지 궁금해졌다. 궁금해한다고 답을 해줄 유신도, 답을 듣고 싶은 자신도 아니지만.

"그래, 오랜만이다. 삼 일 만인 거 같은데 맞니?"

심청은 일부러 삼 일이라는 단어를 강조했다. 그러고 보니 벌써 꼬박 이틀이 지나 있었다. 하루는 희망으로, 하루는 절망으로, 그 나머지는 분노로…… 참으로 다사다난했던 2박 3일의 사건들을 떠올리며 심청은 처연하게 웃었다. 차마 울 수는 없으니까 웃기라도 해야 했다.

"너 지금 웃었냐?"

심청의 자조 섞인 웃음소리를 유신도 들은 모양이었다. 커다란 그림자가 불쑥 심청의 앞을 가로막았다.

그럼 내가 울 거라고 생각했니? 천만에, 내가 왜 울어야 해? 피눈물을 흘리며 후회할 사람이 너라는 걸 가르쳐 주기 전까지는 절대 울지 않아. 내가 느낀 수치심을 너도 그대로 당하는 걸 봐야 공평하지 않겠니?

"속으로 웃는다고 조심했는데 내 웃음소리가 너한테까지 들렸니? 네 귀가 밝기는 엄청 밝은가 보다."

심청이 빈정거림을 담아 중얼거리듯 대꾸했다.

"장난하지 마라, 민심청. 너랑 농담 따먹기 하고픈 생각 따윈 아예 없으니까."

정말 웃음이 뭔 걸 보여줘야 할라나. 여전히 잘난 척 거만하게 구는 유신의 반응에 심청은 머리칼이 쭈뼛거리며 서는 느낌이었다. 물론 분노로 인한 즉각적인 반응이었다.

적반하장도 유분수지. 어떻게 자신 앞에서 이렇게 당당할 수가 있는지. 아직도 여전히, 아니, 그전보다 유신을 더 많이 좋아하고 사랑하지만 이런 모습까지 사랑할 자신은 없다.

부딪쳐 봐야 깨지기만 할 뿐, 견고해지는 것은 기대하기 힘든 자신의 사랑은 그렇게 금이 가기만 하는 사랑인가 보다. 심청은 서로에게 자꾸 상처를 줄 바에야 먼저 피하는 게 상책이라는 결론을 내렸다. 더 미워할 수도 없다면 그게 차라리 나았다.

"어딜 가!"

난폭하기 그지없는 음색보다 더 강렬한 힘이 실린 유신의 손아귀에 심청의 팔이 잡혔다. 불시에 당한 일에 심청은 어안이 벙벙했다. 그전에도 유신이 화를 낸 적이 있긴 했지만 지금 이 순간처럼 난폭하게 굴지는 않았었다.

비록 어투는 퉁명스러워도 두려움이나 무서움이라는 단어가 직접적으로 와 닿지는 않았다. 심청은 차분하게, 최대한 이성적으로 굴자고 최면을 걸며 나지막하게, 그러나 불편한 마음을 담아 속삭였다.

"내 방에 가. 설마 내가 네 방으로 갈까 봐 겁나서 이러는 건 아니겠지? 내가 둔하기는 해도 그 정도 방향 감각이 없지는 않으니까 걱정하지 마."

한 마디 한 마디를 주고받는 것이 거의 살얼음판을 걷는 사람들 같다. 유신은 심청에게, 심청은 유신에게 실망한 상태이기에 서로에게 건네는 말들이 올곧이 상처가 되어 상대방을 자극했다.

"후훗, 민심청. 네가 둔하다고? 스스로 둔함을 인정한단 말이지?"

운전대를 잡았던 시간이 이틀 동안 열 시간이 넘기에 피곤할 만도 하건만 유신은 집에 돌아와 샤워를 하고 난 후에도 잠을 이루지 못했다. 눈을 감을 때마다 심청이 낯선 놈과 이야기 나누는 모습이 떠올라 도저히 잠을 청할 수가 없었다.

결국 핏발이 선 눈을 하고 무작정 심청을 기다렸다. 그 기다림이 얼마나 지루하고 지겨웠는지 말로 설명하기 힘들 만큼 유신에게는 버거운 시간이었다. 어둠이 내리고 그 짙음이 점점 더 넓게 퍼질 동안에도 심청이 오지 않자 다른 감정은 일제히 사그라져 버렸다. 오로지 분노만이, 걷잡을 수 없는 광폭함만이 남았을 뿐이다.

"네가 둔하다며, 그럼 둔한 거 아니니? 실제로도 그렇잖아. 나 항상 네가 웃고 난 다음에야 뒷북치며 웃고, 항상 당하고 나서야 당한 걸 알고. 훗, 그리고 보니 진짜 둔한 거 맞네."

자조 섞인 심청의 푸념에 유신은 끝내 발끈하고 말았다. 그냥 예전처럼 커다란 두 눈을 깜빡이며 거짓으로나마 두려워하던 그 심청을 다시는 기대할 수 없는 것일까? 스치기만 해도 깊게 찔릴 것 같은 이 날카로움은 어디서 온 것일까? 자신이 무얼 잘

못했는지조차 아예 모른다는 뻔뻔스러움은 또 어디서…….

곱씹을수록, 의문부호를 달면 달수록 심청에 대해 드는 조바심은 점점 더 커져만 가는데 정작 당사자는 모르쇠로 일관하니 꼭 조롱당하는 느낌이었다. 유신의 침묵을, 입이 아닌 눈으로 다그치는 그 강렬함에 심청은 칫 하며 고개를 돌렸다.

이틀 전만 해도 그렇게 바라봐 주었더라면 감동의 눈물을 몇 바가지는 흘렸겠지만 천만에! 이젠 어림도 없다. 심청의 모진 외면에 유신의 위태위태하던 이성이 그대로 날아가 버렸다. 가뜩이나 힘이 잔뜩 들어가 있는 손에 더 큰 힘이 가해졌다.

"아! 왜 이래! 너 왜 이러는 거야!"

심청이 갑자기 쇳소리를 내며 소리쳤다. 자신의 팔목을 움켜잡고 질질 끌고 가는 유신의 손목을 뿌리치려 다리에 힘을 주고 버텨보지만 소용없었다. 유신의 방문이 쾅 소리를 내며 닫힘과 동시에 심청의 몸이 침대 위로 내팽개쳐지듯 던져졌다.

"유…… 유신아…….."

심청의 목소리가 덜덜 떨렸다. 달빛 속에서 마주 보던 유신의 얼굴이 아니었다. 조명 빛에 보이는 유신의 눈에는 온기라곤 없었다. 붉게 균열된 눈빛은 평소 장난기 가득했던 악의가 아니라 정말 악만이 존재해 있었다.

심청은 본능적으로 몸을 피하기 시작했다. 설마…… 심청이 고개를 저었다. 자신이 상상하는 일 따윈 절대 일어나지 않을 것이라 확신하면서도 심청은 뒤로 물러나기 바빴다. 결국 침대 머리 판에 등이 닿고 나서야 심청의 움직임이 멎었다.

"기껏 도망간다는 곳이 거기냐?"

입고 있는 셔츠를 뜯어버리듯 벗어 던진 유신이 표정 변화 하나 없이 차가운 얼굴로 물었다. 심청은 두려움과 믿을 수 없다는 눈빛을 담아 고개를 저었다.

"너…… 피곤해 보여. 그만 자는 게 좋겠다."

심청이 바닥으로 다리를 내리며 떨리는 목소리로 이야기했다. 그러나 미처 두 다리가 바닥에 닿기도 전에 침대에 반듯이 뉘어졌다.

"고양이 쥐 생각할 때도 있냐?"

빈정거림이 담긴 눈빛이 심청을 매섭게 쏘아보고 있었다. 눈썹을 깜빡이기만 해도 마주 닿을 것 같은 유신의 입술에 심청은 그저 떨기만 했다. 그전에도 이런 상황이 자주 재현되기는 했지만 지금 보여주는 저런 눈빛은 단 한 차례도 본 적이 없기에 심청은 저도 모르게 두 손을 뻗어 유신의 가슴을 밀쳤다.

"홋, 너 지금 그거 안아달라는 뜻의 반어법인 거냐?"

심청의 단호한 거부에 유신은 어금니를 질근거리며 따지듯 비꼬았다. 나를 거부한단 말이지? 저 하나한테 미쳐서 이성을 반 이상 잃은 날 싫다고 밀어낸단 말이지?

유신은 비참했다. 그렇게 몸부림을 쳐도 조그마한 계집애 하나 가슴에서 내보내지 못하는 자신에게 질려 버릴 것 같았다. 더불어 심청을 볼 때마다 드는 소유욕에 질식해 버릴 것 같았다.

소유가 사랑이 될 수도 없고, 강요나 동정 또한 결코 사랑이 될 리 만무했다. 그러나 유신은 그렇게라도 사랑을 받고 싶었다. 그 어느 누구도, 다른 여자도 아닌 심청에게서.

석환을 핑계 삼아 다른 여자들도 만나보고 미팅도 해보았지만 아무 소용 없었다. 도리어 더 비참하기만 했다. 민심청 제까짓 게 무엇인데 이렇게 사람을 우습게 만드는 것이냐며 반항심만 들 뿐이었다. 마음대로 막 나가보자는 마음은 잠시고 어느새 또 심청이 무슨 일을 저지르지나 않을까 노심초사였다. 결국 제자리였다. 심청에게서 결코 벗어날 수 없다는 것만 뼈저리게 느낄 뿐이었다.

유신의 손이 난폭하게 심청의 셔츠 속으로 들어가 가슴을 움켜잡았다. 심청이 몸을 틀며 거부했지만 유신의 눈에는 그 모든 행동이 상처로 와 닿았다. 심청이 반항하거나 말거나 유신은 긴 머리채를 한 손으로 움켜잡고 강제로 키스를 퍼붓기 시작했다.

아침이 되면 분명 후회를 할 것이 틀림없다. 심청에게 지금 자신의 행동이 얼마나 큰 충격이 될지는 알지만…… 유신은 그렇게라도 자신의 존재를 각인시킬 수 있다면 그 원망을 고스란히 받아들이기로 했다. 후회할 때 하더라도 지금은 심청을 절대 놓아주기 싫었다. 놓아줄 수가 없었다.

심청의 작고 도톰한 입술을 깨물고 핥는 유신의 몸짓은 애절하기만 했다. 그 애절함이 절대 심청에게 닿지 않을 것이라 생각한 것은 유신의 착각이었다.

유신이 지금 원하는 것이 단지 본능에 충실한 육체적인 욕구에 불과하다는 것을 알면서도 심청은 받아주고 싶었다. 이미 자신은 바보니까. 이전에도, 이후에도 여전히 바보일 것이니까…… 유신을 안고 싶었다. 유신에게 안기는 것이 아니라 자신이 품어주는 것으로 그렇게…….

결국 심청이 자발적으로 입술을 벌렸다. 순간 유신이 당황했음을 짧게나마 느낀 심청은 그것으로 족하다 여겼다. 유신도 결코 힘으로 해결하고픈 것이 아니라고 스스로를 위로하며 심청은 그 어느 때보다 더 적극적으로 그의 혀를 받아들였다. 다급한 몸짓과 다르게 달콤한 타액이 갈증난 입 안을 적혔다.

그런 심청이 마음을 알아챘는지 유신은 조금 전과는 달리 조심스럽게 심청이의 옷을 하나씩 벗겨내기 시작했다. 어느새 알몸이 된 심청을 뜨거운 눈으로 훑던 유신은 매끄러운 살결을 쓸어 내렸다. 비단보다 더 부드러운 느낌에 손끝이 자잘하게 떨려왔다.

자신의 옷가지가 벗겨져 나가고 유신의 매끄러운 살이 가슴을 살짝 내리누르자 심청은 그 온기에 감사하며 입술을 갖다 대었다. 움찔거리며 놀라는 유신의 몸을 세게 안은 것도 심청이었다.

'미안해, 유신아. 널 너무 사랑해서. 널 놓치기 싫어서 너무 미안해. 이렇게라도 잠시나마 널 내 것이라고 느껴서, 그래서 또 미안해…….'

심청의 애타는 마음이 그대로 유신의 심장에 전달된 듯 유신은 속으로 울부짖고 있었다. 미안하다고, 이렇게밖에 널 안지 못해서 미안하다고.

유신은 품 안에 안긴 심청을 살짝 떼어내 목덜미에 얼굴을 묻었다. 연한 살결을 이로 살짝 깨문 다음 알맞게 부푼 가슴 쪽으로 입술을 미끄러뜨렸다.

심청의 앙증맞은 작은 돌기를 입 안에 머금은 유신의 입술이 사죄를 담고 점점 아래로 유영하듯 내려갔다. 심청의 입에서 결국 신음 소리가 터져 나오고 작은 손이 시트를 비틀어 쥐듯 움켜잡았다. 성급함이 아닌 애를 태울 정도로 느긋하게 배회하는 유신의 입술 때문에 발가락 끝까지 짜릿함이 관통했다.

심청은 만족할 수 없는 목마름에 애타며 더욱 몸을 비틀었다. 유신이 어서 버석거리는 갈증을 채워주길 바라며 숨을 헐떡거렸다. 그녀의 바람을 느꼈는지 유신의 혀는 앙증맞은 배꼽에서 잠시 머뭇거리다가 자신만이 아는 비밀스런 곳으로 이동했다.

유신의 분신이 아닌 촉촉한 혀가 숲을 가르며 들어오자 심청의 호흡이 잠시나마 멎어버렸다. 그가 혀를 움직일수록 온몸이 뜨거운 불에 내던져지는 듯했다.

멈출 것 같지 않던 유신이 고개를 들자 심청이 몸부림을 쳐댔다. 멈추지 말라고, 멈추면 싫다고.

무언의 의미가 전달된 듯 유신의 혀가 다시 한 번 진입을 시도했다. 온몸을 틀며 신음 소리를 삼키는 심청의 몸짓이 마치 사랑 고백이라도 되는 것처럼 느껴진 유신의 눈가가 붉어졌다. 그럴 리 없는데, 절대 그럴 리 없다는 것을 알면서도 유신은 그렇게 느꼈다.

"하악……."

심청은 천장이 하얗게 변하는 듯한 착각을 일으키며 다리를 축 늘어뜨렸다. 유신이 주는 열정으로 절정에 도달했던 것이다. 기운을 소진한 심청은 거친 호흡을 삼키며 무방비하게 누워 있었다.

심청이 호흡을 고르기 위해 어깨를 들썩거리자 붉게 변한 가슴도 따라 움직였다. 심청이를 위해 자신의 욕망을 잠시 보류했던 유신은 허벅지를 벌리고 자신의 허벅지를 밀어 넣었다.

유신의 분신이 이미 촉촉하게 젖을 대로 젖은 길을 따라 들어오자 심청의 입에서 달뜬 신음 소리가 흘러나왔다. 또다시 유신과의 열정에 휩쓸린 심청은 그의 목을 힘 주어 안았다. 그 뒤로는 서로의 호흡이 엉키고 엉켜 누구의 것인지 구분이 되지 않았다. 그저 서로를 향한 갈망과 몸부림, 언어가 대신해 주는 고백이 뒤따를 뿐…….

그들이 나눈 사랑은 분명 아름다웠다. 유신도, 심청도 그 사실을 부인하지는 않았다. 그러나 그 이면에 감추어진 것은…….

"흑…… 흑……."

심청이 소리 죽여 흐느껴 울기 시작했다. 사랑을 주고받은 직후의 모습이 이런 것이 되리라고는 두 사람 중 어느 누구도 예상치 못했기에 서로 당황하고 있었다.

심청의 울음을 자신의 행동에 대한 원망으로 이해한 유신이나, 유신의 뻣뻣한 몸짓을 후회로 받아들인 심청이나 아직 완전한 성숙이 아닌 성숙으로 가는 단계이기에 위로라는 것을 어찌해야 할지 전혀 알지 못했다. 그저 상대방의 반응에 어쩔 줄 몰라 할 뿐이었다.

예전처럼 유신이 주저없이 머리통을 쥐어박으며 안아주길 기대해 보지만 부질없는 바람이라는 것을 심청은 알고 있었다. 지금 유신에게는 자신의 육체만 필요한 것이라고, 심청은 그렇게 생각하고 있었다. 그래서 서럽고, 가슴이 후벼지는 것처럼 아팠다.

자신의 철없는 행동으로 인해 선뜻 심청에게 손을 내밀지 못하던 유신은 심청의 울음소리에 심장이 너덜거리는 것 같았다. 차라리 자신을 아프게 하고 말지, 왜? 당연히 자신이 받아야 할 채찍질을 심청이 느끼는 것 같아 유신의 마음은 한없이 무거워져만 갔다.

심청을 마음 놓고 위로 못하는 것은 얼마 남지 않은 자존심을 지키기 위해서가 아니었다. 섣부른 위로를 한답시고 더 큰 상처를 줄까 봐 입을 떼기가 무서웠다. 심청이 결국 자신의 준 상처로 인해 그만큼 더 거리를 두고 있기에.

그렇다고 더 더욱 이대로 둘 수는 없었다. 자신의 심장이 완전히 너덜너덜 해어지기 때문에라도…….

침대를 빠져나가려고 몸을 굴리는 심청을 유신이 담쏙 품 안으로 잡아당겼다. 따스한 입김으로 심청의 이마에 들러붙어 있는 머리카락을 떼어내 주며 사과를 대신한 유신은 자신의 맨가슴에 심청의 얼굴을 아예 묻히게 해버렸다.

"미안…… 이렇게까지 하려고 했던 건 아니었다."

심청의 어깨가 사정없이 들썩거렸다. 유신의 사과가 심청을 더욱 아프게 했다. 사랑을 하고도 사과를 한다는 것은 그것이 사랑이 아니었음을 인정하는 또 다른 표현이기에…….

미안하다는 유신의 떨리는 목소리가 귀에서 떠나지 않아 심청은 잠들기 전까지 흐느낌을 멈추지 않았다. 미안한 것은 도리어 자신인데…… 그렇게 사과를 해야만 했던 유신이 가엾어 또 울어야만 했다.

널 울리지 않기 위해, 긴 기다림 대신 널 내 곁에 둔 건데…… 결국 나 때문에 넌 항상 울고 마는구나. 미안하다…… 미안하다…….

유신은 맨가슴을 따뜻하게 적시는 심청의 눈물에 감은 두 눈을 절대 뜨지 않았다. 뜨거운 눈물은 심청의 눈물 하나로 족했다. 자신까지 보태어줄 필요가 없었다. 사내 녀석이 목숨보다 더 아끼고 사랑한다는 여자 앞에서 눈물을 보일 수는 없으니까. 그래서 더 미안했다. 대신 울어주지 못하고 안으로 삼켜야만 해서…….

통통 부은 눈을 하고 유신을 봐야 한다는 어색함에 계속 자리에서 뒤척이던 심청이 갑자기 손을 더듬거렸다. 생각해 보니 사람의 온기가 전혀 느껴지지 않았었다.

혹시나 하는 마음에 눈을 뜬 심청은 커다란 침대에 자신만 덩그마니 누워 있자 도로 눈을 감았다. 움푹 들어가 있는 베개만이 옆 자리에 유신이 있었음을 알려줄 뿐이었다.

잘된 거야. 차라리 잘된 거지 뭐. 서로 무안할까 봐 유신이가 피해준 거야. 유신이가 또 생각이 깊으니까, 그러니까……

그렇게 스스로를 납득시켜 보지만 서운함이 몰려드는 건 어쩔 수가 없었다. 어찌 되었든 유신이 끝까지 함께 있어줬더라면 결말을 위한 어떤 시도라도 해볼 텐데. 이러면 자꾸 힘만 더 들뿐인데……

거기까지가 자신과 유신의 한계인가 보았다.


"야, 강유신! 너 어디 가는 거야?"

강의를 마친 교수님이 나가기 무섭게 유신도 발딱 자리에서 일어나자 석환이 다급하게 물었다. 다른 학생들이 주섬주섬 책을 챙기는 것과 달리 유신은 이미 나갈 준비가 다 되어 있었다. 뒤늦게 소지품을 챙기느라 허둥지둥거리며 석환이 무어라 투덜거렸다.

"볼일 보러."

"볼일? 밥은?"

"너나 먹어라."

단답형으로 대답을 끝낸 유신이 휙 하니 뛰쳐나갔다. 얼떨결에 홀로 남은 석환이 인상을 오만상 써댔다.

"너나 먹어라? 것참, 어감이 요상하네. 나는 단세포처럼 그저 먹는 것만 밝히고 저는 뭐 배고픈 소쿠라테스 할아버지라도 된다는 거야, 뭐야? 나만 먹으라면 못 먹을까 봐? 당연히 먹어야지. 그래야 힘도 쓰…… 힘힘."

석환이 주변 여학생의 눈 흘김에 헛기침을 해댔다. 석환을 바라보는 여학생의 눈빛이나 여학생을 바라보는 석환의 눈빛이나 대동소이했다. 함께 수업을 들은 지도 어언 두 해라지만 볼 때마다 실망을 감출 수 없다는…….

'내가 원서 쓸 때 약 먹었나 보다. 어문 계열 쪽으로 진로를 택했어야 했는데. 무슨 경제에 그리 이바지해 보겠다고 이 과를 택했는지, 원. 그나마 여학생이라고 몇 명 있는 애들이 저렇듯 강렬한 우울함을 줄 줄 누가 알았겠냐고.'

석환이 속으로 불만을 한가득 늘어놓고는 가방을 들고 일어났다.

"안녕, 미라야. 점심은?"

"너나 많이 드셔. 새삼스럽게 무슨 인사야. 어우, 불결해."

대놓고 무안을 준 미라가 친구의 팔을 끌고 서둘러 강의실을 나가자 홀로 남은 석환이 콧방귀를 끼었다. 이미 자신이 경영대의 '은따' 라는 정도는 석환도 알고 있었다. 그리고 그 은따가 된 이유가 무엇 때문인지도.

"에이, 씨뎅할 놈! 누군 저 때문에 그나마 있는 여학우들로부터 따를 당하는데 이런 날 보호해 줄 생각은 하지 않고 강유신 망할 놈은 어디로 도망간 거야? 설마 하니 이제부터 혼자 스케줄 짜서 언니야들 만나러 다니는 건 아니겠지? 그랬다간 이 구석환의 처절한 응징을 맛봐야 할 것인데."

유신을 각종 소개팅 및 만남의 자리에 끌고 나간다는 소문 이후, 그나마 호의적이던 여학생들까지 노골적으로 거부반응을 보이고 있었다. 이래서 선구자란 외롭고 쓸쓸한 것인가 보다.

"근데 강유신은 정말 어디 간 거야? 에이씨, 내가 혼자 밥 먹으로 가는 거 댑따 싫어하는 거 알면서 여린 날 두고 그렇게 매정하게 갈 수 있느냐고."

비 맞은 중보다도 더 심각한 상태를 보이며 석환은 투덜투덜 쉼없이 혼잣말을 늘어놓았다. 요 며칠 내내 틈만 나면 어디론가 사라지는 유신이 궁금하면서도 불만스러웠기 때문이다.

애석하게도 석환의 불만 따위에는 전혀 관심 없는 유신은 그 시간 다이어리에 무언가를 적어가며 누군가와 이야기를 나누고 있었다. 때론 심각한 표정을 짓기도 하고 고개를 끄덕이기도 하는 모습이 무척 진지해 보였다.

**"무**슨 생각을 그렇게 하고 있어요?"

멍하니 창밖을 보고 있던 심청이 화들짝 놀라면서 고개를 저었다. 매번 만날 때마다 느끼지만 약속 시간에 절대 늦는 법이 없는 걸 보면 타고난 사업가인 모양이다. 고객과의 약속을 제대로 지키는 않고서는 어떤 사업이든 성공하지 못한다는 정도는 사업에 문외한인 심청도 알고 있었다.

태주가 자리에 앉기 무섭게 심청은 재촉하듯 이야기를 꺼냈다.

"저기…… 선배님, 지난번에 누구랑 통화하실 때 사업 설명회 어쩌고 하셨잖아요. 죄송해요, 일부러 엿들은 건 아니고 들려서

듣게 되었어요. 선배님이 하시는 벤처기업에 투자자가 많다는 이야기를 과 친구한테 들었거든요. 투자자들 수익도 그만큼 많나요?"

사실 주식이니 투자니 하는 단어는 경제면에나 오르내리는 단어지 심청과는 전혀 무관한 단어들이었다. 한데 우연한 기회에 태주의 이야기를 세련에게서 듣게 되었다. 방송국 차량이 학교에 드나드는 걸 보고 지나가는 말로 중얼거린 세련의 말이 시발점이었다.

세련은 입에 침이 마르도록 태주에 대해 마치 친오빠라도 되는 양 정보를 줄줄 읊었다. 방송과 언론에도 수차례 보도된 유망 벤처기업가임은 물론 젊은 나이에 승승장구 중인 자랑스러운 서울대생이라는 친절한 설명과 함께. 개중에는 심청이 이미 알고 있는 사실과 중복되는 것도 많았다.

새삼 심청은 그동안 자신이 얼마나 현실과 동떨어지게 살아왔으며 누구보다 편하고 안락하게 생활해 왔는지 깨달았다. 콩나물 값 깎을 줄만 알고, 악착같이 모으기만 할 줄 알았다. 티끌모아 태산이라고 언젠가 그 티끌들이 태산이 되어줄 때가 있으리라 믿었는데 지금은 조금 회의적이라는 생각이 들었다.

당장 시할아버지인 강 노인만 보더라도 노력도 많이 하시고 그만큼 고생도 많이 하셨지만 천정부지로 뛰어올라 준 땅값의 힘이 지금의 부(富)를 가져다 주지 않았던가 말이다. 방송은 물론이요, 서점가에서도 재테크라는 제목의 책자들이 얼마나 많이 쏟아지는가를 떠올리며 심청은 태주의 대답을 기다렸다.

"모르긴 몰라도 황금알을 낳는 거위쯤 되지 않을까요?"

태주의 되물음에 심청의 눈이 도리어 황금알만해졌다.

"저…… 정말요?"

심청이 말까지 더듬으며 반문하자 갑자기 태주가 큰 소리로 웃기 시작했다. 뭐가 그리 우스운지 나중엔 눈물까지 찔끔거렸다. 심청은 자신의 말이 그렇게 웃긴 말이었던가 되짚어보았지만 저렇게 박장대소할 만큼 우습지는 않은 듯했다.

멀뚱멀뚱한 시선으로 무안해하는 심청의 모습에 태주가 정색을 하며 물을 한 모금 들이켰다.

"죄송합니다. 심청 씨를 놀리려고 한 건 아닌데 결과적으론 그렇게 되었네요."

태주가 먼저 선수를 치며 사과를 하자 심청은 아니라는 듯 고개를 저었지만 살짝 불쾌한 건 사실이었다. 항상 마지막이 중요한 법인데 결론은 자신을 놀렸다는 게 포인트였다.

어딜 가나 놀림받는 인생이 뭐 늘 그렇지 그럼. 내 복에 무슨. 심청이 콧방귀를 뀌고는 씁쓸한 듯 입맛을 다셨다.

"어, 심청 씨 정말 화난 겁니까? 절대 오해하지 마십시오. 제 말 뜻은 심청 씨가 너무 순진무구하셔서 그래서 웃었던 겁니다. 이상하게 심청 씨랑 이야기하다 보면 내가 꼭 해맑은 아이랑 대화를 하는 것 같아요. 세상 때가 전혀 묻지 않은."

태주의 말에 심청의 입이 헤벌쭉 벌어졌다. 세상에…… 이렇듯 안목이 훌륭하니 사업도 잘하는가 보다. 다른 사람이 저런 말을 했다면 사기꾼, 도둑놈, 변태라고 생각할 만큼 불신감이 팽배하겠지만 태주의 말은 무조건 진실로만 와 닿았다.

"별말씀을요. 제가 얼마나 못됐고 이기적인데요."

이 남자도 설마 여자들이 이슬만 먹고 산다고 생각하는 건 아니겠지? 심청은 며칠 전 유신과 나누었던 광란의 '응응'을 떠올리자 볼이 발그레해졌다. 순진무구한 아이는 결코…… 후끈 달아오르는 뺨을 손으로 감싸며 심청은 궁금했던 것에 관하여 넌지시 운을 띄웠다.

"제가 경제적인 상식이 부족해서 선배님 말씀을 잘 이해 못했거든요. 그러니까 투자해서 이익을 본다는 건가요? 못 본다는 건가요?"

성질 같아서는 예, 아니오, 단답형으로 대답하라고 다그치고 싶지만 참았다. 일분일초가 급한 마당에 서로 추켜 세워주고 칭찬해 주는 것도 아무 소용 없었다. 더욱이 아무리 그래 봐야 자신은…….

"음…… 글쎄요. 혹시라도 심청 씨 아버님이나 어머님께서 노후 자금을 위해 투자하실 계획이 있으신 거라면 저는 신중하시라 말씀드리고 싶어요. 우리가 흔히 대박 대박 하지만 실제 대박을 맞는 사람이 거의 드물기에 대박 운운하는 거니까요."

"선배님께서는 대박나셨잖아요."

심청은 태주의 대답이 의외라는 듯 이의를 달았다. 뭐야, 그러니까 자기 혼자 대박나고 남들은 대박나지 못하게 막는 거야? 이 남자 의외로 욕심이 많은가 보네. 심청은 의심스러운 눈길로 태주를 힐끔거렸다.

"제가 대박이 난 건가요? 그렇다면 정말 다행이구요. 절 믿고 투자해 주신 분들이 그만큼 많은 이익을 가져가실 수 있을 테니 행복한 일이겠지요."

무슨 말이 저렇게 복잡해. 심청은 빙 돌려 말하는 태주의 표현이 그저 헷갈리기만 했다. 그냥 결론만 말해 주면 안 될까요? 심청이 애원하는 눈빛으로 태주를 바라보았다.

"제 말의 요지는 투자도 좋고 새로운 시도도 좋지만 신중하라는 겁니다. 부모로부터 수십억을 상속 받은 사람이든 피땀 흘려 백만 원을 번 사람이든 누구에게나 돈이란 귀하고 소중한 것이니까요. 언론에선 너무 쉽게 돈을 번 것처럼 저를 소개하고 있지만 사실 저 돈 많다는 실감이 안 나거든요. 저한테 투자하신 분들은 그 배당금을 받아가시니 현실적으로 와 닿으실지 모르지만 저는 계속 새로운 기술 개발을 위해 돈이 모이기 무섭게 재투자를 하거든요."

태주의 차근차근한 설명에 심청의 눈에서는 의심이 빛이라고는 찾아볼 수 없었다. 그리고 새삼 또 태주가 존경스러워졌다. 내심 심청은 태주가 '투자할 생각이 있나요?' 하고 물어주길 기대했었다.

세련의 말에 의하면 자기 친척 중에 어떤 이는 유망 직종의 주식에 투자를 해서 일 년 만에 빌딩을 샀다고 했다. 심청은 빌딩까지는 바라지도 않는다. 더도 말고 덜도 말고 유신에게 빚 갚을 수 있는 돈만 생겼으면 좋겠다는 바람으로 질문을 던진 것이었다.

저러니 돈을 모으는구나.

심청은 존경의 눈빛을 넘치도록 담아 태주를 바라보고는 고개를 끄덕였다. 그게 무슨 의미인지는 심청만이 아는 행동이었다.


"야! 어딜 가는 거야?"

앞치마를 벗으며 주방을 나서던 심청은 유신의 다그침에 턱으로 거실을 가리켰다. 며칠 전 그 밤 이후, 무슨 깨달음이라도 얻은 것인지 유신은 예전의 모습으로 돌아와 있었다. 물론 온전히 예전과 같아진 것은 아니었지만 약간은 변하고 있었다.

그리고 웃긴 건 심청 또한 예전의 모습으로 돌아가고 있다는 점이었다. 유신의 말에 깜짝깜짝 놀라고 커다란 눈을 껌뻑껌뻑거리고. 이상하게 유신의 얼굴을 마주 본다는 것이 좋으면서도 어색해 도저히 바로 볼 수가 없다는 점만 빼면 영락없는 그 옛날의 민심청이었다.

"너 밥 다 먹을 동안 거실에 나가 있으려고."

"밥은? 밥은 안 먹고?"

"배 안 고파……."

심청은 배가 고프다 못해 쓰리면서도 거짓말을 했다. 아무리 생각해도 유신이 날씬한 여자들을 좋아하는 이상, 유신과 사는 동안엔 자신도 그 망할 오이 같은 여자들처럼 몸매를 만들어볼 작정이었다. 그래서 어제부터 이틀째 굶고 있었다.

막말로 유신이 나중에 다른 년이랑 살면서 예전에 마지못해 데리고 살았던 배만 볼록 튀어나오고 팔다리도 짧고 굵은 애 어쩌고저쩌고만 해봐라. 그거 먹여 살리느라고 등골이 빠졌느니 휘었다는 둥 유신이 엄살을 부릴 것은 안 봐도 훤했다. 그럼 오이지같이 삐쩍 고른 그년은 깔깔거리며 여자 망신이라고 맞장구치겠지. 그런 꼴을 미연에 방지하기 위해서라도 미리미리 다이어트를 해야 한다.

"그래? 그런데 아까부터 물새는 소리인지 뭔지 자꾸 들리는 것 같다. 수도꼭지 새나 한번 살펴봐라."

"으응? 내 귀에는 안 들리는데 한번 살펴보지 뭐."

꾸르륵…….

개수대를 향해 돌아서던 심청의 눈이 곧 튀어나올 거처럼 돌출되었다.

이기이기 미친나! 왜 하필…… 지금 꼬르륵 소리를 내면 어쩌자고?

심청은 아무렇지 않은 척 시침을 떼고 우아하게 걸었다. 그러자 이번엔 쌍 나팔로 꼬르륵거렸다. 부디 유신의 귀에 들어가지 않기를 바라며 냉큼 개수대 앞에 섰다.

"헉, 유신아. 네 말대로 물이 새는 거 있지. 내가 아까 수도꼭지를 헐겁게 잠갔었나 봐. 얘가 아주 맛이 갔어요, 맛이 가. 도대체 얼마나 물이 샜을까. 아유, 아까워라. 앞으로 조심할게."

심청은 이미 꽉 잠겨 있는 수도꼭지를 돌리는 시늉을 하고는 배시시 웃었다. 호들갑을 떨며 부산스럽게 움직이며 전에 없이 오버를 했다.

갑자기 유신이 인상을 있는 대로 쓰고는 수저를 놓았다.

"왜? 반찬이 맛없어? 가을이라 없던 입맛도 살아날 땐데. 음…… 다른 거 좀 해볼까? 먹고 싶은 거 있어?"

야! 강유신. 내가 널 좋아하는 건 인정하거든. 아니, 널 사랑해. 그런데 말이야, 저 반찬들이 맛없다고 투정 부리는 거라면 너 정말 인간 아니라는 것도 알지? 응? 내 혼신이 깃든 저녁이란 걸 네가 알아주지 않으면 내가 상당히 슬플 거라는 생각 꼭 해라.

속으로 아드득 이를 갈며 심청이 폭폭 한숨을 내쉬었다. 그리고는 유신이 염려스럽다는 듯 한껏 걱정스러운 얼굴을 했다. 오랜만에 해보는 이 가증스러운 연기가 심청은 별로 싫지 않았다. 마치 고향에 돌아온 듯한 느낌이 들었다.

"민심청, 너 거실 의자 밑에 있는 체중계 좀 가지고 와봐라."

유신이 목소리를 힘껏 깔며 말했다. 순간 심청은 부동자세가 되었다. 몸무게는 왜 재려고? 몇 근이나 나가는지 미리 알아뒀다가 가까운 정육점에 끌고 가려고? 아서라, 이 누나 요즘 살이 내려앉아서 그다지 맛없을 거거든.

"유신아, 있지. 그 체중계 지난번에 올라가 보니까 고장났더라. 내가 좀 과하게 나가나 봐. 내 몸을 거쳐 가면 뭐든 멀쩡한 게 없네."

심청이 당황하며 횡설수설해 대자 더는 못 들어주겠다는 듯 유신이 의자를 확 밀치고 일어났다.

"그래? 아침에 내가 올라갔을 땐 멀쩡하던데. 어제 사우나 가서 잰 거랑 몇백 그램 차이 나지도 않던데 그게 고장인 거냐?"

미친…… 이 아니고 저분이 또 왜 저러시나. 사우나 가서 쟀으면 됐지 집에서 또 잴 이유가 뭐 있어! 하여간 내가 저놈, 아니, 저분을 좋아하기는 하지만 저럴 때 보면 사이코가 따로 없는 것 같다.

심청은 거실로 나가려는 유신의 팔을 잡고는 의자에 앉으라고 눈빛으로 애원했다. 그리고는 밥공기에 밥을 퍼 유신의 앞에 마주 앉았다.

"평소 먹는 양만큼만 먹어라. 응?"

"으응."

다시 자리에서 일어난 심청이 공기 대신 대접을 꺼내어 밥을 두어 주걱 설렁설렁 깐 다음 제자리로 돌아왔다. 유신이 갑자기 자신의 밥그릇에 있던 밥을 반 이상 덜어 심청의 그릇에 옮겨 담았다.

"야아!"

심청은 저도 모르게 버럭 고함을 지르며 원망의 눈빛을 보냈다. 이놈, 아니, 이분아! 나 지금 다이어트 한단 말이야. 벌써 이틀째라고 나름대로 기특해하고 있는데 네가 이렇게 찬물을 끼얹어도 되는 거야! 응?

"민심청, 넌 개인적으로 내가 누굴 닮았다고 생각하냐?"

"느이 부모님."

심청이 시무룩하게 답을 하고는 밥알을 깨작거렸다. 입술을 삐죽 내밀고 식탁만 뚫어지게 바라보는 모양새가 여차하면 울 태세 같다. 유신은 어이없는 웃음이 터질 것 같아 억지로 참으며 짐짓 무게를 잡았다.

"그거야 당연하지만 날 보고 혹자들은 장동걸과 원반을 합친 것 같다더라. 맞냐?"

"응. 아니."

아무 생각이 없던 심청은 유신의 물음에 대답을 불쑥 내뱉었다 바로 취소를 했다. 자신의 이상형이 바로 '태극기 그리고'에 나왔던 장동걸과 원반인데 그 둘을 합친 게 강유신 저란다.

심청은 갑자기 핑 하고 콧방귀를 끼었다. 하여간 멋지고 좋은 건 다 저 닮고 다 저하고 관련있다고 하지. 심청이 속으로 구시렁거렸다.

"너 표정이 왜 그러냐? 이 오빠 말이 틀리다 이거냐?"

"아니…… 틀리긴. 오히려 네가 더 멋있어서 그런 거지."

심청이 어느새 저자세로 나왔다. 뭐, 어린애 데리고 살려니 어른인 자신이 양보해야지 어쩌겠는가.

"이제야 네가 제정신이 돌아왔나 보다. 참 오랫동안도 가출해 있더니 별수없었나 보네. 여하튼 축하한다. 그건 그렇고, 민심 청! 내가 예전부터 미리 경고했었다! 넌 마른 거 절대 안 어울린 다고. 골격 자체가 벌써 씨름 선수 골격인데 네가 굶는다고 뭐 달라질 것 같으냐? 괜히 다이어트 한답시고 굶어서 머리털 빠지 고 주름살 생기고 피부 푸석푸석해져서 여러 사람 눈 피곤하게 하지 말고 생긴 대로 살아라. 지금 주는 피해만으로도 과하니 까."

유신의 한 마디 한 마디가 대바늘로 찌르는 것보다 더 아프 다. 심청은 호흡을 가다듬으며 침묵을 고수했다. 젓가락이 콩나 물 위에서 한참을 머무르는가 싶더니 이내 뚝뚝 눈물을 흘렸다.

그러니까 놈의 말은 원판 불변의 법칙을 잊지 말고 살아라, 이 뜻? 차라리 모른 척해주지, 꼭 그렇게 아픈 부분을 밝혀내고 강조해야 직성이 풀리니?

곱씹을수록 억울하고 분하다. 먹을 것이라면 자다가도 벌떡 일어나는 자신이 하루하고도 반나절을 굶었다는 건 거짓말 조 금 보태어 기네스북에 날 일이었다. 그런 노력도 몰라주고, 아 니, 왜 그러는지 이유조차 알지도 못하면서 구박만 일삼는 유신 이 너무 미웠다.

"흑흑……."

심청이 식탁에 얼굴을 묻고는 서럽게 울기 시작했다.

"그쳐라, 민심청."

심청의 울음을 지켜보던 유신이 퉁명스럽게 말을 내뱉었다. 그 냉정함이 서러워 심청은 더욱 크게 소리 내어 울었다.

"으이유, 이 바보 같은 게! 그치라고 경고했다. 우는 소리 거실까지 들리면 정말 곡소리 나게 해줄 거야. 알았냐?"

유신의 협박에 심청이 마지못해 고개를 끄덕였다. 우는 것도 마음대로 못하게 하고. 흐잉, 정말 나쁜 놈. 나 돼지처럼 살찌게 해놓고선 나중에 이혼 사유로 적으려는 거 누가 모를 줄 알고? 내가 어떻게 해서든지 살 빼고 말 테니까 두고 봐.

억지로 눈물을 참으며 심청은 멸치 사촌처럼 생긴 유신의 애인을 떠올렸다. 그러자 꼭 반드시 살을 빼고 말겠다는 의지가 새롭게 샘솟았다.

'어휴, 저걸 정말 어떻게 해야 할지 모르겠다.'

보지도 않는 텔레비전의 화면을 틀어놓고 유신은 고개를 저었다. 어제 강 노인에게 호출당해 본가로 갔던 유신은 거짓말 하나 안 보태고 온몸에 멍자국이 들 뻔했다. 지금도 도저히 믿기지 않을 상황이 벌어진 것은 유신이 대문에 들어서자마자였다.

난데없이 날아든 권투 글러브가 달린 봉은 둘째 치고라도 불결한 것은 질색하는 것을 알면서도 욕실 청소를 하는 긴 솔을 들고 나와 후려치는 강 노인에게 속수무책으로 맞고 또 맞았다. 이유나 알고 맞자며 항변하는 것도 아랑곳하지 않고 강 노인은 무조건 맞기나 하라고 했다.

결국 부당한 매질에 견디지 못한 유신이 완력으로 무기들을 빼앗고 나서야 한밤중의 매질은 끝이 났다. 네가 어떻게 심청과 결혼했는지 잊었냐며 다그치던 강 노인은 갑자기 주먹을 휘둘렀다. 이제 와서 하는 말이지만 당시 유신은 자신이 이 집안 친손자가 아니라 심청이 친손녀이지 않을까 하는 생각까지 했다.

자신이 하고픈 일이라면, 어떤 일이든 다 하게 해주고 무조건적인 애정을 베풀던 강 노인이 그렇게 화를 내는 모습은 처음이었다. 더군다나 흥신소 직원까지 동원해 자신의 최근 흔적을 면밀히 뒷조사했다는 말에는 소름이 끼쳤다. 어떻게 손자를 뒷조사할 수 있냐며 발끈했을 땐 아버지 강 사장에게 펀치를 맞을 뻔했다.

이 집안에 너 같은 바람둥이는 없었다며 울부짖던 어머니의 처절한 절규는 또 어땠던가. 전후 사정은 들어보지도 않고 몰아대는 어른들로 인해 유신은 졸지에 집안 망신시키는 개망나니로 둔갑되었고, 심청은 바람난 남편 때문에 시름시름 앓는 가여운 며느리가 되어 있었다.

그러나 그것이 억울하다고 지금 곱씹는 것이 아니었다. 자신이 다른 여자를 만나는 날에도 할아버지와 시간을 보내준 심청에게 미안한 마음도 있지만 더 미안했던 건 심청이 다이어트 중이라는 사실이었다. 먹을 걸 얼마나 반기는 심청인데 굶는다니. 당장이라도 집으로 달려가 심청을 업어주며 넌 적어도 10kg는 더 찌워야 내 눈에 정상으로 보인다고 말하리라 다짐했었다.

어른들께 무조건 잘못했다고 빌고 집으로 돌아온 유신은 심청이 누군가와 통화하는 내용을 우연히 듣고 말았다. 대화의 대부분이 어떤 이름으로 시작되어 그 이름으로 끝났다. 유신에게는 한 번도 들려주지 않았던 경외심이 느껴지는 목소리로 말하는 심청은 나긋나긋하기가 이루 말할 수 없었다.

그제야 유신은 자신이 착각했다는 것을 알았다. 심청은 자신에게 잘 보이려고 굶은 게 아니었다. 분하고 이가 갈리지만 사실이었다. 그것도 자신의 경고까지 무시해 가며 굶는다는 건 필시 요즘 심청이 만나고 다닌다는 젊은 벤처사업가인지 선배인지 하는 놈 때문이 틀림없었다.

백태주인지 백세주인지 하여간에 또 한 번 심청이랑 함께 있는 거 걸리기만 해봐라! 아주 만세주를 만들어줄 테니까!

유신이 무섭게 눈을 부라리며 심청이 있는 주방을 향해 버럭 고함을 질렀다.

"야, 너 그 밥은 물론이고 밥통 안에 남은 것까지 다 먹어! 안 먹으면 거기서 못 나올 테니까 알아서 해!"

내가 저의 통통한 볼을 얼마나 좋아하는데. 앙증맞게 튀어나온 뱃살은 또 어떻고. 삐쩍 골아서 뼈만 앙상한 여자들이 얼마나 빈티나고 불쌍해 보이는지도 모르고 살은 뺀다고!

그 선배인지 사업가인지의 이상형이 그런 여자인지 모르지만 자신은 아니었다. 하여 심청이 살을 빼는 건 절대 용납 못했다.

유신은 곱씹을수록 분해 주방으로 또 한 번 빽 고함을 질렀다.

"야, 밥 다 먹고 나서 검사 맡아! 알았냐? 왜 대답이 없어!"

"알…… 았어."

심청이 엉덩이를 엉거주춤 들어 거실 쪽으로 목을 빼며 대답을 했다. 눈물을 반찬 삼아, 콧물을 국 삼아 억지로 밥을 떠 넣으며 심청은 연신 흐느꼈다. 그런데 참 이상했다. 비참하고 서럽다고 생각하며 떠 넣는 밥이건만 막상 목구멍을 타고 넘어가니 기분이 좋아지며 이제야 살 것 같다는 생각이 들었다. 더불어 배가 부르면 부를수록 유신에 대한 원망이 봄눈 녹듯 사라졌다. 참 신기한 일이었다.


"이게 뭡니까?"

태주는 심청이 내민 봉투를 펴볼 엄두도 내지 않은 채 묻기부터 했다. 심청의 얼굴에 살짝 홍조가 비치더니 자부심 같은 것이 묻어났다. 당연히 자부심을 느낄 만했다. 비록 자신이 번 돈은 아니지만 생활비로 받은 것 중에서 따로 적금 붓는 걸 제외하고 반찬 값, 전기세, 용돈을 아끼고 아껴 모은 돈이 아니던가 말이다.

"다른 분들에 비하면 적은 돈이기는 하지만 제 것도 좀 투자해 주세요."

혹여 태주가 거절할까 봐 심청은 돈이 든 봉투를 좀 더 태주 쪽으로 밀어냈다.

"죄송합니다만 전 심청 씨에게 호감이 있어 만나는 거지 이런 식으로 엮이려고 만난 것이 아닙니다."

태주가 정색을 했다. 그의 얼굴과 목소리에 불쾌감이 노골적으로 묻어나자 심청은 재빨리 부연 설명을 덧붙였다.

"제가 드릴 말씀이 있어요. 제발 오해는 말고 들어주세요. 저역시 선배님 이용해서 돈 벌겠다고 만난 거 아니거든요. 진즉솔직하게 말씀드려야 했는데…… 실은 저 결혼한 유부녀예요. 처음부터 속이려고 했던 건 아니었어요. 선배님도 아시다시피 제가 신세진 것이 있었잖아요. 그것만 갚겠다고 했던 것이 선배님 말씀 들으면서 저 자신을 새롭게 돌아보고 또…….."

"그만! 더 설명하지 않으셔도 됩니다."

태주가 손까지 내밀며 심청의 말을 끊었다. 태주가 자신의 말을 변명이라고 생각하는 게 틀림없다고 생각한 심청은 미안함과 난감함에 고개를 떨구었다.

놀랄 만도 하겠지. 유부녀라는 것을 속여가며 만났다는 자체만으로도 불쾌할 텐데 돈까지 내밀며 불려달라고 하니 기가 막힐 만도 했다. 심청은 어떻게 사과를 해야 할지 막막해 죄없는 손가락만 아프도록 괴롭혀 댔다.

더군다나 자신에게 태주가 관심이 있었다는 것도 내숭이 아니라 전혀 감지하지 못했었다. 특별히 외모가 뛰어난 것도 아니고 성격 또한 남자들이 끌릴 만큼 매력적이거나 여성스럽지 못했다. 자기 비하가 아니라 사실이었다.

그나마 고등학교 때까진 예쁘장한 얼굴이라고 자신했었지만 그것도 옛말이었다. 심청의 주변만 봐도 쌍꺼풀, 코 수술은 기본이고 얼굴 전체를 아예 못 알아볼 정도로 바꾸는 친구들도 꽤 많았다. 그러다 보니 심청의 외모는 평범한 외모가 되고 말았다. 그리고 워낙 수재들만 다니는 학교다 보니 성적 가지고 잘난 척한다는 것 자체가 무리였다.

그러니 태주가 자신에게 다른 생각을 가지고 있으리라고 어찌 생각이나 했겠느냐 말이다. 심청은 이 어색한 분위기를 어떻게 이겨내야 할지 감이 오질 않았다.

"정말…… 죄송해요."

심청이 사과의 말을 건네며 고개를 들자 화가 났으리라 예상한 것과 달리 태주는 안쓰러운 눈빛으로 심청을 바라보고 있었다. 그 의미심장한 눈빛에 심청의 고개가 저절로 갸웃거렸다.

태주의 눈에 어린 불꽃이 분노가 아니라는 건 아무리 둔한 심청이라도 알 수 있었다. 왜냐하면 지금 태주가 쏘아대는 강렬한 눈빛은 유신이 침실에서 보여주는 것과 동일했기 때문이다. 그래서 더 황당했다. 절대 그럴 리 없다. 심청은 자신이 소설을 쓰고 있다는 생각이 들었다.

"제가 듣고 싶은 건 심청 씨의 사과가 아닙니다. 제가 묻지 않았으니 당연히 말해 주지 않으신 거잖아요. 사과는 당치도 않으십니다. 굳이 사과를 해야 한다면 제가 해야죠. 허락도 없이 마음대로 심청 씨를 제 가슴과 눈에 품었으니까요."

콩닥콩닥. 쿵덕쿵덕.

달나라의 토끼들이 심청의 가슴에서 절구질을 하는가 보다. 심청은 믿기지 않는 눈으로 태주에게서 시선을 떼지 못했다. 태주의 연이은 고백에 가슴이 뛰면서도 슬쩍 의심이 들었다. 혹시 유신처럼 장난을 치는 건 아닐까. 아무리 생각해도 이해가 되질 않는다.

"저기요…… 저 유부녀라니까요."

심청이 고압적으로 강조를 했다. 고작 입을 뚫고 나온 말이 '나 유부녀예요' 라니. 심청은 자신의 표현력에 백기를 들고 말았다. 저 사람이 널 좋아하는 거라고 아예 심증을 굳힌 거니? 너도 참 한심하다. 심청은 스스로에게 조소를 보냈다.

"절 떼어내기 위해서 하시는 거짓말이라는 거 압니다. 저도 그 정도 눈치는 있거든요. 제가 심청 씨에게 부족한 사람이라는 건 스스로도 인정하지만 너무 매몰차게 거절하시면 서운합니다."

심청의 동공이 더 이상 커지지 못할 만큼 커진 채 정지 상태에서 한참을 머물렀다. 정말…… 정말…… 날 좋아했다고, 아니, 좋아한다고? 그…… 그런……. 심청의 입술이 파르라니 떨렸다. 지금 있는 이곳이 커피숍이 아니라면, 등을 받쳐 주는 의자가 없었다면 그대로 기절해 버렸을지도 모른다.

낙엽 하나가 떨어지는 창밖은 어느덧 해가 지고 있었다. 시간상으로는 늦은 오후에 불과했지만 벌써 어두워지는 것으로 보아 확실하게 가을이 깊어지는 모양이다. 그만큼 심청의 이야기도 길어졌음을 뜻하기도 하고.

대략적인 자기 상황에 대한 심청의 설명이 끝나자 태주가 커피 잔을 쾅 하고 내던지다시피 내려놓았다. 심청이 깜짝 놀라며 흠칫거리자 태주는 미안해하며 어쩔 줄 몰라 했다.

"많이 놀라셨습니까? 죄송합니다, 저도 모르게 흥분해서요."

측은한 목소리와 눈길로 심청을 주시하며 태주가 사과를 했다. 심청은 고개를 저으며 아무렇지 않게 미소를 지었다.

"그런데 심청 씨가 행복하다고 몇 번을 강조하셨지만 제 눈에는 그렇게 보이질 않으니 어쩌면 좋을까요? 아무리 빚 때문이라고 해도 그렇지 딸을 그렇게 시집보낸 심청 씨 아버님도 원망스럽고, 심청 씨 남편 되는 분의 가족 분들도 이해가 되질 않습니다. 아직 어린아이나 마찬가지인 심청 씨를 어른들 편하자고 결혼시키다니요."

나직하게 시작하던 태주는 점점 흥분하기 시작했다. 심청은 최대한 담담하고 재미있게 자신의 상황에 대해 설명했기에 태주가 이런 반응을 보이는 것이 도리어 이상했다. 자기가 언제 우리 아빨 봤다고 원망스럽고 유신이네, 아니, 우리 시부모님까지 싸잡아 비난을 하는 거야? 심청은 콧구멍을 벌렁거리며 태주의 오해를 바로잡아 주겠노라 마음먹었다.

"저기 제가 누차 강조드렸지만 저 엄청 행복하거든요. 저희 아버지가 절 시집보내신 건 그만큼 시댁 어른들을 믿기 때문이셨어요. 저도 처음에는 어이없고 황당하고 장난 같다고 생각했지만 지금은 어른들 때문에 많이 바뀌었고 앞으로도 계속 바뀔 거예요. 나중에 저도 우리 시할아버님, 시부모님처럼 사랑 많은 어른이 되고 싶기도 하고요. 그러니까 절 불쌍하게 여기지 마세요. 저…… 제 남편도 무척 사랑하고 있거든요."

마지막 부분에서 심청의 볼이 발그레해졌다. 두서가 없기는 하지만 이렇게 부연 설명을 하고 나니 조금은 마음이 개운하다. 태주에게 투자를 부탁하는 입장이기는 했지만 그렇다고 자신을 동정해 달라는 건 아니었다.

투자를 원하는 이유 또한 입 아프도록 설명하지 않았던가! 빚진 것이 있어서 갚아주고 싶다고. 유신에게 빚을 갚겠다는 것이 이혼을 뜻하는 건 절대, 네버 아니라는 것 또한 말이다. 유신에게 더 이상 빚진 기분이 들고 싶지 않아서. 동등한 입장에서 마음껏 구애하고 사랑하고 싶은 간절한 소망 때문에 투자를 원하는 것이라고.

심청은 유신과 자신의 문제에서 가장 걸리는 것이 금전적인 부분이라고 단정 짓고 있었다. 그 부분만 확실해진다면 유신에게 좀 더 당당할 수 있을 것 같았다. 유신을 좋아한다고 인정했던 바닷가에서의 그 떨리면서도 달콤했던 입맞춤 이후, 심청은 반드시 자신의 빚을 갚겠노라 맹세했었다. 그 후 유신에게 떳떳한 모습으로 사랑받겠노라고. 그러니 태주가 오해하는 것처럼 불우하거나 불행한 결혼이 아니라는 걸 상기시켜 주고 싶었다. 물론 유신이 자기를 꺼려한다는 것은 불행한 일이지만…….

"진심이십니까? 그게 심청 씨 본마음이라는 겁니까?"

"네, 그렇다니까요."

이 양반이 속고만 사셨나? 아니, 내가 그렇다고 하면 그런 거지, 뭘 그렇게 꼬치꼬치. 그러고 보면 정말 우리 유신이 같은 남자 없다니까. 가끔 버럭버럭 화를 잘 내기는 하지만 뭐 그 정도야 내 사랑으로…… 어느새 생각이 유신에게로 향하자 심청은 씨익 웃음을 지었다. 유신의 생각만으로도 그저 행복하기만 하다.

비록 유신이 자신에게 정이 떨어져 나갔다 해도 크게 걱정은 하지 않는다. 투자해서 돈을 벌면 살 빼는 약도 먹고 세련이 수술했다는 병원에 가서 유신이 좋아하는 이미지로 탈바꿈 좀 하고. 지적인 부분이야 뭐 이미 넘쳐 나니까 말 그대로 재색을 겸비한 민심청으로 거듭나는 거지. 상상만 해도 흐뭇해 심청의 입이 거의 귀에 걸릴 수준으로 변해갔다.

그러나 태주의 한숨 소리에 그다지 오래 행복해하지는 못했다. 곧이라도 세상을 등질 사람처럼 우울한 빛을 내보이던 태주가 애써 담담한 척 희미하게 웃었다. 그 모습이 너무 처량해 보여 심청은 저도 모르게 눈물이 날 뻔했다. 이토록 자신을 생각해 주는 태주가 고맙기도 하고 다른 남자에게 이렇게 인기가 있다는 것을 유신에게 자랑 못하는 것이 억울하다는 생각까지 들었다.

하지만 그렇다고 유신에게 태주의 이야기를 할 수는 없다. 태주에 대해 이야기를 꺼냈다가는 시작도 하기 전에 사망할 것이 분명했다. 자비를 베풀어준다면 그나마 영구 머리로 탈바꿈되어 쫓겨나는 정도일 것이다. 아니지, 그걸 빌미로 날 바람난 유부녀로 둔갑시켜 당장 이혼할지도 모른다.

하여 유신에게는 무조건, 어떤 일이 있어도 숨겨야 한다. 잘못을 해서라기보다 유신이 워낙 특이한 성질을 겸비한지라 무조건 자극하지 않는 것이 최선의 방법이다.

"심청 씨 마음이 그러시다면 이건 제가 투자금으로 받겠습니다……. 그런데 돈을 조금 더 구하실 수는 없을까요? 심청 씨 말처럼 이 년 남짓 동안에 이 정도를 모은 거면 얼마나 알뜰하게 모은 건지 충분히 상상이 갑니다. 그렇지만 돈이 돈을 버는지라 이 돈으로는 큰 수익을 기대하기 힘드실 것 같습니다. 이왕이면 무리를 해서라도 크게 시작하시는 게 성공했을 때 돌아올 수익도 엄청날 겁니다."

침묵을 깨고 태주가 말문을 열었다. 심청은 그제야 퍼뜩 정신이 들어 태주의 말에 귀를 기울였다. 태주의 말이 틀린 말은 아닐 것이다. 만 원을 투자해서 열 배의 이익을 보는 것과 백만 원을 투자해서 열 배의 이익을 내는 것은 어마어마한 차이니까.

그렇지만 칠백만 원이라는 돈이 심청에게는 결코 작은 돈이 아니었다. 어른들이 주시는 용돈 중 일부는 매달 일정액 사회단체에 기부하고, 일부는 아버지를 위해 작은 금액이나마 따로 적금을 들고 있었다. 그 외 기타 잡비와 이것저것을 제외하고는 무조건 비자금 통장에 모았었다. 유신이 주는 생활비 중 아낄 수 있는 것은 다리품 팔아가며 모아서 만든 거금이 지금 내놓은 칠백만 원이었다.

"저도 알지만…… 일단은 제가 가진 것 전부가 그거라서…… 우선은 큰 욕심 안 바라고 은행 이자보다 많으면 전 만족하거든요. 점점 불리다 보면 언젠가 목표액에 다다를 거라 믿어요. 물론 단시간에 되리라고는 꿈도 안 꾸고요. 저한테 저 돈은 그냥 돈이 아니라 제 모든 거나 마찬가지예요. 아무리 슬픈 일이 있어도 저 돈만 생각하면 행복하거든요."

"시댁이 그렇게 여유있다고 하셨지 않았습니까? 어른들께……."

"아니요, 그건 절대 안 돼요. 지금 드린 돈도 엄밀히 따지면 시어른들 돈이나 마찬가지인걸요. 전 평생 살면서 빚만 갚다가 죽을지도 몰라요……. 복권에 당첨되지 않는 이상은 말이에요. 이왕 말씀드린 거 솔직하게 말할게요. 전 이혼해도 위자료 한 푼 안 받는다고 계약서까지 썼기 때문에 무조건 제가 많이 벌어야 해요."

"그…… 그러시군요."

심청의 고백에 태주는 난감한 빛을 내보이고는 돈이 든 봉투를 유심히 바라보았다. 무언가 망설이는 듯한 눈길에 심청은 불안했다. 혹시나 '생긴 대로 그렇게 평생 궁상맞게 사시오!' 하면 어쩌나 싶어 태주의 눈치를 살폈다.

"설마 마음 바뀌신 건 아니시죠? 너무 작아서 안 된다고 거절하시려는 거면…… 제가 이렇게 부탁드릴게요."

심청이 간절히 애원하며 양손을 꼭 모아 쥐었다. 갈등이 되는지 태주는 이러지도, 저러지도 못한다는 듯 난처해하기만 했다.

"선배님, 제발요."

심청이 간곡한 눈빛을 담아 거듭 애원하자 망설이던 태주가 고개를 끄덕였다. 태주의 확답에 심청은 그제야 긴장이 풀어졌다. 혹여라도 태주의 마음이 변할까 봐 심청은 서둘러 자리에서 일어났다.

"우리 유신이, 제 남편 이름이에요. 저 유신이 오기 전에 집에 가야 하거든요. 계약서나 뭐 그런 건 다음에 뵐 때 주세요. 선배님, 정말 감사합니다. 차 값은 오늘만큼은 제가 낼게요. 다음엔 또 각자 내고요."

심청이 허리를 굽혀 정중히 인사를 하고는 뒤도 돌아보지 않고 계산대로 향했다. 안면 가득 미소를 지으며 콧노래까지 흥얼거리면서 차 값을 계산한 심청은 뛰어가듯 계단을 내려갔다.

그런 심청의 모습이 시야에서 완전히 사라질 때까지 태주는 눈길을 거두지 않았다. 그는 심청의 모습이 완전히 보이지 않자 그제야 봉투를 챙겨 들었다. 돈 봉투를 들고 일어서는 그의 표정이 어딘지 모르게 탐탁지 않아 보였다. 심청의 말을 떠올리는 그의 낯빛이 좀처럼 풀어지지 않았다.


아까부터 유신은 소파 위에 누웠다 앉았다, 엎치락뒤치락거렸다가 아주 생몸살을 앓아댔다. 리모컨을 들어 화면의 볼륨을 한껏 높이더니 그것도 신통치 않은지 인상을 있는 대로 써댔다.

"일어나요, 바람돌이 모래의 요정. 이리 와서 들어봐요, 심청의 소원. 우주선을 태워줘요. 공주도 되고 싶어요……."

으…… 미치겠다. 아주 생발광을 해라, 발광을 해. 유신이 소파 위에 나뒹구는 쿠션을 들어 귀를 틀어막았다. 조금 전 본인이 패대기친 쿠션이었다.

도저히 더는 못 참겠다는 듯 유신이 자리에서 일어나 욕실 문을 사정없이 두들겼다.

"민심청! 제발 사람 좀 살자, 응!"

요란스러운 물소리가 뚝 멈추더니 욕실 문이 열렸다. 심청이 빼꼼 고개를 내밀고는 씨익 웃었다.

"내 노랫소리가 좀 컸나 보네. 미안, 조심할게."

안 부르겠다가 아니고 조심할 거란다. 거기다 노래인지 창인지 구분도 안 되는 걸 해놓고선 뭐가 어째? 오늘도 백세주인지 만세주인지 만나고 오더니 온 세상이 다 지 세상으로 보이나 보지? 가뜩이나 신경이 잔뜩 곤두서 있던 유신은 어이가 없어 버럭 고함을 지르려다 말고 주춤거렸다.

요것 봐라…….

살짝 드러난 어깨로 흘러내리는 촉촉한 물기와 열기로 인해 붉게 달아오른 심청의 뺨을 보는 순간 유신은 갑자기 숨이 멎는 것 같았다. 그보다 분신이 먼저 사후강직 증세처럼 뻣뻣하게 뻗더니 마비 증세를 보였다.

며칠 전 강 노인에게 무차별 매질을 당한 통에 심청을 안고 싶어도 안을 수가 없었다. 하필 몽둥이 찜질을 당한 곳이 허리 부근이어서 긴 즐거움을 위해 그동안 이를 악물고 참아내던 중이었다.

긴 즐거움은 개뿔. 민심청, 저거 바람나서 백태주인지 백세주인지한테 홀랑 빠지는 날에는 천하의 강유신만 닭 쫓던 개 지붕 쳐다보는 꼴이 되고 만다.

유신은 막 닫히려는 욕실 문을 힘으로 저지했다.

"······왜?"

심청이 얼굴을 붉히고는 욕조 속으로 몸을 감추며 물었다.

왜? 너 지금 왜라고 했냐? 내 분신이 지금 터지려는 거 안 보이냐?

"너 팔 짧고 굵잖아. 등 밀어주려고."

유신은 고통으로 인해 말도 제대로 나오지 않아 퉁명스럽게 겨우 내뱉었다.

"나 때 없어. 매일 샤워하고 사흘마다 반신욕도 하는데 무슨 때가 있다고."

삐친 시늉을 하며 심청이 팩 하고 토라졌다. 그러면서도 살짝 어깨를 유신 쪽으로 돌리는 영악함을 잊지 않았다. 욕조에 얼마나 오래 있었던지 몸이 퉁퉁 불은 느낌이다. 유신을 유혹해 보려 별짓을 다 해도 통하지 않아 결국 남들 앞에서 절대 부르지 않는 노래 실력까지 선보이고 말았다. 결론적으로 유신을 끌어들이는 데는 성공했지만 말이다.

"넌 등에 눈 달렸냐? 때가 없기는!"

유신은 괜히 할 말이 없어 심청에게 면박을 주고는 욕조에 턱하니 걸터앉았다.

미치겠다····· 당장이라도 심청의 허벅지를 가르고 들어갈 것처럼 통제가 되지 않는 분신으로 인해 유신은 바짝 마른 땀을 흘렸다. 하나, 둘, 셋…… 에라, 모르겠다.

유신이 걸친 옷가지들을 순식간에 욕실 바닥으로 집어 던지고는 욕조 안으로 들어갔다.

"야아…… 씻으려면 네 방 욕실 써. 왜……."

갑작스런 유신의 행동에 질겁한 심청이 말을 더듬으며 눈을 흘겼다. 그러나 유신은 심청의 앙탈에도 아랑곳하지 않은 채 그녀의 등 뒤로 돌았다.

"이 밥통아! 둘이 한꺼번에 하면 물도 절약되고 좋잖아."

말과는 달리 피하는 기색 하나 없이 심청은 부끄러운 척을 해 댔다. 막상 유신이 욕조 안으로 들어와 자리를 잡자 그제야 심청이 반대편으로 몸을 옮기려 했다.

이게 사람 미치게 만들어놓고선 어딜!

유신이 심청을 확 끌어당기고는 자신의 허벅지 사이에 가두었다. 자잘한 물기를 머금은 심청의 몸이 안겨오자 숨이 턱까지 차 올랐다. 유신은 가까스로 욕망을 억제하며 심청의 부드러운 피부를 연신 쓸어 내렸다. 손바닥에 물을 담아 심청의 어깨에 끼얹던 유신은 하얀 살결을 깨물어 삼켰다.

물속으로 손을 내린 유신은 심청의 엉덩이를 움켜쥔 다음 커다랗게 부푼 분신에 붙였다. 수분을 머금은 탓인지 더욱 예민해진 피부는 금세 반응을 나타내었다. 강력한 자기장이 작용하는 것처럼 심청은 유신의 분신을 잡아당겼다.

어머나! 심청의 얼굴이 자줏빛 욕실 타일보다 더 붉게 물들었다. 유신이 그나마 자신의 얼굴을 볼 수 없다는 게 천만다행이었다. 엉덩이에 와 닿은 유신의 분신이 얼마나 기운찬지 심청은 분신이 닿을 때마다 뱃속이 뚫릴 것만 같았다.

"어머…… 유신…… 아흑……."

유신이 갑자기 양쪽 가슴을 움켜잡자 심청은 자신도 모르게 신음 소리를 냈다. 유신과 한 번도 이런 식의 경험을 해보지 않았기에 낯설면서도 수줍음이 몰려왔다. 유신의 손놀림에 몸을 틀자 물결이 따라 움직이며 살결을 간질였다. 새로운 느낌에 흥분이 배로 증가하며 심청을 대담하게 만들었다. 앞으로 다리를 쭉 뻗은 심청은 머리를 유신의 어깨에 올려놓으며 엉덩이를 살짝 흔들었다.

"헉!"

유신의 거친 호흡이 심청의 귀밑까지 전해지자 그녀는 더욱 몸을 꼬았다. 그러자 유신은 심청의 가슴 돌기를 손 안에 넣고 원을 돌리듯 빙글빙글 돌렸다.

"하악……."

심청은 자신의 의지와 다르게 신음이 터지자 욕조 가장자리를 움켜잡았다. 심청이 고개를 더욱 젖히자 유신은 심청의 턱을 잡고 입술을 들이밀었다. 반쯤 몸을 튼 심청도 유신의 행동에 적극적으로 동조했다.

서로의 입술을 탐하는 소리가 색정적으로 욕실 안을 울렸다. 유신의 키스에 열정적으로 답하던 심청은 이젠 거의 유신의 품에 안겨 있다시피 했다. 마치 물에서 빠져나온 인어처럼 매끈한 심청을 끌어안은 유신은 그녀의 몸을 바르게 잡아 자신과 마주 보도록 했다. 천진한 눈망울이 자신을 빤히 쳐다보자 참지 못한 유신은 물기 머금은 머리카락을 넘겨주며 다시 입맞춤을 이어갔다.

첨벙거리는 물소리와 함께 어느새 심청의 몸이 정확하게 유신의 분신 위로 내려앉아 있었다. 물속임에도 자신을 꽉 채운 유신의 존재를 확연하게 느낄 수 있었다. 뼛속까지 관통하는 짜릿함에 심청은 의지와 다르게 다리에 힘을 주었다. 자신의 그런 무의식적인 행동이 유신에게 치명적인 반응을 이끌어내는지도 모른 채…….

유신은 심청의 허벅지를 잡은 뒤 그녀에게 더욱 밀고 들어갔다. 조금도 망설이기 싫다는 듯 그는 전진과 후퇴를 반복했다. 유신의 움직임이 클수록 욕조의 물이 찰랑거리며 욕조를 넘어 바닥으로 흘러내렸다. 뽀얀 수증기로 가득했던 욕실이 유신과 심청이 연신 뿜어내는 열기로 흐려졌다. 살결을 간질이는 물살과 온몸을 더듬는 유신으로 인해 심청은 정신이 아득해져만 갔다.


불과 얼마 전까지만 해도 시원한 곳만 찾아다닌 것 같은데 캠퍼스 곳곳마다 쉴 수 있는 공간은 사람들로 넘쳐 나고 있었다. 세련과 함께 빈자리를 찾아 헤매던 심청은 막 자리에서 일어나는 커플들 덕분에 겨우 다리를 쉴 수 있었다.

"칫, 학교에서조차 꼭 저러고 싶다니?"

세련이 다리를 통통 두들기며 눈을 흘겼다. 슬쩍 휴대전화를 꺼내어 부재중 연락이 있었나 확인하던 심청은 사이좋게 서로의 몸에 기대어 걸어가는 연인들을 향해 눈을 돌렸다.

"왜에? 예쁘기만 하잖아. 사랑을 하면 다들 저렇게 얼굴에 생기가 도나 봐. 뒷모습에서도 빛이 나네, 빛이 나."

심청의 전에 없는 오버에 세련이 미심쩍은 눈으로 힐끔거렸다. 광채는 무슨 얼어죽을 놈의 광채. 커플룩으로 입은 청바지들 좀 봐, 아주 빈티에다 후줄근하고만. 못마땅한 기색이 역력한 표정으로 세련이 불퉁하게 입술을 내밀었다.

"심청이 너 무슨 문단 등단할 일 있니?"

"등단? 아니, 왜?"

무슨 뜬금없는 소리냐는 듯 심청이 눈을 크게 떴다.

"눈 커지는 거 보니 아닌가 보네. 그런 것도 아니면 요즘 왜 난데없이 시 나부랭이를 읊어대냐고. 어젠 난데없이 도서관에서 코를 골지 않나. 난, 또 밤마다 시 쓰고 소설 쓰는 줄 알았지."

세련의 말에 심청은 그저 피식 웃으며 양손을 허벅지 밑으로 넣고는 하늘을 올려다보았다. 밤마다 너도 사랑하는 사람이랑 '응응'도 하고, 키스도 하고, 손 잡고 자봐라. 아침 되면 눈 뜨기도 싫어지니까. 사랑하는 사람 생겨봐. 시 쓰고 싶지 않아도 장

문의 시가 저절로 줄줄 나오는 걸 너도 경험하게 될 테니 말이
야.

"뭐, 나라고 매일 우울하라는 법 있겠니? 살다 보면 좋은 날
도 오는 거지."

심청이 헤벌쭉거리며 웃자 세련이 노골적으로 칫칫거리는 소
리를 냈다. 누군 고작 사귄 지 일주일 만에 남친이란 놈이 양다
리 걸친 걸 알고 비참하게 헤어졌는데, 민심청 얘는 뭐가 그리
좋아서 매일 희희낙락인 거야! 무슨 우렁이 남편이라도 키우나?
애가 갈수록 아주 활짝 피네, 활짝 펴.

"그래, 좋겠다. 그런데 무슨 기다리는 전화라도 있어, 아까부
터 계속 전화만 쳐다보게?"

심청이 강의 시간 중에도 휴대전화를 몇 번이고 확인하던 것
을 유심히 보고 있던 세련이 물었다. 심청은 그저 싱긋 웃으며
고개를 저었다. 아니라고 부인했지만 실은 태주의 전화를 기다
리고 있었다. 바쁜 탓인지 연락을 못 받은 지 어느덧 한 달 남짓
되어가는 중이었다. 지금쯤은 한 번 정도 연락이 올 것 같아 이
제나저제나 기다리고 있었다. 당연히 세련에게는 물론이고 유
신에게도 비밀사항인지라 절대 발설할 수가 없는 일이었다.

사실 겉으로는 태연한 척하지만 심청은 내심 불안감이 없지
않았다. 칠만 원도 아닌 칠백만 원을 덜컥 맡겼으니 심청처럼
돈에 목숨 건 사람이 신경 쓰지 않는다면 그것이야말로 거짓말
일 것이다. 다만 스스로 맡긴 것이니 믿고 기다리자고 스스로를

다독일 뿐이었다. 그렇지 않다면 지금처럼 여유를 부리지는 못할 것이다.

"참, 심청이 너 그거 들었니? 희대의 사기꾼 이야기."

"희대의 사기꾼? 누가 한강물이라도 팔아치웠대?"

심청이 농담처럼 되물으며 쿡쿡거리며 웃었다. 자신이 생각해도 참 썰렁한 개그였다. 아니나 다를까, 세련의 직격탄이 바로 날아들었다.

"어쩜 너는 개그를 해도 너처럼 하니? 근데 어찌 보면 그거 비슷하다. 21세기형 봉이 김선달. 아니, 봉이 백태주라고 해야 하나?"

갑자기 심청의 웃음소리가 뚝 하고 멎었다. 자신이 뭔가 잘못 들었는가 싶어 새끼손가락을 들어 귀를 아프게 후벼보았다. 귀가 뻥 뚫려 있는 걸로 보아 잘못 들은 말이 아님은 틀림없는 듯했다. 그렇다면 세련이 뭔가 잘못 알고 이상한 이야기를 꺼낸 것일까? 그도 아니면 동명이인의……

"백태주?"

심청은 잡념들을 모두 지워 버리고 되물었다. 지금은 확인이 가장 시급했다.

"응, 백태주. 너도 익히 들었을 거야. 글쎄, 그 인간이 벤처인 지 뭔지 해서 대박났다더니 말짱 거짓말이었대. 언론에서 막 띄워주니까 사람들도 진짜인 줄 알았나 봐. 얼마나 뻥을 쳤으면 자기 강의해 준 교수님들까지 속였겠냐고. 암튼 지금 대학원 쪽에는 난리났대. 그 사람한테 당한 교수님들에게 기자들 찾아오고 교수님들은 자기 아니라고 딱 잡아떼고 장난 아니라는데."

"어, 언제? 누가 그래? 그런 이야기가 어디서 나온 거야?"

"얘가 왜 이렇게 흥분을 하실까? 터진 건 한 이 주 전인데 그동안 쉬쉬했었나 봐. 사실 학교 망신이잖아. 근데 결국 터져 버렸지 뭐. 그 사람한테 돈 투자한 사람 중에는 요구르트 팔아서……."

"그래서? 그래서 그 사람 잡혔대?"

심청이 세련의 말을 끊으며 다급하게 물었다. 꿈이면 좋겠는데, 심장 소리가 자신의 귀까지 들리는 걸 보니 꿈은 절대 아니었다.

"잡혔으면 차라리 속 시원하게 들어나 보지. 아무도 행방을 모른대."

심청이 갑자기 가슴을 움켜쥐었다. 핏기라고는 전혀 찾아볼 수 없는 얼굴로 심청이 비틀거리며 일어섰다.

"심청아, 너 왜 그래? 어디 아픈 거야? 혹시 심장병, 심장마비 뭐 그런 거야?"

아닌 게 아니라 심장마비로 그냥 이 세상 하직했으면 좋겠다. 내 복에 무슨, 내 팔자에 무슨 부귀영화를 누리겠다고. 내 돈, 내 돈. 내 생명 같은 칠백만 원. 내 돈…… 내 돈 어떡해!

심청은 세련의 부축임도 거절하고 휘청거리며 어디론가 향했다. 태주와 가끔 만나던 커피숍으로 가려는 중이었다. 그곳에 가면, 왠지 그곳에 가면 그가 있을 것만 같았다.

세상에 등쳐 먹을 인간이 없어서 나처럼 궁색하기 짝이 없는 사람을…… 아닐 거야. 절대 아닐 거야. 사람들이 뭔가 오해를 하고 있는 게 틀림없다. 그 사람 어디를 봐서 사기꾼처럼 보인다고.

심청은 절대 희망을 버리지 않았다. 원래 그런 사람들이 모함을 많이 받는 법이니까 이번 역시 그런 소동에 불과하다고 그렇게 철석같이 확신했다. 무엇보다 심청이 처음으로 사심없이 믿은 첫 번째 사람이기에 더 더욱.

**참**으로 모진 게 사람 목숨인가 보다.

심청은 내리 일주일 넘게 굶고도 퀭한 눈으로 강의를 듣고 온 자신이 너무 신기하기만 했다. 지금 정도면 어디에 이상이 생기거나 할 줄 알았건만 통통했던 볼살이 약간 빠진 것 외에는 절대 죽을 기미는 보이지 않는다.

하긴 유신의 성화 때문에 중간중간 억지로 먹는 시늉을 하기는 했으니 내리 굶었다라고 한 건 어폐가 심하다. 하지만 심청의 입장에선 한 끼만 굶어도 종일 굶은 것과 동격인데 이틀에 한 끼, 두 끼 이런 식으로 먹고 있으니 어찌 되었든 단식은 단식이다.

 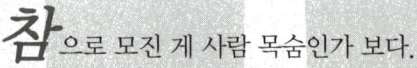

아무래도 굶어서 죽는 건 진지하게 고려해 봐야 할 것 같다. 사실 뭐 죽고자 하면 방법이 아주 없는 것도 아니다. 다만 차에 뛰어들자니 무섭고, 고소공포증 때문에 추락사는 무리고, 약물의 도움을 받는 방법도 있겠지만 그건 약 살 돈이 없어서 실행하지 못할 뿐이다.

돈! 심청이 갑자기 상체를 벌떡 일으켰다. 정말 자다가도 돈소리라면 자동으로 벌떡 몸이 일으켜 세워진다. 오죽하면 친구 세련이 학교에서 뜯어먹던 핫바가 돈으로 보여 '쟤 왜 돈을 저렇게 맛있게 오물거리며 먹고 있지?' 라고 했을까.

지금 심청의 상태는 '세상의 중심에서 돈을 외치다' 다. 만사가 귀찮고 삶의 의욕을 잃은 심청에게는 오로지 돈밖에 생각나는 것이 없다. 누구나 살아가면서 가장 치명적인 것이 하나씩 있듯 심청에게는 돈이 그랬다. 늘 돈이 없어 쩔쩔매던 아버지를 보며 적어도 남들에게 손 벌리며 살 정도는 되지 말아야겠다고 다짐하곤 했었다.

남들이 당연하게 다 갖고 있는 것도 겨우 갖게 되었을 때의 그 아픔을 당해보지 않은 사람들은 모른다. 집에 쌀이 없다고 하니 그럼 햄버거 사 먹으면 되지? 하는 우스갯소리가 당사자들에게는 결코 웃자고 하는 말이 아니라는 것을.

그게 어떤 돈인데, 어떻게 모은 돈인데. 수전증 증세가 나타나며 입술이 부르르 떨린다. 그 돈이면 강원도 두메산골에서 세상과 단절한 채 살고 지내는 아버지께서 겨울 몇 년은 끄떡하지 않고 사실 수 있다. 자신이 그 돈을 모으려고 얼마나 아끼고 또 아끼며 살았는데. 그런 돈을 제 스스로 사기꾼에게 맡겼으니 할 말은 없지만 그렇기에 반드시 찾아야만 한다.

생각이 거기에 미치면 또 죽고 싶어진다. 막상 죽으려고 할 땐 악착같이 살고 싶은데 돈 생각만 하면 죽고 싶다. 어쩌면 그렇게 속물근성일 수 있냐고 해도 할 수 없다. 오죽하면 남편, 자식 없이는 살아도 돈 없이는 못산다는 말에 절대 공감한다며 쌍수를 들까.

물론 심청에게도 돈보다 중요한 유신이 있기는 하지만 생활력에 있어서는 그다지 믿음이 가지 않으니 자신이라도 쌈짓돈을 부지런히 모아놔야 만일 무슨 일이 생겨도…….

"이러고 있을 때가 아니지. 또 찾아봐야지. 백태주 그 인간 내 손으로 잡아서 반드시 그 돈 다 찾아내고 말 거야. 벼룩의 간을 빼먹어도 분수가 있지, 사기 처먹을 게 없어서 내 돈을 먹어!"

분기탱천한 심청은 가방만 걸치고 서둘러 아파트를 나섰다. 유신이 돌아올 시간이라는 것도 잊은 채, 심청은 그렇게 어딘가로 향했다.

심청이 허겁지겁 아파트를 나서던 그 시간, 유신은 지하주차장에 차를 주차시키고 있었다. 차에서 내린 유신이 뒷좌석으로 가서 쇼핑 가방들을 손가락 사이사이에 걸며 요령있게 챙겨 들었다. 어제까지만 해도 잔뜩 무겁기만 했던 유신의 표정이 밝았다.

종이 가방들이 내는 부스럭 소리를 들으며 엘리베이터에서 내릴 때까지 한결 같은 표정을 고수했다. 무슨 사단이 날 것 같은 심청의 행보와 다르게 유신에게서는 홀가분한 기운마저 느껴졌다. 실제로 지금 유신의 마음은 가벼워서 날아갈 것만 같았다.

사실 오전까지만 해도 유신의 분위기 또한 심청과 별반 다를 것이 없었다. 뭐든 과하면 덧난다는 말을 되새기며 참았지만 심청의 하는 양을 지켜보고만 있으려니 자신이 울화병에 걸릴 지경이었다.

갈수록 생기를 잃어가는 심청의 얼굴과 축 처진 어깨는 도대체 그 연유가 어디에서 비롯된 것인지 가늠할 수가 없었다. 백태주라는 놈 때문인 것은 알고 있지만 단지 그 이유만이라고 보기에는 무언가 석연치 않았다.

단순한 실연의 아픔이라고 단정 짓기에는 심청의 태도가 모호했다. 혼자서 몰래 무엇을 살펴보다가 유신이 나타나면 흠칫 놀라며 감추는 일이 여러 번이었다. 벙어리 냉가슴 앓는 건 심청만이 아니었다. 유신도 그 못지않게, 그 이상으로 앓았다. 자신이 좋아하는 여자가 옆에서 아파하는데도 내가 아닌 다른 놈 때문이냐고 묻지 못하는 남자의 마음이 얼마나 아픈지 겪어보지 않은 사람은 모른다. 평소 둔함에 있어서는 타의 추종을 불허하는 심청이니 유신이 함께 앓고 있다는 것도 눈치채지 못함은 두말할 것도 없었다.

당장이라도 심청을 닦달해 볼까 하루에도 수십 번 갈등했지만 그 백태주 때문이라는 말을 들을까 봐 그냥 돌아서야 했다. 대신 그 녀석에게 빼앗긴 심청의 마음을 돌리고 말겠다며 자신의 의지를 더욱더 굳건하게 다졌다. 제발 자신에게 심청의 마음이 닿기를 기도하며.

그 간절함이 통하기라도 한 것인지, 아니면 원래부터 그래 왔던 것인지 어쨌든 역시 하늘은 강유신의 편이었다. 밤새 뒤척이느라 잠을 이루지 못하는 심청을 두고 혼자만 편하게 잠을 청할 수 없어 거실에서 졸고 있던 유신은 심청의 방에서 나는 신음소리에 선잠을 깼다.

한달음에 심청의 방으로 달려가 보니 진땀을 흘리며 심청이 헛소리를 하고 있었다. 스탠드를 켜자 볼이 움푹 내려앉은 모습이 눈에 들어왔다. 억지로 무얼 먹이는 것도 한계가 있어 그냥 뒀더니 그새 얼굴이 반쪽이 된 것 같다. 성화에 못 이겨 마지못해 먹는 척하더니 그대로 속을 게워내는 걸 보고 완력도 통하지 않아 그냥 둔 탓이었다.

이러다 멀쩡한 사람 잡겠다 싶어 유신은 백세주인지 백태주인지 하는 놈을 어떻게 해서든 찾아내어 심청의 눈앞에 보여줘야 하나 갈등했다. 정말 사랑한다면 심청을 위해 그래야 함이 마땅하나 자신은 아직까지 그런 경지에 이르지 못한 모양이었다. 그럴 바에야 차라리 심청과 둘이 죽어버리는 게 낫겠다는 생각이 드니 말이다.

"도온…… 내 도온……."

이마에 주먹을 얹고 눈을 감은 채 심각하게 고민을 하던 유신은 불분명한 심청의 발음에 눈을 껌뻑거렸다. 무슨 말을 듣기는 했는데 자신이 잘못 들은 것이 아닌가 싶어 심청의 입가로 귀를 바짝 갖다 대었다.

"내 도온…… 내 도온 내놔. 내 도온……."

돈? 그 돈(豚)이 아니고 이 돈(money)? 유신은 피식 웃음을 터뜨렸다. 그 와중에 웃음이 난다는 것이 의문이기는 했지만 적어도 백태주 놈의 이름이 아니라는 것만도 큰 위안이 되었다.

"그 도온 돌려줘요. 나 그거없이 못살아…… 내 도온……."

휴우! 유신이 한숨을 내뱉고는 고개를 저었다. 굳이 심청을 쪼지 않아도 답은 나온 것 같았다. 백태주인가 하는 녀석이 은사님들까지 사기를 쳤으니 심청에게도 그랬을 것이라는 걸 왜 미처 감지하지 못했는지 한심스러웠다.

그렇지만 심청이 그 녀석에 사기당할 돈이 있기는 했을까? 자문하던 유신이 고개를 끄덕거렸다. 생활비를 결코 모자라지 않게 주고 있으니 알뜰하다 못해 궁상맞은 심청이라면 얼마든지 가능했을 것이라는 추측이 들었다.

'돈 때문에 그렇게 아파하고 지금도 그런 거냐? 그렇다면 정말…… 정말, 고맙다. 난 아직 능력없는 놈이라서 돈밖에는 널 옭아맬 것이 없잖아. 네 마음을 살 수 있는 건 돈으로도 안 되는 거지만 지금의 네 고통이 돈 때문이라면 그건 내가 해결해 줄

수 있으니까…… 제발 그랬으면 좋겠다…….'

언젠가 심청이 그랬던 것처럼 세상에 돈만큼 치사한 것도 없지만 돈만큼 불가능한 것을 가능케 하는 것도 없기 때문이다. 그 말을 들은 후 할아버지의 재산 관리를 해주시는 분의 도움을 받아 심청이 얼마 전 다달이 붓던 적금 두 개와 통장 하나를 해지했음을 확인할 수 있었다. 입금 내역을 보니 심청이 얼마나 은행을 열심히 들락거렸는지 알 수 있었다. 많을 때는 몇십만 원이 될 때도 있었지만 대부분 몇만 원 단위인 것으로 보아 얼마나 돈을 아끼고 아꼈는지도.

거기다 영악스럽게도 심청은 보험을 여러 개 들어놓고 있었다. 그것도 모조리 심청의 이름으로 가입된 보험이었다. 처음에는 왜 자신의 앞으로 들어놓지 않았을까 의아했던 유신은 심청이 만에 하나 사고를 당했을 시 보상금을 받아갈 수익자로 자신을 지정해 두었다는 말에 가슴이 꽉 막혀와 할 말을 잃었다.

어쩌면 두 사람은 서로를 그런 식으로 사랑하고, 챙기며 살았는지 모르겠다는 생각이 들었다. 다른 연인들처럼 입에 달달하게 녹아내리는 말을 주고받지 않아도—오히려 놀리고 울린 적이 더 많았지만—이렇게 드러내지 않게 사랑하고 있다는 것을. 아직 우린 어리다라고만 생각해 왔던 것을 조금 수정해야 할 모양이었다. 어렸지만 이제는 조금 어른이 되었다고, 그리고 앞으로 점점 더 성숙한 어른으로 거듭날 것이라고.

이십오층에 도착했음을 알리는 벨소리에 유신은 퍼뜩 상념에서 깨어났다. 이제 잠시 들어가 거들먹거리며 심청을 놀래주고 환하게 웃을 수 있게 만들어주어야겠다는 다짐을 하며 유신은 번호 키를 눌렀다.

"어이, 민똥! 서방님 오셨다!"

거실에 환하게 불이 켜져 있는 것을 확인한 유신은 큰 소리로 심청을 불렀다. 그러나 다 죽어가는 얼굴을 하고서도 배웅을 나오던 심청의 모습이 아예 보이지 않았다.

"응? 애 혹시……."

손에 든 가방들을 내던진 유신은 급하게 욕실 문부터 열어보았다. 텅 비어 있다. 그때부터 유신은 방방마다 뛰어다니며 문이란 문은 모조리 열어보았다. 결과는 마찬가지였다.

이상하다. 아침에 입고 나갔던 심청의 옷가지도 침대 옆 탁자 위에 얌전히 걸쳐져 있는데 애만 없다.

"도대체 어디 간 거야? 슈퍼라도 갔나?"

유신은 이마에 고랑을 만들어 보이며 다시 한 번 집 안 구석구석을 천천히 살폈다. 이럴 땐 집이 넓은 것도 불편했다. 혹시 옷장 속에 숨은 게 아닐까 하는 유치한 마음에 장롱 문까지 모조리 열어보았지만 헛수고였다.

"그래, 슈퍼라도 갔겠지. 그동안 제대로 먹은 게 없으니 배가 고파서 먹을 거 사러 갔을 거야. 하여간 민심청, 사고치는 건 알아줘야 한다니까. 그러게 후회할 짓을 뭐 하러 하난 말이야!"

중얼거리며 불만을 토로하던 유신이 눈살을 찌푸리며 침대 옆 탁자를 유심히 살펴보았다. 심청이 읽고 있던 책인 듯, 페이지가 얌전하게 엎어져 있었다. 그러고 보니 얼마 전 시내에 나갔을 때 소장하고 싶은 책이 있다며 뛰어가서 사 오던 것이 생각났다. 몇 번 읽은 책인데 가지고 싶어서 산다고 했던 그 책인가 보다.

"버지니아 울프?"

유신이 책을 집어 들며 책 표지에 적힌 작가의 이름을 중얼거렸다. 무심코 펼쳐진 부분을 읽어 내려가던 유신의 눈길이 점점 빨라지더니 경악스럽게 변해갔다.

〈흐르는 저 강물을 바라보며 당신의 이름을 목 놓아 불러봅니다. 레너드 울프. 제 처녀 때의 이름 버지니아 스티븐이 당신과 결혼하면서 버지니아 울프가 된 것을 저는 한 번도 후회해 본 적이 없습니다. 제 나이 예순, 인생의 황혼기이긴 하지만 아직 더 많은 일을 할 수 있는 나이에 스스로 생을 마감할 생각입니다……〉

유신의 머리 속으로 어떤 생각 하나가 퍼뜩 스쳐 갔다. 며칠 전 우울증을 앓던 갓 결혼한 새댁이 아파트에서 투신자살한 기사가 떠올랐다. 버지니아 울프처럼 심청도……! 그동안 저러다 말겠지 심청을 방치해 둔 것을 후회하며 유신은 큰 소리로 심청의 이름을 부르기 시작했다.

"민심청! 민심청!"

이미 텅 빈 아파트라는 것을 확인했음에도 불구하고 유신은 심청의 이름을 다급하게 외치며 밖으로 이어지는 창문이란 창문은 모두 확인해 보았다. 일단 굳게 잠겨 있는 창문들로 인해 안심하기는 했지만 아직 방심은 금물이었다.

"안 돼…… 차라리…… 차라리…… 내가 죽는 한이 있어도 넌…… 넌…… 네가 없으면 나도 없다."

유신은 혼비백산한 얼굴로 전화기를 챙겨 들고는 아파트를 뛰쳐나갔다. 혹시 모를 사태를 대비해 여기저기 확인 전화를 건 유신은 숨이 차 오를 만큼 아파트 주변을 뛰어다니기 시작했다. 일단 아파트 주변을 확인한 유신은 날듯이 지하주차장으로 향했다. 그저 아무 일 없기만을 간절히 바라며…….

발바닥에 불이 난다는 말이 이럴 때 쓰는 말인가 보았다. 아이들과 노인 분들만이 간간이 이용하는 놀이터의 그네에 자리를 잡은 심청은 퉁퉁 부은 다리를 손으로 두들겼다. 용감하게 뛰어다닌 것까지는 좋은데 정말 남산에 올라가 김 서방 찾기보다 더 힘든 게 백태주를 찾는 일인 것 같았다.

하긴 무작정 사람 많은 곳만 뒤지고 다니는 자신의 무모함이 더 큰 문제이기는 하지만. 심청이 얼굴을 일그러뜨렸다. 웃을 힘도 없었다. 정말 이대로 포기해야 한다고 생각하니 울화가 치밀어 올라 아무것도 손에…… 손…….

심청이 그네 쥔 손을 멍하니 쳐다보았다. 빨갛게 언 자신의 손등을 감싼 또 하나의 빨갛고 차가운 손…… 왈칵 하고 눈물이 날 것만 같아 심청은 재빨리 하늘로 고개를 들었다. 그러나 하늘 대신 유신의 얼굴이 자신을 내려다보고 있었다. 갑자기 숨이 막힐 것 같다. 이 심각한 와중에도 강유신 이놈은 왜 이리도 잘생긴 것일까.

"민심청! 너 이렇게 보니까 콧구멍 지대 크다. 푸하하. 이거 사진으로 찍어서 인터넷에 올려볼까?"

유신의 놀림에 심청이 바로 고개를 내렸다. 씩씩거리며 유신이 감싸 쥔 손을 빼내기 위해 기를 썼다. 그렇지만 손을 놔줄 유신이 아니다.

써글 놈! 나는 저 보고 잘생겼다고 감탄하는데 뭐? 내 콧구멍이 어떻다고? 그래, 너는 네 마누라가 죽어가도 자정이 다 되어가는 지금까지 룰루랄라거렸다 이 말이지? 야! 나처럼 완벽한 마누라 있음 어디 가서 구해 와봐. 머리 좋지, 기럭지가 좀 짧지만 그건 모델들하고 비교했을 때 얘기니 봐줄만 하고. 인물도 어디 가서 빠진다는 소리 안 듣고, 네놈 눈에 안 차는 건 취향 탓인 거잖아. 거기다 어른들 공경 잘하고. 뭐 하나 흠 잡을 게…… 있다면 돈 사기당한 거…….

혼자 씩씩거리며 흥분하던 심청이 갑자기 의기소침해졌다. 사람 보는 눈도 없고 금전적인 손실도 막심하고 흠을 잡으려니 밑도 끝도 없을 것 같았다.

"민심청, 넌 세상에서 가장 소중한 게 뭐라고 생각하냐?"

애가 요즘 시 쓰나? 뭔 그런 문학적인 질문을 하고 그럴까. 술 냄새도 안 나는 것 같고만. 심청은 미심쩍은 눈으로 흘깃 고개를 돌리다 얼굴을 찡그리고 말았다. 기운이 없어 고개를 움직이는 것조차 힘이 들었다.

"돈."

주저할 것도 없이 심청이 돈이라고 대답하자 유신은 어이가 없어 피식 웃고 말았다.

"그럼 세상에서 가장 갖고 싶은 건?"

"돈."

심청의 입에서 또다시 돈이라는 말이 나오자 유신은 쿡쿡거리며 웃고는 심청의 앞으로 다가갔다. 심청과 눈을 맞추기 위해 무릎을 살짝 구부린 후 유신은 물끄러미 심청을 바라보았다. 차가운 바람을 얼마나 맞고 돌아다녔는지 심청의 볼은 벌겋게 얼어 있었다. 인상을 쓰던 유신이 자신의 배 위에 두 손을 대고 마찰을 일으키더니 심청의 뺨을 따스하게 감싸주었다.

두 사람의 눈빛이 마주치고도 한참 동안 유신은 말이 없더니 천천히 입을 뗐다.

"그럼 너 그 돈으로 뭘 하고 싶은데?"

유신이 깊고 그윽한 목소리로 물었다. 심청은 눈을 말똥말똥 뜨고는 아무 말도 하지 않았다. 무언가 말을 할 듯 말 듯하다 망설이는 빛이 달빛에 역력히 노출되었다.

"응? 그 돈으로 뭘 할 거냐고. 하고 싶은 거 없어?"

유신이 다시 한 번 물었다. 까만 밤하늘보다 더 짙은 흑요석 같은 눈빛에 빨려 들어갈 것처럼 매료된 심청은 유신의 따뜻한 눈을 바라보며 우물거렸다.

"너······."

"나?"

유신이 눈을 장난스럽게 빛내며 엄지손가락으로 자신을 가리켰다.

"뭐야? 왜 말을 하다 말아. 날 사겠다는 거야, 어쩌겠다는 거야?"

유신이 거듭해서 물었지만 심청은 고집스럽게 입을 다물어 버렸다. 괜히 본심을 말했다는 걸 후회하며 심청은 눈을 내리깔았다. 네가 세상에서 가장 소중하니까 널 사려면 돈이 엄청 많아야 한다고, 그래서 그렇다는 말을 차마 더는 못할 것 같았다.

"넌······ 넌 세상에서 뭐가 제일 소중한데?"

여전히 유신의 눈을 피한 채 이번에는 심청이 물었다. 약간 실망감이 묻어나는 눈길을 거두어들이며 유신이 어깨를 들썩였다.

"나? 나도 돈이 좋아."

단숨에 나오는 유신의 말에 심청은 씁쓸히 웃고 말았다. 어차피 큰 기대는 하지 않았지만 어딘지 모르게 서운한 마음이 들었다. 자신이 유신을 좋아하는 만큼 유신이 자기를 좋아해 주리라는 소망은 너무 무리인 것일까.

"넌 돈 많잖아……."

심청이 풀이 죽은 목소리로 시무룩하게 말하자 유신이 크게 숨을 들이켰다. 구부정한 자세로 있던 유신이 무릎을 꿇고는 심청의 손을 잡았다. 남은 한 손은 여전히 심청의 뺨을 만지작거리던 유신이 고개를 돌려 헛기침을 했다.

"내가 좋아하는, 아니, 사랑하는 여자는 세상에서 돈이 제일 좋대."

"그 여자…… 욕심 되게 많은가 보다. 너 정도면 뭐……."

심청이 더 풀이 죽은 목소리로 작게 웅얼거렸다. 그 여자는 정말 욕심도 많은가 보다. 유신이 현재 보유한 재산과 앞으로 물려받을 재산을 합치면 천문학적인 금액이란 건 심청도 어렴풋이 알고 있었다. 그런데 그런 유신이 가장 소망하는 게 돈이라면 도대체 얼마나 많아야 한다는 소릴까?

그 여자도 나처럼 돈 욕심이 꽤 많은 모양이네. 그렇지만 난 그렇게 과한 돈을 바라는 건 절대 아니야. 유신이한테 빚진 게 너무 많으니까 그게 미안해서 그러지. 그냥 유신이 사랑만으로도 난 행복할 것 같은데…….

심청의 눈에 살짝 물기가 어렸다. 그냥 죽어버렸으면 좋겠다는 생각 외엔 다른 건 아무것도 바라고 싶지 않았다.

"그래, 단도직입적으로 묻자. 민심청, 넌 내가 돈을 얼마나 가져야 살 수 있는 거냐? 아니, 얼마면 만족하겠냐? 내가 아무리 고민해도 가늠을 못하겠다. 너 정말 섬 몇 개 살 돈이 필요한 거냐?"

배가 고프다 못해 아프다 보니 귀에 환청이 들리는가 보다. 아니, 환청이라기보다 이해력이 달렸다. 심청이 커다란 눈을 껌뻑껌뻑거리며 쳐다보자 유신은 멋쩍은 듯 웃고는 심청의 머리를 콩 하고 쥐어박았다.

"그런 표정으로 쳐다보면 남자들 넋 나간다는 거 모르지? 내 앞에서 외엔 절대 그런 표정 짓지 마."

"유…… 유신아…… 난 네 말 잘 못 알아듣겠어…….'

그러나 유신의 말을 이해 못하겠다면서 눈물은 왜 흘리는지 모르겠다. 심청은 유신이 한 말 한 마디 한 마디를 새기듯 떠올리며 자신이 정말 잘못 들은 말이 아니라는 걸 확신했다.

"난 솔직하게 대답했으니까 너도 솔직하게 대답해 봐. 넌 세상에서 돈이 제일 좋다고 했는데 그 돈 생기면 뭐 할 거냐?"

심청의 입술이 씰룩거리더니 아이처럼 입을 크게 벌리고 소리 내어 울기 시작했다. 주먹으로 눈물을 닦아내어 보지만 멈출 생각을 하지 않았다. 눈물이 멈추어야, 떨림이 가셔야 유신이에게 자신의 마음을 전해줄 텐데.

"나는…… 나는…… 돈 생기면 너 사려고 했단 말이야. 내가…… 내가 돈 많으면 너도 나한테 억지로 장가 안 와도 되고, 그리고…….'

"어이구, 이 바보. 넌 내가 그렇게 좋냐! 네가 이천 원에 날 산다고 해도 감지덕지하면서 팔려올 거라는 사실을 아직도 몰랐냐? 하여간 둔하기는. 나는 민심청한테 이천 원에 팔렸으니까 더 이상 돈 돈 하지 마. 돈이 뭐 별거냐? 열심히 살다 보면 돈도, 명예도, 저절로 따라오는 거지. 우리 할아버지 봐. 열심히 사시니까 그렇게 부자가 되신 거잖아. 나는 네가 돈이 없어서 좋은데 넌 내가 돈 좋아할까 봐 돈 타령이냐? 난 돈 많은 여자 싫으니까 앞으로 너 통장에 돈 한 푼이라도 있으면 죽을 줄 알아! 알았어?"

유신의 윽박지름에 심청은 마냥 훌쩍거리기만 했다. 유신은 돈 때문에 자신을 선택했던 것도 아니고 그냥 있는 그대로를 좋아했던 건데, 그것도 모르고. 미안함과 안도감에 심청의 입술이 자꾸만 씰룩거렸다.

핀잔과 면박을 동시에 준 유신은 엄지손가락으로 심청의 눈물을 훔쳐 내주었다.

"울지 마, 자꾸 울면 얼굴 트잖아. 나중에, 나중에 내가 돈 아주 많이 벌면 그때 내 손으로 섬 사줄게. 대신 장동걸이나 원반은 꿈도 꾸지 마! 하여간 미남은 어지간히도 밝힌다니까."

갑자기 심청이 딸꾹질을 하기 시작했다. 이놈이 내 희망사항을 어째 알고 있는 겨? 그걸 입 밖으로 꺼낸 적은 한 번도 없는데. 정말 애 무슨 박수무당인가?

심청이 의심 가득한 눈으로 유신을 쳐다보았다. 아무리 생각해도 자신이 그런 말을 했을 리 만무하다. 그랬다간 아직까지 살아 있지 못했을 테니.

"강유신, 너 그거 어떻게 알았어?"

언제 울었냐는 듯 심청이 눈을 휘둥그레 떴다. 물기가 촉촉이 묻어 있는 눈으로 심청이 아이처럼 입술을 불퉁 내밀자 유신은 귀여워 죽겠다는 표정이다. 심청의 물음 따윈 무시하며 유신이 등을 내밀었다.

"가자, 오래 있었더니 뇌가 얼었는지 헛소리가 나오려고 한다."

"싫어."

"뭐가 싫어?"

유신이 힐끔 돌아보았다.

"너 또 내 몸무게가 뭐 쌀 한 가마니니 어쩌니 그러려고 그러지? 됐어. 나 혼자 걸어갈 거야."

심청이 발딱 자리에서 일어나려 하자 유신이 더욱 가까이 등을 밀어붙이고는 손을 뒤로 내밀었다.

"춥잖냐. 추울 때는 서로의 온기를 나누어야 덜 춥지. 그러니 어서 업혀. 네 몸무게 소문 내서 내가 무슨 부귀영화를 누린다고."

못 이기는 척 내숭을 떨 생각 따윈 그새 잊은 듯 심청이 냉큼 유신의 등에 올라탔다. 그리고는 마치 베개라도 되는 양 유신의 등에 뺨을 비벼댔다.

"야, 아까 할아버지께서 전화하셨는데 물가가 많이 올랐다고 생활비랑 용돈 더 주신다고 하거든. 근데 내가 좀 대책없이 쓰는 경향이 있잖냐. 네가 내 돈 좀 불려봐라. 아마 지난달 애들하고 마신 술값이랑 이달에 쓴 거 합치면 등록금 정도 될라나?"

유신의 등에 편안하게 뺨을 기대고 있던 심청의 눈이 쏟아질 것처럼 커졌다. 벌떡 몸을 떼어낸 심청이 주먹으로 유신의 등을 마구 때리고 꼬집었다.

"잘한다, 잘해. 집에서 놀고 먹는 백수 주제에 뭐? 네가 제정신이니? 제정신이야! 이런 널 믿고 내가 어떻게 살아야 할지 정말 걱정된다. 아니, 어떻게 된 애가 돈 쓰는 걸 물 쓰듯이 해! 너 당장 카드 내놔. 그리고 학생 신분에 차가 두세 대 된다는 게 말이나 되니? 차 키도 압수야!"

심청의 격앙된 잔소리에도 불구하고 유신은 그저 고개를 끄덕거렸다. 심청이 좋아하는 것이 돈이라니 그 돈을 벌기 위해 다음 주부터는 고정된 시간만큼 강 노인의 일을 도와주기로 되어 있었다. 쫑알쫑알 쉼없이 잔소리를 퍼부어대는 심청의 생기 있는 목소리를 들으며 유신은 소리 죽여 웃었다.

"네가 앞으로 내 통장이랑 다 관리해 줄 거니까 걱정없어. 참, 그리고 아까 집으로 이상한 전화가 한 통 왔던데 너 못 받았냐?"

불현듯 생각이라도 난 것처럼 유신이 짐짓 심각하게 물었다. 그보다 유신이 집에서 있다가 나왔다는 것이 심청은 더 궁금했다.

"언제? 너 언제 집에 있었어?"

"응? 그게…… 아까 잠시 낮에 집에 들렀었어. 뭐가 좀 필요

해서. 너 '우리들은행' 거래하냐? 어떤 남자가 돈을 입금했는데 확인해 보라면서 끊더라. 아무래도 뭔가 착오가 있는 모양이지. 우리 집 주거래 통장이랑 공과금 나가는 건 모두 '두나은행'이 잖아."

"으응…… 그렇지. 잘못 걸려온 전화일 거야."

심청의 목소리가 미세하게 떨리는 것을 유신이 놓칠 리 없었다. 입매에 포물선을 그리며 유신은 피식 웃음을 터뜨렸다. 그저 심청의 눈이 그 어느 때보다 반짝거림을 보지 못하는 것이 억울할 뿐이었다. 그래도 심청이 오늘부터 마음 편하게 잘 수 있다는 사실 하나만으로도 기쁘기만 하다. 진즉, 조금만 더 일찍 이런 사실을 알았다면 좋았을 텐데, 라는 후회가 들기는 하지만 그래도 그만큼 두 사람 모두 더 정신적으로 성숙했을 테니 비싼 수업을 한 셈으로 치려 했다.

유신이 계속해서 아파트 주위를 맴도는 것도 모른 채 심청은 엘리베이터까지의 거리가 이렇게 멀었나 생각하며 감고 있는 눈을 뜨지 않았다. 편안하게 잠이 든 심청의 숨소리가 들려오고 나서야 유신은 엘리베이터로 향했다. 아니, 집으로 향했다. 자신과 심청이 만들어가는 러브 하우스로.

**21**

"**야,** 민심청. 너 지금 이걸 밥상이라고 차렸냐? 응? 밥상이라고 차렸냐고!"

"그럼 네 눈엔 그게 밥이지 된장으로 보이니?"

유신의 다그침에도 불구하고 심청은 코빼기 하나 내비치지 않고는 거실에서 버럭 고함을 질렀다. 수저를 가지고 이 음식 저 음식 떠먹어보는 유신과 달리 심청은 소파에 편안히 누워 손톱에 칠한 매니큐어가 마르기만을 기다렸다.

"어유, 카드랑 통장 자진 납세한 내가 바보지. 도대체 이게 사람 먹으라는 음식이야, 뭐야?"

투덜투덜거리면서도 유신은 공기에 수북하게 올라와 있는 밥을 잘도 먹었다. 밥이 보약이라는 새로운 가훈에 적응할 필요가 있다는 심청의 말에 열심히 동참하는 중이었다. 그나마 밥이라도 많이 먹어야 '응응' 할 힘이라도 있지 그렇지 않았다면 벌써 송장이 되어도 되었을 것이다.

"할아버지 말씀 기억 안 나니? 예전엔 그저 푸르게 생긴 거면 다 나물인 줄 알고 보리쌀 한 줌 넣고 나물 한 가득 넣어 끓여서 온 가족이 먹었다고 하잖아. 그거에 비하면 우린 호강에 겨운 거지 뭐."

잘도 쫑알쫑알거리며 심청은 손톱이 제대로 말랐는가를 확인했다. 손톱이 대강 마른 것 같아 심청이 자리에서 느긋하게 일어났다.

"유신아, 내 손톱 봐라."

주방으로 들어간 심청이 유신의 뒤에 서서 짠 하고 손을 내밀었다. 작고 통통한 손가락 끝에 반짝거리는 무색의 광택제를 시큰둥하게 쳐다본 유신은 별다른 말이 없었다. 유신의 무반응에 심청이 다시금 물었다.

"왜? 별로야?"

"이왕 바르는 거 좀 화사한 걸로 바르지 그랬냐? 네가 보통 컨츄리 하냐. 티가 확 나게 해도 눈에 안 띄일 텐데."

"칫, 내가 뭐 손톱 예쁘라고 바른 건가. 자꾸 각질이 일어나니까 그렇지. 이것도 각질만 안 일어나면 안 발랐다 뭐. 할머니들께서 자꾸 손이 텄다고 걱정하시니까 바르는 거지."

심청의 말에 유신은 고개를 끄덕였다. 봉사 활동 기회가 잦아지다 보니 심청의 손이 아닌 게 아니라 제법 상해 있었다. 봉사활동을 하지 말라고 할 수도 없고 그렇다고 일하면서 요령 피우라고 할 수도 없고. 매일 밤마다 손과 발을 마사지해 준다고 하는데 워낙 어려서부터 살림을 한 손인지 눈에 띄게 효과가 좋지는 못했다.

　"피부 관리실에 가면⋯⋯."

　"됐어. 이번 달 생활비 달랑달랑하단 말이야."

　"왜?"

　유신이 국을 뜨다 말고 깜짝 놀란 얼굴로 물었다. 생활비 들어온 지가 언젠데 벌써 간당간당하다니 말도 안 된다는 표정이었다.

　"다음 달에 할아버님 생신이잖아."

　"그건 몇 달 전부터 따로 모으고 있잖아."

　"모으면 뭘 해. 물가도 그만큼 오르는데. 이번 달 조금 더 허리띠를 졸라매야 할 것 같아. 그래도 봄 오면 좀 더 나을 거야."

　심청이 언급하는 봄은 흔히들 사람들이 말하는 희망을 상징하는 의미의 봄이 아니었다. 지금 자신의 말에 별다른 이의 없이 무언의 동의를 해주는 유신도 그것을 알고 있기에 침묵하는 것이겠지. 심청은 새삼 유신이 사랑스럽고 대견스러웠다.

　유신이 자신이 한 말에 책임이라도 지듯 통장과 카드를 자진해서 내주었던 날 이후, 두 사람의 생활에도 크고 작은 변화가 있었다. 다른 건 다 아껴도 먹는 것만큼은 아끼지 말자고 유신이 신신당부했지만 심청은 약속과 달리 식비부터 대대적인 삭감을 했다.

본가에 가서 반찬을 쓸어오는 일은 예사고 이제는 외식이 본가에 가서 먹는 밥으로 자연스럽게 대체되었다. 사실 심청도 식비만큼은 아끼고 싶지 않았지만 사연이 있었다.

유신이 이상한 전화가 왔다고 한 다음날, 통장 확인을 한 심청은 태주의 이름으로 들어온 돈을 보고는 깜짝 놀랐다. 이상한 건 자신은 칠백만 원을 줬었는데 들어온 돈은 훨씬 많았다. 그 사이 이자가 붙었을 리도 없고 수상하기는 했지만 태주가 양심에 걸려 수익금 면목으로 더 보내준 것이라고만 생각했다.

당연히 보낸 사람이 백태주이니 그렇게밖에 생각할 수가 없었다. 그리고 새삼 사람에 대한 믿음을 느꼈다. 세상에 진짜 나쁜 사람은 없다고. 늦게라도 돈을 되돌려 준 태주가 그래서 고마웠다. 사람에 대한 희망을 버리지 않게 해주어서.

태주가 보내온 돈을 바로 인출한 심청은 자신과 같은 피해자 중 한 명을 찾아갔다. 요구르트를 팔아 어린 딸과 생활한다는 아주머니였다. 피해자들 모두에게는 아니어도 형편이 어려운 사람들에게 우선 돈을 보내준 모양이라고 생각했던 것과 달리 아주머니는 도리어 태주를 어디서 봤냐고 반문했다.

자신에게 들어온 돈을 아주머니에게 전해주며 심청은 마음속으로 다짐한 것이 있었다. 유신과 자신이 손수 돈을 버는 날까진 더 열심히 아끼고 살겠다고. 돈이란 꼭 써야 할 곳에 써야 한다는 말을 명심하겠노라고.

그리고 한 달쯤 뒤, 심청은 눈물 나는 전화 한 통을 받았다. 바로 태주의 전화였다. 지금은 비록 형편이 안 되어 돌려주지 못하지만 심청과 요구르트 아주머니의 돈은 언젠가 꼭 갚아주겠다고 했다. 그 말에 심청은 어안이 벙벙했다. 혹시나 하고 유신을 의심하기는 했었지만 정말 유신이 보낸 돈일 줄은……

유신이 귀가하자마자 울먹거리며 돈에 대해 묻자 유신은 머리를 콩 쥐어박고는 심청을 또 감동시켰었다.

"너 나 없으면 어떻게 살 뻔했냐? 이 사고뭉치야. 내가 너 당장 쫓아낼까 했는데 네가 나 아니면 어딜 가서 누굴 믿고 살겠냐! 딴 주머니 찬 건 괘씸했지만 그것도 네 능력이다 싶어서 터치 안 한 거고 앞으로도 그럴 거야. 다만, 힘든 일 있을 땐 우리 절대 속이지 말고 털어놓자. 그래도 하나보단 둘이 낫잖아. 그래서 부부인 거지 달리 부부냐! 민심청, 너 빚 더 늘어난 거 알지? 서방님께 잘해라, 응?"

가끔 보면 철없는 남동생 같지만 어느 땐 속이 꽉 들어찬 남자가 틀림없는 유신을 보고 있노라면 가슴이 무한대로 벅차오른다. 아무튼 두 사람은 그날, 아주 달콤하게 사랑을 나누고는 약속한 것이 있었다.

있다고 자랑하지 말고 없다고 무시하지 말며 나보다 못한 사람을 생각해서 과할 만큼 낭비하는 건 자제하자고. 그 합의 이후로 유신은 상다리가 부서질 만큼 오색찬란하던 밥상과 멀어져야 했다. 그래도 억울해하지 않고 견디는 건 그렇게 아낀 돈으로 심청이 알뜰살뜰 좋은 일에 쓰기 때문이었다.

봄에는 심청이 그렇게 기다리는 생활비 인상이 있을 테니 그때를 말하는 것이 분명했다. 생활비가 지금도 쓰고 싶은 만큼 쓰고도 남아돌 만큼이지만 겨우 적자 면한다는 말을 입에 달고 사니 생활비가 인상되어도 여전히 변함없을 것이기에 유신은 기대도 하지 않았다.

"봄이 오면 좀 낫기는 하겠지. 아니, 분명 나을 거다. 입이 하나 줄어드니까."

최대한 예쁜 표정으로 유신을 유혹하던 심청이 팍 인상을 구겼다. 입이 하나 늘어날 일도 없지만 입이 하나 줄어드는 건 또 뭐람? 심청이 식탁 위에 고인 팔을 내리며 심각하게 얼굴을 굳혔다.

"그게…… 그게 무슨 소리야?"

설마…… 자신이 너무 청승을 떨고 악착스럽게 굴어 정 떨어졌다는 말은 아닐까, 그래서 떠나기로 했다는 말이 나올까 봐 심청은 가슴이 조마조마했다. 그럴 리 없다는 것을 확신하면서도 유신의 말이 절대 장난처럼 느껴지지가 않아서였다.

"얼른 대답해, 왜? 너 봄에 친구들과 어디 가기로 약속했어?"

"친구들은 아니고 나라랑 약속했다. 국가의 부름을 기꺼이 받아주기로."

심청의 얼굴에 핏기가 하얗게 가셨다. 유신을 바라보는 심청의 눈이 믿기지 않는다는 듯 점점 커졌다.

군대라니. 군 문제를 그동안 왜 잊고 있었을까. 군 문제에 있어서만큼은 심청 나름대로 예상해 둔 것이 있었다. 대학교를 졸업하고 유신이 군대를 다녀오거나 아니면 대학원을 진학한 후 정도가 아닐까. 그런데 보기 좋게 그 예상들이 빗나가 버렸다.

"군…… 군대…… 가려고?"

"그럼, 난 대한민국 남자 아니냐? 군대도 안 가게!"

심청의 물음에 유신은 이상하다는 반응을 보였다. 그래, 어찌보면 너무나 어리석은 질문일 수도 있지만, 그렇지만…… 갑자기 눈물이 왈칵 쏟아졌다. 지금 이렇게 눈앞에 보고 있어도 아쉽기만 한 유신인데 군대에 보내야 한다고? 도저히 그럴 수가 없을 것 같다.

"군대…… 안 갈 수도 있잖아. 너 2대 독자고, 그리고…… 그리고……."

심청이 말을 더듬거렸다. 동기들이나 선배들이 군대에 가는 것은 당연한 것이라고 여겼었다. 혹시라도 면제를 받으면 색안경을 끼고 바라보곤 했는데 자신의 문제가 되고 보니 철저하게 이기적으로 돌변했다.

"야, 요즘 독자 아닌 애들이 어디있냐? 우리 또래는 대부분이 그렇지."

정작 당사자는 아무렇지도 않은데 심청은 유신의 말이 끝날 때마다 가슴이 조여왔다. 벌써부터 이별할 것을 생각하니 상상도 하기 싫었다. 아니, 유신이 짧게 머리를 깎은 모습이며 힘든 군 생활을 하는 모습이 도저히 그려지지가 않았다.

더군다나 최근 들어 일주일에 한두 번 꼴로 올라오는 군대의 사고 기사가 떠오르자 심청은 경악할 것처럼 입술을 떨었다. 총기 사고, 훈련 도중 사망 사고, 가혹행위, 기타 등등. 사유도 정말 많았다. 그런데 그런 곳에 유신을 보내야 한다고? 누구 마음대로, 누가 멋대로 유신일 군대에 데려간단 말인가!

유별나기로는 말도 못하는 유신이 군대에 가서 적응할 수 있을지도 의문일뿐더러 저 잘생긴 외모를 시기하는 인간들이 없으리라는 법도 없지 않나 말이다. 남자들 질투는 여자들 질투보다 더 무섭다고들 하는데 말이다.

"유신아, 우리 이민 가자."

심청이 넋 나간 목소리로 말했다.

"너 어디 아프냐? 갑자기 이민은 무슨 이민?"

"그럼 군대 안 가도 되잖아. 힘든 훈련 안 받아도 되고, 고참들이 너 괴롭히지 않고 말이야. 너는 성격이 까탈스러워서 남들하고 지내는 거 못하잖아. 내일이라도 당장 할아버지께 말씀드려서 우리 이민 가자, 응?"

심청의 간곡한 부탁에 유신은 눈을 한없이 껌뻑거렸다. 다른 때는 아주 이성적이고 똑똑한 애가 가끔 이런 행동을 할 때면 믿어지지가 않는다. 물론 모두 자신을 향한 사랑 때문이기는 하지만 그래도…….

"민심청, 너 우리나라가 지구상의 유일한 분단국가라는 거 알 거다. 나란 놈이 뭐 애국심 어쩌고 하는 게 부끄럽기는 하지만 그나마 내가 이십 년을 넘게 편안하게 살아온 것도 다 이 나라 덕분 아니냐. 지금 이 시간에도 나라를 지켜주는 군바리들 덕분에. 나도 그 군바리 한번 되어보련다. 우리 할아버지가 그랬던 것처럼, 아버지가 그랬던 것처럼 말이야."

기특하다고 칭찬을 해주어야 마땅하지만 심청은 눈물만 찔끔 거릴 뿐 절대 동의하지 않았다. 괜히 시할아버지까지 원망스러 웠다. 그 많은 돈을 가지고 남들처럼 손자 군 문제 해결 하나 해 주지 못하고 뭐 했냐는 말이다. 봄이라면 앞으로 한 달도 채 남 지 않았는데 어떻게…….

"너 아니면 뭐 나라 지킬 사람이 없대? 굳이 이렇게 일찍 갈 게 뭐야? 요즘 군대에서 사고도 많이 난다는데 어떻게 하려고? 유신아, 우리 군대 면제 한번 생각해 보자, 엉?"

심청의 거듭된 애원에도 불구하고 유신은 확고부동했다. 심 청의 철없는 행동이 어이없기는 하지만 자신을 보내기 싫어하 는 마음 일색인지라 싫지만은 않았다.

"요즘 군대 사고가 많이 나서, 그래서 가는 거다. 남들도 기피 하는데 나라도 가야 한다 싶어서. 너 내가 남들한테 지는 거 죽기보다 싫어한다는 거 알고 있지? 사실은 고등학교 졸업하자마자 지원해서 갈까 했는데…… 너 지켜야 해서 못 갔다. 지금은 조금 안심해도 된다고 판단되어서 가는 거니까 그렇게 죽겠다는 표정 짓지 마. 군대도 사람 사는 곳인데 뭐가 그렇게 걱정이냐. 나중에 난 우리 아들도 무조건 군대 보낼 거야. 아버지가 군대 다녀왔는데 자식 놈도 엄연히 가야지."

걱정도 되지 않는지, 아니면 평소 군 문제만큼은 의지가 확고했던 탓인지 유신은 강한 어조로 심청을 설득했다. 그러나 심청의 귀에는 유신의 저런 말들이 제대로 들어올 리 없었다. 그저 유신이 군대를 간다는 난데없는 소식에 눈물만 훌쩍거리는 게 전부였다.

"왜 자꾸 울어! 내일 당장 가는 것도 아닌데."

섭섭해서 죽으려고 하는 사람 마음도 몰라주고. 심청은 생각할수록 서러워 눈물을 펑펑 쏟아냈다. 아닌 밤중에 홍두깨라더니 미리 언급이라도 해주지. 이제 유신과 같이 보낼 수 있는 날이 얼마 남지 않았다고 생각하자 머리 속이 엉망진창, 뒤죽박죽이 되고 말았다.

"남들 다 가는 군대니까 그렇게 걱정하지 마. 요즘은 군 복무도 많이 편해지고 기간도 단축되었잖아. 걱정 안 해도 돼. 난 도리어 네가 걱정된다. 너 사고를 좀 잘 치냐! 나 군대 가 있다고 다른 놈 만나고 그랬다간 K-1 소총 들고 탈영할 테니 그런 줄 알아!"

유신의 협박에 심청은 마지못해 고개를 끄덕였다. 그럼에도 불구하고 마음은 여전히 못 보내! 라고 앙탈을 부렸다. 이제 겨우 행복하다 싶은데……

"당장 군대 가는 것도 아니니까 이 이야긴 그만 하자. 그나저나 할아버지 선물은 뭐로 생각해 두었기에 금액이 수시로 바뀌는 거냐?"

대화의 주제를 바꾸기 위해 유신이 다른 질문을 유도해 냈다. 그러나 심청에게 그것이 지금 통할 리 만무했다. 심청의 머리 속에는 오로지 유신의 군 입대밖에 생각나는 것이 없었다.

"에요, 난 가끔 내가 과 선택을 잘한 건지 회의감이 드는 거 있지? 특히 친척들이 공부 그렇게 열심히 해서 고작 사회복지사나 되려는 거냐고 물을 때마다 좀 그래. 일일이 내가 하려는 일이 뭐라는 거 설명해 주는 것도 지치고."

봉사 후 사회복지사로 일하는 선배를 만나고 돌아가는 길에 세련이 잔뜩 힘 빠진 목소리를 냈다. 멍하니 생각에 잠겨 있던 심청은 두 사람이 정류장까지 아무 말 없이 그냥 걷고만 있었다는 걸 그제야 알았다.

"왜? 누가 뭐라고 해?"

"그런 거 있잖아. 우리나라 특유의 직업에 대한 선입견. 특히 서울대 정도 들어갈 실력이면 대기업 내지 전문 직업을 가져야 한다고 생각하는 고정관념 말이야. 사회복지사라는 직업이 결코 일반인들이 생각하는 돈 되는 직업은 아니잖아. 정혜 선배만 봐도 자기 월급으로 돕기도 하니까 말이야. 현실이란 게 참 무섭다. 어제 우리 엄마 친구 분이 오셨거든. 그 아줌마 딸이 삼송 그룹 다닌다고 평소에도 자랑이 심하셨거든. 그 언니 이번에 연봉 협상한 이야기 하니까 우리 엄마 귀가 번쩍 뜨여 하시는 거 보고 또 시작하겠구나 싶었는데 아니나 다를까, 나더러 그냥 일반 기업도 생각해 보라는 거야. 내가 학과 선택할 때 워낙 고집을 피워서 말리지는 않았지만 우리 엄마도 은근히 속물주의시거든."

세련이 평소와 다르게 진지한 얼굴로 고민을 털어놓았다. 결코 박봉이라고는 할 수 없지만 고액 연봉과도 거리가 먼 사회복지사라는 직업이 남들이 보기에는 멋있고 보람된 일 내지 불우 이웃을 돕는 직업 정도로만 인식되는 게 사실이었다. 하루가 멀다 하고 후원자 찾아다니랴, 도움이 필요한 사람들을 항상 시야에서 놓지 않아야 하니 그렇게 보이는 것이 당연하고 실제로도 그랬다.

"고액의 연봉으로도 살 수 없는 보람을 얻을 수 있다는 건 좋은데 나도 가끔은 돈 앞에 연연해지는 거 보면 아직 멀었나 봐."

세련이 자조적으로 읊조렸다. 심청은 그 마음 충분히 이해하고 남는다는 얼굴로 고개를 끄덕였다.

"그러게. 그게 참 아이러니해. 좋은 일을 하고 보람된 일을 하는 것도 축복인데 또 현실적인 유혹도 무시 못하니 말이야. 에

휴……."

심청이 깊은 한숨을 토해냈다. 단순히 직업적인 고민이라면 낙관적으로 생각하겠지만 유신의 군 문제를 떠올릴 때마다 자꾸 한숨이 나왔다.

"너 아침부터 내내 얼굴이 안 좋은 거 알지? 무슨 좋은 소식이라도 있나 보다."

갑자기 세련이 눈을 빛내자 심청의 뺨이 발그레졌다. 유신과의 관계를 세련이나 석환, 그리고 친한 친구들에게 이미 털어놓은 탓에 요즘은 안색이 조금만 달라도 다들 놀리느라 정신이 없었다.

"좋은 소식은커녕 죽고 싶은 소식밖에는 없는걸. 세련아, 우리 유신이 군대 간대."

"벌써? 아니지, 벌써가 아니라 보통 다들 지금쯤이 갈 때긴 하지. 근데 걔 신검도 받았었니? 현역 나온 거야?"

심청이 고개를 끄덕였다. 신검 받았다는 이야기도 감쪽같이 속인 유신이 조금 원망스럽기는 하지만 그것보다는 어떻게 하면 유신을 보내지 않을까 그 궁리가 더 컸다.

안다, 그렇게 속물근성이면서 남을 돕겠다는 직업이 가당키나 하냐는 것도. 그렇지만 그게 참 이성적으로 되지를 못한다. 변명 같지만 다른 사람들이 애인이나 형제의 군 문제로 고민할 땐 무조건 가야 한다고 열변을 토했지만 막상 내 문제가 되고 보니 그렇게 쉽게 생각이 들지를 않았다.

"3월 달에 입대한대. 그래야 내후년에 바로 복학한다고. 우리 유신이 어떻게 해. 나 유신이 없으면 어떻게 살지 막막해."

심청의 하소연에 세련은 입술을 삐죽거렸다. 처음 유신과 심청이 부부라는 사실을 가장 먼저 듣고도 가장 믿겨하지 않았던 사람이 세련이었다. 얌전한 고양이 부뚜막에 먼저 올라간다고 세상에 민심청이 열아홉 살에 결혼한 아줌마라는 걸 누가 상상이나 했겠는가 말이다.

거기다 더 가관인 것은 날로 달로 더해가는 심청의 애정 행각이었다. 말끝마다 우리 유신이, 우리 유신이 하는데 어떤 날은 가끔 입을 봉해 버릴까 하는 생각이 들 만큼 염장질을 해댔다. 심청이만 그러면 이해하려 노력했을 거다. 누가 부창부수 아니랄까 봐 유신의 애정 공세 또한 그 못지않았다. 아니, 그 이상이었다. 그렇게 티를 낼 정도면 그동안은 어떻게 참고 살았는지…….

"근데 솔직히 의외다. 유신이 정도면 공익이나 면제 이런 식으로 빠질 줄 알았는데."

어느새 사회 곳곳에 만연된 부조리가 두 사람에게도 꽤나 익숙했던 모양이다. 심청은 세련의 말을 듣자 더욱더 양심을 버리고만 싶어졌다.

"근데 문제는 유신이 걔가 절대 가야 한다고 우긴다는 거야. 가는 게 맞고 당연한데 난 보내기 싫고…… 복잡해."

"예전에 어느 선배가 그러지 않았니? 나야 뭐, 언니밖에 없으니 잘 모르지만 결혼한 남자가 부양가족 있으면 군대 면제라고. 애가 둘인가 있으면 그렇다고 들은 것 같아."

"……그래?"

세련이 지나가는 말처럼 한 말을 명심이 새겨들은 심청이 눈동자를 바쁘게 굴렸다. 부양가족이 있다면 군 면제가 된다는 사실을 왜 잊고 있었을까? 자신이 봉사 활동 가는 곳에서도 얼마 전 그런 이야기를 들었던 기억이 난다.

남자가 스물네 살인데 아이가 둘에 부인까지 있어 군 면제 신청을 했다고 해서 그 어린 나이에 벌써 결혼을 했냐며 놀라워했던 일이 있었다. 그땐 군 면제보다 형편도 안 좋은 사람들이 왜 그렇게 아이는 빨리 낳았을까 궁금해했었는데 다들 그렇고 그런 이유들이 있는 모양이었다.

심청의 영악한 머리 속으로 일련의 계획들이 스쳐 갔다. 유신에게 군 연기를 하게 한 다음, 사력을 다해 연년생 내지 쌍둥이를 낳으면…… 심청이 고개를 끄덕이고는 갑자기 세련을 손을 잡았다.

"고맙다, 세련아. 나 급한 볼일이 있어서 지금 좀 가야 하거든. 나중에 보자."

"오늘 일정 프리하다고 한 게 삼십 분 전이었는데 뭔 소리야?"

"내가 잊고 있었어. 담에 보자."

심청이 미안하다는 얼굴로 세련의 손등을 두들겼다. 어이없

어하는 세련을 향해 크게 손을 흔들어준 심청이 잽싸게 버스에
올라타곤 유유히 사라져 갔다. 세련의 입술이 모난 마름모처럼
변했다.

"칫, 누군 좋겠다."


겨울이면 스키장에서 일주일 정도 지내고 오던 것과 달리 유
신은 방학이 되자 본격적으로 강 노인의 사무실에 나가 일을 돕
기 시작했다. 아침마다 심청의 배웅을 받고 출근할 때의 기쁨도
잠시 사무실에 앉기 무섭게 퇴근하고 싶은 마음이 굴뚝같았다.

그런 유신의 마음을 눈치라도 챈 듯 사무실 사람들은 출근도
늦추어주고 퇴근은 당겨주는 배려를 해주었다. 처음에는 극구
사양하던 유신도 사람들의 간곡한 청에 못 이기는 척 들어주었
다. 아마 아직 학생이고 그 시기를 즐기라는 의미인 듯했다.

그러나 그 즐거움도 잠시, 요즘 유신은 집에 가기가 겁이 났
다. 아니, 두려웠다.

얼마 전부터 집 안에 한약 냄새가 진동하기 시작했다. 처음에
는 그냥 한약을 달이는가 보다 했는데 그 용도가 심상치 않았
다. 아침, 저녁은 물론 시도 때도 없이 한약 달인 걸 마시게 한
후 심청은 아무것도 못하게 했다.

뉴스는 나쁜 소식에 귀 버린다며 안 되고, 컴퓨터는 전자파가
해롭고 신문은 눈 버린다며 모든 것을 단절시키고는 오로지 침
실에만 있게 했다. 처음에야 좋았지만 이제는 은근히 겁이 났

다. 도대체 심청이 그 엉뚱한 머리로 또 무슨 짓을 꾸미는 것인지.

심청의 샤워가 끝났는지 물소리가 그쳤다. 유신은 딸깍거리는 소리에 몸을 비스듬히 누이고는 잠든 척했다. 향긋한 냄새와 함께 촉촉한 목소리가 날아들었다.

"유신아, 자?"

유신은 시침을 떼고 자는 척했다.

"자냐고?"

"으응……."

"안 자는 거 다 아니까 얼른 일어나."

심청이 유신의 팔을 마구 꼬집어댔다.

"야, 민심청, 잠 좀 자자. 벌써 한 시야."

"어머, 이제 한 시니? 난 또…… 유신아……."

심청이 담쑥 유신의 품을 파고들었다. 유신은 코끝을 자극하는 심청의 향기에 이내 매혹되었지만 애써 자제했다.

"민심청, 우리 아까 전에 이미 한 거 기억하지? 나 군대 가기 전에 허리 부실해지면 안 되니까 오늘은 그만 해라."

"아잉, 싫어. 너 내가 싫어졌니? 그런 거야?"

안 돼! 네가 군대 가기 전까지 나도 목표 달성해야 할 게 있단 말이야. 성공하는 그날까진 너도 무조건 협조해야 해.

"훗, 내가 그랬잖아. 내 심장이 딱 멈추는 날 내 사랑도 끝이라고. 그날까진 절대 이상 없을 거라고."

확신에 찬 유신의 말을 들을 때마다 가슴이 벅차면서도 심청은 이번 일만큼은 포기할 수가 없었다. 사랑에 빠지면 바보가 된다더니 자신이 지금 딱 그 짝이었다.

"그래도…… 우리 한 번만 더 하자, 응?"

심청이 절실함까지 담아 애원하자 유신이 자신의 어깨를 툭툭 쳤다. 심청의 머리를 베어준 후 유신이 작은 손가락을 만지작거렸다.

"민심청, 네가 무슨 일을 꾸미려는지 모르지만 난 군대 간다. 전에도 말했지만 내가 이렇게까지 건강할 수 있고 널 만나서 사랑하면서 살 수 있는 게 거저 얻어진 건 아니잖아. 나도 남들 이상은 아니어도 남들만큼은 해야지. 넌 허우대도 멀쩡한 네 신랑이 군대도 안 가고 매일 너랑 놀았으면 좋겠냐? 나중에 내 자식들이 아빠 군대도 안 가고 뭐 했어? 하고 물으면 뭐라고 대답해? 내 자식들한테 자랑스럽게 나라 지키러 갔다고 말하고 싶어 난. 그것밖에 아직은 자랑할 게 없거든. 너 사랑하는 것하고."

"그래도……."

심청이 끝내 미련을 버리지 못하고 여운을 남기자 유신이 심청의 뺨을 살짝 꼬집었다.

"민심청, 너 혹시 세 쌍둥이 정도 가지려고 노력 중인 거라면 일찌감치 포기해라."

유신이 두 눈 가득 웃음을 담고 진지한 목소리로 충고를 했다. 심청은 자신의 뜻을 어찌 알았나 싶어 유신을 멍하니 올려다보았다.

"애가 아무리 많아도 난 면제 사유 안 돼."

"왜? 어떤 사람은 애가 둘이라서 면제됐다고 했단 말이야."

심청의 따지는 듯한 되물음에 유신은 웃음이 나와 죽을 지경이었다. 그럼 그렇지…… 민심청다운 발상이었다.

"그 사람은 형편이 아주 어려운 사람이니까 가능한 거였겠지만 나처럼 상속받은 재산이 많은 사람은 애가 열 명이라도 면제 안 돼. 그러니까 그만 포기해라, 응?"

"그런 게 어디 있어…… 난 유신아, 너 정말 보내기 싫어."

심청이 눈물을 글썽이자 유신은 따뜻하게 안아주며 계속 괜찮다는 말을 속삭여 주었다. 심청을 두고 떠나는 자신의 마음은 더 아프고 쓰라리다는 것을 감춘 채. 헤어져 있는 이 년 동안 두 사람의 사랑도 그만큼 커져 있을 거라며 유신은 심청이 잠들 때까지 따뜻한 호흡으로 지켜주었다. 언제 어디서라도 항상 이런 마음일 것이라고……

**심**청은 아까부터 눈물을 감추지 못한 채 연신 흐느끼고 있었다. 손수건을 이리저리 돌려가며 눈물을 찍어내는 심청을 더는 말리지 못하고 유신은 아예 팔짱을 끼고 거만한 자세로 지켜보고 있었다.

"청아, 그만 울어라. 남들이 보면 내가 군화 거꾸로 신은 줄 알겠다."

"으응, 이제 안 울게. 그래도 자꾸 눈물이 나는 걸 어떻게 해."

심청이 서럽게 울며 입술을 씰룩거리자 유신은 귀여워 죽겠다는 듯 심청의 볼을 꼬집고는 군화 신은 발을 탁탁거렸다.

"할아버지, 아버지, 어머니, 장인어른, 장모님 잘 계신다는 이
야기는 잘 들었고, 넌 어떠냐? 요즘도 그 후배 녀석인지 사수생
인지 하는 놈이 따라다니냐? 행동거지 똑바로 하라고 내가 누차
강조했었을 텐데."

짐짓 위엄이 느껴지는 어투로 나무라는 유신의 다그침에 심
청이 눈물을 뚝 그치고는 고개를 저었다.

"아니야, 난 결백해. 그 사람이 자기 혼자 좋다고 그러는걸.
세련이가 나 유부녀라고 다 소문 내서 내 옆에 이젠 아무도 안
와."

"그래서 서운하냐?"

"아니."

심청이 단박에 고개를 젓자 유신은 오만하게 고개를 끄덕였
다. 서방님이 불철주야 나라를 지키고 있는데 어딜 감히! 유신
이 시계를 흘끔거리고는 심청의 모습을 자세히 살폈다.

"너 어디 특별히 아픈 데는 없는 거지?"

"나야 아프면 병원 가면 되니 너나 아프지 마. 저번에 손 튼
건 괜찮아?"

"그까짓 손 좀 튼 거 가지고 뭘 그러냐? 너 근데 얼굴이 조금
해쓱해진 것 같다?"

"그래? 아닌데. 나 살 더 쪘어. 너 저번 포상 휴가 나왔다 들어
가고 나서 한동안 얼마나 먹고 잠만 잔 탓인지 한 달 사이에 2kg
나 늘었어. 요즘도 자꾸 잠만 오는 게 네 꿈 꾸고 싶어 그런가 봐."

"음…… 그래? 그렇단 말이지. 민심청, 너 그래서 다이어트니 뭐니 하면 나한테 혼난다. 넌 살 빠지면 그날로 이혼녀 될 거야. 명심해라."

그놈의 이혼녀 소리. 심청이 눈을 흘기자 유신이 못 본 척하며 휘파람을 불어댔다. 그러면서도 심청의 몸을 요리조리 살피는 것을 잊지 않았다.

"이제 가야 할 시간이다."

유신이 하나둘씩 비어가는 자리를 보며 아쉬운 듯 내뱉었다. 심청이 다시 손수건을 꺼내어 눈물을 훔치기 시작했다.

"그럼 이제 다음 휴가 때까지 또 기다려야 하는 거야?"

"야, 민심청. 나 휴가 나갔다 온 지 아직 두 달도 안 됐다. 느긋한 마음으로 기다려라. 앞으로 여덟 달 후면 서방님 제대 아니냐."

"아직도 여덟 달이나 남았네. 휴……."

심청이 폭폭 한숨을 몰아쉬는데도 불구하고 유신은 뭐가 그리 좋은지 싱글벙글이었다. 몇 번이고 뒤돌아보며 눈물짓는 심청과는 대조적으로 유신은 시종일관 여유를 부렸다. 기사가 열어주는 차에 올라타는 심청의 모습을 멀리서 지켜본 유신은 주먹을 크게 휘둘렀다.

"민심청! 내 제대 선물로 강유신 2세 내놓을 준비나 해라. 크하하!"

유신이 호탕하게 웃다 웃음을 멈추었다. 새로 들어온 신참 하나가 이상하다는 듯 쳐다보고 있었다.

"강 상병님, 무슨 좋은 일이라도 있으십니까?"

"좋은 일 많지. 사랑하는 우리 심청이도 보고 몇 달만 있으면 병장 달고. 시간 참 잘 간다."

"그렇습니까?"

유신이 너무 행복해 보여 신참은 시간이 너무 늦되게 간다는 말도 못하고 반문했다. 남들은 시간이 잘도 간다는데 자신에겐 왜 그리도 늦되게만 느껴지는지. 아직도 이병인 자신에 비하면 유신의 입장이 한없이 부럽기만 하다.

"강 상병님은 결혼하셨다고 들었는데 말입니다. 첫사랑이랑 결혼하신 겁니까?"

신참의 물음에 유신은 잠시 대답을 미루었다. 요즘은 훈련병 들의 사진이 국방부 인터넷에 뜨기 때문에 한동안 유신은 정체 불명의 편지를 꽤나 받았었다. 자대 배치 후 관물대에 떡하니 심청과의 결혼사진을 붙여놓자 한동안 고참들의 놀림을 받느라 곤욕을 치르기도 했었다. 어린놈이 벌써 장가를 갔다면서.

그러나 문제는 심청 고것이었다. 가끔 가다 후배 녀석이 대시 를 한다는 둥, 다른 과 선배가 이상한 눈길을 보낸다는 둥의 말 을 하며 사람을 잔뜩 긴장시키는 거였다. 결국 지난번 휴가 때 유신은 가족계획을 앞당기기로 했다.

당연히 심청과는 상의하지 않았다. 유신의 계획대로라면 제 대와 맞물려 2세가 태어날 것이 확실했다. 한동안 배불뚝이를 하고 있을 테니 다른 놈이 접근하지는 못할 터! 유신이 하얀 이를 내보이며 흡족하게 웃었다.

"첫사랑이라고 해야 맞는 거겠지. 엄밀히 따지면 어린 사랑이겠지만."

생뚱맞은 유신의 표현에 신참이 고개를 갸웃거렸다. 유신은 신참의 어깨에 손을 얹고는 꽉 흔들었다.

"남자란 모름지기 내 여자다 싶을 땐 이렇게 꽉 어깨를 잡고 놔주지 말아야 하는 거야. 알겠냐?"

"넵, 알겠습니다."

"고 녀석 대답 한번 잘한다. 가자. 우리 색시가 해온 음식들 다 식기 전에 나눠 먹어야지."

내무반으로 향하기 전 유신이 다시 한 번 뒤를 돌아보았다. 밝은 햇살이 연병장 가득 비추이고 있었다. 그리고 그 아래로 작은 추억 하나가 모락모락 피어오르고 있었다.


"어머, 유신아. 바지에다 오줌을 싸면 어떻게 해? 그러게 내가 밤에 수박 먹지 말라니까."

진숙은 유신의 젖은 바지를 보며 혀를 차고는 단박에 끌어 내렸다. 유신이 가끔 가다 한두 번씩 실례를 하기는 했지만 최근에는 그런 일이 없어 안심했는데 역시 방심은 금물이었다.

"어머, 얘가 왜 이래? 너 왜 옷을 다시 입고 그래? 기사 아저씨가 옷 가져올 때까지 벗고 있어. 감기 걸리면 어쩌려고?"

진숙은 젖은 바지를 자꾸 끌어 올리는 유신의 손등을 때리고
는 다시금 확 내렸다. 그러나 유신은 고집스럽게 바지를 다시
끌어 올렸다.

"으응? 애가 점점."

옷에 약간만 오물이 묻어도 벗어버리는 유신이 오줌을 싸고
도 자꾸 입으려만 들자 진숙은 의아하기 그지없었다. 도대체 왜
그런지 알 수 없다며 진숙은 결국 유신의 고집에 지고 말았다.

"안 되겠다, 엄마가 가서 심청이 바지라도 있나 물어보고 올
테니까 움직이지 말고 얌전히 있어."

진숙이 마당에서 안으로 들어가자 나무 뒤에 숨어 있던 심청
이 고개를 빼꼼이 내밀었다. 유신의 얼굴이 붉으락푸르락해졌
다. 심청이 깡충거리며 유신의 앞에 와서 섰다.

"너 오줌 쌌지?"

"아니야."

"오줌 싼 거 맞잖아."

"아니라니까. 그냥…… 그냥 물이 샌 거야."

"물이 새? 으음, 그렇구나. 나는 물이 안 새는데 남자들은 새
는 거구나."

심청이 무심코 유신의 중심부를 쳐다보았다. 그러고 보니 자
신에게는 없는 것이 아까 유신에게는 있었다는 생각이 들었다.
심청은 아무 사심 없이 쳐다보았지만 유신은 콧김까지 팍팍 뿜
어대며 씩씩거렸다. 어린 녀석이 성질머리가 보통이 아니었다.

"야, 너 뭘 보는 거야? 우씨!"

"뭘? 내가 뭘 봤는데?"

심청이 커다란 눈으로 멀뚱거리며 묻자 유신은 차마 말을 하지 못하고 뒤돌아서서 골목길에 세워둔 자동차로 뛰어갔다. 잠시 뒤 심청의 낡은 바지를 꺼내온 진숙은 유신의 모습이 보이지 않자 깜짝 놀랐다.

"심청아, 우리 유신이 못 봤니?"

"저기로 뛰어갔어요. 또 물이 새나 봐요."

심청의 말을 제대로 이해하지 못한 진숙은 온아한 미소를 지으며 고개를 끄덕였다.

"심청아, 나중에 아줌마 집에 놀러오렴. 오늘은 바빠서 이만 가야 하니까 다음에 또 보자."

진숙이 어린 심청의 머리를 쓰다듬어 주는 것을 대문 밖에서 지켜보던 유신은 여전히 골이 난 표정으로 돌아섰다.

"남자는 함부로 자기 거 보여주는 거 아니랬어."

나무 뒤에서 자신의 발가벗은 아랫도리를 쳐다보던 심청의 모습을 떠올리며 유신은 고집스럽게 입을 다물었다. 할 수 없다. 내 것을 본 첫 번째 여자—물론 엄마는 여자가 아니니 제외—니까 넌 무조건 내 신부 해야 해. 감히 네가 내 것을 그렇게 뚫어지게 쳐다봐!

그날 이후, 유신의 머리 속에는 한 가지만이 자리 잡았다. 자신의 치부를 본 심청이 끝까지 자신을 책임져야 한다고. 그래서 그날 이후, 해마다 유신은 자신의 신붓감이 얼마나 자랐는지 보러 가곤 했었다.

심청에게 둔하다고 한 것도 거기에 있었다. 우연을 가장하여 자주 부딪쳤음에도 불구하고 전혀 기억하지 못하는 심청의 단순함에 혀를 내둘러야만 했다. 어쩌면 그래서 더 쉽게 일이 진행되었는지도 모르지만.

하늘이 내려준 천생연분은 청실홍실로 엮인다고 했었다. 서로 다른 반대의 색으로 서로의 연분을 엮어가는 것. 앞으로 심청과 유신이 더 예쁘게 엮어가야 할 청실홍실이 어떤 무늬로 거듭날지는 훗날 세월이 증명해 줄 것이다.

"여보, 어제 꿈을 꿨는데 글쎄, 유신이랑 심청이랑 청실홍실을
서로 걸고 있지 뭐예요. 그거 결혼한다는 의미 아니에요?
왜 많고 많은 꿈 중에 그런 꿈을 꾸었을까요?"
"그것참, 신기하네. 정말 무슨 인연이 되려고 하나?
심청이 정도면 우리 며느리로는 더할 나위 없지.
이제 일곱 살이니 더 두고 봤다가 우리 며느리로 데리고 오지 뭐."

이 후기를 끝으로 또 한 쌍의 행복한 연인을 마음속에 품습니다.

일단 안도의 한숨부터 돌리고 후기를 쓸까 합니다. 정말 이렇게 후기를 쓸 날이 오기는 오는군요. 『청실홍실』 후기를 쓸 날이 오기는 올까 스스로 반신반의했었는데 말이죠. 제게 있어 후기는 글로 표현 못한 것을 독자님들께 변명하는 곳이 되어버렸기에 이번 역시 그 전철을 밟을 것 같습니다. ^^;

글 쓰는 작업이 늘 즐거울 수만은 없지만 『청실홍실』은 그 어느 때보다 힘든 조건이어서 참으로 오래도록 기억에 남을 것 같아요. 작업 도중에 뜻하지 않은 수술도 하게 되었고, 슬럼프에 빠져서 몇 번이나 좌절을 하며 포기할까 망설이기도 했고요. 즐거워야 할 글이 작가 감정에 좌지우지되어 삼천포로 빠지는 것이 아닐까 정말 많이 힘들었거든요. 그래도 이렇게 완성했다고 알려 드릴 수 있으니 일단은 기쁘네요.

이 글을 쓸 수 있게끔 빌미 제공 및 모델이 되어준 동생 부부에게 가장 먼저 고맙다는 말을 전합니다. 특히, 아들 둘 키운다고 생각한다는 외모만큼이나 마음씨가 예쁜 우리 올케에게 아주 많이 감사함을 전합니다. ^^

둘이 하나로 된다는 것은 하나를 둘로 나누는 것보다 힘든 것이라는 말을 항상 염두에 두고 『청실홍실』을 쓴 것 같습니다. 한 번쯤 웃음이 터지고, 고뇌하고, 생각하고, 또 웃음을 잃지 않는 유신&심청 커플을 그려보고 싶었는데 제대로 색채가 표현되었는지는 독자님들의 평가를 지켜봐야겠지요?

올 겨울은 제가 따끔한 채찍질로 거듭날 수 있기를 간절히 바라봅니다. 정신적인 나태함이 제 의지를 이기고 있거든요. 게으른 저에게는 그저 채찍질이

약일 것 같습니다. 머리 속에서는 '유신의 육아일기'를 준비 중이기는 한데 언제쯤 마무리를 지을지는 모르겠네요. 유신이네 커플이 성장하는 만큼 저도 성장을 해야 할 텐데 그렇지를 못해 걱정이랍니다.

겨울이 춥지 않으면 어디 그게 겨울이냐는 말도 있지만 이번 겨울은 연일 강추위가 이어져 지독하게 춥네요. 전 유독 겨울만 되면 땅굴을 팝니다. 몸은 추울지라도 마음은 따뜻한 겨울이 되길 소망해 보는데 겨울이면 어김없이 찾아오는 징크스가 올해도 예외없이 찾아왔어요. 반갑게 맞이해 주면 좋으련만 절대 반갑지 않은 징크스랍니다.

그래도 제가 이렇게 웃으며 후기를 쓸 수 있었던 것은 제 곁을 지켜주시고 제 빈집을 지켜주신 연인 가족 분들이 계셔서입니다.

크리스티나님, 쪼메님, 안개꽃님, dang dang hk님, 미루꾸님, 백소리공주님, 김영효님, 박순분님, kim dong he님, 815님, 로맨스꽝님, 토토마녀님, 아라님, 아자아자님, 산골소녀님, 주신님, bluebell님, 지유님, jina님, 문희라님, 마리님, 뽀로로님, 준양님, 늘보님, solala님, 블루블루님, scola23님, 엘리님, 시여니님, 박선미님, 김선영님, 조혜경님, 하얀손님, 서지나님, 김혜진님, 나여님, 멋쟁이님, 향운님, 아나님, 달걀말이님, 금순이님, 물고기님, 김은주님, 모탈님, lisa22님, 인선님, 궁뎅이님, 형아님, 이지님, 소현세자님, 이현지님, 드보라님, 상디님, 은빛사랑님, 사라님, 권영희님, 마녀인형님, 스카이님, 쟈넷님, 파프리카님, 핑키얼짱님, 기라님, 브래드킬러님, 달그림자님, 누네띠네님, pooh님, 진심으로 감사드립니다.

부족하기 그지없는 내게 기꺼이 기댈 어깨를 내밀어주는 친구 정임이, 화야, 홍이. 올 겨울은 늑대 목도리 마련해서 따뜻하게 보내길. 가장 많이 고생하시고도 늘 뒤로 물러서서 기뻐해 주시는 해련님, 건강하셔야 해요. 늘 고마운 금희 언니, 수연님. 멀리서도 늘 응원을 잊지 않아주시는 수은님. 얼른 나아야지, 연우야. 몇 년 뒤 환자들을 내 몸처럼 돌봐줄 지현이. 연인 홈 지킴이 우리 성옥님, 희선님. 이번에도 큰 도움 주신 지연님 너무 감사드려요. 긴 밤 서로 다독여 가며 때로는 시기(?)해 가며 글 쓰는 월화, 조만간 책으로 만나자. 수다 멤버 진희님, 이젠 대박나시라고 인사드려야겠죠? 힘든 수술해 주셨던 선생님과 병원 분들께도 지면을 빌어 감사 인사 남겨요. 과연 보실 수나 있을지 의문이지만요. ^^

유난스레 고생시켜 드렸던 청어람의 규진님, 종민님, 지윤님. 돌이켜 보면 감사드릴 일, 즐거웠던 일이 많았던 것 같아요. 앞으로도 좋은 글 많이 부탁드리고 건강하시길 기원합니다.

그동안 우리들을 지켜주었던 H! 기다릴게, 영원히.

내 삶의 원천이자 마음속의 등불이신 부모님과 사랑하는 형제들. 그리고 내 행복의 샘인 조카들에게 아주 많이 사랑한다고 지면을 빌어 고백해 봅니다.

끝으로 당근과 채찍을 번갈아가며 주시는 멋진 독자님들께 감사 인사 올리며 2006년에는 행운이 가득하시길 소망해 봅니다. 2006년 봄에는 좀 더 나아진 모습으로 인사드리도록 노력할게요. 행복하세요.

　　　　　—2005년, 12월의 밤을 하얗게 지새운 아침 지원 드림.